AF300880

THE WORTHINGTONS

DER LORD, DER MEIN HERZ GEWANN

ELLA QUINN

Deutsche Erstausgabe September 2022

Copyright © 2022 dp Verlag, ein Imprint der
dp DIGITAL PUBLISHERS GmbH
Made in Stuttgart with ♥
Alle Rechte vorbehalten

DER LORD, DER MEIN HERZ GEWANN

ISBN 978-3-98778-019-6
E-Book-ISBN 978-3-96817-671-0

Titel des englischen Originals: Believe in Me

Published by Arrangement with KENSINGTON PUBLISHING
CORP., NEW YORK, NY 10018 USA

Dieses Werk wurde vermittelt durch die Literarische Agentur
Thomas Schlück GmbH, 30161 Hannover.

Übersetzt von: Dejla Jassim
Covergestaltung: ARTC.ore Design
Umschlaggestaltung: ARTC.ore Design
Unter Verwendung von Abbildungen von
shutterstock.com: © Scorpp, © Pawel Kazmierczak
periodImages.com: © Maria Chronis, VJ Dunraven Productions,
PeriodImages.com
Korrektorat: Katrin Ulbrich
Satz: dp DIGITAL PUBLISHERS GmbH
Druck und Bindung: Books on Demand GmbH, Norderstedt

Dieses Buch ist für meine Enkelinnen Josephine und Vivienne und für jedes Mädchen und jede Frau, die kämpfen musste, um ihre Ziele zu erreichen

KAPITEL 1

Worthington House, Berkeley Square, Mayfair.
März 1818

»Italien!« Wahrscheinlich konnte man den Aufschrei ihres Bruders im ganzen Stadthaus und auf dem Berkeley Square hören. Vermutlich sogar noch weiter in der Ferne.

Von ihrem Platz auf dem Sofa aus verkniff sich Lady Augusta Vivers ein Seufzen. Sie wollte nicht zulassen, dass sie die Fassung verlor oder dass sich Enttäuschung in ihrem Gesicht abzeichnete. Sie hatte bereits geahnt, dass es nicht einfach werden würde, ihre Familie von ihrem geplanten Studium zu überzeugen. Vielleicht hätte sie schon früher mit der Überzeugungsarbeit beginnen sollen. Oder vor ihrem Bruder ein paar Andeutungen machen sollen, um seinen Schock etwas abzumildern.

»Es ist nicht so, als wäre Padua irgendein unbekannter Fleck in Südamerika oder Afrika«, stellte sie in einem ruhigen Tonfall klar.

»Wie um alles auf der Welt kamst du auf so eine ... Idee?« Ihre Mutter wurde bleich, ihre schwache Stimme klirrte in der dicken Luft.

»Ich möchte mich weiterbilden.« Augusta kämpfte dagegen an, verzweifelt zu klingen. Warum sonst sollte sie zur Universität gehen? Nicht nur das, die Reise dorthin und ein vorübergehender Aufenthalt in Italien würden es ihr ermöglichen, ein wenig von der Welt zu sehen, von der sie in Büchern bereits so viel gelesen hatte. »So gebildet Miss Tallerton und Mr. Winters auch sind, sie sind schon lange am Ende dessen angelangt, was sie mir beibringen können. Deshalb habe ich mit Professoren auf dem Kontinent korrespondiert und Unterricht bei Gastwissenschaftlern genommen, in der Hoffnung, noch mehr zu lernen. Aber es genügt mir nicht mehr.« Genauer gesagt war ihr Wissensdurst inzwischen derartig gestiegen, dass sie die Universität so dringend besuchen musste, wie sie Nahrung oder Luft brauchte. »Es hat sich herausgestellt, dass ich nur dann vorankomme, wenn ich von Experten lerne. Deswegen muss ich an die Universität.«

»Aber mein Schatz«, ihre Mutter hielt einen Moment inne, als wolle sie ihre Gedanken ordnen, »möchtest du denn nicht heiraten?«

Natürlich wollte sie das. Nur. Nicht. Jetzt. »Ich erinnere mich nicht daran, dass irgendjemand Charlie gefragt hat, ob er vorhatte, die Ehe aufzugeben, bloß weil er nach Oxford gehen wollte.« Sie wünschte, Graces Bruder, offiziell Earl of Stanwood genannt, wäre hier. Er würde ihr helfen können. Augusta wandte sich wieder an Matt. Als ihr Vormund und als Earl of Worthington lag die endgültige Entscheidung bei ihm. »Wenn ich ein Junge wäre, würdest du mir erlauben, zu gehen.«

»Da liegst du völlig falsch, meine Liebe.« Er fuhr sich mit den Fingern durch die Haare. »Paris könnte ich vielleicht in Erwägung ziehen, aber Italien ist zu weit weg. Wenn irgendetwas geschieht«, diesmal strich er sich mit der Hand über das Gesicht, »dann würden wir es nicht rechtzeitig zu dir schaffen. Ich bezweifle, dass es dort überhaupt einen englischen Konsul oder Vizekonsul gibt.«

Sie war froh, dass sie sich auf dieses Argument vorbereitet hatte.

»Der nächste Konsul ist in Venedig. Nur etwa zweiundzwanzig Meilen Richtung Osten.«

»Augusta.« Graces sanfte Stimme war ein starker Kontrast zu Matts aufgebrachtem Ton. »Gibt es keine Universität, die Frauen aufnimmt und näher ist als Italien?«

Augusta richtete den Blick auf ihre Schwägerin neben sich und lächelte. »Es gab mal eine in Holland, aber sie wurde zu einer weiterführenden Schule herabgestuft, so wie Eton. Gerade versucht sie, ihren Status als Universität zurückzuerlangen.« Sie bemühte sich, den besorgten Blick in den Augen ihrer Mutter und das Zucken in Matts Kiefer zu ignorieren, und konzentrierte sich auf Grace, die von allen Anwesenden scheinbar die einzig hilfreiche Person war. Vielleicht könnte sie ja Matt überzeugen. »Außerdem ist Padua die einzige Universität, die einen exzellenten Ruf genießt und auch Frauen einen Abschluss machen lässt.«

Ihre Schwägerin nickte. »Ich verstehe.«

»Schatz.« Die Mundwinkel ihrer Mutter zogen sich leicht nach oben. »Du hast die Frage nach der Heirat noch nicht beantwortet.«

»Ich sehe keinen Grund, es mit der Ehe zu überstürzen. Grace hat erst mit vierundzwanzig geheiratet.« Nachdem sie geglaubt hatte, sie könne nie heiraten, weil sie die Vormundschaft über ihre Geschwister hatte. Alle waren sich einig, dass Matt, der sie davon überzeugt hatte, dass man ihm die Vormundschaft anvertrauen konnte, das Beste für all ihre angeheirateten Brüder und Schwestern war.

Da man dem nichts hinzufügen konnte, kehrte wieder Stille ein. Das einzig Beruhigende war, dass Matt tatsächlich nicht Nein gesagt hatte.

Es war so leise im Zimmer, dass man das Zwitschern der Vögel draußen und das Stampfen der Kinder im Obergeschoss hören konnte. Das dumpfe Geräusch von jemandem, der den Flur herunterkam, ließ sie alle aufhorchen.

Es klopfte an der Tür und der siebzehnjährige Walter Carpenter, ein anderer Bruder von Grace und Augustas bester Freund, steckte den Kopf in das Arbeitszimmer und starrte in die Runde. »Schlechter Zeitpunkt? Ich bin schon wieder weg.«

»Bleib, wo du bist.« Matts befehlshabender Tonfall brachte Walter zum Anhalten. »Was weißt du über Augustas Plan, an die Universität zu gehen?«

»Ich ... äh ...« Walter warf ihr einen flüchtigen Blick zu. »Nur, dass sie schon seit einigen Monaten darüber nachdenkt.« Matt hob eine Braue. »Es ist ja nicht so, als hätte sie etwas Unerhörtes vor. Sind wir nicht alle dafür, dass Frauen sich weiterbilden?«

Augusta grinste Walter dankbar an. Ihre Mutter seufzte, Graces Lippen fingen zu zucken an und Matt klatschte sich die Handfläche auf das Gesicht.

Der Mann ihrer Mutter, Richard, Viscount Wolverton, der die ganze Zeit am Kamin gesessen hatte, meldete sich zu Wort. »Wann fängt das Semester an?«

»Erst im September.« Bedeutete seine Frage, dass er ihr Vorhaben, nach Padua zu fahren, unterstützte? »Ich bringe es jetzt schon zur Sprache, weil ich alles, was ich ohne eine endgültige Erlaubnis erledigen konnte, schon erledigt habe. Außerdem wird die Reise nach Padua auch noch einen Monat in Anspruch nehmen.«

»September«, piepste ihre Mutter glücklich und mit erleichtertem Gesichtsausdruck.

Oh nein. Augusta konnte nicht zulassen, dass dieses Gespräch damit beendet war. »Der andere Grund, weshalb ich es jetzt schon anbringe, ist, weil ich euch die Kosten einer Ballsaison für mich ersparen will.« Augusta war sich sicher, dass sie von allen Mädchen in der Familie die Einzige war, die es nicht kümmerte, ob sie ein Debüt hatte. »Wenn ich zur Universität gehe, muss ich nicht auf dem Heiratsmarkt sein.«

»Ich befürchte, dafür ist es zu spät«, murrte Matt.

Augusta konnte ihre Kinnlade kaum davon abhalten, herunterzufallen.

»Was er meint, ist«, Grace reichte Augusta die Hand, um sie zu beruhigen, »dass die meisten deiner Kleider bereits bestellt wurden. Außerdem wirst du davon profitieren, bereits dein Debüt gehabt zu haben, wenn Matt und deine Mutter damit einverstanden sind, dass du studierst.«

»Ja, so ist es, meine Liebe«, warf ihre Mutter rasch ein. Augusta hatte das Gefühl, dass ihre Mutter betete, sie würde sich doch für die Heirat entscheiden und ihr Studium wieder vergessen. »Grace hat absolut recht. Sich mit den Umgangsformen in London vertraut zu machen, ist essenziell für die ... persönliche Entwicklung.«

Augusta musterte die anderen Gesichter im Raum. Keines von ihnen sah glücklich aus. Sie würden es nicht gut annehmen, wenn sie sich weigerte. Es gab keinen Grund, ihre Pläne und Bemühungen um ein

Studium nicht fortzuführen und gleichzeitig zu gesellschaftlichen Veranstaltungen zu gehen. »Na gut. Ich bin mit einer Saison einverstanden.« Augusta durchbohrte ihren Bruder Matt mit einem scharfen Blick. »Das heißt nicht, dass ich mein Vorhaben, an die Universität zu gehen, aufgegeben habe.«

Er presste die Lippen zusammen und nickte. »Dieses Gespräch werden wir später weiterführen.«

»Du solltest wissen«, sie holte tief Luft, »dass ich Cousine Prudence Brunning kontaktiert und sie gefragt habe, ob sie meine Aufsichtsperson sein möchte.«

Matts dunkle Augenbrauen zogen sich zusammen. »Wen?«

»Du würdest dich nicht an sie erinnern«, sagte ihre Mutter und machte eine ausfallende Geste. »Sie ist die Tochter von Martha Vivers und George Paine, einem Pfarrer. Prudence ist etwa ein Jahr jünger als du und verwitwet. Ihr Mann war bei der Leibgarde und ist in Waterloo gestorben.«

»Genau.« Augusta war froh, dass ihre Mutter sich an Cousine Prudence erinnerte. »Als er in Spanien und Portugal stationiert wurde, ist sie mit ihm dorthin gereist. Fremde Länder ist sie also gewohnt.« Matt starrte Augusta an, als wäre ihr ein zweiter Kopf gewachsen. »Außerdem spricht sie Italienisch, Portugiesisch und Spanisch.«

»Natürlich, warum sonst würdest du sie kontaktieren?« Er schloss für einen Moment die Augen, als verspürte er Schmerzen. »Du hast mir einiges zum Nachdenken gegeben.«

Augusta drückte Graces Hand und erhob sich. »Danke für eure Aufmerksamkeit.«

Ihre Ansprache wurde mit einer Reihe von nickenden Köpfen und angespannt lächelnden Gesichtern erwidert. Als sie den Korridor erreichte, waren ihre angeheirateten Zwillingsschwestern Alice und Eleanor Carpenter, fünfzehn Jahre alt, und Augustas leibliche Schwester Madeline Vivers, ebenfalls fünfzehn, zu Walter gestoßen.

Alice hielt sich den Zeigefinger vor den Mund und Eleanor griff nach Augustas Hand.

»Komm«, flüsterte Madeline. »Wir können sie vom Vorzimmer des anderen Salons aus hören.«

Sie eilten in den selten genutzten Salon und öffneten die Tür in ein Zimmer, das Augusta an einen Anrichteraum erinnerte. Nur waren die Regale, statt mit Geschirr und Silber, mit Haushaltsbüchern, Papieren, Schreibfedern und Tintenfässern gefüllt. Wie konnte sie nicht von diesem Raum gewusst haben?

»Du musst ganz leise sein«, flüsterte eine der Zwillingsschwestern.

»Matt, du kannst nicht allen Ernstes in Erwägung ziehen, sie nach Italien reisen zu lassen!« Mamas Stimme war durch die Tür deutlich hörbar. »Es wäre netter von dir gewesen, ihr gleich Nein zu sagen.«

Das Anstoßen von Gläsern war zu hören und es folgten ein paar Sekunden der Stille, bevor Matt antwortete: »Ich finde, sie verdient die Chance, ihrem Wunsch nach Bildung nachzugehen.«

»Ja, aber nicht in Italien.« Mama klang fast verzweifelt.

»Immer mit der Ruhe«, sagte Richard. »Wenn Worthington sie gehen lässt, dann weißt du genauso gut wie ich, dass er bestens für ihren Schutz sorgen wird.«

»Matt«, sagte ihre Mutter wieder. »Erinnerst du dich denn nicht daran, was Caro Huntley passiert ist?«

»Wer ist Caro Huntley?«, fragte Richard.

»Die ehemalige Lady Caroline Martindale, eine meiner Freundinnen«, antwortete Grace. »Sie hatte mit ihrer Großmutter zusammengelebt, und eines Tages hat ein Adliger aus Venedig einfach beschlossen, dass sie ihn heiraten sollte. Huntley hat sie geheiratet, um sie vor ihm zu schützen.«

»*Sie* dachte bestimmt, sie wäre in Sicherheit«, warf ihre Mutter ein.

Augusta wollte ächzen. Natürlich erinnerte ihre Mutter sich an so eine Geschichte. Nun ja, sie würde schon dafür sorgen, dass sie in keine Ehe hineingezwungen wurde. Zumindest nicht, bevor sie ihren Abschluss hatte.

»Komm, Schatz«, sagte Richard. »Lass uns den armen Worthington mit seiner Entscheidung alleinlassen. Gib mir Bescheid, wenn du Hilfe brauchst.«

»Danke. Das werde ich«, sagte Matt.

Die Tür zu Graces Arbeitszimmer wurde geschlossen. Ohne Vorwarnung riss jemand die Tür ins Vorzimmer auf und die Zwillingsschwestern purzelten in den Salon. Augusta wäre auch gestürzt, hätte Madeline sich nicht in den Weg gestellt und den Fall verhindert.

Matt beobachtete, wie die Mädchen sich wieder aufrichteten. »Ich nehme an, ihr habt alles mitgehört. Oder wollt ihr, dass ich irgendeinen Teil für euch wiederhole?«

»Ich will mehr über Caro Huntley hören«, sagte Alice.

»Nicht jetzt, Schätzchen.« Graces Augen funkelten vor Belustigung. »Augusta, wir werden uns weiterhin nach

Weiterbildungsmöglichkeiten für dich umhören.« Ihre Schwägerin erhob sich. »Komm. Bald ist es Zeit für den Tee, und Charlie sollte bald hier sein.«

»Matt?«, fragte Madeline. »Woher wusstest du, dass wir lauschen?«

»Ihr seid nicht so leise, wie ihr denkt.« Er zog leicht an einem ihrer Zöpfe. »Geht schon. Wir sehen uns im Morgenzimmer.«

Zum zweiten Mal an diesem Tag verließ Augusta das Arbeitszimmer. »Ich schätze, es hätte schlimmer laufen können.«

Walter holte sie ein. »Er hätte sich weigern können, dich überhaupt anzuhören.«

»Meine Mutter wird noch zum Problem werden. Wahrscheinlich wird sie mir jeden Mann, den sie finden kann, an den Hals hetzen.«

»Nicht jeden.« Walter grinste. »Sie müssen schon heiratstauglich sein.«

»Davon gibt es immer noch zu viele.« Warum konnte ihre Mutter nicht einfach akzeptieren, dass sie mehr vom Leben wollte? »Wenigstens werde ich vorbereitet sein.«

***

In einem Warenlager in der Nähe des Londoner Hafens inspizierte Lord Phineas Carter-Woods die zahlreichen Kisten, die er aus Mexiko mitgebracht hatte. »Die rot Markierten müssen nach Elsworth.« Das war der Großteil von ihnen. Früher oder später würde er das Anwesen besuchen müssen, das ihm vermacht worden war. »Lass den Rest zum Haus meines Bruders auf dem

Grosvenor Square bringen. Und stell sicher, dass sie nicht auf dem Dachboden gelagert werden.«

»Ja, Mylord.« Boman, Phinns Sekretär, Teilzeit-Schreibhilfe, allgemeine rechte Hand und Freund, gab einem der beiden Kutscher, die auf Anweisungen warteten, ein Zeichen. »Hast du schon entschieden, wann wir weiterreisen?«

Das würde heikel werden. »Ich hoffe darauf, in einem Monat auf dem Weg nach Kontinentaleuropa zu sein, aber ich habe meinem Bruder versprochen, dass ich mich nach einer Frau umsehe. Wir nehmen es, wie es kommt, oder?«

»Damit willst du also sagen«, Boman warf Phinn einen strengen Blick zu, »du hast Seiner Lordschaft noch nicht verkündet, dass du nicht in England bleiben wirst.«

»Sagen wir mal so, ich hatte noch keine Zeit, ihm all meine Pläne darzulegen.« Boman hatte recht. Phinn würde seinem Bruder, dem Marquis of Dorchester, davon erzählen müssen, dass er vorhatte, England wieder zu verlassen. Wenn Dorchester und seine Frau es doch nur geschafft hätten, ein oder zwei Söhne zu bekommen, statt vier Töchter, dann würden sie Phinn nicht zur Heirat drängen. Er wusste sowieso nicht, wie um alles in der Welt sie auf die Idee gekommen waren, dass das Kinderkriegen bei ihm besser laufen würde.

»Er wird nicht gerade erfreut darüber sein.«

Das war untertrieben. Phinn hatte beschlossen, seinem Bruder nichts zu erzählen, bis die Abreise kurz bevorstand. »Ich bleibe die Ballsaison über. Sobald er erkannt hat, dass ich keine geeignete Frau gefunden habe, wird er mich bereitwillig gehen lassen.«

»Was, wenn dir eine junge Dame ins Auge fällt?«

Grundgütiger! Boman auch noch? »Warum will mir jeder plötzlich Fesseln anlegen?«

»Ich sage ja nur, dass es passieren könnte.« Er zuckte mit den Schultern. »Du wärst fast dieser Señorita in Mexiko-Stadt auf den Leim gegangen.«

»Aber nicht, weil ich hinter ihr her war.« Phinn schob einen Finger unter seine Krawatte. »Dass ich ihr entkommen bin, habe ich allein deinem scharfen Blick zu verdanken.« Hätte Boman nicht mitbekommen, wie die Dame etwas in Phinns Getränk mischte, dann hätte er wahrscheinlich geschlafen, statt sich auf dem Fenstersims zu verstecken, als sie in sein Zimmer geschlichen kam. Gott sei Dank waren englische Frauen nicht so hinterhältig. »Je weniger Worte wir darüber verlieren, desto besser.« Der letzte Koffer wurde in die Kutsche geladen. »Wir müssen nach Dorchester House fahren und uns dort einrichten.« Phinn hätte lieber im Hotel übernachtet, aber sein Bruder bestand darauf, dass er bei ihm wohnte. »Morgen werden wir keine Zeit haben. Mein Bruder hat einen Termin für mich bei seinem Schneider, Weston, vereinbart.« Er sah seine abgenutzten Kniehosen aus Chagrin an. »Anscheinend habe ich keine angebrachte Kleidung, um als gute Partie durchzugehen.«

Phinn stieg in die Kutsche, gefolgt von Boman, der sich in den rückwärtsgerichteten Sitz setzte und fragte: »Hast du dich dazu entschieden, einen richtigen Kammerdiener einzustellen?«

Die Kutsche rollte durch die engen Straßen. »Mir gefällt die Vorstellung nicht, einen Mann einzustellen und ihn nach nur ein oder zwei Monaten wieder zu entlassen.«

»Wir können ihn mitnehmen. Kontinentaleuropa ist ja nicht der Ferne Osten oder Mexiko. Du brauchst jemanden, der weiß, wie man mit deinem Rasur-Set umgeht.«

»Ich schätze, du hast recht.« Phinn blickte aus dem Fenster und staunte darüber, wie die Gesellschaft sich nie wirklich änderte. Es gab immer die Armen, die im Elend lebten, und die Reichen, die es nicht zu kümmern schien. »Bis jetzt konntest du mir assistieren, aber du wirst damit beschäftigt sein, die nächste Reise vorzubereiten.«

»Ständig erwähnst du die Reise.« Bomans Tonfall war trocken wie Teile Mexikos. »Und dabei haben wir das Haus deines Bruders noch nicht einmal betreten.«

Es war nicht so, dass er seinen Bruder nicht gernhatte, aber es wäre Phinn lieber gewesen, ihn nur eine Woche zu besuchen und danach wieder aufzubrechen. Nicht, dass das überhaupt möglich gewesen wäre. Er hatte noch ein Thesenpapier bei der Royal Institution einzureichen, Briefe zu schreiben, Reisedokumente einzuholen und eine Menge anderer Kleinigkeiten zu erledigen. Leider musste er, abgesehen vom Thesenpapier, das meiste Boman überlassen, während er wortwörtlich nach der Pfeife seiner Schwägerin tanzen und die Pläne seiner Familie verfolgen würde, ihn unter die Haube zu bringen.

»Hast du die Talismane?« Er wusste nicht, ob es damit klappen würde. Vielleicht war das alles bloß Hokuspokus. Nach vier Töchtern versuchte sein Bruder langsam verzweifelt, das Erbe zu sichern, und da Dorchester dafür nun auf Phinn setzte, brauchte dieser jede Hilfe, die er kriegen konnte. Vermutlich war es lächerlich von ihm, den Zaubermitteln einer haitianischen Hexe zu vertrauen, aber alles war einen Versuch wert.

KAPITEL 2

Augusta, ihre ältere Schwester Louisa, die Duchess of Rothwell, ihre Stiefschwester Charlotte, die Marchioness of Kenilworth, und deren gemeinsame Freundin und Cousine Dotty, die Marchioness of Merton, verließen das Geschäft der Modistin, in dem Augusta verschiedene maßgeschneiderte Kleider anprobiert hatte. Was danach folgte, konnte nur als extravagante Einkaufstour beschrieben werden, die fast den ganzen Tag andauerte, bis sie schließlich in Charlottes Stadthaus zurückkehrten. Gerade wurde ihnen Tee serviert, sowie eine Auswahl an Keksen, Brot, Käse und Pflaumentörtchen.

»Ich muss wohl nicht aufgepasst haben, als ihr drei euer Debüt hattet.« Augusta streckte den Arm aus und streichelte Collette, die Chartreux-Katze ihrer Schwester.

»Du bist damals noch zur Schule gegangen«, stellte Dotty klar.

»Immer mit der Nase im Buch.« Louisa gab Abby, Charlottes Dänischer Dogge, unauffällig ein Stück Käse.

Charlotte trank einen Schluck Tee. »Ich kann verstehen, dass du diese Saison nicht vorhast, zu heiraten. Aber das würde ich keinem Gentleman erzählen, den du kennenlernst.«

»Warum nicht?« Augusta hielt nichts von Schwindeleien. Es wäre unredlich, einen Gentleman hinzuhalten, indem sie den gleichen Eindruck vermittelte wie ihre Schwestern und Dotty damals. »Ich will niemandem falsche Hoffnungen machen.«

»Du willst auch nicht zur Herausforderung werden.« Charlottes trockener Ton veranlasste Louisa, schulterzuckend die Serviette vor den Mund zu halten.

Was war so witzig? »Ich verstehe nicht.«

»Männer im Allgemeinen«, sagte Dotty, »finden, was sie nicht haben können, besonders verlockend.«

Das war nichts, was Augusta hören wollte oder überhaupt bedacht hatte. Doch jetzt, wo sie darüber nachdachte, war Bentley tatsächlich die ganze Saison nicht von Louisas Seite gewichen, selbst nachdem wirklich alle erfahren hatten, dass sie ihn nicht heiraten wollte. Und Harrington hatte dasselbe mit Charlotte getan. Sie hatte es sich mit ihm jedoch ein paar Mal überlegt, bis sie schließlich Kenilworth kennenlernte. Trotzdem hatten beide es geschafft, am Ende eine andere Frau zu finden. »Was habt ihr getan?«

»Als ich versucht habe, Gentlemen abzuwimmeln«, sagte Louisa, »hat mir Grace geraten, freundlich zu sein, ihnen aber nicht das Gefühl zu geben, ich würde sie besonders nett behandeln.«

»Leider«, Charlotte verzog das Gesicht, »funktioniert das nicht immer.«

»Lass dich niemals alleine mit einem Gentleman erwischen.« Dottys Tonfall war ernst, aber ihre Augen funkelten. »In meinem und Charlottes Fall ist es gutgegangen, aber das wird es nicht, wenn du vorhast, diese Saison unverheiratet zu bleiben.«

»Ich muss sichergehen, dass ich auf Veranstaltungen nie allein bin.« Vielleicht könnte sich Augusta mit den anderen Damen anfreunden, die sie auf Lady Bellamnys Empfang kennenlernen würde. »Und ich werde nicht versuchen, einen Gentleman davor zu bewahren, in die Ehe gezwungen zu werden, oder mich entführen lassen.«

»Das sollte reichen«, sagte Louisa, während Dotty und Charlotte lachten. »Du kannst uns und unsere Männer immer zu Hilfe rufen.«

Freundlich sein, aber zurückhaltend. Wie schwer konnte das schon sein? Danach zu urteilen, was sie bei den Zusammenkünften auf dem Land gesehen hatte, redeten die meisten Männer sowieso nur von sich selbst. Und das würde sie einfach zulassen.

***

Phinn kam genau dann am Haus seines Bruders an, als die Kisten, die er entsandt hatte, geliefert wurden. Nach seinen vergangenen Besuchen nahm er an, dass man ihn im grünen Zimmer im vorderen Teil des Hauses unterbringen würde. Glücklicherweise gab es ein kleines, kaum genutztes Zimmer nebenan.

»Saddock«, sagte Phinn, als der Butler, der bereits bei seinem Vater angestellt gewesen war und nun seinem Bruder diente, sich verbeugte. »Seien Sie ein guter Mann und lassen Sie die Kisten in das Zimmer neben meinem bringen.«

»Sehr wohl, Mylord. Sie finden Seine Lordschaft und Ihre Ladyschaft im Morgenzimmer. Sie sind gerade dabei, den Tee einzunehmen.«

»Hervorragend, ich bin schon etwas hungrig.« Er stiefelte zum Ende des Hauses, bevor Saddock überhaupt anbieten konnte, ihn anzukündigen.

Als er in die Nähe des Morgenzimmers kam, hörte Phinn, wie sein Bruder und seine Schwägerin Helen seinen Namen sagten. Er näherte sich langsam und seine Schritte wurden leiser.

»Hast du schon eine Liste mit geeigneten Damen gemacht?« Im Tonfall seines Bruders verbarg sich eine Heiterkeit, die Phinn nicht gefiel.

Ein Augenblick verging, bis Helen antwortete. Er konnte fast spüren, wie sie Dorchester mit zusammengekniffenen Augen ansah. »Noch nicht. Lady Bellamnys Empfang für junge Damen ist heute Abend. Ich werde dich und Phineas allein lassen, damit ihr euch wieder vertraut machen könnt, während ich beim Empfang bin.«

»Ich bin mir nicht sicher, ob eine junge Dame … wie soll ich sagen … dieser Rolle gewachsen ist.«

»Ich würde meinen, jede Dame, die sich mit einem Gentleman zufriedengibt, der urplötzlich beschließen könnte, davonzulaufen und wo auch immer hin zu segeln, ist der Rolle gewachsen.« Ihr Tonfall war scharf und zweifelsohne beißend.

»Er hat versprochen, dass er aufhört, zu reisen, wenn er eine Ehefrau findet.« *Genau richtig, Chess, setz dich für deinen Bruder ein.*

»Dasselbe hat er gesagt, bevor er sich nach Mexiko, und wohin auch immer er sonst gereist ist, abgesetzt hat.« Ihr Tonfall wurde kein bisschen freundlicher.

»Helen, das nicht fair. Du weißt genauso gut wie ich, dass mein Vater ihn nach Mexiko geschickt hat.«

»Er könnte sich auch einfach wie ein normaler Gentleman verhalten und in Großbritannien bleiben.«

Hinter ihm ertönten schwere Schritte und eine Uhr schlug zur vollen Stunde. Phinn klopfte an die offene Tür und trat ein. »Seid gegrüßt, ich komme mit Geschenken.« Er sah sich um, als wüsste er nicht, dass nur sein Bruder und Helen im Zimmer waren. »Wo sind meine Nichten?«

Als wäre sie gerade nicht giftig wie eine Schlange gewesen, eilte Helen zu ihm hin. »Phineas, ich bin so froh, dich wiederzusehen.« Sie blickte auf das in Wachstuch gewickelte Paket. »Möchtest du auf dem Sofa Platz nehmen und dein Bündel auf den Tisch legen?«

»Ausgezeichneter Vorschlag.« Er verneigte sich und gab ihr einen Kuss auf die Wange, die sie ihm anbot.

Der Butler trat ein, gefolgt von einem Bediensteten mit einem Teetablett.

»Du kommst gerade rechtzeitig.« Sie ließ sich in ein kleineres Sofa ihm gegenüber sinken und fing an, einzuschenken. »Die Mädchen sind gleich unten.«

Wie auf Kommando waren plötzlich hohe Stimmen aus dem Korridor zu hören. Seine vier Nichten kamen herein, gefolgt von ihrem Kindermädchen.

»Onkel Phinn, bist du es wirklich?« Emma, die mit sieben Jahren die Älteste war, stellte sich vor ihn. Nur sie würde sich an ihn erinnern. Cicely war erst drei gewesen, als er seine Reise angetreten hatte.

»Das bin ich.« Er umarmte sie und sie fiel ihm um den Hals. »Komm, lass mich Cicely begrüßen.« Das kleine Mädchen mit blondem Haar und großen blauen Augen, genau wie ihre Mutter, kam vorsichtig auf ihn zu. Er lehnte sich vor und streckte die Arme aus. Sie erlaubte ihm, sie hochzuheben, und bald waren auch Anne, vier Jahre alt, und Rosanna, zwei Jahre alt, mit ihm auf dem

Sofa. »Emma, wärst du so gut und würdest das Paket auf dem Tisch aufmachen? Ich glaube, darin sind Puppen für euch. Sie wurden in Mexiko angefertigt.« Er sah seinen Bruder und Helen an. »Ich habe euch Kakao mitgebracht.«

»Wie überaus freundlich.« Helen lächelte angespannt, als Emma ihr eine verschlossene Silberschatulle gab und ihren Schwestern danach die Stoffpuppen mit bunten Kleidern reichte.

»Onkel Phinn.« Cicely zog an seinem Ärmel. »Warum haben die Puppen schwarze Haare?«

»Weil das die häufigste Haarfarbe in Mexiko ist.«

»Trägt man dort wirklich diese Kleider?« Emma hielt ihre Puppe hoch und inspizierte das Musselin-Hemd, die bestickte Weste und den knallroten Rock. »Die sind ganz anders als unsere.«

»Das sind Aztekinnen.« Oder eher das Abbild dessen, wie sich Europäer den Kleidungsstil der Aztekinnen *wünschten*. Helen hätte die Puppen aus dem Haus verbannt, wären sie in die freizügigen Tücher gehüllt gewesen, die die Aztekinnen gerne trugen. »Die spanischen Damen tragen die gleiche Kleidung wie ihr.«

»Ich trage das.« Anne hielt ihrem Kindermädchen die Puppe hin. »Bitte mach mir so eins.«

»Ich schaue mal, was ich tun kann, Mylady. Und nun«, das Kindermädchen versammelte die Mädchen mit einer Geste, »ist es Zeit, dass wir zurück ins Kinderzimmer gehen und eure Geschenke weglegen, damit wir unseren Spaziergang machen können.«

»Mir wäre es wirklich lieber, wenn die Mädchen blieben.« Er war geradezu verzweifelt. »Ich will sie besser kennenlernen.«

Helen sah ihn an, als wüsste sie, was er vorhatte. »Jetzt, wo du wieder zu Hause bist, wirst du genug Zeit haben, deine Nichten kennenzulernen.« Sie nickte dem Kindermädchen zu, das stehengeblieben war. »Sie können gehen.« Kurz nachdem die Mädchen gegangen waren, stand sie auf. »Ich lasse euch beide jetzt allein.«

Phinn und sein Bruder erhoben sich und standen da, bis Helen den Salon verlassen hatte. Dann nahmen sie wieder ihre Plätze ein.

Verflucht! Er musste Dorchester beichten, dass er wieder abreisen würde, aber wie sollte er das anstellen? Vor allem, nachdem Helen ihn daran erinnert hatte, dass Phinn nie lange zu Hause blieb. Es war nicht so, als hätte er gelogen, er hatte es nur nie versprochen.

»Nun«, sein Bruder ging zur Anrichte und schenkte ihnen zwei Gläser Wein ein, »ich schätze, wir sollten uns über deine Suche nach einer Frau unterhalten.«

»Schwebt dir irgendjemand vor?« Nicht, dass Phinn dachte, sein Bruder würde den Heiratsvermittler spielen. Er nahm das Glas entgegen und trank dankbar einen Schluck Wein. Bei seiner Schwägerin sah es allerdings anders aus.

»Nein, nein.« Dorchester betrachtete den Kelch und schwenkte ihn. »Ich glaube, Helen geht zu einem abendlichen Empfang, bei dem sie auf ein paar Ideen kommen könnte.« Er sah Phinn an. »Ich nehme an, du hast niemanden vor Augen.«

»Gar niemanden.« Wie könnte er auch? Er war erst seit knapp über einem Tag wieder da. Die Unterhaltung stockte. Wenn er doch nur einen Weg finden könnte, seinem Bruder klarzumachen, dass er wirklich noch nicht heiraten wollte. »Ich werde keine Lady heiraten, zu der ich keine starke Zuneigung verspüre.« Das sollte seine Auswahlmöglichkeiten einschränken – und zwar auf exakt null potentielle Damen.

»Natürlich«, stimmte sein Bruder rasch zu. »Ich würde nicht wollen, dass du das Gefühl hast, du opferst dich auf.«

Was natürlich genau *das* war, was Phinn gerade tat. »Ich möchte die Suche nach einer Frau zeitlich begrenzen.« In jedem Fall musste er ein festes Datum haben, bis zu dem er das Land verlassen würde. »Ich erwarte, dass ich binnen eines Monats, höchstens sechs Wochen, alle geeigneten Damen kennengelernt haben werde. Außer natürlich, eine Dame taucht erst mitten in der Saison auf.« Er nahm noch einen Schluck Wein. Nach dieser Unterhaltung würde er sich von seinem Sekretär eine Flasche Brandy bringen lassen. »Wenn ich keine Frau finde, zu der ich mich hingezogen fühle«, *großer Gott, ich höre mich an wie ein Idiot,* »dann werde ich eine kleine Reise nach Kontinentaleuropa unternehmen. Ich verspreche, ich werde bis zum Herbst zurückkehren und es noch einmal versuchen.«

Dorchester leerte die Hälfte seines Glases und starrte Phinn einige Augenblicke lang an. Schließlich seufzte er. »Ich weiß, dass du nicht heiraten willst. Und ich weiß, dass du denkst, ich verhalte mich unfair.« Phinn öffnete den Mund, doch Dorchester hielt die Hand hoch. »Lass mich ausreden, bevor du uns beide anlügst. Du wirst mir vermutlich zustimmen, dass unser Erbe scheinbar in Gefahr ist.« Phinn fragte sich, ob es Boman schon gelungen war, die Zaubermittel in die Schlafgemächer seines Bruders und seiner Schwägerin zu schmuggeln. »Wir werden weiterhin versuchen, einen

Sohn zu zeugen, aber auch du musst deinen Teil beitragen und heiraten.«

»Ich verstehe.« Phinn konnte seinem Bruder nicht einfach widersprechen. Er fuhr sich mit den Fingern durch die Haare. »Ich schwöre, ich werde mein Bestes geben, um diese Saison eine Ehefrau zu finden. Trotzdem möchte ich dich um dein Einverständnis bitten, dass ich nach Frankreich reisen darf, wenn ich es innerhalb eines realistischen Zeitraumes nicht geschafft habe, das zu tun, was du verlangst. Ich werde nicht weit reisen.« Das würde er nicht tun müssen, um die Kirchen und anderen Bauten zu studieren, die er bisher nur auf Gemälden gesehen hatte. »Wie es aussieht, werde ich Einiges bewerkstelligen können, ohne weiter als bis nach Paris zu fahren. Ich hätte die Reise nach Mexiko nicht angetreten, wenn Kontinentaleuropa eine Option gewesen wäre.« Er wusste nicht, weshalb er es für nötig hielt, das zu betonen. Abgesehen davon, dass ihm die Gereiztheit seiner Schwägerin bezüglich seiner Reisen auf die Nerven ging. »Außerdem werde ich beten, dass du und Helen das nächste Mal einen Jungen bekommt.«

Sein Bruder rieb sich am Nacken, doch seine Lippen zuckten, wahrscheinlich bei der Vorstellung, dass Phinn den Kopf neigte und gläubig die Hände zusammenfaltete. »Das klingt gut. Falls du noch keine Dame gefunden haben solltest, wenn die Saison schon halb vorbei ist, dann kannst du nach Kontinentaleuropa reisen, mit der Bedingung, dass du dich im September wieder hier blicken lässt und es noch einmal versuchst.«

Frei! Dem Himmel sei Dank, er war frei. »Ich werde versuchen, eine Gattin zu finden.«

»Ich weiß, dass du das wirst.« Sein Bruder schüttelte den Kopf. »Obwohl es mich ehrlich gesagt wundern würde, wenn du es schaffst, eine Braut zu finden, bevor du die Notre-Dame findest.«

So eindrücklich die Notre-Dame wohl sein musste, Phinn war es viel mehr ein Anliegen, das *Hôtel de Cluny* zu besichtigen, angeblich das älteste architektonisch faszinierende Gebäude in Paris. Trotzdem war er etwas überrascht, dass sein Bruder ihn verstand. »Ich danke dir.«

»Ganz im Gegenteil, ich habe dir zu danken.« Dorchester trank noch einen Schluck Wein. »Ich bin es, dessen Pflicht es ist, einen Erben zu zeugen. Ich sollte mich nicht auf meinen kleinen Bruder verlassen müssen.«

»Das ist etwas, worüber wir keine Kontrolle haben.« *Diese verfluchten Talismane sollten besser funktionieren.* Würde er es schaffen, die Heirat aufzuschieben, bis sie ihr nächstes Kind bekämen? Wann auch immer das sein sollte.

»Zum Glück«, sein Bruder zog eine Grimmasse, »sollen Mädchen trotz ihrer Mitgift auf Dauer immer noch günstiger sein als zu viele Söhne. Aber wenigstens einen Sohn brauche ich dennoch.«

»Wie gesagt, ich werde mein Bestes geben.« Phinn stand auf.

»Ich habe Termine für dich vereinbart, gleich morgen um elf Uhr geht es los.« Ein leichtes Grinsen zeichnete sich auf Dorchesters Gesicht ab. »Du musst dich wie ein heiratswürdiger Gentleman anziehen und dich auch so verhalten.«

Phinn wusste, dass er eine neue Garderobe brauchte. Um ehrlich zu sein, sah seine Kleidung tatsächlich etwas abgenutzt aus. Er neigte den Kopf. »Zu Ihren Diensten.«

»Mein Kammerdiener wird einen Kammerdiener für dich einstellen.« Sein Bruder stürzte seinen Wein hinunter und stellte das Glas ab.

»Ich fände es gut, wenn Boman an der Auswahl beteiligt wäre.« So könnte Phinn sichergehen, dass der Mann nichts gegen Überseereisen hatte. »Er weiß, wer geeignet für mich ist.«

Dorchester hob eine Braue, als wüsste er, dass Phinn etwas im Schilde führte. »Wie du willst.«

Ein paar Minuten später traf Phinn auf Boman. »Hast du einen Ort gefunden, wo du die Talismane verstecken kannst?«

»Du hattest recht. Es waren in beiden Schlafzimmern welche vonnöten.« Phinn fragte sich, woher sein Sekretär diese Information eingeholt hatte, aber er war nicht sicher, ob er es wirklich wissen wollte. »Es ist mir gelungen, sie in beiden Betten jeweils zwischen Kopfende und Matratze zu befestigen.«

»Hervorragend.« Er lächelte in sich hinein. Nächstes Jahr um diese Zeit würde sein Bruder mit etwas Glück einen Erben haben, und er müsste nicht heiraten.

»Wie lange bleiben wir in England?« Boman war leiser geworden.

»Höchstens sechs Wochen. Ich denke, ein Monat sollte reichen.« Das sollte Phinn genug Zeit geben, alle Ladies zu prüfen und abzulehnen. Es konnte keine junge Frau geben, die sich für etwas anderes interessierte als für Mode und ihr Debüt. Oder die mehr wusste als das, was man ihr zu lernen aufgetragen hatte.

Kapitel 3

Als Augusta am späten Nachmittag zu Hause ankam, warteten bereits mehrere Pakete von *Madame Lisette's* auf sie.

»Ich habe selten so schöne Kleider gesehen, Mylady.« Gobert hielt ein eisblaues Musselin-Kleid mit Stickereien an Saum und Ärmel hoch. »Sie sind gerade rechtzeitig für den Empfang angekommen.«

Gobert, eine erfahrene Zofe, etwa fünf Jahre älter als Augusta, war von Bolton empfohlen worden, Graces Zofe im vergangenen Jahr, bevor sie London verlassen hatten, um aufs Land zurückzukehren. Im Laufe von Goberts Anstellung hatte diese immer wieder betont, dass sie Augusta liebend gerne begleiten würde, wohin auch immer sie reiste.

»Madame Lisette soll eine wahre Künstlerin sein«, sagte Augusta, als Gobert ein anderes Kleid hochhielt, das Augusta an die Sonne erinnerte, wenn sie von Wolken bedeckt war. Ihre Kleider gefielen ihr sogar noch mehr als die, die ihre Schwester ein paar Ballsaisons zuvor getragen hatte. »Das muss sie sein, um diese Kleider anzufertigen, ohne mich jemals gesehen zu haben.«

»Sie stehen Ihnen gewiss.« Gobert packte ein rosafarbenes Abendkleid mit Perlen an den Ärmeln und am Korsett aus. »Möchten Sie heute Abend das rosafarbene Kleid anziehen?«

»Ja, bitte.« Augusta war zu Ohren gekommen, dass Dottys Schwester, Henrietta Stern, heute in London angekommen war, und sie fragte sich, ob sie heute Abend wohl auch anwesend sein würde. Nicht nur kannte Augusta Henrietta gut, sie würde dank ihr immerhin irgendjemanden kennen. Und die paar Male, die sie sich getroffen hatten, hatten sie sich gut verstanden. »Mit dem silberbesetzten Halstuch?«

»Das würde wunderbar passen, Mylady.«

***

Später an diesem Abend betrat sie Lady Bellamnys Haus, begleitet von ihrer Mutter und ihrer Schwester Louisa.

»Euer Gnaden, Patience.« Ihre Ladyschaft gab Louisa die Hand und ihrer Mutter einen Kuss auf die Wange. »Lady Augusta. Wie geht es Ihnen?« Lady Bellamnys scharfer Blick gab Augusta das Gefühl, als würde sie wieder einmal gemustert werden.

»Mir geht es gut, Ma'am.« Augusta knickste. »Es ist schön, Sie wiederzusehen.«

»Die Freude ist ganz meinerseits.« Ohne ein anderes Wort zu verlieren, begrüßte Ihre Ladyschaft das nächste Paar Damen.

»Meine Lieben«, sagte Mutter, »ich habe ein paar Ladies entdeckt, mit denen ich gerne sprechen würde. Wir sehen uns später.«

Kurz darauf verschwand sie zwischen einer Mischung aus bunten und blassen Gewändern.

»Ich weiß nicht, wie du davongekommen bist, ohne dass sie einen Kommentar gemacht hat«, sagte Louisa mitgenommen. »Charlotte und ich sind es nicht.«

»Ich habe sie schon mehrmals getroffen, als ich Mama besucht habe.« Augusta grinste ihre Schwester

32

an. »Ich glaube, sie hat bereits alles geäußert, was sie zu sagen hatte.« Sie überflog den Salon auf der Suche nach bekannten Gesichtern. »Sieh mal, da sind Dotty und Henrietta.«

»Ich wusste nicht, dass ihre Schwester auch gekommen ist.« Louisa nahm Augustas Arm und steuerte auf ihre Freundinnen zu.

»Ja, das ist sie heute Nachmittag. Ich hatte ihr geschrieben und gehofft, dass sie heute Abend anwesend sein würde.« Ihre Freundinnen standen gerade mit vier Damen in einer Runde. »Wer sind die anderen Ladies?«

»Die Viscountess Featherton. Ihre Tochter Meg, im roten Kleid, ist die Marchioness of Hawksworth. Die jüngere Lady muss Georgiana Featherton sein, die gerade ihr Debüt hat. Die Lady mit den sehr hellen blonden Haaren ist Caro, die Countess of Huntley, und die Dame neben ihr mit dem mahagonifarbenen Haar ist Lady Dorie Calthorp, Huntleys Schwester. Das ist ihre zweite Saison.«

Das war also die ehemalige Lady Caro. Sie war unfassbar schön. Außerdem schien sie überaus glücklich. »Dorie ist ein ungewöhnlicher Name.«

Louisa hielt an, um Augusta einer Lady vorzustellen. »Eugénie, ich möchte dich mit meiner Schwester bekannt machen, Lady Augusta Vivers. Augusta, das ist die Viscountess Wivenly.«

Die Dame hatte dunkelbraunes Haar und einen cremefarbenen Teint. Ähnlich wie Madame Lisette. »*Enchantée.*« Viscountess Wivenlys braune Augen funkelten gesellig. »Offenbar begleiten wir alle unsere Schwestern.« Sie zog eine junge Dame mit hellbraunem Haar und Augen, die Augusta an Saphire erinnerten, zu sich. »Ich möchte Sie mit meiner angeheirateten Schwester, Lady Adeline Wivenly, bekannt machen. Adeline, darf ich vorstellen: die Duchess of Rothwell und ihre Schwester, Lady Augusta Vivers.«

Lady Adeline sank in einen grazilen Knicks. »Euer Gnaden.« Sie erhob sich und nahm die Hand, die Augusta ihr entgegenhielt. »Ich freue mich sehr, Sie kennenzulernen, Mylady.«

Louisa und Lady Wivenly hatten begonnen, sich zu unterhalten. »Es ist mir ebenfalls eine Freude, Sie kennenzulernen, Lady Adeline. Ist Ihre Schwägerin Französin?«

»Ja.« Sie sah die Dame an und lächelte liebevoll. »Sie ist außerdem meine angeheiratete Cousine. Mein Onkel hat ihre Mutter geheiratet, als Eugénie klein war. Sie ist in St. Thomas und Dänisch-Westindien aufgewachsen.«

»Sie ist beeindruckend.« Und elegant. Irgendwie hatte sie es geschafft, fast jede andere anwesende Dame unvorteilhaft aussehen zu lassen.

Lady Adeline schmunzelte. »Das ist sie, und sie ist charmant. Aber sie hat ein schreckliches Temperament, was jegliche Arten von Ungerechtigkeit angeht. Sie hält meinen Bruder im Zaum. Etwas, das bisher nicht einmal meinen Eltern gelungen ist.« Sie hakte sich bei Augusta ein. »Ich stelle Ihnen ein paar andere Ladies vor, die gerade ihr Debüt haben.«

»Und ich stelle Ihnen meine Freundin Miss Stern vor.« Augusta führte Lady Adeline dorthin, wo Henrietta stand, und machte die Damen miteinander bekannt.

Kurz darauf wurden sie Dorie, die ihren echten Namen, Dorcas, verabscheute – damit wäre das dann wohl geklärt – und den anderen Ladies vorgestellt, die Louisa vorhin erwähnt hatte.

Augusta war froh, als Lady Dorie vorschlug, dass sich alle beim Vornamen ansprechen sollten. Ihre Schwestern handhabten es offenbar genauso.

»Was erhofft ihr euch von einem Ehemann?«, fragte Dorie in die Runde.

Adeline zuckte mit der Schulter. »Ich erhoffe mir einen Gentleman, der nicht so ist wie mein Bruder, bevor er geheiratet hat.«

»Ich verstehe nicht«, sagte Augusta.

Adeline presste die Lippen zusammen. »Er war ein Wüstling.«

»Wenn das so ist, stimme ich vollkommen zu.« Augusta fragte sich, was Lady Wivenly getan hatte, um ihn in die Schranken zu weisen.

»Mein Mann muss es schaffen, dass ich gleichzeitig lache und ihn küssen will«, sagte Georgiana.

»Ich hätte nichts dagegen, wenn er ein wenig wie mein Bruder ist. Featherton. Kit ist der Inbegriff eines Gentlemans.«

»Ich erhoffe mir einen Mann, der freundlich zu mir und anderen ist, und ich muss ihn lieben«, sagte Henrietta.

»Was ist mit dir, Dorie?«, fragte Augusta.

»Ich weiß nur, dass ich ihn erkennen werde, wenn ich ihn sehe.« Dorie seufzte. »Es muss wohl in der Familie liegen. Weder meine Mutter noch meine Schwester haben innerhalb ihrer ersten zwei Saisons geheiratet. Was ist mit dir, Augusta?«

Sie biss sich auf die Unterlippe. Sollte sie ihnen erzählen, dass sie gar nicht nach einem Ehemann suchte? Vielleicht wären sie genauso schockiert, wie ihre Mutter es gewesen war. Allerdings war sie sich ziemlich sicher, dass Henrietta höchstens überrascht wäre, nicht jedoch missbilligend. Schließlich wusste sie, wie sehr Augusta es liebte, neue Dinge zu lernen. Außerdem hatte sie ihr Vorhaben, zu studieren, sowieso schon einmal erwähnt. Es wäre wohl besser, ehrlich zu sein, wenn sie Unterstützung dabei brauchte, Heiratsfallen zu vermeiden. Sie holte tief Luft. Entweder würden sie sie mögen oder nicht. »Ich habe beschlossen, zu studieren, bevor ich einen Ehemann suche.«

»*Studieren?*«, sagte Adeline mit gedämpfter Stimme. »Wo denn?«

Die Augen der anderen beiden Damen hatten sich geweitet. Henrietta hob nur eine Braue. »Du ziehst es also wirklich durch?«

»Ja.« Augusta nickte. »In Padua, Italien. Wenn mir denn gestattet wird, hinzugehen.« Sie erzählte ihnen von den Plänen, die sie bereits geschmiedet hatte. »Baron Phillip von Neumann, der für Prinz Esterházy arbeitet, steht in Korrespondenz mit Professor Giuseppe Angeloni in Padua. Auch ich hatte einen Briefwechsel mit dem Professor. Er ist überzeugt davon, dass ich zugelassen werde.« Die jungen Damen, die sich zu ihr gelehnt hatten, sodass Augusta nicht laut sprechen musste, nickten. »Eines der Probleme ist meine Mutter. Sie würde es sehr begrüßen, wenn ich heiraten oder mich zumindest zu einem Gentleman hingezogen fühlen würde, damit ich England nicht verlasse.«

Dories Augen weiteten sich noch mehr. »Ist sie dein Vormund?«

»Nein. Mein Bruder, der Earl of Worthington, ist mein Vormund.«

Bevor sie ihre Unterhaltung weiterführen konnten, kam ihre Mutter mit einer anderen Lady auf sie zu. »Lady Dorchester, ich möchte Ihnen meine zweitälteste Tochter, Lady Augusta, vorstellen.« Mutter lächelte auf eine Art und Weise, der Augusta nicht ganz traute. »Augusta, das ist die Marchioness of Dorchester.«

»Es ist mir eine Freude, Sie kennenzulernen, Mylady.« Augusta knickste. Die Dame könnte unmöglich alt genug sein, um eine Tochter in ihrem Alter zu haben. »Haben Sie auch eine Tochter, die gerade ihr Debüt hat?«

»Ich freue mich ebenso, Sie kennenzulernen.« Ihre Ladyschaft wandte sich Mutter zu. »Sie ist genauso reizend, wie Sie erzählt haben.« Lady Dorchester sah Augusta an. »Nein, meine Schwestern sind alle verheiratet und meine Töchter sind noch viel zu jung. Stimmt es, dass Sie sich mit Sprachen und Geographie auskennen?«

Irgendetwas ging hier definitiv vor sich. Doch was nur? Ihre Ladyschaft sah auch nicht alt genug aus, um einen erwachsenen Sohn zu haben. »Ja. Sie sind meine Leidenschaft.« Augusta überlegte, ihr Vorhaben, an der Universität zu studieren, zu erwähnen, doch entschied sich, es für sich zu behalten, solange ihre Mutter anwesend war. »Ich möchte eines Tages auf Reisen gehen.«

Die grünen Augen Ihrer Ladyschaft leuchteten auf, als wäre hinter ihnen eine Kerze angezündet worden. »Wenn Sie den richtigen Gentleman heiraten, wird er Sie bestimmt mit auf den Kontinent nehmen.«

Höchst unwahrscheinlich. Augusta stellte ihr eilig die restlichen jungen Damen vor. Ein trügerischer Plan war im Gange, und sie wollte nicht darin verwickelt werden.

***

Als Dorchester den Salon betrat, legte Phinn die Zeitung weg, die er gerade las, und wartete.

In der Faust seines Bruders steckte, unschwer zu erkennen, ein Stück Papier. »Möchtest du mit mir kommen und Helen von der Soirée abholen?«

Warum um alles auf der Welt dachte Dorchester, dass Phinn das gerne tun würde? Es dauerte ein paar Sekunden, bis er seine Antwort formuliert hatte. »Ich dachte, sie wäre mit der Stadtkutsche gefahren.«

»Äh, das ist sie. Aber sie hat sie zurückgeschickt, weil … weil sie wusste, zu welcher Zeit die Veranstaltung endet.« Die Finger seines Bruders klammerten sich fester um das Stück Papier. »Ich dachte, es wäre nett, wenn ich sie persönlich abhole. Ich habe gehört, viele Männer tun das.«

Viele Männer suchten auch nach Gattinnen, und fast jede junge Dame auf dem Heiratsmarkt würde dort anwesend sein. Zum Glück hatte er bereits sein Halstuch aufgebunden. Phinn täuschte vor, gähnen zu müssen. »Ich müsste mich dafür umziehen, und ich sollte wirklich bald ins Bett. Es waren ein paar lange Tage und eine noch längere Seereise.«

»Dann sehen wir uns morgen früh.« Der arme Chess sah aus, als wäre er an der einzigen Aufgabe, die ihm aufgetragen worden war, gescheitert.

»Bis morgen.« Phinn stand auf, streckte sich und rieb sich im Gesicht. »Gute Nacht.«

Er schritt langsam zur Treppe und erklomm sie mit schweren Schritten. Seinen Bruder hatte er bereits von seiner baldigen Abreise überzeugt, aber bei Helen sah es ganz anders aus. Er zweifelte kein bisschen daran, dass sie mindestens eine Lady gefunden hatte, von der sie wollte, dass er sie kennenlernte. Phinn wusste, dass dieses Kennenlernen stattfinden würde, er war schließlich nicht dumm. Doch je länger er es hinauszögerte, desto besser. Er wollte ganz bestimmt nicht in einem Haus mit all den heiratsfähigen jungen Damen der Stadt gefangen sein. Vielleicht würde er nie wieder herauskommen!

Phinn betrat sein Schlafgemach und zog währenddessen sein Halstuch aus.

»Guten Abend.« Boman legte sein Buch weg und stand auf.

»Was zum Teufel machst du hier? Ich dachte, du würdest schon schlafen.« Phinn warf sein Halstuch auf einen Stuhl und knöpfte seine Weste auf.

»Der Kammerdiener deines Bruders hat mich aufgesucht und darauf bestanden, dass ich seine Liste von Kammerdienern durchgehe. Da er etwas entrüstet war, nehme ich an, du hast seinen Vorschlag abgelehnt.«

»Ich habe seine Entscheidungsmacht in der Auswahl eines Bediensteten, der für mich arbeiten wird, abgelehnt. Du weißt, was ich will. Es war deine Idee, dass der Kammerdiener mit uns mitreist. Also sollst du ihn auch einstellen dürfen.« Er schüttelte seine Jacke ab. »Wo ist dein Zimmer? Hoffentlich nicht dort, wo die Bediensteten untergebracht werden.«

»In dem Zimmer neben dem Sekretär Seiner Lordschaft. Es ist nicht groß, aber größer als alles, was ich in letzter Zeit gewohnt bin.«

Mehr konnte man wohl nicht erwarten. Boman war schließlich Teil der Oberschicht. Jedenfalls soweit Phinn es wusste. Seine Mutter war die Tochter eines Pfarrers gewesen und hatte einen wohlhabenden Kaufmann geheiratet. Phinn hatte Boman kennengelernt, als sie beide in Eton zur Schule gingen. Er arbeitete nur deshalb für Phinn, weil sein Vater sich geweigert hatte, seine Reisen zu finanzieren. Inzwischen hatte Boman die Anstellung bei Phinn allerdings nicht mehr nötig. Vor ihrer Abreise aus Mexiko war ihm in einem Brief mitgeteilt worden, dass ein Großonkel seiner Mutter stolz gewesen war, dass er sich wie ein Gentleman statt wie ein Kaufmann verhielt, und ihm ein großzügiges Erbe hinterlassen hatte. »Solange du damit zufrieden bist ...«

»Das bin ich.« Sein Sekretär warf ihm ein betrübtes Lächeln zu. »Einem englischen Bediensteten kann man nichts vormachen, wenn es darum geht, wo sein Platz in der Gesellschaft ist. Für sie ist der Status meines Vaters alles, was zählt.«

»Sie sollten dich besser wie einen Gentleman behandeln, sonst hört Dorchester noch von mir.« Phinn zog seine Kniehosen aus. Die erforderliche Kleidung für ein Dinner mit seiner Schwägerin. »Gibt es noch etwas? Wenn nicht, gehe ich ins Bett.«

»Gar nichts.« Sein Sekretär gähnte. »Der Kammerdiener Seiner Lordschaft wird morgen früh hier sein, um dir beim Ankleiden zu helfen.«

Er hatte den Bediensteten schon nicht gemocht, als er noch seinem Vater gedient hatte. Zum Glück trug Phinn keine Waffe an sich. Er hob ein kleines, völlig nutzloses Kissen auf. »Geh schon, bevor ich das hier auf dich werfe.«

Boman lachte und ging geduckt durch die Tür. »Gute Nacht, Mylord.«

»Lump.« Phinn hörte das leise Lachen seines Sekretärs aus dem Korridor.

Nachdem er seelenruhig eingeschlafen war, wurde er plötzlich aus dem Schlaf gerissen, als irgendjemand die Bettvorhänge aufzog und das Bett mit Licht durchflutet wurde.

»Guten Morgen, Mylord.« Pickerell, Dorchesters Kammerdiener, schnaubte.

»Guten Morgen, Pickle.« Wissend, dass er ihn damit ärgerte, benutzte er den Namen, mit dem er ihn als Kind immer gerufen hatte.

Doch leider ließ sich der alte Schnösel nicht hänseln. »Möchten Sie, dass ich Sie rasiere, Mylord?«

Pickle war die letzte Person, die Phinn mit einem scharfen Objekt in seine Nähe lassen würde. »Nein, ich bin daran gewöhnt, mich um mich selbst zu kümmern. Danke der Nachfrage.«

»Heidnische Umgangsformen«, murrte der Bedienstete gerade noch laut genug, dass Phinn es hören konnte. »Na gut. Ich werde in einer halben Stunde wiederkommen, um Sie einzukleiden.«

Als Pickle eine halbe Stunde später das Zimmer betrat, saß Phinn auf einem Stuhl, komplett angezogen. Er stand auf und zupfte an seiner Jacke. »Ich habe gewartet, damit Sie sich nicht fragen, wohin ich verschwunden bin.«

Bevor der Kammerdiener sich verbeugte, hätte Phinn schwören können, einen angewiderten Blick auf seinem Gesicht erkannt zu haben. »Sehr wohl, Mylord.«

Wahrscheinlich würde sein Bruder bald von seinem Mangel an Vornehmheit erfahren – oder von seiner Kleidung, die er offenbar selbst anziehen konnte.

Phinn konnte schon fast seinen morgendlichen Tee schmecken. Als er auf den Frühstückssalon zuging, hörte er Helen sprechen. »Ich verstehe nicht, wieso du Phineas letzte Nacht nicht mitbringen konntest.«

»Du hättest doch nicht gewollt, dass ich ihn aufwecke, oder?«

Er gab sich Mühe, nicht loszuprusten. Die meiste Zeit schien es, als hätte sie seinen Bruder in der Mangel, doch dann waren da Momente wie diese.

Nach ein paar Augenblicken seufzte sie. »Nein, ich schätze nicht. Ich hätte mir so sehr gewünscht, ihm Lady Augusta vorzustellen, Lord Worthingtons Schwester. Sie ist perfekt für ihn. Das weiß ich.«

Das Klirren eines Glases, das gerade herabgesetzt wurde, war zu hören. »Wie kommst du darauf?«

»Sie ist überaus gebildet und interessiert sich für Sprachen und Geografie.« Abgesehen vom Geräusch des Tees, der eingeschenkt wurde, war es einen Moment lang wieder still. »Lady Wolverton, ihre Mutter, hat mir versichert, dass sie keinesfalls zu den Blaustrümpfen gehört. Sie ist äußerst anmutig und hat gute Manieren. Außerdem kennt sie sich sehr gut mit allen möglichen Themen aus.«

Sprachen und Geografie? Phinn spottete in sich hinein. Vermutlich konnte sie etwas Französisch und Italienisch und fand, dass Landkarten hübsche Farben hatten.

»Das klingt genau nach der Art von Lady, die Phinn mögen würde«, sagte sein Bruder in einem zurückhaltenden Tonfall.

»Nächste Woche, wenn die Ballsaison beginnt«, fuhr Helen fort, »veranstaltet ihre Mutter für Lady Augusta einen Ball im Rothwell House. Phineas wird bis dahin eine Abendgarderobe haben und ich werde sie ihm vorstellen.«

Phinn wollte ächzen. Nun ja, früher oder später musste es passieren. Und je früher er die Dame kennenlernte, desto schneller könnte er sie abweisen. Wie viele Frauen würde seine Schwägerin ihm noch vorsetzen? Wahrscheinlich Dutzende. Das würden einige lange Wochen werden.

KAPITEL 4

Sonnenlicht strömte durch das Fenster, als Augusta den Frühstückssalon verließ und Walter zu ihr eilte. Er griff nach ihrer Hand und begann, sie hinter sich her zu ziehen. »Du musst sofort mit mir mitkommen.«

»Ich verstehe nicht.« Er hatte sich schon seit Jahren nicht mehr so verhalten. »Was ist los?«

Er warf ihr ein hinterhältiges Grinsen zu. »Du wirst schon sehen.«

Thornton öffnete die Haustür, als sie und Walter näherkamen. »Mylady, Mr. Carpenter.«

Nicht einmal die Missgunst des Butlers konnte Walters Laune verderben. Sie schritten nach draußen auf die Treppenstufen und Augusta blieb stehen.

Auf der Straße stand ein hoch aufragender, goldverzierter Phaeton, blau wie das Ei eines Rotkehlchens, und vor ihm waren zwei graue Pferde angeschirrt. Jones, ihr Stallbursche, grinste von Ohr zu Ohr, während Durant, ihr Bediensteter, neben der Kutsche stand.

»Ist das meiner?« Sie konnte es kaum glauben. Charlotte und Louisa hatten während ihrer Ballsaison einen Phaeton geteilt. Aber Augusta hätte sich nie träumen lassen, einen eigenen zu besitzen.

»Meiner ist er jedenfalls nicht«, spottete Walter. »Und mal abgesehen davon, wer in der Familie mag diesen Blauton sonst so sehr wie du?«

»Meine Güte.« Sie ging langsam auf das Fahrzeug zu und hatte Angst, es würde sich in Luft auflösen wie die Kutsche von Cinderella. »Er ist wunderschön.«

»Er ist nicht so hoch wie die meisten Phaetons«, betonte er. »Und er ist stabiler.«

»Wer hat ihn mir gekauft?« Matt bestimmt nicht. Er hätte es erwähnt.

»Lord Wolvertons Stallbursche hat ihn gebracht, Mylady«, sagte Durant.

Der Geruch von neuem Leder und Pferden durchzog die Luft, als sie am Fahrzeug ankam. Sie streckte die Hand aus und streichelte die samtweichen Nüstern eines der Pferde. »Sie sind entzückend.«

»Die schönsten Stuten, die ich je gesehen habe.« Jones rieb die Nüstern des anderen Pferdes und es schnaubte leise in seine Hand. »Und das muss etwas heißen.«

Das tat es allerdings. Jones war ein begnadeter Rennreiter gewesen, bis er irgendwann zu groß dafür wurde. Sie lief um das Gespann herum. »Ich glaube, wir sollten eine Runde drehen.« Augusta sah ihren Bruder an. »Möchtest du mitkommen?«

»Aber hallo!« Walter machte fast einen Freudensprung.

»Durant, bitte gehen Sie eine Runde mit den Pferden, während ich mich umziehe.« Sie stiefelte so schnell wie möglich zurück ins Haus und konnte sich kaum davon abhalten, die Treppen hochzurennen.

»Gobert«, rief Augusta, als sie in ihr Schlafgemach hereinplatzte. »Ich brauche ein Kutschenkleid.«

»Es ist bereits herausgesucht, Mylady. Durant hat mir erzählt, dass Ihre Mutter und Ihr Stiefvater Ihnen eine Kutsche gekauft haben.«

Ihr neues blaues Kutschenkleid mit dunkelblauer Paspelierung lag auf dem Bett. Im Handumdrehen war sie eingekleidet und zog ihre Haube auf.

»Ich wünsche Ihnen eine gute Zeit, Mylady.«

»Die werde ich haben. Vielen Dank.«

Binnen weniger Minuten hatte sie sich auf ihrem Sitz eingefunden und schnürte die Zügel um ihre Finger.

Walter zeigte hoch zum Stadthaus. »Alle Kinder sehen zu. Du musst sie alle später auf eine Spazierfahrt mitnehmen.«

Augusta winkte ihren jüngeren Geschwistern zu. »Ja, nach ihrem Unterricht.« Die Reihenfolge würde sie später auslosen müssen. Es wäre nicht fair, sie anhand des Alters festzulegen. Der Jüngste wäre immer als letztes dran. »Lass uns eine Runde im Park drehen, dann können wir zum Grosvenor Square fahren und unseren Schwestern und Dotty meine neue Kutsche zeigen.«

Sie durchquerten das Grosvenor Gate in der Nähe einer Reihe von Kastanienbäumen, die gerade ihre Blätter abwarfen. Große Bäume säumten ebenfalls den Circle und Rotten Row. Es verging nicht viel Zeit, bis Augusta Lady Dorie, eine der Ladies, die sie gestern Abend kennengelernt hatte, entdeckte. Sie ritt gerade auf einem rotbraunen Wallach, gefolgt von ihrem Stallburschen.

Sie entdeckte Augusta sofort und trabte her. »Guten Morgen. Wie schön, zu sehen, dass ich nicht die einzige Dame bin, die gerne Ausflüge am Morgen unternimmt. Ich finde, sie verleihen mir für den Rest des Tages eine gewisse Ausgeglichenheit.«

»In meinem Haushalt ist das nicht unüblich.« Ihre Schwester unternahm zum Sonnenaufgang immer einen Ausritt. »Ich möchte dir meinen Stiefbruder vorstellen, Mr. Carpenter. Walter, Lady Dorie Calthorp.«

»Guten Morgen, Mr. Carpenter.« Plötzlich zeichnete sich in ihrem Gesicht ab, dass sie ihn erkannte. »Ich glaube, Sie haben meinen jüngsten Bruder Harold bereits kennengelernt.«

»Das habe ich.« Walter nickte. »Ich hätte gleich darauf kommen sollen. Wie schön, Sie kennenzulernen.«

»Mir ist es ebenfalls eine Freude, Sie endlich kennenzulernen.« Sie wandte sich Augusta zu. »Er hat dem armen Harold aus einer Bredouille geholfen. Ich werde ihm für immer dankbar sein.« Dories Blick schweifte zum Phaeton. »Das ist eine schöne Kutsche. Weißt du, wer sie angefertigt hat?«

»Ich habe nicht die leiseste Ahnung. Wenn du es herausfinden möchtest, könntest du meinen Stiefvater fragen.« Augusta grinste. »Sie hat nach dem Frühstück auf mich gewartet. Walter zufolge ist sie nicht so hoch wie ein üblicher hochaufgesetzter Phaeton. Ich nehme an, meine Mutter hatte bei den Anpassungen ihre Finger im Spiel.«

»Was für eine herrliche Überraschung.« Dorie führte ihr Pferd um die Kutsche herum. »Dein Stiefvater hat einen ausgezeichneten Geschmack, was Pferde angeht.«

»Oh ja, mir gefallen sie außerordentlich gut.« Obwohl Augusta die starke Vermutung hatte, dass das Gespann sie davon überzeugen sollte, in England zu bleiben, konnte sie sich trotzdem darüber freuen, solange sie noch hier war.

Sie bewegten sich gemeinsam durch die Kutschenstraße, doch schon bald sagte Dorie: »Ich lasse dich mal allein. Ich muss noch ein paar zappelige Kinder beruhigen. Wenn du möchtest, kann ich die anderen kontaktieren, damit wir zusammen den Nachmittagsspaziergang machen können.« Sie verzog das Gesicht. »Wir werden ihn vermutlich zu Fuß beschreiten müssen.«

»Ich schätze schon.« Augusta lachte. »Wobei, meine Schwägerin hat einen großen Landauer, den wir nehmen könnten. Sie hat ihn umbauen lassen, sodass er groß genug für alle Kinder ist.«

»Na gut.« Dorie gab sich einen Ruck. »Du hast mich überzeugt, dass der Spaziergang gar nicht so schlimm ist. Wir sehen uns später.«

Als sie davongeritten war, sah Augusta Walter an. Sie hatte ihn schrecklich vermisst, als er für die Schule weggezogen war. »Warum wusste ich nicht, dass du ihren Bruder kennst? Ich habe dich noch nie über einen Harold sprechen hören.«

»Aber du hast gehört, wie Phillip Harry erwähnt hat. Eigentlich ist er enger mit ihm befreundet als ich, aber ich passe auf beide auf.«

Phillip Carpenter war ihr jüngster Bruder, der seit letztem Jahr nach Eton ging. »Apropos, was hast du denn eigentlich für ihn getan?«

»Ein paar ältere Jungs haben auf Phillip und Harry herumgehackt.« Walter zuckte mit den Schultern. »Das ist so eine Art Ritual. Ich war gerade mit zwei Freunden unterwegs und habe zufällig mitbekommen, was vor sich ging. Wir haben eingegriffen. Danach ist so etwas nie wieder vorgekommen.«

Eingegriffen. Ein Wort, das in Gegenwart von Frauen für die Tracht Prügel verwendet wurde, die die Übeltäter wohl abbekommen hatten. Grace war nicht gerade erfreut gewesen, als Matt den Jungen Boxunterricht gegeben hatte. Offensichtlich hatte er gewusst, wozu der Unterricht dienen sollte. »Ich bin froh, dass ihr da wart und helfen konntet.«

»Das macht man nun mal.« Walter zuckte wieder mit den Schultern. Es schien ihm unangenehm zu sein, über den Vorfall zu reden. »Charlie hat dasselbe für mich getan.«

Das war nicht überraschend. Charlie stand für jeden ein. Sie war froh, dass Matt und Charlie, und jetzt auch Walter, mit gutem Beispiel vorangingen, was das Verhalten eines wahren Gentlemans anging.

Augusta wandte sich wieder den Pferden zu. Obwohl sie so gehorsam waren, brauchten sie praktisch keine Anweisungen. Als sie das Tor erreicht hatten, fuhr sie zum Grosvenor Square und hielt vor Rothwell House an.

Zwei Bedienstete eilten heraus. Einer ging zu den Pferden und der andere half ihr aus der Kutsche. »Mylady, Ihre Gnaden ist auf dem Square.«

»Dankeschön. Wir werden sie sogleich aufsuchen.«

»Suchen Sie einfach nach ...«

»Ja, ich weiß. Einer großen Menschenmenge.«

»Ganz genau, Mylady.«

Walter ging um die Kutsche herum und hielt ihr den Arm hin. »Es wird lustig, zu sehen, wie sehr unsere Nichten und Neffen gewachsen sind.«

»In weniger als einer Woche?« Dotty und ihre Schwestern hatten sofort nach ihrer Ankunft in London mit den Kindern Worthington House besucht.

Es dauerte nicht lange, bis Lady Augusta sie entdeckte. Louisa, Charlotte und Dotty saßen mit den

Kindern, vier insgesamt, auf einer Decke und waren umgeben von Kindermädchen, Bediensteten, den drei Dänischen Doggen Abby, Althea und Millie und den drei Chartreux Chloe, Collette und Cyril. Die Hunde folgten den Kindern, während sie durch die Gegend tapsten. Charlottes Sohn, der kleine Hugo, Earl of Reith, hatte sich offenbar zu weit von der Gruppe entfernt und wurde von Charlottes Dänischer Dogge Abby zurückgescheucht. Ein Kindermädchen hatte Constance, Hugos Zwillingsschwester, auf dem Arm. Die anderen beiden Hunde wachten auf ähnliche Art und Weise über Dottys und Louisas Kinder.

»Meine Güte, was für eine Menagerie.« Augusta lachte und ihre Schwestern und Dotty standen auf, um sie zu begrüßen. »Die Doggen hatte ich erwartet, aber die Katzen sind überraschend.«

»Was macht ihr hier mitten auf dem Platz?«, fragte Walter und streichelte eine der Katzen. »Ich hatte erwartet, dass ihr einen Spaziergang unternehmt.«

»Das war so nicht geplant.« Louisa nahm ihre Tochter Alexandria auf den Schoß. »Ich bin mit Alexandria rausgegangen. Natürlich konnte ich Millie nicht von ihr fernhalten. Dann hat Chloe beschlossen, dass sie auch bei mir sein möchte. Charlotte war schon hier, dann kam Dotty dazu.«

Nicht weit von ihnen war eine Dame mit vier Kindern zu sehen, die Augusta bekannt vorkam. Eines der Kinder schien etwa so alt zu sein wie Augustas zweijährige Nichten und Neffen. »Ist das Lady Dorchester?«

Charlotte blickte in die Richtung, in die Augusta schaute. »Ja, aber wer ist der Gentleman an ihrer Seite?«

Kurz darauf präsentierte Lady Dorchester ihnen ihren Schwager Lord Phineas Carter-Woods und ihre vier kleinen Töchter. Seine Lordschaft warf Augusta einen Blick aus scharfen, grauen Augen zu, als sie einander vorgestellt wurden, doch er tauschte danach nur die üblichen Formalitäten aus und schien sie überhaupt nicht mehr wahrzunehmen.

Seine Statur, großgewachsen mit breiten Schultern, erinnerte sie an Matt und die Ehemänner ihrer Schwestern. Seine Haare waren sehr viel kürzer, als es gerade in Mode war. Wenn Lady Dorchester versuchte, ihn zu verheiraten – schließlich hatte sie noch keinen Sohn – dann würde ihr das wahrscheinlich nicht allzu schwerfallen. Er war sehr attraktiv, auf eine raue Art und Weise. Zu einem Schneider musste sie ihn allerdings schon schicken. Die abgenutzte Kleidung, die er trug, war kein guter Anblick.

»Mein Onkel ist gerade aus Mexiko zurückgekommen«, rief Emma, die älteste Tochter.

Anne hielt eine Puppe mit bunten Kleidern hoch. »Er hat uns Puppen mitgebracht.«

Mexiko? Augusta sah Lord Phineas noch einmal an. Er war gebräunter als alle anderen. Sein Teint musste wohl der Sonne auf dem Schiff geschuldet sein. Das stand außer Frage. Wochenlang der Wucht der Natur ausgesetzt zu sein, würde jeder Haut zusetzen.

Nicht zum ersten Mal wünschte sich Augusta, sie könnte auf Reisen gehen. Aber sie konnte sich schon glücklich schätzen, wenn ihr überhaupt erlaubt werden würde, in Italien die Universität zu besuchen. In jedem Fall war dies eine gute Gelegenheit, um mehr über die Azteken und deren Sprache zu erfahren. Wenn

Seine Lordschaft denn interessiert genug gewesen war, um irgendetwas darüber zu lernen. »Haben Sie zufällig Nahuatl gelernt, als Sie dort waren?«

Kapitel 5

Das war die letzte Frage, die Phinn von einer jungen Dame erwartet hätte. Seine Kinnlade begann, sich abzusenken, und er klappte sie schnell zu.

Nahuatl?

Warum sollte eine zierliche englische Dame irgendetwas über die Sprache der Azteken wissen? Das musste die belesene junge Frau sein, von der Helen gesprochen hatte.

»Das habe ich. Es war unabdinglich, die Sprache der Azteken zu sprechen, um die Dinge zu erfahren, die ich über ihre Bauten herausfinden wollte.« Die Augen der jungen Dame – wie zur Hölle hieß sie noch gleich? – strahlten wie die Sonne hinter bunten Kirchenfenstern. Was für eine atemberaubende Farbe sie hatten. Fast wie Lapislazuli. »Wussten Sie, dass ein wenig von der aztekischen Sprache ins Englische übergegangen ist?«

»Ja, durch die Worte *tomato* und *chocolate* zum Beispiel.« Sie sah ihn an, als wäre er ein Idiot. »Ich verfolge die Entwicklung der Sprache, indem ich aztekische Poesie lese, aber in letzter Zeit hatte ich keine Gelegenheit, sie zu sprechen. Ich finde, es ist wichtig, eine Sprache immer wieder anzuwenden, um sie nicht wieder zu vergessen.«

Sie mochte vielleicht belesen sein, aber sie konnte unmöglich Nahuatl gelernt haben. Es wurde Zeit, sie ein wenig in ihre Schranken zu weisen, was ihre Fähigkeiten betraf. Auf Nahuatl sagte er: »Gott gib mir Kraft.«

»Nur Sie haben die Macht, sich zu ändern«, schoss sie in derselben Sprache zurück.

Grundgütiger! Sie sprach es wirklich. »Wo haben Sie Nahuatl gelernt?«

Ein gewieftes Lächeln umspielte für einen Augenblick ihre Lippen. »Mr. John Marsden hat es mir beigebracht.« Ihre Worte waren knapp und selbstbewusst. »Er hat letztes Jahr unseren örtlichen Pfarrer besucht.«

»Wenn das so ist, wissen Sie genauso viel über die Sprache der Azteken wie jeder andere in diesem Land, oder allgemein in Europa.«

Sie neigte anmutig ihren Kopf und flüsterte auf Nahuatl: »Niemand ist der Nabel dieser Welt.«

Phinn konnte nicht anders, als über das Sprichwort zu lachen. Nahuatl war eine ausgesprochen deskriptive Sprache. »Ich gebe dennoch mein Bestes.« Lady Augusta. Das war ihr Name! »Ich würde mich freuen, mich bei Gelegenheit mit Ihnen zu unterhalten.«

Wieder sah sie ihn an, aber dieses Mal war es offensichtlich, dass sie sich fragte, ob er es ernst meinte. Anfangs hatte er wahrscheinlich wie ein herablassender Lackaffe geklungen. »Vielen Dank. Ich werde auf Ihr Angebot zurückkommen.«

Jemand seufzte und er bemerkte den jungen Mann, der ihm als Walter Carpenter vorgestellt worden war. »Sie sollten wissen, Sir, dass meine Schwester mindestens sieben moderne Sprachen beherrscht, einige antike Sprachen auch, und ein paar weitere Sprachen lesen kann.« Er betrachtete Phinn genau. »An Ihrer Stelle würde ich sie nicht unterschätzen.«

»Gewiss.« Phinn nickte ihm flüchtig zu. »Ich glaube, diese Lektion hat sie mir bereits erteilt.« Er wollte sein Gespräch mit Lady Augusta fortführen und blickte zu ihr, doch sie sprach gerade mit der Herzogin, welche ihr sehr ähnlich sah, und zeigte auf Rothwell House. Vor dem Haus standen ein hochaufgesetzter Phaeton und zwei der bezauberndsten Pferde, die er je gesehen hatte.

»Er ist wunderschön, Augusta!«, rief die Herzogin.

Die restlichen Ladies standen auf und überließen die Kinder ihren Kindermädchen.

»Du wirst wie eine Märchenprinzessin aussehen, wenn du darin fährst«, meinte Emma.

Phinn trottete den Ladies und den kleinen Kindern hinterher, die offenbar entschlossen waren, das Gespann unter die Lupe zu nehmen.

Helen legte die Hand auf seinen Arm und hielt ihn zurück. »Was hältst du von Lady Augusta?«

»Ich finde sie erschreckend intelligent.« Und wunderschön. Er wollte sie in dem kurzen, bestickten Tuch sehen, das die Aztekinnen meist trugen. »Hast du dieses Zusammentreffen geplant?«

»Nicht wirklich. Ich habe Lady Augusta vorbeifahren und am Rothwell House anhalten sehen. Ich wusste, dass die Herzogin und die anderen Ladies mit ihren Kindern hier draußen sein würden, und habe beschlossen, dass das der perfekte Zeitpunkt für dich wäre, sie kennenzulernen.« Sie hatten den Rest der Gruppe fast eingeholt. »Ist sie dir zu intelligent?«

»Überhaupt nicht.« Sie war zu klug für die feine Gesellschaft und es war ein Jammer, dass sie ihren Verstand nicht nutzen konnte. »Ganz ehrlich, sie kommt für mich sogar infrage.« Das sollte Helen davon abhalten, ihn mit weiteren Damen verkuppeln zu wollen.

Er schloss sich den anderen an, die gerade die Kutsche und die Pferde bewunderten. Der Phaeton war stabil gebaut und so robust, wie man ein Sportfahrzeug nur herstellen konnte. Die Pferde mussten einige Guineen gekostet haben. Er horchte der Unterhaltung und erfuhr, dass die Herzogin und ihre beiden Freundinnen ebenfalls Kutschen bedienen konnten.

Lady Augusta hatte ihren Pferden gerade ein paar Karotten zu fressen gegeben, als die kleine Tochter der Herzogin anfing, zu nörgeln. Die große Dänische Dogge, die das Kind begleitete, leckte ihre Wange und blickte die Herzogin danach vorwurfsvoll an.

»Ich muss Alexandria nach Hause bringen. Es ist Zeit für ihren Mittagsschlaf.«

Lady Augusta umarmte ihre Schwester und ging dann zur Straßenseite, wo die Kutsche stand und ihr Bruder sie erwartete, um ihr hinein zu helfen. Wenn es ein Bediensteter gewesen wäre, dann wäre Phinn ihm vielleicht zuvorgekommen. Er musste Helen Recht geben. Lady Augusta entpuppte sich als eine faszinierende Dame.

Er schüttelte sich. Der Plan war, sich zu keiner Lady hingezogen zu fühlen. Nicht, wenn er in ein paar Wochen aufbrechen wollte. Und doch sah er zu, wie Augusta vorbildlich die Kurve aus dem Square heraus meisterte. Welche Talente hatte sie wohl noch?

Seine Schwägerin stupste ihn an. »Du hättest sie um einen Tanz auf ihrem Debütantinnen-Ball bitten sollten.«

»Den hatte ich ganz vergessen.« Obwohl er sich vermutlich daran erinnert hätte, wenn es ihm auch nur ansatzweise wichtig gewesen wäre.

»Nun ja«, Helen schnaubte, »es gibt ja immer noch den *Almack's*-Ball am Mittwoch. Du kannst eine der Patronessen fragen, ob sie dir erlaubt, mit ihr einen Walzer zu tanzen.« Ein kleines Lächeln umspielte ihre Lippen. »Das ist der beste Weg in die Gunst jedes jungen Mädchens.« Sie blickte hinter sich, dorthin, wo die Kinder an der Seite ihrer Kindermädchen liefen. »Aber zuerst muss Dorchester dich zu Weston mitnehmen. Es ist ein Jammer, dass du so viel breitere Schultern hast als er. Sonst könntest du eine seiner Jacken anziehen.«

Wenn sein Bruder sich auch nur halb so oft körperlich betätigt hätte wie Phinn in den letzten drei Jahren, dann würden sie dieselbe Jackengröße tragen. »Er hat für heute, elf Uhr, einen Termin für mich vereinbart.«

»Wenn das so ist, sollten wir uns lieber beeilen. Es ist vermutlich nicht mehr lange bis zur vollen Stunde.«

Er stimmte murmelnd zu. Kein Wunder, dass sein Bruder ihr in allem Recht gab. Das war schlichtweg einfacher, als mit ihr zu diskutieren.

Kurz nachdem er zu Hause ankam, machten Phinn und Dorchester sich auf den Weg ins *Weston's*.

»Wie ich hörte, wurde dein neuer Kammerdiener heute Morgen eingestellt«, sagte sein Bruder, als sie die Bond Street erreichten. »Ich nehme an, er wird deine Kleidung durchgehen und eine Liste mit Dingen machen, die dir noch fehlen. Pickerell wird dem Mann natürlich jegliche Unterstützung bieten, die er braucht.«

»Und ich nehme an, dass mein neuer Kammerdiener«, wer auch immer das war, »genug Erfahrung hat, dass er nicht auf Pickles Hilfe angewiesen ist.«

Ein schmerzlicher Gesichtsausdruck zierte das Gesicht seines Bruders. »Ich glaube, du würdest dich sehr viel besser mit ihm verstehen, wenn du aufhören würdest, ihn Pickle zu nennen.«

»Er akzeptiert mich nicht. Das hat er noch nie. Ich weiß nicht, wie du mit ihm auskommst.«

»Nun ja, in erster Linie beleidige ich ihn nicht jedes Mal, wenn ich den Mund aufmache«, erwiderte sein Bruder. Sie liefen für ein paar Sekunden schweigend nebeneinander her. »Es ist diese Sache mit der Ehe, die dir zu schaffen macht.«

Das war nicht hilfreich. »Da könntest du recht haben. Ich habe das Gefühl, als gäbe es noch so viel für mich zu erleben, bevor ich mich in die Fesseln der Ehe begebe.«

»Falls es dich tröstet«, Dorchester warf Phinn einen Blick zu, »ich hatte auch nicht gedacht, dass ich bereit für die Ehe bin. Dann habe ich Helen kennengelernt. Vater war schon dabei, die Heirat mit einer anderen Dame für mich zu arrangieren, als ich ihm gesagt habe, dass er mit ihrem Vater sprechen soll, wenn er so versessen darauf ist, mich zu verheiraten.«

»Ich wusste gar nicht, dass du und Helen aus Liebe geheiratet habt.« Wo war er gewesen, als sein Bruder sie kennengelernt hatte? Oxford. Er hatte noch ein Jahr vor sich gehabt, als Dorchester und Helen geheiratet hatten.

Sein Bruder lachte schroff. »Es war eher eine Heirat aus Begierde. Jedenfalls, was mich angeht. Zum Glück hat es sich als gute Entscheidung herausgestellt.«

Heirat aus Begierde? Was für eine seltsame Art, das auszudrücken. Wobei, wenn man eine Heirat aus Liebe haben konnte, dann konnte man auch eine Heirat aus Begierde haben. Doch es schien ihm, als wäre eine Ehe, die auf gegenseitigem Respekt, Freundschaft und gemeinsamen Interessen beruhte, produktiver als eine Ehe aus purer Begierde. Andererseits durfte die Leidenschaft auch nicht zu kurz kommen.

Die Vorstellung von Lady Augusta in einem bestickten Tuch schwebte ihm wieder vor.

Hölle und Verdammnis! Er musste schleunigst aus England verschwinden.

***

Später an diesem Nachmittag traf sich Augusta mit Dorie, Henrietta, Georgiana und Adeline im Merton House auf dem Grosvenor Square. In Begleitung von zwei Bediensteten und drei Zofen machten sie sich auf den Weg in den Park.

»Ich finde, wir brauchen für diese Saison einen Plan«, sagte Georgiana. »Wir wollen schließlich nicht überrumpelt werden. Noch möchten wir uns auf Gentlemen einlassen, die heiratswürdig scheinen, es aber nicht sind.« Sie warf den anderen Damen einen bedachten Blick zu. »Das ist nämlich meiner Schwester Meg passiert, bevor sie Hawksworth kennengelernt hat.«

»Ich bin mir sicher, mein Bruder wird wissen, wer eine gute Wahl ist und wer nicht«, sagte Augusta. Natürlich konnte es sein, dass Worthington sich dieses

Jahr nicht allzu sehr damit befasste. Schließlich hatte sie verkündet, dass sie nicht heiraten würde. Doch sie war sich sicher, dass Merton Matt um Hilfe gebeten hatte, was Henrietta anging. »Ich kann ihn immer fragen.«

»Mein Bruder Huntley hat gesagt, dass er auch vorhat, die Gentlemen im Auge zu behalten«, fügte Dorie hinzu. »Er hätte bei Littleton besser aufpassen sollen.«

»Wer ist Littleton?«, fragte Augusta.

»Niemand von Bedeutung.« Dorie legte ihre betrübte Miene ab und lächelte versonnen. »Meine Güte, ist heute ein schöner Tag.«

»Ich bin froh, dass ich auf die Hilfe eurer Familien zählen kann.« Adeline seufzte. »Ich bezweifle, dass mein Bruder, Wivenly, irgendwie hilfreich sein wird. Obwohl er sich sehr viel besser anstellt als vor seiner Ehe. Ich wünschte, mein Vater wäre nicht so beschäftigt im Parlament.«

Augusta und ihre Freundinnen erreichten den Park und begannen, an der Kutschenstraße entlang zu spazieren. Es war ein angenehm warmer Tag, dafür, dass es Ende März war. Schneeglöckchen und lila Krokusse ragten allmählich aus der Erde hervor. An den Bäumen waren bereits Knospen zu erkennen. In etwa einer Woche würden sie alle erblühen. Augusta fragte sich, wie es zu dieser Jahreszeit wohl in Padua aussah.

Mehrere Gentlemen fuhren oder ritten an ihnen vorbei und verlangsamten dabei immer die Geschwindigkeit, um einen Blick zu erhaschen. Augusta ging davon aus, dass sie sie früher oder später kennenlernen müsste. Gott sei Dank konnten Männer sich nicht einfach selbst vorstellen.

Sie musste blinzeln, als der attraktivste Gentleman, den sie je gesehen hatte, auf einem schwarzen Wallach auf sie zugeritten kam und anhielt. Er hatte lockiges, zobelschwarzes Haar, das modisch frisiert war, und grasgrüne Augen. Als er lächelte, tauchte ein kleines Grübchen auf seiner rechten Wange auf. »Lady Dorie, seien Sie gegrüßt.«

Wie hatte er sie überhaupt erkannt, wenn ihr Gesicht doch Augusta zugewandt war?

Einen Moment lang schloss Dorie die Augen und eine Falte zog sich über ihre Stirn. In der nächsten Sekunde überkam ein breites Lächeln ihr Gesicht und sie neigte den Kopf. »Lord Littleton, ich wusste gar nicht, dass Sie in der Stadt sind.«

»Ich bin gestern angekommen.« Lord Littleton warf ihr einen skeptischen Blick zu. »Sind Sie schon lange in der Stadt?«

»Lange genug.« Sie drehte sich zu Augusta und dem Rest ihrer Freundinnen. »Ladies, apropos Gentlemen, die heiratswürdig scheinen, es aber nicht sind, darf ich vorstellen: Lord Littleton.« Nachdem sie ihn murmelnd begrüßt hatten, fuhr Dorie fort: »Mylord, Lady Adeline Wivenly, Lady Augusta Vivers, Miss Featherton und Miss Stern.«

Wieder lächelte er und verbeugte sich elegant. »Ladies, es ist mir eine Freude, Sie kennenzulernen. Ich hoffe, Sie genießen Ihre Zeit in der Metropole.« Das Grinsen verschwand, als er Dorie ansah. »Hoffentlich treffen auch wir uns noch einmal, Mylady.«

»Ich schätze, das ist unvermeidbar.« Sie sank in einen flüchtigen Knicks. »Guten Tag noch, Mylord.«

Er tippte mit zwei Fingern an seinen Hut und ritt in trabender Geschwindigkeit davon.

»Unausstehlicher Mann.« Sie atmete tief ein und wieder aus. »Sollen wir unseren Spaziergang fortführen?«

Ohne ein Wort zu sagen, liefen sie wieder los.

Was in Gottes Namen ging zwischen ihnen vor? Augusta hätte gerne nachgefragt, doch sie hatte nicht das Gefühl, dass sie Dorie gut genug kannte.

»Was macht ihn denn heiratsunfähig?«, fragte Georgiana.

»Er hat keine Absicht zu heiraten«, antwortete Dorie. »Aber er gibt einer Lady den Eindruck, sie wäre sein Universum.«

Sie musste sich wohl in ihn verliebt haben und enttäuscht worden sein.

»Egal.« Sie lächelte wieder. »Seht mal, da kommt Lord Turley. Er sucht wahrscheinlich nach Lord Littleton. Sie sind recht gute Freunde, aber Lord Turley ist eine gute Partie.«

Lord Turley – sein Vater war vor achtzehn Monaten verstorben – war Elizabeth Harringtons Bruder. Wie sie hatte er blonde Haare und schöne hellblaue Augen. Auch er hielt an und begrüßte Dorie. Wieder übernahm Dorie die Vorstellungsrunde.

Als er davonritt, folgte Georgiana ihm für ein paar Sekunden mit ihrem Blick. »Ich muss sagen, er ist sehr gutaussehend. Er hat seinen Adelstitel erst seit kurzem, nicht wahr?«

»Seit etwa einem Jahr.« Dorie sah Georgiana an. »Spielt sein Rang eine Rolle?«

»Ganz und gar nicht.« Sie grinste. »Meine Schwester hat vielleicht den Erben eines Herzogtums geheiratet, aber meiner Mutter genügte ein Vizegraf.«

»Henrietta, kommen deine Eltern auch nach London?«

»Nur, wenn ich heirate.« Sie zuckte sorglos mit den Schultern. »Papa hat gesagt, es gäbe keinen Grund, in die Stadt zu kommen. Dotty und Grandmamma sind hier. Das wird schon reichen.«

Als sie ihren Spaziergang beendet hatten, waren sie einer Vielzahl an Gentlemen begegnet. Einige, die sie gerne kennengelernt hätten, und ein paar, vor denen Dorie sie warnte.

»Nun, zurück zu unseren Plänen.« Georgiana versammelte sie alle in einem Kreis. »Wir müssen füreinander sorgen und einander beistehen. Wenn eine von uns zu lange weg ist, werden die anderen sie suchen. Obwohl es sowieso besser wäre, wenn keine von uns alleine irgendwo hingeht.«

»Du willst damit sagen«, erläuterte Adeline, »wenn ein Gentleman eine von uns auf die Terrasse führt, soll der Rest von uns folgen.«

»Ganz genau.« Georgiana nickte. »Einverstanden?« Eine nach der anderen nickten sie. »Augusta, ich glaube abgesehen vom *Almack's*-Ball ist dein Ball die erste Veranstaltung, die wir besuchen werden.«

»Das stimmt.« Sie wollte die Augen verdrehen. »Meine Mutter hat ihn geplant, bevor ich meine Familie darüber in Kenntnis gesetzt habe, dass ich studieren möchte.«

»Umso besser«, beharrte ihre Freundin, »dann wird das die perfekte Gelegenheit, um zu proben.«

»Wir könnten uns sogar ein paar Szenarien ausdenken, um unsere Aufgaben zu üben«, schlug Adeline vor. »Augusta, kannst du dafür sorgen, dass wir im Rothwell House vorbeikommen dürfen, um uns mit allem vertraut zu machen?«

»Natürlich.« Louisa würde die Idee ausgezeichnet finden. »Aber wie soll uns das weiterhelfen, wenn wir die anderen Häuser doch gar nicht kennen?«

»Wir üben einfach, zu verschwinden, damit die anderen uns finden können«, sagte Adeline.

»Wie das Spiel *Sardines*.« Die anderen sahen Augusta an, als hätten sie keine Ahnung, wovon sie sprach. »Bei *Sardines* versteckt sich nur eine Person und alle anderen versuchen, sie zu finden. In Spanien ist das sehr beliebt.«

»Dann spielen wir *Sardines*.« Henrietta lachte.

»Werdet ihr diese Woche auf den *Almack's*-Ball gehen?« Augusta würde es schön finden, dort auf Freundinnen zu treffen, mit denen sie die Erfahrung teilen könnte.

»Ich werde mit Dotty und Merton hingehen«, sagte Henrietta.

»Meine Mutter, mein Bruder und meine Schwester werden mich begleiten«, sagte Georgiana.

»Caro und Huntley nehmen mich mit«, antwortete Dorie.

»Ich werde auch dort sein, mit meinem Bruder und meiner Schwägerin. Wivenly wollte erst nicht mitkommen, aber dann hat Eugénie gesagt, er könne auch gerne zu Hause bleiben, und dass sie tanzen würde, mit wem sie wolle.« Adeline kicherte. »Sie hat es auf eine Art und Weise gesagt, als wäre ihr egal, ob er kommt, aber mein Bruder hasst es, wenn andere Männer sie zum Tanz auffordern. Also wird er uns begleiten.«

Obwohl alle lachten, war Augusta froh, dass ihr Bruder nicht so wie Adelines war.

Augusta hoffte, dass sie und ihre Freundinnen ein ähnliches Vertrauen zueinander aufbauen würden, wie das, was ihre Schwester und deren Freundinnen zueinander hatten. Es sah ganz danach aus, als wären sie auf dem besten Weg dorthin. Würden sie befreundet bleiben, wenn sie sich auf die Reise machte, oder würde sie neue Freundinnen finden müssen, wenn sie zurückkam?

KAPITEL 6

»Du bist erstaunlich entspannt«, bemerkte Louisa, als ihre Stadtkutsche zwei Tage später vor dem *Almack's* Halt machte. »Charlotte und ich hatten beide einen Nervenzusammenbruch und meine Schwägerin Lucinda ist beinahe krank geworden.«

Augusta ließ die schlichte Fassade des Gebäudes auf sich wirken. Vielleicht war sie entspannt, weil ihr der Ball egal war. Das Tanzen würde Spaß machen, und ihr war klar, dass sie zum Tanzen aufgefordert werden würde, aber alles andere kümmerte sie nicht. Sie würde sich von den Patronessen nicht einschüchtern lassen. Lady Jersey war schon seit Jahren mit ihrer Mutter befreundet und Prinzessin Esterházy und ihr Mann hatten Augusta dabei geholfen, Lehrer für deutsche Literatur, verschiedene italienische Dialekte und ein paar slawische Sprachen zu finden.

»Das kann ich mir kaum vorstellen.« Louisa ließ sich nicht leicht aus der Fassung bringen. Die Tür wurde geöffnet und ein Bediensteter half ihr auf den Gehsteig.

»Ich mir auch nicht.« Rothwell stieg aus der Kutsche, drehte sich um und half Louisa.

»Aber es stimmt.« Sie nahm den Arm, den er ihr anbot, und Augusta beanspruchte den anderen.

Sie kamen an einem großen Raum mit gedeckten Tischen vorbei. Es handle sich um den Speisesaal, sagte man ihr. Die hohen Fenster des Ballsaales waren mit blauen Vorhängen bestückt und ein kleiner Balkon, auf dem ein Orchester seine Instrumente stimmte, ragte oben hervor.

Mutter kam auf sie zu, als sie den Saal betraten, und lächelte. »Sei nicht nervös. Alles wird gut laufen.«

Augusta wollte die Augen verdrehen. Es wäre sinnlos, ihrer Mutter klarzumachen, dass sie nichts als reine Neugier verspürte. Schließlich hatte sie schon einiges über die berühmten Ballsäle gehört. Und beunruhigt musste sie auch nicht sein. Sie war für den Anlass angemessen gekleidet, wusste, wie sie zu tanzen und sich zu benehmen hatte, und verspürte keinerlei Verlangen, eine Bindung einzugehen. Somit gab es keinen Grund zur Sorge.

Von der anderen Seite der Tanzfläche aus erhaschte Dorie einen Blick auf Augusta und lächelte. Dorie unterhielt sich gerade mit einem großen Gentleman, der ihr so ähnlich sah, dass es sich um ihren Bruder, den Earl of Huntley, handeln musste. Augusta entdeckte Lady Huntley. Von ihren anderen Freundinnen war nur Georgiana anwesend. Hoffentlich würden Henrietta und Adeline bald auftauchen.

Kurz darauf kam ein Gentleman, der etwa Ende zwanzig sein musste, auf sie zu und verbeugte sich. »Rothwell, Euer Gnaden.«

»Ah, ja.« Rothwell blickte zu Augusta. »Meine Liebe, darf ich dir Lord Bottomley vorstellen? Bottomley, meine Schwester Lady Augusta Vivers.«

»Wie geht es Ihnen, Mylord?« Sie sank in einen Knicks, der einem Vizegrafen gebührte, und bot ihm die Hand an.

Er berührte ihre Finger und verneigte sich vor ihr. »Mein Abend hat sich zum Besseren gewendet, seit ich

Ihre Bekanntschaft gemacht habe, Mylady. Darf ich hoffen, dass Sie einen Tanz frei haben?«

»In der Tat, das habe ich.« Sie lächelte ihn höflich an. »Wenn Sie wünschen, dürfen Sie mein nächstes Tanz-Set in Anspruch nehmen.«

Der Tanz war ein Schottischer Reel, einer ihrer Lieblingstänze. Der Herr blieb bei ihnen stehen und unterhielt sich über das Wetter und irgendwelche Menschen, die sie nicht kannte, bis der Tanz anfing.

Als er sie nach dem Set zu ihrer Schwester und ihrem Schwager zurückbrachte, warteten bereits zwei weitere Gentlemen darauf, ihr vorgestellt zu werden. Einer tanzte eine Quadrille mit ihr und der andere einen Kontratanz.

Lord Phineas kam mit einem Gentleman, der wohl sein Bruder sein musste – auch hier erkannte sie eine starke familiäre Ähnlichkeit – und mit Lady Dorchester auf den Ball.

Inzwischen war der große Saal gefüllt mit ausgewählten Mitgliedern der feinen Gesellschaft, die das Glück hatten, eingeladen worden zu sein. Nicht weit von Augusta lachte eine junge Dame lautstark los und wurde auf der Stelle ermahnt.

Mrs. Drummond-Burrell kam mit einem Gentleman auf sie zu und Louisa flüsterte: »Du wirst mit ihm tanzen müssen, aber seine politischen Einstellungen werden dir garantiert nicht gefallen.«

»Glaubst du wirklich, er wird versuchen, sich über irgendetwas von Bedeutung zu unterhalten?«, murmelte Augusta. »Bis jetzt scheint das nicht der Fall zu sein.«

Bevor Louisa antworten konnte, knickste Ihre Ladyschaft. »Euer Gnaden. Lady Augusta. Bitte erlauben Sie mir, Ihnen Lord Lytton als geeigneten Partner für den Walzer vorzuschlagen.«

»Vielen Dank, Mylady.« Augusta sank in einen Knicks. »Mylord, es ist mir eine Freude, Sie kennenzulernen.«

»Die Freude ist ganz meinerseits.« Er verbeugte sich und bot ihr den Arm an, als die ersten Akkorde des Walzers angestimmt wurden.

Er konnte gut tanzen – das schien bei den meisten Männern der Fall zu sein – doch wie bei den anderen ließ das Gespräch mit ihm zu wünschen übrig. Sie hätte sich lieber ein Wortgefecht über Politik mit ihm geliefert, als sich wieder einmal über das Wetter zu unterhalten, oder darüber, wie sehr sie ihre Ballsaison genoss.

Dieses Mal jedoch, als sie zu Louisa und Rothwell zurückkehrte, stand Lord Phineas bei ihnen. Kaum hatte sie ihren Tanzpartner verabschiedet, fragte er: »Mylady, haben Sie noch einen Tanz frei?«

Das hatte sie. Es war ihr letzter an diesem Abend. Wie ihre Schwestern es schon vor ihr getan hatten, würde sie nach dem Supper nach Hause gehen. Oder vor dem Supper, wenn Rothwell seinen Willen durchsetzte. Er hatte sich bitterlich über die Mahlzeiten beschwert, die auf den *Almack's*-Bällen serviert wurden. »Nur, wenn Sie versprechen, nicht über das Wetter zu reden.«

Louisa schüttelte den Kopf und verdeckte die Augen. Rothwells Schultern bebten.

Lord Phineas brach in Gelächter aus. »Ich kann Ihnen versichern, dass ich überhaupt keine Meinung über das Wetter habe. Abgesehen davon, dass es sehr viel kälter ist, als ich es gewohnt bin.«

Rothwell grinste. »Ich habe Worthington ja gesagt, dass sie keinen Deut besser sein würde, als du es warst, Liebste.« Er zog Louisa näher zu sich. »Alle dachten, Augusta würde ruhiger und braver sein, weil sie immer so versunken in ihre Bücher ist. Aber das kommt dabei raus, wenn man eine Vivers-Dame auf den *Bon Ton* loslässt.«

»Ich bin froh, dass nicht alle jungen Damen versuchen, ihre Intelligenz hinter öden Gesprächen zu verstecken.« Lord Phineas streckte seinen Arm aus. »Sollen wir tanzen, Mylady?«

Es waren erst ein paar Sekunden des Sets vergangen und Augusta amüsierte sich schon mehr, als sie es den ganzen Abend getan hatte. Nicht nur war Lord Phineas ein ausgezeichneter Tanzpartner, er brachte sie obendrein durch seine Geschichten zum Lachen.

»Da war ich also, versteckte mich auf einem schmalen Fensterbrett über einem gepflasterten Hof und wartete darauf, dass die Frau mein Zimmer verlässt.« Er sah sie an und grinste reuevoll. »Ich schätze, diese Geschichte ist nichts für eine junge Dame.«

»Für die meisten jungen Damen vielleicht nicht, aber ich fand sie großartig. Ich nehme an, Sie haben auf dem Weg dorthin die Route von den Kanaren nach St. Lucia genommen.«

Seine Augen weiteten sich schockiert. »Woher kennen Sie die Segelrouten?«

»Geografie ist eine meiner Leidenschaften. Da gehört es natürlich dazu, über die Passatwinde Bescheid zu wissen.« Es erstaunte sie, wie viele Menschen junge Damen für völlig unwissend hielten. »Ich weiß auch, wie man anhand der Sterne navigiert. Obwohl ich noch nie die Gelegenheit hatte, dieses Wissen anzuwenden.«

»Jetzt, wo Sie es sagen, meine Schwägerin hat erwähnt, dass Geografie eine ihrer Leidenschaften ist. Ich war so fasziniert davon, dass Sie Nahuatl sprechen, dass ich völlig vergessen habe, Sie nach anderen Dingen zu fragen.« Sie wirbelten wieder über die Tanzfläche und wechselten danach die Position. »Hatte Ihr Bruder nicht erwähnt, dass Sie mehrere Sprachen sprechen?«

»In der Tat.« Augusta beschloss, ihn nicht daran zu erinnern, wie viele es genau waren. Sie beherrschte Fremdsprachen schon seit sie ein kleines Kind war. »Ich finde es faszinierend, wie sehr sie sich unterscheiden, aber in vielerlei Hinsicht sind sie alle gleich. Manche Sprachen haben ähnliche Wörter, obwohl sie nicht derselben Sprachfamilie angehören.«

»Sie hatten erwähnt, dass Sie von Mr. Marsden unterrichtet wurden. Hatten Sie auch die Gelegenheit, von anderen Sprachexperten zu lernen?«

»Ich hatte das Glück, dass meine Familie ihre Beziehungen nutzen konnte, um Professoren und andere Experten zu finden, von denen ich lernen konnte. Schon mit fünf Jahren konnte ich Italienisch sprechen und lesen.«

»Spannend.« Seine grauen Augen fixierten sie auf eine Art und Weise, der sie sich nicht hingeben sollte.

Es war zu einfach, sich mit ihm zu unterhalten. Er sah aus, als wollte er ihr noch eine Frage stellen, doch sie suchte keinen Gentleman, mit dem sie viel gemeinsam hatte. Das würde ihre Pläne durcheinanderbringen.

Er schien zwar, als würde er ihr Vorhaben, zu studieren, nicht verurteilen, aber dennoch durfte sie es keineswegs preisgeben. »Warum haben Sie beschlossen, die Tempel der Azteken zu studieren?«

»Nicht nur ihre Tempel, sondern auch die Grundstruktur ihrer Häuser.« Ihre Blicke trafen sich und seine Augen schienen wärmer zu werden. »Ich habe mir zum Ziel gesetzt, mehr über Architektur zu lernen, als mein Vater einen griechischen Zierbau errichten ließ. Ich wäre gerne nach Europa gereist, um die mittelalterlichen Kirchen und andere Bauten zu studieren, aber wegen des Krieges hat meine Familie mich dazu angeregt, nach Mexiko zu segeln.«

»Haben Sie Ihre Zeit dort genossen?« Wie aufregend es gewesen sein musste, Bauten zu studieren, die so anders als die in England waren.

»Durchaus.« Sein Grinsen ließ ihn jünger aussehen. »Ich habe es sehr bedauert, wieder abreisen zu müssen.« Als sie eine weitere Drehung machten, bemerkte er, dass Lytton sie beobachtete. »Übrigens, falls Sie jemals eine Ausrede brauchen, um nicht mit dem guten Earl dort hinten zu tanzen, sagen Sie ihm, der Tanz ist bereits an mich vergeben.«

»Ich nehme an, Sie meinen Lord Lytton.« Er war der einzige Earl, mit dem sie an diesem Abend getanzt hatte. Lord Phineas' Angebot war zuvorkommend. Sie hatte tatsächlich nur ungern Zeit mit dem Earl verbracht.

»Korrekt.« Er hätte beinahe die Augen verdreht. »Sogar, wenn er versucht, interessant zu sein, ist er sterbenslangweilig.«

Augusta kämpfte dagegen an, zu lachen, doch ein kleines Kichern entfloh ihr. »Das, mein Herr, ist nicht gerade freundlich.«

»Aber vollkommen wahr.« Er blickte wieder zum Earl. »Ich weiß, wovon ich spreche. Wir sind acht endlose Jahre lang zusammen zur Schule gegangen. Er wollte nur mein Freund sein, weil mein Vater ein Marquis ist.«

Charlie hatte die Männer erwähnt, die nur für die Geschäftsbeziehungen nach Oxford gingen. Kein Wunder, dass der Earl sie so penetrant nach ihrer Familie gefragt hatte. »Wenn ich nicht mit ihm befreundet wäre, dann würde ich ihn als Speichellecker bezeichnen.«

»Ich glaube, in diesem Fall kann selbst ein Freund ein Speichellecker sein.« Er warf ihr ein schiefes Lächeln zu und völlig unfreiwillig verschlug es ihr den Atem. Das war ganz und gar nicht gut.

Phinn hätte Lady Augusta früher zu einem Tanz auffordern sollen. Vielleicht hätte er sie davor bewahren können, mit dem Earl zu tanzen. »So ist es.« Und sie war klug. Sie hatte das Gespräch geschickt von sich auf ihn gelenkt. Phinn wollte wissen, wie es ihr gelang, in so kurzer Zeit so viel zu lernen. »Kommen Sie bei all den Sprachen manchmal durcheinander?«

»Nein, nie.« Sie schüttelte leicht ihren Kopf. »Ich habe ein ausgezeichnetes Gedächtnis für Sprachen in geschriebener und gesprochener Form. Immer, wenn ich Gedichte auswendig gelernt habe, konnte ich sie noch Jahre später rezitieren.«

Wäre Lady Augusta ein Mann, hätte sie problemlos einen Posten im Auswärtigen Amt ergattern können. Offenbar stimmte sein erster Eindruck: Sie würde die männlichen Mitglieder des *Bon Ton* völlig abschrecken. »Haben Sie jemals versucht, sich ägyptische Hieroglyphen anzueignen?«

»Das habe ich.« Sie lächelte ihn an, als wäre er die faszinierendste Person im Saal, obwohl sie selbst die hinreißendste Dame war, die er je kennengelernt hatte. »Sie sind so ungewöhnlich. Ich konnte bereits Nachzeichnungen und Kopien studieren, aber ich würde nur zu gerne nach Ägypten reisen und echte Hieroglyphen sehen.«

Phinn hätte sich noch den ganzen Abend mit ihr unterhalten können und war enttäuscht, dass der Tanz, den er ursprünglich gar nicht gewollt hatte, zum Ende kam. Das musste die kürzeste halbe Stunde gewesen sein, die er je erlebt hatte. »Möchten Sie morgen Nachmittag eine Runde im Park mit mir drehen?«

Einen Moment lang neigte sie den Kopf leicht zur Seite. »Ja, aber ich würde gerne meine eigene Kutsche nehmen, wenn Sie nichts dagegen haben.«

»Überhaupt nicht.« Das würde ihm ersparen, die Kutsche seines Bruders auszuleihen. »Ich werde um fünf Uhr beim Worthington House sein.«

»Ich freue mich darauf.« Der Tanz endete und sie verbeugten sich und knicksten, bevor sie dorthin zurückschlenderten, wo ihre Schwester und ihr Schwager warteten.

»Hättest du etwas dagegen, wenn wir nicht zum Supper bleiben?«, fragte ihre Schwester.

Lady Augusta hielt inne. »Warum fragst du?«

Die Herzogin sah ihren Gatten an. »Rothwell ist gerade eingefallen, dass er schwachen Tee und hartes Brot nicht leiden kann.«

»Ich glaube, das weiß er schon lange.« Lady Augusta schmunzelte leicht. »Ich kann es ihm nicht verübeln.«

Phinn wünschte, sie würde bleiben, damit er sich weiter mit ihr unterhalten könnte. »Mylady. Euer Gnaden.« Er verneigte sich. »Ich wünsche einen schönen Abend.« Er nahm Lady Augustas Hand. »Wir sehen uns morgen.«

»Ja, ich freue mich auf unsere Spazierfahrt. Guten Abend, Mylord.«

Phinn machte sich auf den Weg zurück zu seinem Bruder und seiner Schwägerin und wünschte sich, auch fliehen zu können.

»Wie war der Tanz?«, fragte Helen in der Sekunde, als er ankam.

»Ich hatte eine wunderbare Zeit.« Es gab keinen Grund, zu lügen. Er und Lady Augusta hatten oft genug gelacht und gelächelt, dass es wohl jeder mitbekommen hatte. »Ich nehme sie morgen mit auf eine Spazierfahrt.«

Sein Bruder räusperte sich. »Ich nehme an, das bedeutet, du willst meinen Zweispänner ausleihen.«

»Nein, wir nehmen ihren.« Beide hoben die Augenbrauen und er musste fast lachen.

»Ach ja?«, stichelte Helen, nachdem sich ihre Miene wieder entspannt hatte.

»Ich freue mich schon darauf. Danach zu urteilen, was ich bisher gesehen habe« – sehr wenig – »ist sie eine ausgezeichnete Fahrerin.« Jedenfalls ging er davon aus.

»Ja«, murmelte Dorchester. »Weder Worthington noch Wolverton wird nachgesagt, dumm zu sein. Wenn ihr ein hochaufgesetzter Phaeton überlassen wurde, dann kann man nur annehmen, dass sie weiß, wie man sicher damit umspringt.«

»Ich schätze, du hast recht, Schatz.« Helen legte die Hand auf Dorchesters Arm. »Sowohl Lady Kenilworth als auch die Herzogin wissen, wie man ein Sportfahrzeug fährt.« Sie sah Phinn an. »Gibt es noch andere Ladies, mit denen du tanzen möchtest?«

»Nein.« Nachdem er Zeit mit Augusta verbracht hatte, würde jede Lady ihn zu Tode langweilen. »Um ehrlich zu sein, bin ich bereit, nach Hause zu fahren.«

Leider war Helen noch nicht fertig mit ihrem Verhör. Als sie ihre Plätze in der Kutsche eingenommen hatten, sagte sie: »Du und Augusta scheint eine Menge gemeinsam zu haben. Es war deutlich zu sehen, dass sich die Unterhaltung nicht um das Wetter drehte.«

»Sie ist beeindruckend.« Und ganz anders, als alle anderen Frauen, die Phinn je kennengelernt hatte. »Wusstest du, dass sie eine Polyglotte ist?«

Das Licht in der Kutsche war gerade hell genug, dass er das Stirnrunzeln seiner Schwägerin und die Falte, die sich zwischen ihren Augenbrauen gebildet hatte, erkennen konnte. »Was ist eine Polyglotte?«

»Sie spricht mehrere Sprachen. Und sie kann ägyptische Hieroglyphen lesen.«

»Sind das diese verwackelten Striche, die in Grabstätten geritzt sind?« Helen klang misstrauisch.

»Ähm, ja.« Ihre Augen verengten sich. Was zum Teufel war los? »Früher sah die geschriebene Sprache so aus.«

Helen presste die Lippen aufeinander. »Ihre Mutter hat mir geschworen, dass sie kein Blaustrumpf ist.«

»Oh.« Darüber musste Phinn erst mal nachdenken. Die meisten bekannten Blaustrümpfe, die er kennengelernt hatte, waren Augusta kein bisschen ähnlich. Im Gegensatz zu ihr trugen sie langweilige Kleider, als wäre es ihnen egal, wie sie aussahen. Lady Augusta hingegen hatte ein blaues Kleid getragen, das gerade tief genug geschnitten war, dass die Kurven ihrer Brust aufreizend aus ihrem Korsett hervorragten. Sie hatte darin geschimmert. Außerdem schienen Blaustrümpfe nicht oft zu lächeln. Und ganz bestimmt hatte keine von ihnen sein Glied steif werden lassen. Helen wartete immer noch auf seine Antwort. »Ich glaube nicht, dass man sie als Blaustrumpf bezeichnen könnte. Sie ist einfach sehr intelligent, und sie hatte die Möglichkeit, ihre Talente zu nutzen.«

Dorchester warf ihm einen Blick zu, als wüsste er, dass Phinn schwindelte.

»Ich schätze ... nun, ich schätze, da ist etwas dran«, sagte Helen, sichtlich irritiert.

Sein Bruder blickte kopfschüttelnd zum Kutschendach und Phinn presste die Lippen fest zusammen, um Helen nicht durch sein Lachen zu verärgern.

»Ich finde trotzdem, du hast eine Chance verpasst, mit ihr zu tanzen, als Lytton Clementia Drummond-Burrell dazu gebracht hat, Lady Augusta *ihn* für den ersten Walzer vorzuschlagen.«

Offensichtlich war dieses Gespräch noch nicht vorbei und der ganze Abend würde noch besprochen werden müssen. »Lady Augusta war nicht gerade beeindruckt von ihm. Soweit ich weiß, hielt sie ihn für einen schlechten Gesprächspartner.«

»Ich kenne ihn nicht gut, aber er ist ein *Earl* auf der Suche nach einer Ehefrau.«

Phinn nahm an, dass ihm diese Bemerkung bewusst machen sollte, dass er Konkurrenz um Augusta hatte.

Lytton könnte zehnfacher Earl sein und dennoch bezweifelte Phinn, dass Lady Augusta einen Lackaffen wollte.

»Wie Phinn schon gesagt hat, Schatz« – Dorchester streichelte Helens Hand – »gibt es keinen Grund zur Sorge, denke ich. Lady Augusta scheint dieselbe Art von Dame zu sein wie die anderen Ladies in ihrer Familie. Ich glaube nicht, dass sein Rang sie umstimmen wird.«

»Das ist alles schön und gut, aber ihre Schwester hat einen Herzog geheiratet.« Helens Tonfall war rau und sarkastisch zugleich. »Und ihre angeheiratete Schwester einen Marquis.«

Phinn gab seinem Bruder recht. Doch Lady Augustas Verhalten hatte etwas an sich, bei dem er sich fragte, was es brauchte, um sie von einem Mann zu überzeugen. Und genau diese Art von Gedanken brachten einen Kerl, der nicht heiraten wollte, in Schwierigkeiten. Es war eine Gratwanderung, anregende Gespräche mit Lady Augusta zu führen, ohne eine Zuneigung für sie zu entwickeln.

KAPITEL 7

Am Nachmittag darauf erschien Phinn um Punkt fünf Uhr vor Worthington House und rechnete damit, warten zu müssen. Überraschenderweise streifte Augusta sich bereits die Handschuhe über, als er ins Haus geführt wurde. In ihrem gelben, mit Blumenmuster bestickten Kutschenkleid und dem Wolljäckchen, das ihre Brüste umschmeichelte, sah sie aus wie die Frühlingssonne in Person.

»Mylady.« Er verneigte sich.

»Mylord.« Der Butler hielt die Tür auf. »Sollen wir aufbrechen?«

Statt seinen Arm zu nehmen, steuerte sie direkt auf den Phaeton zu, und er musste seine Schritte vergrößern, um vor ihr beim Fahrzeug anzukommen. »Erlauben Sie mir, Ihnen zu hineinzuhelfen.«

»Dankeschön.« Sie hielt ihm die Hand hin und erwartete offensichtlich, dass er sie nahm. Stattdessen umfasste er mit seinen Händen ihre Taille. Seine Handflächen wurden wärmer, als er die Einkerbung ihrer Taille und die Rundungen ihrer Hüfte berührte. Er schnappte nach Luft. Sie trug wohl ein kurzes Mieder. Man hätte ihn warnen sollen. Das war gar nicht gut. Er wollte die Kutschenfahrt hinschmeißen, seinen Körper an ihren schmiegen und Beute machen.

Lady Augusta versteifte sich, ihr Atem wurde schneller und ihre Augen weiteten sich. Phinn verlor keine Zeit und hob sie umgehend in den Sitz.

Was zur Hölle hatte er sich dabei gedacht?

Ohne ein Wort zu sagen, ging er um den Phaeton herum und stieg auf die Sitzbank. Sie gab den Pferden ein Zeichen und sie bewegten sich aus dem Square. Wie erwartet steuerte sie die Kutsche überaus gekonnt. Doch die Art und Weise, wie sie stur nach vorne blickte, gab ihm das Gefühl, sie würde ihn ignorieren. Nicht, dass er es ihr verübeln könnte, aber mit dieser Stille konnte es nicht weitergehen. Er zog in Erwägung, sich bei ihr zu entschuldigen, doch das würde die Situation nur noch unangenehmer machen. Und mal abgesehen davon bedauerte er seine Tat kein bisschen.

Er versuchte, einen Finger zwischen seinen Hals und sein Halstuch zu schieben, doch seine Handschuhe waren zu dick. »Sie können außerordentlich gut Kutschen fahren.«

Lady Augusta warf ihm ein flüchtiges Lächeln zu. »Dankeschön. Mir ist aufgefallen, dass das ja Ihre erste Ballsaison hier in London ist, genauso wie bei mir.«

Ah, sie wollte wohl eine leichte Unterhaltung führen. Nach der Anziehung, die zwischen ihnen entflammt war, konnte er es ihr nicht übelnehmen. »So ist es. Ich habe nicht viel Zeit in London verbracht, bevor ich nach Mexiko gesegelt bin. Es hat mich mehr gereizt, Schottland und Wales zu erkunden und die alten Burgen zu studieren.«

»Das muss faszinierend gewesen sein.« Sie klang wehmütig. Wahrscheinlich war ihr nicht einmal gestattet, mit einer Gruppe einen Wanderausflug in den Lake District zu unternehmen.

Auf einmal wurde ihm klar, wie eingeschränkt das Leben junger Damen doch war. »Das war es.«

Sie hatten den Park erreicht und sie bog ins Tor ein.

»Ich hatte schon ganz vergessen, wie überfüllt es um diese Tageszeit hier ist.«

Das brachte sie zum Lächeln. »Ich glaube, die komplette feine Gesellschaft ist hier versammelt.«

Beide nickten Leuten zu, die sie kannten. Lord Bottomley ritt auf einem wunderschönen kastanienbraunen Pferd auf sie zu. »Lady Augusta, Carter-Woods, guten Tag.« Phinn kannte den Mann aus Schulzeiten. Er hatte nichts gegen Bottomley. Er wünschte sich bloß, er würde sich vom Acker machen.

Er und Augusta erwiderten die Begrüßung des Herrn. »Sagen Sie mal, Lady Augusta, ist das Ihr Gespann?«

»Das ist es.« Sie war sichtlich stolz auf die Kutsche, und zwar berechtigterweise.

»Phinn«, sagte Bottomley, »warum kommst du nicht herunter und hältst mein Pferd, während ich eine Runde mit Lady Augusta drehe?«

»Warum bleibe ich nicht genau da, wo ich bin«, schoss Phinn zurück. »Wenn du mit Lady Augusta eine Fahrt unternehmen möchtest, dann kannst du dein eigenes Treffen vereinbaren.« Er blickte zu Augusta, die etwas verwirrt aussah. »Sollen wir weiterfahren, Mylady?«

»Moment«, sagte Bottomley, als die Kutsche sich langsam nach vorn bewegte. »Wie wäre es morgen mit einer Spazierfahrt?«

»Tut mir leid, Bottomley«, antwortete Phinn. »Ich glaube, da habe ich schon etwas vor.«

Einen Moment lang schien es dem Mann völlig die Sprache verschlagen zu haben. Dann brachte er sein Pferd zum Traben, holte sie ein und rief: »Du doch nicht, du Schwachkopf. Lady Augusta.«

Ein Kichern platzte aus ihren üppigen, tief rosafarbenen Lippen.

Vor ihnen fuhr ein Landauer, in dem vier ältere Damen saßen. »Lord Bottomley«, sagte eine Frau mit mehreren großen Federn im Hut. »Warum machen Sie eine Szene? Benehmen Sie sich.« Sein Gesicht lief knallrot an. Augusta presste die Lippen fest zusammen, doch sie zuckten unkontrollierbar. Phinn bezweifelte, dass sie ihr Lachen lange unterdrücken konnte, und fragte sich, wer die ältere Lady war. Dann wandte sich die Dame an ihn. »Lord Phineas, ich habe Sie nicht gesehen, seit Sie ein Kind waren.«

»Lady Bellamny«, flüsterte Augusta ihm zu.

Jetzt verstand er. Ihre Ladyschaft war eine der Gorgonen des *Bon Ton*, vor denen sein Bruder ihn gewarnt hatte. »Mylady, es ist mir eine Freude, Sie wiederzusehen.«

Lady Bellamny warf Augusta einen Blick zu. »Gut gemacht.« Dann blickte Ihre Ladyschaft wieder zu ihm. »Es ist deutlich erkennbar, dass Ihre Auslandsreisen *Ihren* Manieren nicht geschadet haben.« Sie richtete ihren verächtlichen dunklen Blick auf Bottomley. »Ganz im Gegensatz zu manchen Männern, die England nie verlassen haben und die feinen Umgangsformen trotzdem vergessen haben.«

Augusta wandte ihren Kopf ab – wahrscheinlich, damit Lady Bellamny sie nicht beim Kichern sehen konnte. Bottomley nuschelte etwas, versuchte, sich auf seinem Pferd zu verbeugen, und ritt davon, um seine Wunden zu lecken. Das Ganze war ziemlich zufriedenstellend verlaufen, soweit Phinn es beurteilen konnte.

Er hätte nie erwartet, dass er sich so sehr amüsieren würde.

Sie zog die Zügel an, die Kutsche bewegte sich nach vorn, und er beschloss, sich die kurze Zweisamkeit zunutze zu machen. »Mylady, würden Sie morgen wieder mit mir spazieren fahren?«

Als sie endlich zu ihm blickte, waren ihre Augen völlig tränenunterlaufen. Womit hatte er sie zum Weinen gebracht? Er überlegte, wie er sie trösten sollte, dann sagte sie mit zitternder Stimme: »Ja, aber nur, wenn Sie mich nicht zum Lachen bringen.«

Ah, Freudentränen. Das änderte alles. »Sie stellen ganz schön viele Ansprüche, Mylady.« Phinn versuchte, so förmlich wie möglich zu klingen. »Ich darf nicht über das Wetter reden und ich darf Sie nicht zum Lachen bringen. Was bitte darf ich denn tun?«

»Wissen Sie, wie man eine Kutsche fährt?«, fragte sie mit erstickter Stimme.

»Natürlich.« Was hatte das denn jetzt damit zu tun?

»Gut.« Sie drückte ihm die Zügel in die Hand, verdeckte ihr Gesicht mit ihren Händen und versank in der Heiterkeit, die sie versucht hatte, zu unterdrücken. Es dauerte mindestens eine Minute, bis sie sich wieder gefasst hatte und die Zügel zurücknahm. »Dankeschön.«

»Gern geschehen.« Sie hatte seine Frage noch immer nicht beantwortet. »Habe ich Sie so sehr zum Lachen gebracht, dass Sie nicht mehr mit mir spazieren fahren möchten?«

»Nein.« Sie grinste. »Ich habe sehr viel mehr Spaß mit Ihnen als erwartet.«

Bevor er fragen konnte, was sie damit meinte – sie war wirklich die sonderbarste Dame, die er je getroffen hatte – kam Lytton auf sie zugeritten.

»Lady Augusta. Lord Phineas.« Als er Phinns Namen aussprach, klang es, als hätte er etwas Saures im Mund. Er betrachtete den Phaeton, dann Phinn. »Es überrascht mich, dass Sie einer anderen Person erlauben, Ihre neue Kutsche zu fahren.«

»Sie irren sich. Das ist Lady Augustas Phaeton. Ich kann mich glücklich schätzen, dass sie mir erlaubt hat, ihn kurz zu fahren.«

Der Mann schnaubte. »Mylady, ich habe angehalten, um Sie zu bitten, morgen Abend auf Lady Wolvertons Ball den Supper-Tanz mit mir zu tanzen.«

Im Handumdrehen verzog sie die Miene zu einer ausdruckslosen Maske. »Es tut mir leid, Mylord, aber dieses Tanz-Set ist bereits vergeben. Lord Phineas hat schon darum gebeten.«

Er war mehr als zufrieden, dass sie sich an sein Angebot erinnerte. Er sah Seine Lordschaft an und lächelte selbstgefällig. »So ist es.«

Der Mann sah aus, als hätte er eine Kröte verschluckt. »Haben Sie noch einen Kontratanz frei?«

Augusta sah Lytton unschuldig in die Augen. »Ich habe noch das dritte Set frei. Ich glaube, es ist ein Figurentanz.«

»Dankeschön, Mylady. Wir sehen uns morgen.« Er neigte seinen Kopf, bevor er davonritt.

Phinn wünschte, er hätte sie davor bewahren können, überhaupt mit dem Mann zu tanzen. Aber wenn man in Mexiko mehr als einmal mit einer Dame tanzte, war das gleichbedeutend mit einer Verlobung. Und so sehr er auch Gefallen an Augusta fand, würde das sein Leben nur komplizierter machen.

***

Augusta war froh, dass Lord Lytton nicht bei ihnen verweilte. Wenn sie doch nur genug Gentlemen kennen würde, um ihre Tanzkarte zu füllen. Grace und Mutter hatten Augusta gewarnt, dass sie, wenn sie einem Gentleman vor einer Veranstaltung absagte, einen anderen finden müsste, der seinen Platz einnahm. Nicht nur das, wenn ein Gentleman sie während eines Balls zu einem Tanz aufforderte, den sie noch frei hatte, musste sie seine Aufforderung annehmen oder den Rest des Abends nicht mehr tanzen. Doch was, wenn all ihre Tänze belegt waren, bis auf einen? Dürfte sie sich dann eine Ausrede ausdenken? Sie musste jemanden fragen.

»Sie hätten ihm sagen sollen, dass Sie keine Tänze mehr frei haben«, sagte Lord Phineas.

»Wenn das möglich gewesen wäre, hätte ich es getan. Wissen Sie denn nicht, wie viele Tanz- und Verhaltensregeln jungen Damen auferlegt werden?«

Er schien über die Frage nachzudenken, dann schüttelte er den Kopf. »Ich kenne nur eine.«

»Wenn das so ist, erläutere ich sie Ihnen mal.« Als sie fertig damit war, ihm zu erklären, dass man nicht einfach so mit einem Gentleman tanzen, sondern sich höchstens zwei Mal formell von ihm zum Tanz auffordern lassen sollte, es sei denn, man war mit ihm verlobt; dass man nicht zu laut, jedoch stets höflich lachen sollte, wenn ein Gentleman sich für witzig hielt; und all die anderen Dinge darzulegen, die ihr beigebracht worden waren, fielen ihm schier die Augen aus dem Kopf.

»Kein Wunder, dass sich alle jungen Damen gleich verhalten«, sagte er langsam.

»Ganz genau.« Augusta beschloss, der Unterhaltung noch einen letzten Gnadenstoß zu versetzen. »Und wussten Sie, dass eine Lady ihre Intelligenz überhaupt nicht zeigen soll?«

»Ein paar Dinge, die meine Schwägerin gesagt hat, haben es schon angedeutet.« Er klang nachdenklich. »Aber Sie verstecken Ihren Intellekt nicht.«

»Nein, keineswegs. Meine Schwestern und Lady Merton haben es auch nicht getan. Unsere Familien sind sehr fortschrittlich eingestellt.« Abgesehen von Mutter, die inzwischen geradezu besessen davon war, dass Augusta heiraten sollte. »Andererseits wollen die meisten Gentlemen sowieso keine richtigen Gespräche führen. Es fällt mir also nicht schwer, angemessene Antworten zu geben, während ich eigentlich über andere Dinge nachdenke.«

»Beeindruckend«, sinnierte er. Allerdings hatte sie das Gefühl, er sprach mehr mit sich selbst als mit ihr. Wahrscheinlich wollte Lord Phineas nur ungern weiter über all das nachdenken. Schließlich betrafen ihn diese Regeln nicht.

Sie hatten Worthington House erreicht und sie brachte den Phaeton zum Halt. Sie hätte Phineas noch zum Haus seines Bruders gebracht, doch sie durfte die kurze Strecke zwischen Grosvenor Square und Berkeley Square nicht ohne einen Stallburschen oder eine andere Aufsichtsperson zurücklegen.

»Was passiert, wenn irgend so ein niederträchtiger Kerl Sie um einen Tanz bittet?«

Für einen Moment konnte sie ihn nur ungläubig anstarren. Er hatte tatsächlich über all das nachgedacht, was sie ihm erklärt hatte. Sie lächelte. »Ganz einfach. Wenn ihm tatsächlich ein unflätiger Ruf nacheilt, dann hätte ich gar nicht erst die Bekanntschaft mit ihm gemacht. Somit dürfte ich auch nicht mit ihm tanzen.« Sie dachte noch einmal darüber nach, was sie ihm gesagt hatte. »Ich habe doch erwähnt, dass ich mit keinem Mann tanzen darf, der mir nicht förmlich vorgestellt wurde.«

»Stimmt. Das haben Sie. Ich hatte nur nicht realisiert, dass es kaum Situationen gibt, in denen jemand Ihnen gedankenlos einen Mann vorstellt, den Sie nicht kennen sollten.«

»In so einem Fall würde mein Bruder einschreiten.« Und zwar nicht allzu höflich.

»Ja, natürlich.« Er nickte leicht, als würde er sich die Regeln noch immer durch den Kopf gehen lassen.

»Augusta.« Walter stand neben der Kutsche. »Du solltest die Pferde nicht zu lange stehen lassen.«

»Oh, ja. Natürlich.« Wie lange hatten sie und Lord Phineas dagesessen? »Ich muss wohl die Zeit vergessen haben.«

»Keine Sorge.« Walter schniefte. »Ich hätte nie gedacht, dass ich einmal eine fundierte Diskussion zum Thema Tanzpartner hören würde.«

Sie und Lord Phineas tauschten Blicke und ein Lächeln aus. »Ich schätze, ich sollte mich auf den Weg machen.«

»Ich sollte reingehen.« Sie *wollte* eigentlich dortbleiben und sich weiter mit ihm unterhalten. Walter ging zu ihrer Seite der Kutsche hinüber, um ihr herauszuhelfen, und Augusta wünschte sich fast, es wäre stattdessen Lord Phineas gewesen.

Obwohl sie ihre Reaktion, als er sie schon einmal hochgehoben hatte, nicht gerne wiedererlebt hätte. Sie war viel zu verwirrend gewesen.

Phinn kam zu ihr herüber, nahm ihre Finger in die Hand und küsste ihre Knöchel. »Bis morgen.«

Hitze stieg ihr den Arm hoch, auf dieselbe Art und Weise wie auch ihr Oberkörper erwärmt war, als er ihre Taille berührt hatte. »Bis dann.« Diese Reaktion war viel zu verwirrend. Sie starrte ihn an, wandte sich dem Haus zu, machte einen Schritt nach vorn und drehte sich dann wieder zu ihm um. »Ich muss gehen.«

Er warf ihr einen seltsamen Blick zu. Dachte er, dass sie sauer war? Es kam ihr jedenfalls so vor. »Ja, das sollte ich auch.«

Augusta wollte sich unter keinen Umständen noch einmal umdrehen und hastete zur Eingangstür. Sie würde nach Italien fahren. In ihrem Leben gab es keinen Platz für seltsame Gefühle gegenüber einem Mann.

In der Sekunde, als sie das Haus betrat, wurde sie von ihren Schwestern und Phillip überrannt, die allesamt wissen wollten, wann sie in ihrem Phaeton mitfahren dürften. Gott sei Dank gab es das Chaos in der Familie. Das Letzte, worüber sie jetzt nachdenken wollte, war Lord Phineas.

Sie hielt die Hand hoch. »Moment.« Mary und Theodora würde sie gleichzeitig mitnehmen können. Augusta musterte die Kinder. Die zwei jüngsten hatten bereits Hauben auf dem Kopf. Mary blickte hoffnungs-voll zu ihr hoch und streckte den Fuß aus. Lederschuhe hatte sie ebenfalls an. »Ich werde Mary und Theo mit-nehmen.« Die Zwillinge und Madeline fingen an, zu protestieren, doch Augusta brachte sie wieder zum Schweigen. »Niemand von euch ist angezogen, außer ihnen. Ich werde eine von euch und Phillip mitneh-men, wenn ich zurück bin, dann nehme ich die nächs-ten zwei mit. Die Fahrten werden nicht lange dauern. Ihr müsst euch bald fürs Abendessen fertig machen.«

Als sie die Fahrten um den Berkeley Square hinter sich gebracht hatte, war es höchste Zeit, sich für das Abendessen umzuziehen. Sie alle waren im Kutschen-fahren ausgebildet und hatten abwechselnd die Zügel halten wollten, doch der Nachmittagsverkehr war so rege gewesen, dass Augusta versprechen musste, sie ei-nes Tages schon morgens mit auf eine Fahrt zu neh-men.

Nach dem Abendessen kamen ihre Mutter und Richard zum Tee vorbei. Mutter saß neben Augusta auf dem Sofa. »Wie ich hörte, hattest du eine nette Kut-schenfahrt mit Lord Phineas.«

»In der Tat.« Verdammt, ihre Mutter musste mit Lady Bellamny gesprochen haben. Augusta hätte wissen sol-len, dass es unmöglich war, etwas für sich zu behalten.

»Wie schön.« Ihre Mutter lächelte zufrieden. »Lady Dorchester hat mich wissen lassen, dass Lord Phineas hochangesehen ist. Wusstest du, dass er vor der Royal Society *und* der Royal Institution Vorträge über seine Thesenpapiere halten wird?«

»Das wundert mich nicht.« Augusta trank ihre Tasse Tee aus. Sie wollte sich keine Gedanken über ihn machen. Weder über seinen scharfsinnigen Verstand noch über seine funkelnd silbernen Augen. Oder die Art und Weise, wie er sie zum Lachen brachte. Und ganz bestimmt nicht über diese andere Sache, die passiert war, als sie sich berührt hatten.

Mutter hielt ihre Teetasse an den Mund und sah Augusta an. »Du wirst morgen wieder mit ihm spazieren fahren, nicht wahr?«

Woher hatte sie das erfahren? »Ah, ja, und wir werden auf meinem Ball gemeinsam den Supper-Tanz tanzen.« Sie hielt sich die Hand vor den Mund und täuschte vor, zu gähnen. »Ich muss wirklich ins Bett. Morgen wird ein anstrengender Tag.« Sie stellte ihre Tee- und Untertasse auf den Tisch und stand auf. »Gute Nacht.«

»Wenn ihr mich entschuldigen würdet.« Grace stand auf. »Ich möchte nach meinen Kindern sehen. Gute Nacht.«

Auch Mutter erhob sich. »Wir sollten gehen. Augusta hat recht. Morgen wird ein hektischer Tag.«

Nachdem Augusta, Grace und Matt ihre Mutter und Richard zur Tür gebracht hatten, nahm Grace Augustas Arm. »Wenn du dir sicher bist, dass du diese Saison nicht heiraten möchtest, dann wäre es nett von dir, deiner Mutter keine Hoffnungen zu machen.«

Verflixt und zugenäht! Wie konnte mir das nicht in den Sinn gekommen sein?

So sehr sie seine Gegenwart auch genoss, es war besser so. »Ich werde meine Zeit mit Lord Phineas einschränken.«

Grace runzelte die Stirn. »Nur, wenn du das auch wirklich möchtest. Du scheinst seine Gesellschaft durchaus zu genießen.«

Augusta versuchte, nicht zu seufzen. Er war der einzige Gentleman, abgesehen von Walter, mit dem sie interessante Gespräche führen konnte. »Ich verbringe sehr gerne Zeit mit ihm, aber meine Entscheidung ist getroffen. Wenn es irgendwie möglich ist, möchte ich studieren.«

Sie wünschte ihrer Schwägerin einen guten Abend und steuerte auf ihr Schlafgemach zu. Vielleicht könnten sie und Lord Phineas sich ja zu einer anderen Tageszeit treffen, zu der sie nicht so auffallen würden.

KAPITEL 8

Am Nachmittag des darauffolgenden Tages erschien Phinn wieder um Punkt fünf Uhr vor ihrem Haus. Diesmal musste er einen großen Klopfer aus Messing betätigen, bis ein gehetzt aussehender Bediensteter ihm die Tür aufmachte. »Kommen Sie herein, Mylord. Ich rufe Lady Augusta. Das Haus liegt völlig im Argen wegen des Balls heute Abend.«

Er war zwar nicht das erste Mal in einem Haus, das gerade für einen Ball hergerichtet wurde, aber trotzdem … »Wollen Sie mir damit sagen, dass Lady Augusta sich tatsächlich auf diesen Ball hier vorbereitet?«

Der Bedienstete sah ihn an, als wäre er frisch aus der Irrenanstalt entlassen worden. »Mylord, nicht nur Lady Augusta bereitet sich vor, sondern auch Ihre Ladyschaft, Seine Lordschaft, Mr. Walter, der Rest der Kinder und Lord und Lady Wolverton.«

Es kam Phinn so vor, als hätte er die Bildung im eigenen Land vernachlässigt. »Nun magst dich wahren, Macduff. Ich werde helfen, wo ich kann.'«

»Mein Name ist Franklin, Mylord. Ich glaube nicht, dass wir hier einen Macduff haben. Aber da Lady Merton ständig neue Diener anstellt, weiß man ja nie.« Der Bedienstete drehte sich um. »Kommen Sie mit.«

Der Mann hatte offenbar noch nie Shakespeare gelesen. Ein Jammer, da dieser seine Stücke doch gerade für die einfache Bevölkerung geschrieben hatte.

»Ich meine, gehört zu haben, dass der Ball im Rothwell House stattfinden sollte?« Eigentlich war Phinn sich sicher, dass Helen das gesagt hatte.

»Das sollte er auch, bevor es zu einem Unfall kam.« Der Bedienstete sah ihn an. »Wir haben Eilboten in die ganze Stadt geschickt, um die Nachricht zu verbreiten.«

Kein Wunder, dass solch eine Hektik herrschte. Phinn entdeckte Lady Augusta zwischen unzähligen bunten Stoffen, die über Stühle drapiert waren. Der Bedienstete war fortgeschickt worden, bevor er Phinn ankündigen konnte.

Sie hatte die Hand auf der Stirn, als würde sie versuchen, Kopfschmerzen abzuwenden. Vielleicht hatte sie auch schon welche. »Muss das wirklich sein? Der Ball ist in ein paar Stunden. Wir werden keine Zeit mehr haben, die Tücher aufzuhängen.«

»Es dauert überhaupt nicht lange«, versicherte Lady Merton ihr.

Ihre Schwester, die Herzogin, blickte hoch und drehte sich schlagartig um. »Es fehlt noch etwas, das die Säle verbindet.«

Erst dann bemerkte Phinn, dass Türen ausgehangen worden waren, sodass fast die Hälfte des Hauses wie ein großer, offener Raum schien. Bedienstete huschten, angeleitet von drei Mädchen, mit Vasen voller Frühlingsblumen durch die Gegend. Walter Carpenter kümmerte sich um die Anordnung großer Topfpalmen entlang der Wände.

»Ich denke, Gold wäre ganz hübsch«, bot Lady Wolverton an. Ihr Kommentar lenkte seine Aufmerksamkeit wieder auf die Seide. Nein. Das Gold wäre zu schwer.

»Ich mag den grünen Stoff«, warf Lady Kenilworth ein. »Aber der wird Augusta nicht gefallen.«

Warum würde er Lady Augusta nicht gefallen? Er bemerkte, dass sie bereits für ihre gemeinsame Spazierfahrt eingekleidet war. Hatte sie versucht, zu entfliehen, um mit ihm spazieren zu fahren, und war dabei erwischt worden? Er betrachtete den grünen Stoff und versuchte, sich ihn an Lady Augusta vorzustellen. Ihre Ladyschaft hatte recht. Es würde ihr überhaupt nicht schmeicheln, die gelbe und weiße Seide allerdings schon.

Er räusperte sich und um zu sehen, wer sie unterbrach, drehten die Damen sich gleichzeitig um. »Guten Nachmittag. Lady Augusta und ich wollten eine Kutschenfahrt unternehmen.«

Lady Wolvertons Augen verengten sich leicht und sie presste die Lippen zusammen. Er hatte diesen Blick schon einmal über sich ergehen lassen, allerdings von *seiner* Mutter, nicht Lady Augustas.

»Wenn ich mich kurz einmischen darf ...« Er zeigte auf die Stoffe. »Ich glaube, Gelb und Weiß wären eine exzellente Wahl.«

Ihr erschöpfter Gesichtsausdruck verschwand und sie sah sich im Saal um. »Ich finde, Lord Phineas hat recht. Das würde perfekt zu den verschiedenen Tapeten und Blumen passen.«

Ihre Gnaden nickte schnell. »Wo sind Rothwell und Kenilworth? Wir könnten ihre Hilfe gebrauchen.«

»Draußen«, sagte Walter. »Sie helfen bei der Gartendekoration.«

»Ich möchte meine Dienste anbieten.« Phinn starrte wieder auf die Seide. »Ich muss nur wissen, was zu tun ist.«

»Den Großteil haben wir schon geschafft.« Walter machte einen Schritt nach vorn. »Aber so etwas habe ich noch nie gemacht.«

»An den Tüchern sind Schlaufen angebracht.« Augusta hob eines der langen Seidentücher hoch und zeigte ihnen die fast unsichtbaren Schlaufen. »Und an den Wänden sind Haken. Das Schwierige ist, die Tücher ineinander zu weben.«

»Wenn jemand unten bleibt und sie zwirbelt, und jemand anderes sie dann zu der Person auf der Leiter hochreicht, dann könnte es funktionieren.« Phinn versuchte sich vorzustellen, wie die Tücher an der Wand aussehen würden.

Ein Bediensteter wurde losgeschickt, um so viele Leitern wie möglich zu besorgen, und schon bald wurden die gelben und weißen Seidentücher oben entlang der Wände drapiert.

»Ich muss zugeben«, sagte Augusta eine Stunde später, als sie ihre Arbeit betrachtete, »es sieht besser aus.«

Ihr strahlendes Lächeln löste in ihm das Verlangen aus, sie in die Arme zu schließen und zu küssen. Aus irgendeinem Grund störte ihn dieser Gedanke nicht annähernd so sehr, wie er es sollte.

»Danke für Ihren Vorschlag. Er war perfekt.«

»Gern geschehen.« Lord Phineas deutete eine Verbeugung an. Augustas Brüder und ihre Schwäger, sowie auch Lord Merton, standen vor den Terassentüren, die zum Salon führten, und sahen äußerst zufrieden aus.

»Die Laternen sind aufgehängt«, sagte Matt. »Es ist nicht eine unbeleuchtete Stelle im Garten übrig.«

»Genau, wie wir es wollten.« Grace betrat zusammen mit Mary und Theo den Salon. »Dankeschön, Liebling.«

»Stets zu Diensten.« Ein verruchter Blick überkam Matts Augen, als er Grace ansah, und Augusta fragte sich, was es damit auf sich hatte.

»Sieht aus, als wären wir hier auch fertig«, sagte Walter. »Ich habe Hunger. Es sollte bald Abendessen geben. Ziehen wir uns wieder um?«

Lord Phineas war unauffällig zu Augusta geschlichen. »Abendessen?«

»Wir essen früher, mit den Kindern. Es fällt ihnen schwer, sich an die Tagesabläufe hier in der Stadt zu gewöhnen.« Sie musste lächeln. *Die Kinder* wuchsen schnell heran. »Uns allen.«

»Es gibt keinen Grund, sich noch einmal umzuziehen«, sagte Grace. »Wir werden uns sowieso für den Ball umziehen müssen.«

»Möchten Sie mit uns zu Abend essen?« Augusta sprach mit leiser Stimme.

»Es wäre mir eine Freude, aber ich muss meinem Schneider einen Besuch abstatten und meine Abendgarderobe ein letztes Mal anprobieren, damit ich auf Ihrem Ball nicht unschicklich aussehe.«

Das war enttäuschend, aber verständlich. Sie hielt ihm die Hand hin. »Danke für Ihre Hilfe. Und dafür, dass Sie nicht verärgert darüber sind, dass wir unsere Kutschenfahrt absagen mussten.«

Er nahm ihre Hand und verneigte sich. »Wie könnte ich beleidigt sein, wenn Sie doch aussahen, als hätten Sie unter Belagerung gestanden?«

Wieder brachte seine Berührung ihr Blut zum Rauschen.

Dennoch konnte Augusta sich nicht vom Lachen abhalten. »Genau so habe ich mich gefühlt. Wir sehen uns heute Abend.«

»Ich freue mich darauf.« An seinen Augen bildeten sich kleine Falten. »Und ich glaube, ich werde stolz sein, wenn meine Arbeit bewundert wird.« Als er ihr die Hand zurückgab, spürte Augusta eine Leere. Wie seltsam. »Den Weg nach draußen finde ich selbst.«

Erst als sie sich fertig machte, fiel ihr wieder ein, dass ihr Kleid für diesen Abend dieselben Gelb- und Weißtöne hatte wie die Dekoration. Und die Blumen, die auf ihren gelben Überrock gestickt waren, hatten obendrein dieselben Farben wie die Blumen für den Ball.

Ihre jüngeren Schwestern platzten in ihr Ankleidezimmer, gefolgt von Grace und Mutter.

»Oooh«, riefen Madeline und die Zwillinge im Kanon. »Du passt ja zum Ballsaal!«

»Es ist kein Ballsaal.« Theo sah die Mädchen böse an. »Er ist nur wie einer dekoriert.«

»Ich finde, du bist sehr hübsch.« Mary stellte sich auf die Zehenspitzen und gab Augusta einen Kuss auf die Wange.

Mutter reichte ihr einen langen Strang Perlen, den Gobert ihr um den Hals legte, und Grace gab ihr Perlenohrringe.

Vielleicht würde dieser Abend ja doch amüsant werden.

****

Als Augusta ein paar Stunden später beim Empfang stand, wurde sie wieder von Lord Phineas begrüßt. »Ich muss wohl hellgesehen haben.«

»In der Tat. Ich hatte mein Kleid schon völlig vergessen, als wir die Dekoration besprochen haben.«

Er schmunzelte leicht. »Das wundert mich nicht. Sie sahen aus, als würden Sie überlegen, wen Sie zuerst umbringen.« Lord Phineas lehnte sich leicht nach vorn. »Sie werden heute Abend die schönste Dame im ganzen Saal sein.«

»Dankeschön.« Augusta wusste das Kompliment zu schätzen, auch wenn sie es schon mehrfach gehört hatte. Wenn er es aussprach, klang es anders. Ehrlicher. »Wir sehen uns später.«

Charlie, Graces Bruder und Earl of Stanwood, der pünktlich zum Abendessen erschienen war und sich einige Sticheleien anhören musste, weil er sich vor der ganzen Arbeit gedrückt hatte, führte sie zu ihrem ersten Tanz hinaus.

Bei ihrer Bitte um den Tanz hatte er sie verwundert angesehen. »Bist du sicher, dass es keinen anderen Gentleman gibt, mit dem du tanzen möchtest?«

»Nein, ich wollte keinen Gentleman bevorzugen und habe jedem gesagt, dass der Tanz schon vergeben ist.«

»Na gut. Dann wäre es mir eine Ehre.«

Leider hatte der Rest ihrer Tanzpartner nicht mehr zu sagen, als es bereits auf dem *Almack's*-Ball der Fall gewesen war. Andererseits konnte sie sich auch nicht beschweren. So konnte sie mit der Planung ihrer Reise nach Italien im Frühsommer beginnen. Wenigstens würde sie beim Tanz mit Lord Phineas ein anregendes Gespräch führen können.

Endlich kam der besagte Gentleman auf sie zu und verbeugte sich. »Ich glaube, das ist mein Tanz.«

»Allerdings.« Sie legte ihre Finger sanft auf seinen Arm. Doch schon diese leichte Berührung ließ eine gewisse Empfindung durch ihren Körper huschen. Und diese wurde noch stärker, als er seine Hand auf ihre Hüfte legte. Das würde doch bestimmt nicht jedes Mal passieren, wenn sie sich berührten.

»Und, hat man Sie schon zu Tode gelangweilt?« Die Musik wurde angestimmt und sie begannen, umher zu wirbeln.

Es war erstaunlich, wie gut er ihre Stimmung spüren konnte. »Ich habe mich bei Laune gehalten und so getan, als würde ich zuhören.«

»Das habe ich mir schon gedacht. Soll ich Sie mit aztekischer Architektur langweilen?« Seine Augen funkelten vor Belustigung. »Bei den anderen Damen ist mir das heute Abend gut gelungen.«

»Das war nicht sehr nett von Ihnen.« Die meisten Frauen wären völlig überfordert davon.

»Vielleicht nicht, allerdings könnte ich erwidern, dass es auch nicht nett von Ihnen war, vorzutäuschen, Sie seien in das Gespräch mit einem Gentleman versunken.«

»Na gut.« Da war etwas dran. Doch welchen Schaden konnte ihr Verhalten denn anrichten? »Lassen Sie uns auf Nahuatl über aztekische Architektur sprechen.«

»Dieser Tanz wird dafür nicht annähernd lange genug dauern.« Lord Phineas Grinsen erwärmte sie.

Nein, er würde nicht lange genug dauern, aber es wäre der beste Tanz des Abends.

Als Phinn Lady Augusta zum Supper mit ihrer Familie nach unten begleitete, hatte er das seltsame Verlangen, die Flucht zu ergreifen. *Wenn* er nach einer Frau suchte, dann war Augusta – das war sehr viel besser als Lady Augusta; er mochte diese Distanz zwischen ihnen nicht – genau die Art von Frau, die er heiraten würde. Vielleicht sollte er darüber nachdenken, die Wünsche seines Bruders zu erfüllen und eher früh als spät einen Erben zeugen. Schließlich war sie keinem anderen Gentleman zugeneigt. Und demnach zu urteilen, was er mitbekommen hatte, fand sie alle Gentlemen ermüdend. Sie *war* auf dem Heiratsmarkt. Wenn sie heiraten musste, warum sollte sie dann nicht ihn heiraten?

Er hatte jetzt schon lustvolle Gedanken über sie. Doch noch verführerischer als ihre offensichtliche Schönheit war ihr Verstand, der genauso oder gar noch mehr von reiner Pracht war wie ihre Gesichtszüge. Und ihr Körper reagierte auf ihn. Obwohl er bezweifelte, dass sie verstand, was ihre Empfindungen bedeuteten. Was auch nicht nötig war. Phinn hatte nichts dagegen, sie ihr ausführlich zu erklären.

Außerdem hatten sie so viel gemeinsam, dass sie auf dem schnellsten Weg dahin waren, Freunde zu werden. Und noch wichtiger war, dass er sich ein Leben mit ihr vorstellen konnte. Sie würden Kinder mit voluminösem, schwarzem Haar und tiefblauen Augen haben.

Doch er wollte nicht zu voreilig sein. Es war noch früh und die Ehe dauerte ein ganzes Leben. Er würde abwarten und herausfinden, ob diese Gefühle, die er für sie empfand, anhaltend waren und ob er wirklich heiraten wollte. Bis dahin würde er sichergehen, dass er ihr keine Hoffnungen machte.

Helen hatte ihn bereits zurechtgewiesen, weil er so kurz nach der ersten Kutschenfahrt bereits eine weitere vereinbart hatte. Er fand es eigenartig, dass etwas so Öffentliches und Harmloses wie ein Treffen während des täglichen Nachmittagsspaziergangs zu Gerüchten führen konnte. Außerdem hatte Helen die Regeln wiederholt, die Augusta ihm aufgezählt hatte. Es würde keine dritten Tänze auf Bällen und anderen Veranstaltungen geben. Jedenfalls bis er eine Entscheidung getroffen hatte. Dann würde er dafür sorgen, dass ihr Männer wie Lytton nicht mehr in die Quere kamen.

Drei aneinander gereihte Tische waren für sie reserviert. Er zog einen Stuhl für Augusta heraus und ging dann mit den anderen Gentlemen fort, um für die Damen ein paar kleine Häppchen auszuwählen. Da Phinn als junger Mann nie ›auf der Pirsch‹ gewesen war, hatte sich sein Bruder zum Glück die Zeit genommen und alles erklärt, was von ihm erwartet wurde. Kein Wunder, dass Dorchester eine arrangierte Heirat gewollt hatte. Das war sehr viel unkomplizierter als dieses Umwerben.

Glücklicherweise waren die englischen Sitten weniger verwirrend als die spanischen, die er in Mexiko lernen musste.

»Worüber hast du dich mit meiner Schwester unterhalten?«, fragte Lord Stanwood.

»Über aztekische Bauten.« Phinn hoffte, dass Augusta die meisten Speisen schmeckten, die zur Auswahl standen. Es war schließlich ihr Ball. Er wählte ein kleines Pilz-Törtchen. »Ich habe sie studiert, als ich in Mexiko war.«

Standwood zeigte auf eine Hummerpastete und Phinn legte auch diese auf den Teller. »Das war kein Spanisch, was ihr da gesprochen habt.«

»Nein, es war die Sprache der Azteken. Sie wollte üben.« *Was würde sie sonst noch essen wollen?*

Ihre Schwager raunten zustimmend. Ob sie wirklich üben wollte oder ob er sie dazu brachte, wusste er nicht.

»Die Zitronentörtchen mag sie auch«, sagte Kenilworth. Phinn griff nach einem weiteren Törtchen, als ihm einfiel, dass Helen nicht als Einzige dazu neigte, Leute zu verkuppeln. Er musste vorsichtig sein. Weder war er sich sicher, ob er heiraten wollte, noch wollte er Augustas Gefühle verletzen. Er genoss ihre Gegenwart. Und obwohl er bei ihr glücklicher war als bei jeder anderen Frau, würde er mit dem nächsten Schritt noch warten. Das Problem war, dass eine Ehe alle seine Pläne, nach Europa zu reisen, durchkreuzen würde.

Kapitel 9

Augusta zog sich gerade an, um mit ihren Freundinnen einkaufen zu gehen, als es an der Tür klopfte.

»Ich gehe schon, Mylady.« Gobert machte die Tür auf und tauschte ein paar leise Worte mit der Person dort aus, wer auch immer das war. »Seine Lordschaft möchte Sie sprechen, bevor Sie ausgehen.«

Sie wurde selten in das Arbeitszimmer ihres Bruders gerufen. »Ich frage mich, was er wohl möchte.«

»Das kann ich Ihnen nicht sagen, Mylady.« Ihre Zofe steckte ihr die letzte Spange ins Haar. »Durant weiß es nicht.«

Hatte Matt endlich entschieden, ob sie nach Italien fahren durfte? Das musste es sein.

Ihr Magen verknotete sich. Was, wenn er Nein sagte? All ihre Planung wäre für die Katz. Was würde sie dann mit sich anfangen? Die Universität in Holland wäre eine Option, sie wäre nicht weit von England. Vielleicht dürfte sie ja dorthin fahren. Das einzige Problem war, dass sie niemanden an dieser Universität kannte. Und abgesehen davon hatte diese Universität auch nicht das Prestige, das Padua hatte. Doch sie wäre besser als nichts.

Bitte lass ihn ja sagen, bitte lass ihn ja sagen, bitte lass ihn ja sagen.

Sie eilte die Treppen hinunter in seine Büroräume.

Als sie im Arbeitszimmer ankam, saß Grace auf einem der Stühle vor Matts Schreibtisch.

Sie deutete zum leeren Stuhl. »Bitte.«

Augusta zwang sich, zu lächeln, sank in den Stuhl und wartete.

Matt presste die Lippen zu einer dünnen Linie zusammen und legte die Unterarme auf den Tisch. »Ich habe vier Heiratsanträge für dich erhalten.«

Einen Moment lang war sie so erschlagen, dass sie nicht sprechen konnte. Es ging wohl nicht um das Studium. »Ich verstehe nicht. Wer würde mich denn heiraten wollen? Ich habe niemanden dazu ermutigt.« Doch scheinbar spielte das keine Rolle. Allerdings hatte Matt von *Anträgen* gesprochen. Niemand konnte sie zum Heiraten zwingen und sie weigerte sich, jegliche Bemühungen um ihre Gunst in Betracht zu ziehen, bis sie ihre Ziele erreicht hatte. »Sag ihnen ab. Ich möchte sie nicht heiraten.«

»Augusta« – Graces Lippen begannen, zu zucken – »du solltest dir erst mal anhören, *wer* sie sind. Es könnte peinlich werden, wenn einer der Gentlemen seinen Antrag vor dir erwähnt.«

Augusta atmete tief ein und nickte. »Na gut. Wer sind sie?«

Matt blickte auf ein Stück Papier auf seinem Schreibtisch. »Lord Lytton hat hervorgehoben, was für eine gute Partie er doch sei und wie hochangesehen du als seine Gräfin wärst.«

Selbst wenn sie auf der Suche nach einem Ehemann wäre, Seine Lordschaft war der letzte Mann, den sie heiraten würde. »Seine Lordschaft darf sich eine andere Frau suchen, er hat meinen Segen. Nur nicht eine meiner Freundinnen.«

Matts Augenbrauen zogen sich zusammen. »Ich hätte dir sowieso gegen ihn geraten.« Er blickte wieder auf das Papier. »Lord Lancelot Somersbys Plädoyer basiert darauf, dass er ein jüngerer Sohn ist.« Ihr Bruder richtete seinen Blick gen Himmel. »Und er hat mich darum gebeten, dir dieses Gedichtbuch zu geben, das er für dich geschrieben hat.« Er ließ ein Notizbuch über den Tisch gleiten und seufzte auf eine Art und Weise, die klang, als fühlte er sich ausgenutzt. »Er ist überzeugt, dass, obwohl er dich nur aus der Ferne gesehen hat – seine Worte, nicht meine – seine Poesie dich überzeugen wird, dass er der perfekte Maiwurm ist.«

»Er hat gesagt, er sei ein Maiwurm?« Das war das Seltsamste, was sie je gehört hatte.

Grace stützte ihren Ellenbogen auf die Armlehne des Stuhls, ließ ihr Gesicht in ihre Hände fallen und lachte. »Lord Lancelot hat gesagt, seine Gedichte würden dich überzeugen, dass er der perfekte Partner für dich ist.«

Aber wer war Lord Lancelot? Langsam kam ihr das Bild eines jungen Mannes – jedoch älter als sie – mit blonden Locken in den Sinn, der immer eine hellblaue Samtjacke und Kniehosen trug. »Ist er überhaupt volljährig?«

»Ja.« Matt grunzte. »Seit Neuestem. Außerdem hat er mir versichert, dass sein Vater der Hochzeit seinen Segen geben würde. Und falls der Herzog es doch nicht tut, könnten du und er mit deiner Mitgift ein komfortables Leben führen.«

Das war der absurdeste Antrag, den sie je gehört hatte. Obwohl sie versuchte, einen gelassenen Eindruck zu machen, fingen ihre Lippen an, zu zucken. Dann lachte sie derartig los, dass ihr Tränen in die

Augen schossen. »Ein Gedichtbuch? Um mich zur Heirat zu bewegen?«

Neben ihr brach Grace in Gelächter aus. Matt versuchte, eine strenge Miene zu bewahren, doch seine Mundwinkel verrieten ihn. Augusta wusste nicht, wie sie dem armen Lord Lancelot jemals wieder in die Augen sehen konnte, ohne loszuprusten.

»Sollen wir weitermachen?«, fragte Matt, der seine Laune offenbar wieder im Griff hatte. »*Wenn* du nach einem Ehemann suchst, wären die nächsten beiden Gentlemen eine Überlegung wert. Lord Ailesbury und Mr. Seaton-Smythe.«

»Sie sind beide sehr nett«, gab sie zu. »Meine Antwort ist trotzdem Nein.« Matt öffnete eine Schublade und legte das Papier hinein. Sie wartete, bis sie wieder seine Aufmerksamkeit hatte, und fragte dann: »Hast du dich schon entschieden, ob ich zur Universität von Padua gehen darf?«

»Unter keinen Umständen.« Augusta stöhnte auf – langsam wurde das zur Familienangewohnheit – als ihre Mutter ins Arbeitszimmer platzte. »Ich dachte, inzwischen wärst du über diese alberne Idee, in *Italien* zu studieren, hinweg.«

»Patience.« Matts Stimme hatte einen warnenden Unterton, den Augusta noch nie bei einem Gespräch zwischen ihm und ihrer Mutter gehört hatte. »Die Entscheidung liegt allein bei mir.«

»Du bist vielleicht ihr Vormund, aber ich bin ihre Mutter.« Mutter tupfte ihre Tränen mit einem Taschentuch ab. »Ich würde es dir niemals, niemals verzeihen, wenn ihr etwas zustößt.« Sie tupfte sich die Nase ab.

»Und ich würde alles dafür tun, dass Richard die Vormundschaft über Madeline und Theo bekommt.«

Wie unfair das für die Mädchen wäre! Augusta atmete langsam ein und wieder aus. Oh, Gott! War es angebracht, weiterhin auf das Studium zu bestehen, wenn es ihren Schwestern schaden würde? Theo würde bestimmt weglaufen und wer weiß, wozu Madeline imstande war. Augustas Herz schlug heftig. Sollte sie ihre Wünsche für das Wohl ihrer Schwestern aufgeben?

Dann fiel ihr ein, dass Theo zwölf war und Madeline fünfzehn. Sie waren alt genug, um ihren Vormund selbst zu wählen. Somit konnte Mutter ihre Drohung nicht in die Tat umsetzen.

»Immer mit der Ruhe, Matt hat sich noch nicht entschieden.« Graces ruhige Stimme schien die Spannung im Raum zu lösen. »Und du weißt, dass Augusta, wenn er ihr denn erlaubt, zu gehen, all den nötigen Schutz hätte, und noch mehr.«

Gegen Ende des Satzes setzte ihre Mutter ein militantes Gesicht auf. »Nein.«

Jetzt war Schluss! Mutter tat nicht einmal so, als würde sie es in Erwägung ziehen, Augusta gehen zu lassen. Und Augusta merkte, dass ihre Mutter allen das Leben schwer machen könnte, selbst wenn ihr das Sorgerecht über ihre Schwestern nicht zugesprochen werden würde. »Was hast du dagegen, dass ich studiere?«

Der Blick ihrer Mutter entspannte sich wieder. »Meine Entscheidung hat nichts damit zu tun, dass du studierst.« Einen Moment lang schien ihre Mutter verwirrt. »Obwohl ich deine Wahl nicht verstehen kann. Wenn es dich nach Oxford, Cambridge oder sogar St.

Andrews ziehen würde, wäre ich einverstanden. In Italien hättest du niemand Einflussreichen, der dich beschützen könnte.«

Niemand Einflussreichen. Hmm. Das könnte sich ändern lassen. Augusta würde den Baron von Neumann kontaktieren. Er war bereits eine große Unterstützung dabei gewesen, den Kontakt zu Professor Angeloni in Padua herzustellen. »Ist das deine *einzige* Sorge?«

»Ja.« Mutter rieb sich die Stirn. »Du scheinst zu denken, dass wäre eine belanglose Angelegenheit, aber das ist es nicht. Wie du merkst, gibt es hier nichts mehr zu diskutieren.«

»Na gut.« Augusta wusste, dass die Stellungnahme ihrer Mutter nicht eindeutig war. »Ich war gerade dabei, mich fürs Einkaufen fertig zu machen, als ich hierher gerufen wurde.« Sie stand auf und knickste. »Wir sehen uns später.«

»Augusta.« Die Stimme ihrer Mutter hielt sie zurück, als sie an der Tür war. »Lord Ailesbury oder Mr. Seaton-Smythe wäre eine hervorragende Wahl. Ailesbury ist der Erbe des Marquis of Alton und Mr. Seaton-Smythe ist der Erbe des Duke of Lancaster.«

Sie holte tief Luft und atmete wieder aus. »Ich bin an keinem der beiden interessiert.« Sie sah Matt an. »Danke, dass du mich über die Angebote in Kenntnis gesetzt hast.«

Aus irgendeinem Grund stiegen Augusta Tränen in die Augen und sie blinzelte sie zurück. Sie würde umgehend dem Baron schreiben. Bestimmt kannte er jemand »Einflussreichen« für sie in Padua.

***

Sie hatte gerade die Hutnadel an ihrer Haube angebracht, als ein sanftes Klopfen an ihrer Schlafzimmertür ertönte. »Augusta, ich bin es, Grace.«

In der Sekunde, als sie das Zimmer betrat, flog Augusta ihrer Schwägerin in die Arme. »Warum ist das alles so kompliziert?«

»Schätzchen, es ist nie einfach, wenn eine Lady etwas tun möchte, das der Rest der Welt ihr verbieten will.«

Sie verweilte in der tröstenden Umarmung ihrer Schwägerin. »Nein, vermutlich nicht. Ich dachte, vielleicht könnte der Baron von Neumann einen Sponsor für mich finden.«

»Ist das der Herr von der österreichischen Botschaft?«

»Ja. Mir fällt sonst niemand ein.«

Graces Mundwinkel zogen sich nach oben, was Grace stutzig machte. »Wir werden Lord und Lady Thornhill um Rat fragen. Sie haben die ganze Welt bereist. Vielleicht kennen sie jemanden.«

Manche Leute hielten die Thornhills für seltsam, doch ihr Status erlaubte ihnen, zu tun und zu lassen, was sie wollten. Abgesehen von ihren Verabredungen mit Phinn waren Lady Thornhills Empfänge die einzigen Anlässe, für die Augusta sich nicht verstellen musste. »Das ist eine großartige Idee! Wenn der Baron mir nicht helfen kann, wird Lady Thornhill es bestimmt tun können!«

»Morgen wird sie einen Empfang ausrichten«, sagte Grace. »Lass uns hingehen.«

»Vielen, vielen Dank.« Die Angst und Anspannung, die Augusta überkommen hatte, verschwand. Sie hatte wirklich die beste Schwägerin, die man sich vorstellen konnte. »Du bist scheinbar die Einzige, die versteht, wie viel mir das Studium bedeutet.«

Grace warf ihr ein schiefes Lächeln zu. »Ich denke, Cousine Jane könnte auch eine gute Idee haben.«

»Du hast recht.« Als junge Frau hatte sich Jane Carpenter in Hector Addison verliebt. Ihr Vater hatte ihnen die Heirat untersagt und Hector wurde nach Indien entsandt. Jane hatte sich gegen ihren Vater gestellt und den Mann, mit dem er sie verheiraten wollte, vor dem Altar abgewiesen. Drei Jahre später war Hector zurückgekommen und sie hatten geheiratet.

»So«, sagte Grace, »jetzt tupf etwas kaltes Wasser auf deine Augen und geh einkaufen. Die Rechnungen kannst du mir schicken.«

»Gehe ich recht in der Annahme, dass Mama dir und Matt Madeline und Theo nicht wegnehmen kann?« Das war das einzige Szenario, in dem Augusta ihren Plan aufgeben würde.

»Natürlich kann niemand die Zukunft voraussagen, aber zuallererst müsste sie Richard überreden und der weiß ganz genau, dass die Uneinigkeiten andauern könnten, bis sie beide verheiratet sind. Der einzige Grund, weshalb Matt in der Lage war, die Vormundschaft über dich zu erlangen, war wegen meines Onkels.«

»Dankeschön.« Augusta umarmte ihre Schwägerin wieder. Irgendwie würde ihr Traum in Erfüllung gehen.

***

Nach mehreren erfolgreichen Einkaufsstunden im *Phaeton's Bazaar*, in der Bruton Street und im

Hatchards hatte Augusta neue Handschuhe, ein modisches Paar bestickte Strümpfe, Bänder in mehreren Farben, vier neue Pompadour-Handtaschen und drei neue Hauben erworben. Grace hatte recht. Einkaufen hob tatsächlich die Stimmung. Ihre Freundinnen waren ebenso fündig geworden. Es war ein angenehm warmer Tag und die Sonne schien. Der gestrige Regen schien nicht nur die Luft, sondern auch die Straßen gesäubert zu haben. Die Lilien waren in voller Blüte und an den Bäumen wuchsen frische, grüne Blätter.

»Sollen wir einen Spaziergang im Park machen?« Henrietta schaute auf ihre Taschenuhr. »Es ist fast fünf Uhr.«

»Nicht mit unseren Kartons.« Augusta sah ihre Bediensteten an, die mit ihren Einkäufen beladen waren.

»Dürfte ich mich äußern, Mylady?« Augusta nickte und kam Durants Bitte nach. »Wenn Sie *Gunter's* besuchen möchten, könnten Fred« – er nickte Henriettas Bedienstetem zu – »und ich die Kartons mit ins Worthington House nehmen und dafür sorgen, dass sie in Ihre verschiedenen Häuser geliefert werden.«

»Welch kluge Idee.« Sie lächelte ihn an. »Danke.«

Eine der Zofen zog einen Stift heraus und markierte die Kartons. Als das erledigt war, machten die Bediensteten sich auf den Weg. Der Rest der Gruppe aß gerade seine Eisbecher auf, als die Bediensteten zurückkamen. Augusta schob Durant zwei Guineen zu. »Vier Eisbecher, wenn wir zu Hause sind. Ich bin mir sicher, Fred wird auch einen wollen.«

»Dankeschön, Mylady.«

Ihre kleine Gruppe hatte schon die Hälfte des Parks passiert, als ein massiver weißer Hengst ihnen entgegengaloppierte. Er schien völlig außer Kontrolle. Die anderen Spaziergänger flüchteten in alle möglichen Richtungen.

»Rennt!«, schrie Augusta, und sie und ihre Freundinnen versteckten sich hinter den Bäumen, um nicht zertrampelt zu werden. »Bleibt, wo ihr seid!«

Bevor sie überhaupt bemerken konnte, dass ein Reiter auf dem Biest saß, warf Lord Lancelot sich auf den Boden und griff nach ihrer Hand. »Mylady, Sie müssen mir erlauben, Sie anzusprechen. Ich liebe Sie schon seit …«

Als sie den Mund öffnete, um ihn in seine Schranken zu weisen, flog dieser Schwachkopf plötzlich durch die Luft und landete mehrere Meter entfernt auf dem Boden. Lord Phineas beugte sich über den liegenden Lord Lancelot, hielt den Stiefel mitten auf dessen Brust gedrückt und blickte finster drein. »Du blauäugiges, auf den Kopf gefallenes Hündchen.« Lord Phineas' Tonfall war hart wie Stein. »Wenn *ich* dir erlaube, aufzustehen, wirst du dich bei Lady Augusta entschuldigen. Und zwar nicht nur dafür, dass du sie angepöbelt und blamiert hast, sondern auch dafür, dass du sie mit deinen rücksichtslosen und abscheulichen Taten in Lebensgefahr gebracht hast. Dann wirst du nach Hause gehen und deinem Vater erzählen, dass du zu grün hinter den Ohren bist, um dich in der Stadt herumzutreiben. Wenn ich dich nochmal sehe, werde ich nicht annähernd so nett zu dir sein wie jetzt. In diesem Fall wirst du in den süßen Geschmack meiner Linken kommen, bevor ich mir selbst den Gefallen tue und deinen Vater aufsuche, um ihm zu erzählen, was für ein Theater du hier aufgeführt hast« Lord Lancelots Gesicht war rot, seine Augen prall vor Angst und seine Lippen zuckten wie die eines Fischs. »Hast du mich verstanden?«

»Ja.« Er nickte mehrmals. »Das habe ich. Ich ... ich war ...«

»Ich habe kein Verlangen, deine Ausreden zu hören.« Lord Phineas' Worte waren ein tiefes, eisiges Brummen.

»Nun«, murmelte Dorie. »Ich muss sagen, ich glaube nicht, dass ich jemals etwas so Beeindruckendes gesehen habe.«

Augusta musste zustimmen. »Ich bin mir ziemlich sicher, dass ich so was generell noch nie erlebt habe.«

»Nur in Büchern.« Henrietta starrte die beiden Männer an.

»In denen der Held seine Geliebte rettet.« Adeline seufzte.

Augusta war sich sicher, dass Lord Phineas sie nicht liebte, aber er hatte augenscheinlich eine ritterliche Ader.

»Aber ich liebe sie«, haspelte Lord Lancelot.

»Ihr wurdet einander noch nicht einmal vorgestellt.« Lord Phineas' Tonfall war so trocken, dass Augusta Durst nach Limonade bekam. »Noch ein Grund, weshalb du nicht auf die feine Gesellschaft losgelassen werden solltest.« Lord Phineas erlaubte dem jungen Mann nicht, eigenständig aufzustehen, und griff nach seinem Halstuch, um ihn hochzureißen. Dann nahm Lord Phineas die Zügel des Pferdes und gab sie Augustas Bedienstetem. »Begleiten Sie Seine Lordschaft und sein Pferd ins Haus des Duke of Kendal auf dem St. James Square. Ich werde dafür sorgen, dass Lady Augusta sicher nach Hause kommt.«

Durant schielte zu ihr hinüber.

»Ich werde es überleben«, versicherte sie ihm. »Wenn es sein muss, wird meine Schwester für eine Begleitung sorgen.«

»Ja, Mylady.« Er warf Lord Lancelot einen angewiderten Blick zu. »Kommen Sie mit, Mylord.«

Erst als sie langsam wegliefen, bemerkte sie, dass sich eine Traube Schaulustiger gebildet hatte. Ein Landauer mit vier älteren Damen, einschließlich Lady Bellamny, hatte angehalten. »Beschämend.« Ihr dunkler Blick folgte Lord Lancelot. »Ich werde es mir zur Aufgabe machen, ein Wörtchen mit seiner Mutter zu sprechen.« Sie sah Augusta an. »Er wird diese Saison auf keiner Veranstaltung willkommen sein.« Ihre Ladyschaft musterte die Menschenmenge, die sich versammelt hatte. »Sie dürfen alle gehen.«

»Dankeschön, Ma'am.« Augusta sah zu, wie die Kutsche wegfuhr und die Schaulustigen sich verstreuten.

Lord Phineas verbeugte sich. »Es tut mir leid, dass Sie diesen nutzlosen Müßiggänger ertragen mussten.«

»Ich habe Ihnen zu danken, weil Sie eingeschritten sind.« Er wirkte nicht einmal so, als hätte es ihm etwas ausgemacht. »Ehrlich gesagt war ich mir nicht sicher, was ich tun sollte.«

»Das überrascht mich nicht.« Er grinste und seine silbernen Augen funkelten vor Belustigung. »Ich vermute, es gibt keinen Unterricht dafür, was man tun soll, wenn ein unkontrolliertes Hündchen in der Form eines Mannes versucht, einem mitten im Park einen Heiratsantrag zu machen.«

»Nein.« Augusta lachte. Was für eine Art, es zu ausdrücken. *Er hat es geschafft, eine schlimme Situation* wie eine Farce klingen zu lassen. »Dazu habe ich keine nennenswerten Anweisungen erhalten.«

»Soll ich Sie nach Hause bringen oder haben Sie genug Begleitung?« Sein Blick wanderte über ihre Gesichtszüge, als wolle er sich vergewissern, dass es ihr gut ging.

»Wie schon gesagt werde ich mit meinen Freundinnen zum Grosvenor Square zurückgehen. Meine Schwestern werden mich von dort aus nach Hause bringen lassen. Danke für Ihre Hilfe.«

»Gern geschehen.« Er verbeugte sich wieder, dann schlenderte er hinfort, als wäre nichts gewesen.

Was für ein bemerkenswerter Mann. Eigentlich war es ein Jammer, dass er nicht auf dem Heiratsmarkt war.

KAPITEL 10

Phinns Herz war ihm schier in die Hose gerutscht, als dieser dumme Tollpatsch Lord Lancelot direkt auf Lady Augusta und die anderen zugeritten war. Zum Glück waren die Damen aufmerksam genug gewesen, um dem Pferd aus dem Weg zu gehen, statt Zeit damit zu verschwenden, hysterisch zu werden.

Doch als dieser verdammte Holzkopf vom Pferd geflogen und ihre Hand ergriffen hatte, wollte Phinn nichts lieber tun, als dem Mann eine zu verpassen. Das hätte allerdings nur noch eher zu einer Szene geführt. Er hatte sich schon darauf eingestellt, dass Lord Lancelot – wer auch immer ihm diesen Namen gegeben hatte, hätte mit solchem Ärger rechnen sollen – ihn herausfordern würde. Phinn war heilfroh gewesen, als diese halbe Portion es sich scheinbar doch anders überlegte.

Er hoffte, dass der Herzog seinen fehlgeleiteten Nachkömmling dorthin schicken würde, wo er sich, seiner Familie und anderen keinen Schaden mehr zufügen konnte. Wahrscheinlich brauchte dieser Idiot einfach eine Beschäftigung. Es kam nie etwas Gutes dabei raus, einen jungen Mann sich selbst zu überlassen.

Als Phinn das Bürschchen endlich losgeworden war und seine Aufmerksamkeit auf Lady Augusta richten konnte, war er erstaunt darüber, wie gelassen sie war. Doch es hätte ihn nicht wundern sollen. In der kurzen Zeit, die sie sich kannten, hatte sie immer überaus rational gewirkt. Ein ausgezeichneter Charakterzug für eine Lady, vor allem solch einer jungen.

Er wäre gerne bei ihr geblieben, doch sie schien ihn nicht nötig zu haben. Ganz nach seinem Plan hatte Phinn innerhalb der letzten zwei Wochen nie mehr als zwei Mal pro Veranstaltung mit Augusta getanzt. Er wünschte, er könnte dasselbe über andere Gentlemen behaupten. Er unterhielt sich regelmäßig mit ihr, jedoch nie länger als angemessen, im Gegensatz zu Lytton, der offenbar in seine eigene Stimme verliebt war. Phinn wartete stets darauf, dass sie ihn bemerkte, im Gegensatz zu Bottomley, der immer in der Sekunde zu ihr rannte, als sie einen Saal oder Garten betrat. Seaton-Smythe hatte angefangen, Wände und Säulen vor sich zu stellen, um jede ihrer Bewegungen genauestens zu beobachten, und jemand hatte eine Wette im *White's* abgeschlossen, dass Ailesbury um ihre Hand anhalten würde.

Vielleicht hätte Phinn sich Sorgen gemacht, dass sie sich langsam einem der Herren verbunden fühlte, hätte sie nicht bei jedem Gentleman dieselbe höfliche Miene gezogen, außer bei ihm. Seine Brust plusterte sich auf wie die eines Hahns. Wenn sie zusammen waren, sprach sie über alles Mögliche, nur nicht über Belanglosigkeiten wie das Wetter. Es gab wenig, was sie nicht interessierte, und sie behielt stets alles im Kopf, was er oder andere zu ihr sagten. Er amüsierte sich köstlich, wenn sie die Fehler anderer anmerkte ... bis er an der Reihe war. Dann wurde es peinlich.

Nachdem er sich von ihr verabschiedet hatte, begab Phinn sich auf den Weg zum Zweispänner, den er dabeihatte, als ein Gedanke ihn plötzlich anhalten ließ. Er war zwar froh, dass sie nicht in Panik geraten war, aber die Tatsache, dass sie ihn scheinbar nicht nötig hatte, gefiel ihm nicht.

Phinn gab sich einen Ruck und lief weiter. Er musste aufhören, an Augusta zu denken, wenigstens für eine Weile. In weniger als einer Woche stand die Präsentation seines Thesenpapiers vor der Royal Society an. Außerdem hat man ihn gebeten, seine Erkenntnisse der Royal Institution vorzustellen.

Warum dachte er überhaupt darüber nach, zu heiraten? Sein Bruder war doch damit einverstanden gewesen, dass er abreiste, wenn er keine Lady kennenlernen sollte, die ihm entsprach. Vielleicht war das Problem, wozu *er* sich bereit erklärt hatte, ohne darüber nachzudenken. Bedeuteten seine – in Ermangelung eines passenderen Begriffs – *Gefühle* für Augusta, dass er bleiben und was auch immer es war durchziehen musste?

Ein Teil von ihm fand dieses Hin und Her albern. Kontinentaleuropa wartete auf ihn und es gab keinen Grund, weshalb er seine Reisepläne nicht umsetzen sollte. Im Gegensatz zu vielen anderen Entdeckern hatte er seine eigenen finanziellen Mittel und war nicht darauf angewiesen, einen Sponsor zu finden. Der andere Teil von ihm wusste, dass, wenn er denn heiraten sollte, Augusta genau die Art von Frau war, die ihn bei Laune halten würde. Um ehrlich zu sein, war sie von all seinen weiblichen Bekanntschaften die Einzige, mit der er sich mehr als nur ein paar sinnliche Nächte vorstellen konnte. Und vielleicht würde er nie wieder einer Lady wie ihr über den Weg laufen.

Im Grunde hatte er die Wahl: Entweder gab er einen lebenslangen Traum auf oder er verzichtete auf eine Heirat mit der Frau, die ihn glücklich machen würde.

***

Eine Woche später, nachdem er der Royal Society sein Thesenpapier überreicht hatte, betrat Phinn Dorchester House. Er war entschlossen, Boman aufzusuchen und herauszufinden, wie die Vorbereitungen für die Abreise liefen. Phinn war einer Entscheidungsfindung kein Stück nähergekommen als zuvor. Doch wenn er sich für die Heirat entschied, könnten die Pläne notfalls noch abgesagt werden. Als er jedoch am Salon seiner Schwägerin vorbeilief, hörte er ein herzzerreißendes Schluchzen, dann noch eins.

Nur über seine Leiche würde er lauschen. Phinn wollte nicht wissen, was die unerschütterliche Helen zum Weinen gebracht hatte.

Genau in diesem Moment schritt sein Bruder durch die Tür, mit einem düsteren Blick im Gesicht.

Warum hatte er angehalten? Er hätte einfach in sein Zimmer gehen sollen. »Was ist los? Ist Helen krank?«

»Wenn Herzschmerz als Krankheit zählt, ja.« Dorchester sah Phinn mit einem starren Blick an. »Sie hat das Gefühl, sie hat mich und die Familie enttäuscht, weil sie mir keinen Erben schenken kann. Egal, wie sehr ich versuche, ihr klarzumachen, dass sie nicht schuld daran ist, sie hat alle Hoffnung verloren.« Sein Bruder blickte über Phinns Schulter. »Manchmal ist sie einfach überfordert.«

Verfluchte Hölle und Verdammnis! »Ich verstehe.«

119

»Ach ja?« Sein Bruder hob eine Braue. »Es macht sie völlig fertig, dass es keine nächste Generation geben wird, die den Adelstitel weiterführt. Und ihre Sorgen sind nicht unbegründet. Die Blutlinie ihres Vaters wäre beinahe nicht weitergeführt worden, weil es keinen Erben gab. Es war nichts Geringeres als ein Wunder, dass ihre Mutter nach dem Tod ihres Vaters und nach acht Töchtern einen Sohn auf die Welt brachte.«

Phinn wollte eine schnippische Antwort geben, wenn auch nur, um seinen Bruder aufzuheitern oder um sein eigenes schlechtes Gewissen wegen der Abreise zu bereinigen. Doch das würde nur nach hinten losgehen. Was für ihn nur ein kleines Ärgernis war, bereitete Dorchester und Helen große Sorgen.

»Ja. Ich verstehe dich.« So sehr Phinn auch seinen freudigen Weg gehen wollte, durfte er seine Familie nicht außer Acht lassen. Was würde passieren, wenn sein Bruder und seine Schwägerin keinen Sohn bekämen und er auf Reisen sterben würde? Dann gab es noch Cousins. Aber keiner von ihnen war der Aufgabe würdig. Sie würden das Marquisat wahrscheinlich in den Ruin treiben. Es blieb ihm wohl nichts anderes übrig. So sehr er auch warten wollte, er hatte eine Pflicht gegenüber seiner Familie zu erfüllen, die wichtiger als seine eigenen Wünsche war. Er würde heiraten müssen. »So, wenn du mich entschuldigen würdest. Ich muss mich um ein paar Dinge kümmern.«

Sich damit abfinden, dass er seinen Traum aufgeben musste, zum Beispiel. Und sich einen Weg ausdenken, wie er Lady Augusta von sich überzeugen konnte.

Keinem der anderen Gentlemen war das Werben um sie gelungen. Das hatte er bereits geahnt. Allerdings verstand er nicht, wie die Männer auf die Idee kamen, dass Lady Augusta überhaupt in Erwägung ziehen würde, sie zu heiraten.

Sie mochte ihn durchaus. Davon war er überzeugt. Aber reichte das, um sie zu überzeugen, ihn zu heiraten? Und wenn nicht, was war nötig?

***

Zwei Wochen später wusste Phinn immer noch nicht, ob er in seinem Liebeswerben Fortschritte machte oder nicht. Sie hatten mehrmals getanzt, manchmal sogar zweimal an einem Abend. Augusta hatte ihm sogar erlaubt, sie im Zweispänner seines Bruders auszuführen. Sie hatten sich über Politik, Familie, das Elend der Armen und darüber, was sie dagegen tat, unterhalten – was ihm das Gefühl gab, dass er sich auch mehr für die Bedürftigen einsetzen sollte.

Als sie herausfand, dass er ein Anwesen besaß, hatten sie über Landwirtschaft und Verwaltung diskutiert. In diesen Bereichen kannte sie sich genauso gut aus wie in allen anderen.

Es gab Momente, in denen er dachte, ihnen würden die Gesprächsthemen ausgehen, doch das taten sie nie. Allerdings hatte er immer noch das Gefühl, sie würde ihm etwas verschweigen. So, wie er ihr auch. Und obwohl er sich auch mit anderen Damen unterhalten hatte – er brauchte schließlich eine Beschäftigung, während er auf seine Tänze mit Augusta wartete – war er sich sicher, dass, wenn er denn heiraten musste, Augusta die einzige Frau war, an deren Seite er jeden Morgen aufwachen wollte.

121

Abgesehen von den dumpfen Geräuschen des Kaminfeuers, das immer wieder aufloderte, war es noch leise im Haus, als Phinn zu den Ställen ging, voller Vorfreude darauf, seinen neuen braunen Hengst, Pegasus, probezureiten. Die Stallburschen waren bereits wach. Ein älterer Mann, den er unter dem Namen Ryan kannte, der Stallmeister, beendete sein Gespräch mit einem der jüngeren Stallburschen. »Ich nehme an, Sie möchten Ihren neuen Gefährten ausreiten, Mylord?«

»Genau das möchte ich tun.« Phinn ging zu seinem Pferd, das direkt auf ihn zu kam, und gab dem Tier eine Karotte. Dann streichelte er es am Hals. »Wie geht's dir heute, mein Junge?«

»Er ist ein anständiges Kerlchen«, sagte der Stallmeister. »Ich bereite ihn für Sie vor.«

»Das kann ich übernehmen«, bot Phinn an, was ihm einen sauren Blick bescherte, der ihm zu verstehen gab, dass er sich besser davor hüten sollte, die Arbeit eines Bediensteten zu machen. »Sie wissen, dass ich imstande bin, mein eigenes Pferd zu satteln. Sie haben es mir beigebracht.«

»Das mag sein, Mylord. Daran sollten Sie sich aber nicht gewöhnen.« Der Stallmeister verschwand in der Sattelkammer.

So viel dazu. Ein paar Minuten später musste Phinn zugeben, dass Ryan tatsächlich schneller war als er. Er schwang sich auf den Sattel. »Dankeschön.«

»Seien Sie vorsichtig mit ihm, bis Sie einander besser kennen.«

Bei dieser Anweisung fühlte er sich kurz in seine Kindheit zurückversetzt. »Keine Sorge, das werde ich.«

Er erreichte den Park und entdeckte sofort Augusta, die eine hübsche graue Stute ritt. Ihre Schwester, die Herzogin, und ein Stallbursche begleiteten sie.

Phinn galoppierte zu ihnen. »Guten Morgen.«

»Ihnen auch einen guten Morgen.« Ihr Lächeln erhellte den bewölkten Himmel und ihm ging das Herz auf. »Ich wusste nicht, dass Sie so früh morgens reiten gehen.«

Das hatte er auch nie getan, bis er herausgefunden hatte, dass *sie* es tat. »Ich hatte kein Pferd. Dann hat mich mein Bruder endlich in den Tattersall mitgenommen.«

»Wie nett von ihm. Damen ist es nicht gestattet, zu den Versteigerungen zu gehen.« Augusta richtete ihre Aufmerksamkeit auf sein Pferd. »Es ist wirklich ein schönes Kerlchen. Wie heißt er?«

»Pegasus. Es gibt scheinbar eine Menge Dinge, die Damen nicht tun dürfen.«

»Ja.« Augusta seufzte. »Ich habe gehört, die aztekischen Frauen waren den Männern gleichgestellt, bevor die Spanier sie unterworfen haben.«

»Sie haben recht. Doch über eines können Sie sich glücklich schätzen«, sagte er und versuchte, sie aufzuheitern. »Die Spanier springen viel schlimmer mit ihren Frauen um als wir.«

»Ich sollte froh sein, dass meine Familie mir so viele Freiheiten gibt.« Sie bremste ihr Pferd ab und warf ihm ein erzwungenes Lächeln zu. »Lassen Sie uns galoppieren.«

Ein kurzes Wettrennen sollte seinem Pferd nicht schaden. Er galoppierte nach ihr los. Sie erreichte das

Ende des Pfades vor ihm. »Vielen Dank dafür. Es ist lange her, dass ich reiten konnte, so schnell ich wollte.«

»Sie ist schnell wie der Wind.« Ihre graue Stute neigte den Kopf, als wüsste sie, dass sie besonders war. »Wie heißt sie?«

»Zephyr.« Augusta streckte die Hand aus und streichelte das Pferd am Hals. Als sie Phinn ansah, leuchteten seine Augen vor Belustigung. »Einer der Vorteile am Frühaufstehen ist, dass man so schnell reiten kann, wie man will.«

Sie führten ihre Pferde allmählich wieder dorthin, wo ihre Schwester wartete. »Ich bin froh, dass Sie heute Morgen hierhergekommen sind.«

»Das bin ich auch.«

Augustas verführerische dunkelrosa Lippen beanspruchten seine Aufmerksamkeit. Er wünschte sich, sie wären allein. Er würde sie vom Pferd herunterholen und küssen, bis sie beide außer Atem waren. »Lady Augusta« – sie wandte sich ihm zu – »würden Sie mich bitte Phinn nennen? Nur wenn wir unter uns sind, natürlich.« Er warf ihr ein, wie er hoffte, unschuldiges Grinsen zu. »Der Name gefällt mir sehr viel mehr als Lord Phineas und ich habe das Gefühl, wir sind inzwischen Freunde.«

»Nur wenn Sie mich Augusta nennen.« Für einen Moment wandte sie den Blick von ihm ab, als wäre sie schüchtern. Das hatte sie noch nie in seiner Gegenwart getan. Es war bezaubernd. »Ich habe auch das Gefühl, wir kennen uns gut genug.«

»Dankeschön. Ich werde mich hüten, dein Vertrauen zu brechen.« Die Herzogin ritt auf sie zu. »Ich glaube, dir wird gleich verkündet, dass es Zeit ist, zu gehen.«

Sie folgte seinem Blick. »Ja, das glaube ich auch. Wir sehen uns später.«

So oft er es einrichten konnte. »Ich wünsche dir einen schönen Tag.«

»Ich dir auch.« Sie ritt zu ihrer Schwester und ließ ihn zurück.

Wie wäre es wohl, jeden Morgen an ihrer Seite aufzuwachen, für eine andere Art von Ritt? Bei dem Gedanken daran, wie ihre dunklen Locken auf einem Kissen ausgebreitet wären und sie ihn mit ihren schläfrigen, lustvollen blauen Augen ansähe, musste er seine Sitzposition korrigieren. Phinn erinnerte sich daran, was sein Bruder über eine Heirat aus Begierde gesagt hatte – man konnte fast von einem Zustand des Verlangens sprechen – und dass das ein völlig angebrachter Ausgangspunkt für eine Ehe sei.

Es gab keine Zweifel daran, dass er Augusta im Bett haben wollte, und das hatte nichts mit reiner Freundschaft zu tun. Er mochte alles an ihr. Vielleicht verschwendete er seine Zeit damit, ihr den Hof zu machen, und sollte ihr einfach einen Antrag machen.

Eine Stunde später schlenderte er ins Frühstückszimmer. Bevor er seinen Teller zur Anrichte mitnehmen konnte, sagte seine Schwägerin: »Wir gehen zu Lady Thornhills Empfang.« Helen blickte hinter ihrer Zeitung hervor. »Zu ihr kommen die unterschiedlichsten Gäste. Außerdem war sie eng mit Lady Worthingtons Mutter befreundet.«

Und das erklärte, warum sie so verschiedene Arten von Menschen anzog? Oder bedeutete es, dass Lady Augusta kommen würde? »Na gut. Um wie viel Uhr werden wir dort erwartet?«

»Die meisten Gäste neigen dazu, ein- und auszugehen, wann sie wollen. Ich finde, wir sollten um etwa drei Uhr losfahren. Es ist nicht weit. So haben wir genug Zeit, um uns vor dem täglichen Nachmittagsspaziergang mit allen Personen zu unterhalten, die uns interessieren.«

Bei ihrer Ankunft war er überrascht, dass der Butler sie bloß durch die Tür eines, wie es zunächst schien, riesigen Salons führte. Doch bei genauerer Betrachtung merkte er, dass es sich um zwei durch offene Schiebetüren verbundene Räume handelte.

Neben ihm seufzte seine Schwägerin. »Ich verstehe nicht, warum sie die Kleidung tragen müssen, die sie auf Reisen gekauft haben.«

Er folgte ihrem Blick zu einem Paar, das er auf Mitte vierzig oder Anfang fünfzig schätzte und das in farbenfrohe, bestickte Gewänder gehüllt war. »Das scheinen chinesische Roben zu sein.«

»Ich habe keine Ahnung.« Sie holte Luft. »Komm, ich stelle sie dir vor.«

Kurz darauf begrüßte er Lady Thornhill. »Es ist mir eine Freude, Sie endlich kennenzulernen, Lord Phineas. Ich habe gehört, Sie haben Mexiko bereist.«

Hatte Augusta es ihr erzählt? »Wie ich hörte, sind Sie auch viel herumgekommen.«

»Ja, was das betrifft, hatten wir sehr viel Glück.« Sie winkte ihn zu einem kürzlich frei gewordenen Stuhl. »Bitte erzählen Sie mir von den Azteken. Ich war noch nie auf den amerikanischen Kontinenten.«

Er verbrachte die nächste halbe Stunde damit, von der Kultur und den Bauten des Volkes zu erzählen. »Es hat mich gewundert, dass nach dem Einmarsch der Spanier noch so viel davon übrig ist.«

Sie schürzte die Lippen. »Es ist eine Schande, dass viele Nationen beim Erschließen neuer Gebiete die einheimischen Kulturen und Völker zerstören, oder jedenfalls beinahe zerstören. Anfangs war ich überrascht, dass die Chinesen Fremde von sich fernhalten, aber dann habe ich verstanden, dass sie sich nur schützen wollen.«

»Dagegen kann ich nichts einwenden. Hätten die Azteken dasselbe getan, wären sie heute nicht unter spanischer Vorherrschaft.«

Ihre Ladyschaft stand auf. »Ich habe Sie lange genug aufgehalten. Bitte, stellen Sie sich doch den anderen Gästen vor. Wir bestehen hier nicht auf Förmlichkeiten.« Eine zarte Falte bildete sich zwischen ihren dunklen Augenbrauen. »Die einzige Ausnahme ist: Wenn Sie eine junge Dame kennenlernen möchten, kommen Sie zu mir und ich werde Sie einander vorstellen.«

Er bezweifelte, dass es junge Damen gab, die er kennenlernen wollte, aber in dieser Runde konnte er es nicht ausschließen. »Vielen Dank.«

Als er gerade ein Gespräch mit zwei französischen Künstlern führte, rief einer von ihnen: »Ah, die furchteinflößende und wunderschöne Lady Augusta ist da.«

Phinn hob sein Monokel. Er ahnte bereits, dass andere Männer so über Augusta dachten, aber er wollte nicht voreilig urteilen. »Furchteinflößend?«

»Oh, Monsieur, haben Sie jemals versucht, mit einer Lady zu liebäugeln, die sich an alles erinnert, was Sie sagen?« Der Mann zitterte. »Es ist sehr *déconcertant*.«

Dann zuckte er leicht mit den Schultern. »Doch man verliebt sich trotzdem in sie, man kann nicht anders.«

Augusta bemerkte, wie Phinn sie ansah, und steuerte auf ihn zu. Als sie ankam, nahm Phinn ihre Hand und hob sie an seine Lippen. Ihre Wangen erröteten und ihre Mundwinkel neigten sich nach oben. »Wie ich sehe, haben Sie Monsieur Boudin bereits kennengelernt?«

»In der Tat.« Der Franzose verbeugte sich überschwänglich und sie neigte den Kopf. Phinn wollte die Augen verdrehen. »Er hat gesagt, er sei Künstler.«

Sie hob eine Braue. »Ich schätze, da müssen wir ihn beim Wort nehmen.«

»Mademoiselle, Sie sind herzlos. Ich brauche bloß Inspiration. Wenn Sie für mich posieren wür...«

»Die Wahrscheinlichkeit, dass das jemals passieren wird, ist gleich null«, sagte sie in einem trockenen Ton. Dann legte sie die Fingerspitzen auf Phinns Arm. Er konnte die Wärme ihrer Berührung spüren. »Sollen wir uns unter die anderen Gäste mischen?«

»Von mir aus.« Er erlaubte ihr, ihn wegzuführen. »Ich nehme an, du bist nicht gerade angetan von Monsieur Boudin?«

»Ich fand ihn sehr viel charmanter, als ich ihn kaum gekannt habe.« Ihr Tonfall war gelassen, doch darunter lag eine andere, stärkere Stimmung. »Er behauptet, er sei Maler, aber niemand hat jemals gesehen, wie er auch nur eine Skizze angefertigt hat, selbst als er einen Auftrag in Aussicht hatte.«

Kein Wunder, dass Augusta dem Mann Angst einflößte. Sie durchschaute all seine Lügen. Das schrie förmlich nach einem Themenwechsel. »Ich nehme an, Lady

Thornhill trägt zu ihren Empfängen immer ausländische Trachten.«

Das brachte Augusta zum Lächeln. »In der Tat. Meine Schwestern haben gesagt, sie trägt sie sogar, wenn sie einen Ball ausrichtet.«

»Das wäre wirklich bemerkenswert.« Das würde seine Schwester noch viel mehr verurteilen. »Ich hoffe, ich werde eingeladen.«

»Ich bin mir sicher, das wirst du.« Sie hielt für einen Moment inne. »Er wird erst später in der Saison stattfinden.«

Wenn sein Bruder seinen Willen bekam, dann würde Phinn zu diesem Zeitpunkt noch in London und mit etwas Glück mit Augusta verlobt sein. Bis jetzt hatte er noch nichts an ihr gefunden, das ihm nicht gefiel. Sie hatte wirklich eine Menge liebenswürdiger Eigenschaften. Das Leben mit ihr würde nie langweilig werden.

»Ich nehme an, du bleibst fürs Erste in England?« Sie waren an einem Fensterplatz angekommen. Sie rückte die Sitzkissen zurecht und setzte sich.

Phinn ließ sich auf den Platz am Fenster sinken. »Ich schätze, das sollte ich.«

»Ein Jammer, dass du die großen Kathedralen auf dem Kontinent nicht besichtigen kannst.«

Das fand er auch. Wollte sie auf Reisen gehen? Sie hatte es nie erwähnt, aber bestimmt war es so. Sie strahlte eine gewisse Unruhe aus, worauf ein Teil von ihm ansprang. »Eines Tages werde ich es tun. Möchtest du morgen mit mir spazieren fahren?«

Sie warf ihm einen trübseligen Blick zu. »Ich bin morgen schon mit Lord Bottomley verabredet, heute mit

Mr. Seaton-Smythe und übermorgen mit Lord Tillerton.«

Phinn verstand nicht, wieso Seaton-Smythe ihr weiterhin den Hof machte. »Das alles scheint dich nicht
glücklich zu machen.« Phinn wiederum freute es sehr.
Denn die Zeit mit ihm genoss sie immer. »Warum tust
du das?«

»Meine Mutter erwartet es von mir.« Sie verzog das
Gesicht. »Es würde einen seltsamen Eindruck machen,
wenn ich es nicht täte.«

»Seltsam möchte man gewiss nicht scheinen.« Vor einem Monat hätte er das für albern gehalten, aber inzwischen tat er das nicht mehr. Er wusste zu gut, wie
grausam der *Bon Ton* sein konnte.

»Ich kann nur auf einer Veranstaltung wie dieser ich
selbst sein.«

Sie hatte ihm die gemeinsame Spazierfahrt immer
noch nicht zugesagt. »Darf ich dich in drei Tagen auf
eine Fahrt mitnehmen?«

»Nein.« Sie grinste. »Aber ich würde mich freuen,
wenn du mich auf eine Fahrt begleitest.«

»Umso besser.« Phinn war froh, dass er sie zum Lächeln gebracht hatte.

Er war sich nun noch sicherer als zuvor, dass sie zusammen glücklich werden könnten. Bald würde er Augusta einen Heiratsantrag machen.

KAPITEL 11

Eine sanfte Brise raschelte durch die Bäume. Augusta betrachtete Phinn, als er den Park verließ. Seit dem Tag, an dem er sie gebeten hatte, ihn beim Vornamen zu nennen, unternahm er zur selben Zeit wie sie Ausritte. Ihr Stallbursche hielt respektvollen Abstand und erlaubte ihr und Phinn dadurch, mit gewünschter Geschwindigkeit zu reiten und sich über alles Mögliche zu unterhalten. Doch an diesem Morgen hatte ihre Schwester beschlossen, sie zu begleiten.

Als Augusta in Richtung Berkeley Square losreiten wollte, blieb Louisa an ihrer Seite. »Mein Stallbursche kann mich nach Hause bringen.«

»Sicher kann er das.« Plötzlich verstummte Louisa, mindestens drei Herzklopfen lang. »Du und Lord Phineas scheint euch gut zu verstehen. Ich nehme an, ihr habt euch seit dem letzten Mal, als ich mit dir unterwegs war, getroffen.«

»Wir sind Freunde.« Zum Glück hatte *er* ihr keinen Heiratsantrag gemacht. Auf das Schweigen ihrer Schwester hin sagte sie: »Wir haben viel gemeinsam.«

»Du hast schon einige Anträge abgelehnt. Hast du darüber nachgedacht, einen Mann zu finden?«

»Noch nicht.« Sie wünschte wirklich, Louisa würde dieses Thema nicht ansprechen. »Ich möchte immer noch zur Universität gehen.«

Louisa atmete aus. »Ich weiß genau, dass Mutter gesagt hat, du dürftest nicht nach Italien reisen.«

»Nicht ohne einen Sponsor. Ich erkundige mich gerade danach.« Augusta hatte dem Baron von Neumann Briefe geschrieben und dieser hatte tatsächlich eine Familie gefunden, die bereit war, sie zu sponsern.

»Denkst du wirklich, das wird reichen?« Ihre Schwester sah sie an, als hätte sie den Verstand verloren. »Augusta, sie ist vollkommen gegen diese Idee.«

Augusta wollte dieses Gespräch nicht führen. »Wenn Italien zu weit weg ist, dann gibt es noch eine Universität in Holland, auf die ich gehen könnte.«

»Wenn du aus irgendeinem Grund« – ihre Schwester hob die Hand und machte eine allumfassende Geste – »nicht studieren könntest, würdest du dann Lord Phineas als möglichen Kandidaten in Erwägung ziehen?«

»Ich bin mir ziemlich sicher, dass er mich nicht als Frau will.« Ja, sie verstanden sich gut, mehr als gut, und er war überaus attraktiv. Ihr gefiel die Art und Weise, wie seine Augen silbern aufleuchteten, wenn er sauer war oder lachte. Aber er hatte noch nie den Eindruck auf sie gemacht, dass er ihr besondere Aufmerksamkeit schenkte. Wobei, an manchen Abenden hatte er zweimal mit ihr getanzt, aber andere Männer hatten das auch getan. Und im Gegensatz zu anderen Gentlemen hatte er ihr keine Blumen geschickt, oder Gedichte, oder ihr Komplimente über ihre Schönheit gemacht. »Ich bin mir sicher, dass du nur das darin siehst, was du sehen willst.« Es sei denn, ihre Mutter hatte Louisa dazu verleitet. »Oder was Mama gerne sehen würde.«

»Na gut. Ich lasse dich ab hier allein.« Sie hatten die Ecke zwischen Mount Street und Carlos Place erreicht. Die Strecke war kurz genug, dass Louisa sie allein zurücklegen konnte.

»Wir sehen uns heute auf Mamas Gartenfest.« Augusta wollte mit ihrer Schwester nicht streiten.

»Denk darüber nach, was ich gesagt habe.« Louisa ritt fort, aber blickte noch einmal über ihre Schulter zurück. »Wir wollen nur, dass du glücklich bist.«

Augusta verstand nicht, warum ihre Mutter und ihre Schwester – und wer weiß, wer noch – dachten, dass es sie glücklich machen würde, zu heiraten und Kinder zu kriegen, bevor sie eine Möglichkeit zum Studieren hatte.

***

Später an diesem Morgen wurde Augusta wieder in Matts Arbeitszimmer gerufen.

Es konnte wohl kaum *noch* mehr Heiratsanträge geben. Sie stöhnte. Wie viele Männer dachten, dass sie sie gern heiraten würde? Aber was konnte es sonst sein? Bis sie jemanden fand, der sie in Padua sponsern würde, konnte das Studium wohl kaum Thema sein. Und das einzige Mal, dass er sie gebeten hatte, ihn im Arbeitszimmer zu treffen, war wegen Heiratsanträgen, die sie erhalten hatte.

Augusta überlegte, ihm zu schreiben, er solle allen sagen, dass sie nicht an einer Heirat interessiert war, und ihr die Namen schicken. Doch es war immer noch *er*, der die Gespräche führen musste. Das Mindeste, was sie tun konnte, war, ihm zuzuhören, wenn er sie nacherzählte.

Augusta bahnte sich ihren Weg durch den Korridor in sein Arbeitszimmer auf der Rückseite des Hauses und klopfte an die Tür. »Herein.«

Sie trat ein und nahm auf einem Lederstuhl vor seinem Schreibtisch Platz. Der Duft von Lilien strömte durch die Fenster, die zum Garten hin geöffnet waren.

Er hielt ein Stück Papier mit drei Namen hoch. So schnell, wie das alles vonstattenging, würde sie bald niemanden mehr zum Tanzen haben. »Wer ist es diesmal?«

»Fotheringale, Belmont und Turner.« Matt legte das Papier ab und starrte sie vorwurfsvoll an. »Bei Louisa, Dotty und Charlotte ist das nicht passiert.«

»Schau mich nicht so an, als wäre es meine Schuld.« Augusta konnte sich beim besten Willen nicht erklären, warum so viele Gentlemen sie heiraten wollten. »Ich bin höflich, aber ich habe keinem Gentleman jeglichen Grund zur Annahme gegeben, dass ich einen Heiratsantrag von ihm annehmen würde. Ich gehe nicht einmal spazieren, um Gespräche mit den Gentlemen zu führen.«

Abgesehen von Phinn. Doch sie waren ausschließlich Freunde und sie war froh um seine Gesellschaft. »Und die einzigen Themen, die ich jemals mit ihnen besprochen habe, waren das Wetter, sie selbst oder ihre Ansichten.«

»Das wird es wohl sein.« Ihr Bruder seufzte. »Nicht viele Männer können einer schönen Dame mit einer ordentlichen Mitgift widerstehen, die ihnen gestattet, über sich selbst zu reden.«

Sie hielt ein paar Sekunden inne, um darüber nachzudenken, was er gesagt hatte. »Vielleicht bin ich zu zuvorkommend. Wenn ich einen Ehemann suchen würde, wäre ich sehr viel strenger mit den Gentlemen.

Offensichtlich verstehen sie meine Gleichgültigkeit falsch.«

»Das Gute ist, dass das nicht lange so weitergehen kann.« Matts Lippen verzogen sich zu dem kläglichen Anschein eines Lächelns. »Bald ist keine gute Partie mehr übrig, die dir noch keinen Heiratsantrag gestellt hat.«

»Danke, dass du das über dich ergehen lässt.« Sie war froh, dass sie es nicht tun musste.

»Es ist wohl oder übel meine Pflicht.« Er legte das Stück Papier in eine Schublade. »Du sagst mir, wenn es einen Gentleman gibt, den ich nicht ablehnen soll?«

»Ja, natürlich. Den wird es nicht geben.« Wenn es keine heiratswürdigen Gentlemen mehr gäbe, dann würden die Streitigkeiten mit ihrer Mutter bald ein Ende nehmen. Mama könnte nicht erwarten, dass sie heiratete, wenn niemand Heiratsfähiges mehr übrig war. »Mama möchte, dass ich ihr beim Empfang heute helfe, und ich habe noch ein paar Dinge zu erledigen, bevor ich gehe.«

»Immerhin spielt das Wetter mit. Hab eine gute Zeit. Grace und ich werden zwischendurch vorbeischauen.« Er runzelte flüchtig die Stirn. »Du weißt, dass sie nur das Beste für dich will?«

»Du meinst, das, was sie für das Beste für mich *hält?*«, erwiderte Augusta. »Ja, ich weiß.«

Sie ging zu ihrem Bruder und gab ihm einen Kuss auf die Wange. »Du bist wirklich der gütigste Bruder.«

»Ich versuche, mein Bestes zu geben. Geh und hab Spaß.«

***

Phinn ging in seinem Schlafzimmer nervös auf und ab. Heute würde er um Augustas Hand anhalten. Dass sie sich bereits beim Vornamen nannten, wenn niemand mithörte, sollte ihn beruhigen, doch das tat es nicht. Sie hatten noch nichts miteinander erlebt, was man auch nur ansatzweise als romantischen Moment bezeichnen könnte. Sie *waren* vertrauter als zuvor. Und Freundschaft war eine exzellente Basis für die Ehe. In den Worten seines Bruders: Er begehrte sie. Es wäre keine schwere Aufgabe, den Erben zu zeugen, den sie so bitterlich nötig hatten. Je mehr er über sie nachdachte, desto mehr wollte er in ihre Wärme sinken und sie küssen, bis ihre Lippen geschwollen waren und ihre Augen vor Leidenschaft glänzten.

Er konnte sich nicht vorstellen, dass das Leben mit Augusta in jeglicher Hinsicht langweilig wäre. Vielleicht würden sie eines Tages, wenn die Kinder alt genug wären, gemeinsam nach Kontinentaleuropa reisen. Er wollte immer noch die mittelalterlichen Kirchen und andere Bauten studieren.

Im Gegensatz zu den anderen Gentlemen, die ihr einen Heiratsantrag gemacht hatten, würde Phinn sie dazu ermutigen, die Korrespondenz mit Professoren und anderen schlauen Menschen aufrechtzuerhalten. Er war sich sicher, dass ihr kein anderer Gentleman dieses Versprechen machen konnte oder würde.

Er ignorierte das plagende schlechte Gewissen, weil er vorher nicht mit ihrem Bruder gesprochen hatte. So machte man einer Lady eigentlich einen anständigen Antrag. Doch von dem, was er gehört hatte, hatte es keinem der Gentlemen, die es bereits versucht hatten, etwas gebracht. Keiner von ihnen war über das Gespräch mit Worthington hinausgekommen.

Phinn hatte viele Wetten in seinem Club miterlebt, in denen es darum ging, wen Augusta heiraten würde. Und auch das betrunkene Geschwafel, das folgte, wenn die Gentlemen abgelehnt wurden, hatte er sich angehört. Er wusste in etwa, wie viele Männer um ihre Hand angehalten und eine sofortige Abweisung von ihrem Bruder erhalten hatten.

Einige Gentlemen hatte er vorsichtig nach ihren falschen Hoffnungen bezüglich Augusta gefragt, als sie betrunken waren, doch ihr Gerede war größtenteils unverständlich gewesen.

Eines Tages sagte Seaton-Smythe schließlich: »Sie hört einem zu. Fällt nie ins Wort. Gibt einem das Gefühl, man sei besonders.«

Zuhören? Nun ja, das musste sie, damit sie ihre klugen Kommentare und schlagfertigen Erwiderungen abgeben konnte. Doch es hätte ihn gewundert, wenn irgendeiner dieser Gentlemen diese Art von Gespräch mit ihr geführt hätte.

»Sie gibt einem das Gefühl, man hätte ihre alleinige Aufmerksamkeit«, hatte Lord Gray, der letzte Mann, der abgewiesen wurde, in seinen Brandy gemurmelt.

»Nicht einmal meine Mätresse hört so gut zu wie Lady Augusta.« Der Earl of Tillerton schenkte sich noch ein Glas Wein ein. »Sie gibt anständige Antworten und unterbricht einen nicht.« Er nahm einen Schluck. »Seaton-Smythe hat recht. Sie gibt einem Gentleman das Gefühl, er wäre besonders.«

Verdammte Idioten.

Offenbar wusste nur Phinn, was Augusta tatsächlich getan hatte. Sie hatte diese Holzköpfe ignoriert. Sie war schlau genug, um mit einem kleinen Teil ihres Gehirns zuzuhören, während sie mit dem anderen Teil etwas anderes tat. Antikes Hebräisch übersetzen oder etwas noch Esoterischeres.

Für einen kurzen Moment dachte er darüber nach, die Männer von ihrem Irrtum zu befreien. Doch das würde nichts nützen, und es konnte gar Augustas Ruf schaden, wenn die Gentlemen wüssten, dass sie ihnen überhaupt keine Aufmerksamkeit geschenkt hatte. Der *Bon Ton* konnte grausam zu denjenigen sein, die nicht in die Rolle passten, die ihnen zugeschrieben wurde. Und sie hatte ihr Bestes gegeben, um sich als genau das zu präsentieren, was sie nicht war: eine sittsame junge Dame. Wieder wurde Phinn klar, dass er recht gehabt hatte, als er seiner Schwägerin gesagt hatte, Augusta würde diese Männer in Angst und Schrecken versetzen, wenn sie sie wirklich kennen würden.

Er verstand jedoch nicht, weshalb ihr Bruder alle Gentlemen, die ihr einen Antrag gemacht hatten, unmittelbar abgewiesen hatte. Allen Erzählungen zufolge hatte Worthington sich nicht einmal die Zeit genommen, Augusta zu fragen, ob sie die Anträge anzunehmen gedachte. Es war fast so, als wollte er nicht, dass sie heiratete. Doch nach dem, was Helen ihm über Lady Wolvertons Wünsche erzählt hatte, ergab das keinen Sinn. Wusste Augusta überhaupt, dass ihr Bruder so viele Anträge abgelehnt hatte? Das war eine lächerliche Frage. Natürlich wusste sie das. Trotzdem lag Phinn eine Frage auf der Zunge, die er nicht ganz formulieren konnte.

Verflixt und zugenäht. Zum Teufel mit Anstand und mit Worthington. Wenn Augusta Phinn abwies, dann wäre es aus gutem Grunde und nicht, weil sie sich nicht zu ihm hingezogen fühlte.

Um seine Gedanken wieder auf die vor ihm liegende Aufgabe zu richten, nahm er das Stück Papier heraus, das Helen ihm gegeben hatte. Sie hatte Lady Wolverton mehrmals besucht und ihm einen detaillierten Plan des Gartens aufgezeichnet. Die Fläche war nicht breit, doch sie war lang. Es gab mehrere versteckte Pfade und eine abgelegene Rosenlaube entlang der Steinwand am Ende einer dieser Pfade. Er tippte auf die Mauernische. Dort würde er den Antrag machen. Das wäre vom Rest der Gäste weit genug entfernt, um ein privates Gespräch zu führen.

Er sandte ein Stoßgebet an jede Gottheit, die ihm zuhören würde, dass Augusta seinen Antrag annahm. Wenn nicht, wusste er nichts mit sich anzufangen. Es gab keine andere Frau, an deren Seite er sich vorstellen konnte, jeden Morgen aufzuwachen.

Es klopfte an der Tür. »Phineas«, sagte Helen. »Es ist Zeit, dass wir aufbrechen.«

Er sah noch ein letztes Mal in den Spiegel. Jetzt oder nie. »Ich bin bereit.«

In dem Moment, als Phinn auf Lady Wolvertons Gartenfest ankam, wurde sein Blick sofort von Augusta angezogen. Wie er sie in dem Gedränge an Gästen so schnell gefunden hatte, wusste er nicht. Es war, als spürte er ihre Präsenz, und das schon seit ein paar Wochen.

Den Zeichnungen seiner Schwägerin zufolge war der Garten als eine Reihe von Beeten, Pfaden und Brunnen konzipiert. Rosen, unterpflanzt mit Lavendel und gesäumt von Buchsbaum, erfüllten die Luft mit einem lieblichen Duft. Ein vermutlich aus Italien stammender Marmorbrunnen mit der Statue einer Frau, die Wasser aus einem Krug schüttete, plätscherte leise, kaum wahrnehmbar unter den Stimmen der Anwesenden. Drei Wege führten vom Brunnen aus tiefer in den Garten hinein.

Er bahnte sich seinen Weg durch den Schwarm an Menschen und begrüßte auf dem Weg Freunde und Bekannte. Gelegentlich versuchte eine der verkuppelnden Mütter ihn zu einem Gespräch mit ihren Töchtern zu verleiten. Es war ein schlecht gehütetes Geheimnis, dass er womöglich für den nächsten Erben verantwortlich war. Zum Glück war er zum Experten darin geworden, ein paar Sekunden lang über das Wetter zu plaudern und danach weiterzuziehen.

Wie immer stand Augusta bei ihren Freundinnen. »Ladies.« Er verbeugte sich. »Wie schön, Sie zu sehen.«

Kurz nachdem sie ihn begrüßt hatten, schlossen sich weitere Gentlemen ihrer Gruppe an. Nacheinander nahmen sie die Ladies auf Spaziergänge durch den Garten mit, bis nur noch Phinn und Augusta übrig waren.

Er sah sich um und stellte sicher, dass niemand in Hörweite war. »Augusta, möchtest du eine Runde mit mir spazieren gehen?« Wenn sie erst mal verlobt waren, würde er sich gerne mehr vom Garten ansehen. Doch jetzt musste er seinen Antrag machen, bevor er seine Chance verpasste. Sie würden nicht viel Zeit zu zweit haben. »Es ist schön hier.«

»Das ist es.« Sie legte ihre Finger auf seinen Arm und grinste. »Die Urgroßmutter meiner Schwägerin hat den

Garten gepflanzt. Dann haben ihre Großmutter, meine Mutter und Grace ihn aufrechterhalten.«

Wie immer ging Augustas und Phinns Gespräch tiefer und sie diskutierten über die Pflanzen, deren Ursprünge und den Entwurf des Gartens. Nicht wenige Gentlemen erhaschten einen Blick auf sie und Augenbrauen wurden fragend gehoben. Lord Gray kicherte hinter seiner Hand.

Dann befanden Phinn und Augusta sich endlich auf dem Weg zur Rosenlaube. Dichte Pflanzen dämpften die Geräuschkulisse. Als sie ankamen, stellte er sich vor sie und ging auf die Knie. »Augusta.«

»Oh, Grundgütiger!« Schock und irgendetwas zwischen Enttäuschung und Schrecken zeichnete sich in ihrem Gesicht ab. Tränen stiegen ihr in die Augen. Das war nicht die Reaktion, die er sich erhofft hatte. »Nicht auch noch du!«

Sie drehte sich auf der Stelle um und steuerte auf das Haus zu, dann hielt sie an und bog in einen Seitenpfad ab.

Was zum Teufel! Einen Moment lang hatte ihr Ausbruch ihn versteifen lassen. Von allen Dingen, die sie hätte sagen können ... Was zur Hölle war schiefgelaufen? Oder vielleicht war die Frage eher, warum sie so stark reagiert hatte. Hatte jemand sie verletzt? Wenn irgendein Mann sich an ihr vergriffen hatte, würde Phinn den Schuft finden und umbringen. Wobei, wahrscheinlich hätte Worthington sich schon um den Tod des Halunken gekümmert.

Er beschleunigte seine Schritte. »Augusta, warte!« Ihre Schultern krümmten sich um ihre Ohren, als wollte sie seine Worte damit abwehren. »Hättest du mich nicht wenigstens ausreden lassen können?«

Sie drehte sich schlagartig um und stieß beinahe mit ihm zusammen, ihr Gesicht war eine einzige Maske der Wut. »Oh, habe ich mich etwa geirrt? Hattest du *nicht* vor, um meine Hand anzuhalten?«

»Doch, das hatte ich. Ich möchte fragen, ob du mich heiraten willst.« Er fuhr sich mit den Fingern durchs Haar und stieß sich damit den Hut vom Kopf. »Ich weiß, du hast die anderen Kerle abgewiesen, aber wir sind Freunde. *Gute* Freunde.«

»Ja, das sind wir. Und ich habe dir *vertraut.*« Wieder stiegen ihr Tränen in die Augen und sie blinzelte sie fort. »Genau deswegen solltest du nicht um meine Hand anhalten.«

Er streckte seine Hand aus und wollte sie trösten, doch sie schlug die Arme hinter den Rücken. Sie benahm sich, als hätte er sie verraten. Gott steh ihm bei, er hatte das Gefühl, er wäre der schlimmste Schurke in ganz England. Doch er konnte nicht aufgeben. Nicht jetzt. »Befreundet zu sein, ist ein ausgezeichneter Grund, zu heiraten.«

»Phinn, selbst wenn du mich liebst« – ihr Satz wurde von einem Schluchzen unterbrochen – »was du nicht tust, werde ich diese Saison nicht heiraten. Ich wurde an der Universität von Padua angenommen.«

»*Universität?*« Die ganze Luft in seinem Körper strömte hinaus, als wäre er von John Jackson höchstpersönlich in den Bauch geboxt worden. Ihm wurde schwindelig und er konnte kaum noch sprechen. »In Padua«, krächzte er, kaum in der Lage, es überhaupt auszusprechen. »*Italien?*«

Ihr Kinn spannte sich an und sie nickte.

Plötzlich machten die unterschiedlichen Verhaltensweisen innerhalb ihrer Familie Sinn. Es gab einen Zwiespalt. Worthington unterschützte Augustas Vorhaben, während Lady Wolverton mit allen Mitteln versuchte, Augustas Plan zu durchkreuzen und sie zu verheiraten. Mit Phinn.

Natürlich hatte sie niemandem außerhalb ihres engen Familienkreises von ihrem Wunsch, zu studieren, erzählt. Nun ja, vielleicht ihren Freundinnen. Sie schienen füreinander da zu sein. Er wünschte, sie hätte ihm davon erzählt, und war etwas verletzt, dass sie es nicht getan hatte. Doch egal, wie vertraut sie inzwischen miteinander waren, die Tatsache, dass er ein Mann war, musste sie wohl davon abgehalten haben. Nur sehr wenige Mitglieder des *Bon Ton* würden ihre Ziele verstehen und gutheißen.

Ihre Hoffnungen, an die Universität zu gehen, waren keineswegs unbegründet. Padua hatte schon einmal eine Dame zugelassen. Gut, das war vielleicht vor fast zweihundert Jahren gewesen, aber es *war* passiert, und mit dem nötigen Druck könnte die Universität es wieder tun und hatte es offenbar getan.

Verflixt und zugenäht! Was sollte er nun tun? Wie sollte er sie davon überzeugen, ihn zu heiraten? Es gab keinen Weg, ihrem Studium in Italien Konkurrenz zu machen. Nicht bei einer Frau von solchem Intellekt. Für sich selbst wäre Phinn auch nicht in England geblieben.

KAPITEL 12

»Ja, Italien«, sagte Augusta. Warum konnte Phinn nicht vorher ihren Bruder aufsuchen wie alle anderen? Doch selbst wenn ein anderer auch persönlich um ihre Hand angehalten hätte, es fiel ihr sehr viel schwerer, ihn abzuweisen, als irgendeinen anderen Gentleman.

Sie mochte ihn wirklich sehr. Wenn die Umstände anders wären, könnte sie sich sogar in ihn verlieben …

Es war sinnlos, über all das nachzudenken. Sie würde nach Padua reisen, um zu studieren. Sobald sie das Studium abgeschlossen hatte, würde sie heiraten, nicht vorher. Wenn irgendein Gentleman ihr Verlangen verstand, an die Universität zu gehen, dann sollte das Phinn sein. Früher oder später.

Er öffnete den Mund, als wollte er sprechen. Oder ihm fiel schlichtweg die Kinnlade herunter.

Aber sie musste sagen, was gesagt werden musste, bevor das hier auch nur einen Schritt weiterging. Sie versuchte, die Stimme zu sänftigen. »Ich bin nicht dumm. Ich weiß, dass du eine Frau brauchst, um einen Erben zu zeugen. Du hast vier Nichten und der einzige Grund, warum Lady Dorchester dir heiratsfähige Damen vorstellen würde, ist, weil sie will, dass du heiratest. Und der einzige Grund dafür ist wiederum, dass sie noch keinen Sohn hat. Liege ich etwa falsch?«

»Du bist die klügste Person, die ich kenne. Und du liegst richtig.« Phinn warf ihr einen reuevollen Blick zu und fuhr sich wieder mit den Fingern durch die Haare.

Er zerzauste sie so sehr, dass sie die abstehenden Strähnen wieder glätten wollte. »Wenn du mich heiratest, könnten wir trotzdem reisen. Ich will mir die Architektur auf dem Kontinent ansehen.«

Vielleicht hielt er das ja für möglich, aber es war überaus unwahrscheinlich. »Ich weiß, was passiert, wenn eine Frau heiratet.« Er sah so hoffnungsvoll aus, sie konnte ihm kaum in die Augen sehen. »Sie kriegt Kinder. Grace hat sogar zwei bekommen und sie ist erst seit drei Jahren verheiratet. Und so sehr ich meine Nichten und Neffen auch mag, ein Kind würde mich davon abhalten, zu tun, was ich tun muss.« Phinn stand stocksteif da, als wären seine Füße in der Erde verwurzelt wie die Pflanzen darum herum. »Es *tut* mir leid. Du wirst eine andere Dame finden müssen, die deiner Familie einen Erben schenkt.«

Als sie an ihm vorbeihuschte, rührte er sich noch immer nicht vom Fleck. Immerhin verstand er es. Jedenfalls hoffte sie das. Sie wanderte durch den Garten und hatte es nicht eilig, zum Fest ihrer Mutter zurückzukehren. Sie war sich sicher, dass Mutter und Lady Dorchester gewusst hatten, dass er ihr einen Antrag machen wollte. Vielleicht war es feige, aber Augusta wollte keiner von ihnen in die Augen sehen, wenn sie herausfanden, dass sie ihn abgewiesen hatte. Am besten sollte sie einfach unauffällig durch die Seitentür gehen und die Gäste meiden.

Eine kräftige Hand griff nach ihrem Arm. Nun ja, sie hätte wohl nicht erwarten sollen, dass Phinn für immer an Ort und Stelle blieb. Er richtete ihr Gesicht auf seines. Sie hatte ihn noch nie mit so strenger Miene gesehen. »Du sagst, du weißt, dass ich dich nicht liebe. Woher willst du das wissen?«

Sie waren sich so nah, dass sie ihren Kopf nach hinten neigen musste, um ihm in die Augen zu sehen. Seine Augen erinnerten sie an den Himmel, wenn ein Sturm bevorstand. Sie holte Luft. Wie sehr sie seine Gesellschaft vermissen würde. Doch offenbar konnten sogar äußerst intelligente Männer sich bei manchen Dingen derart unwissend anstellen. »Du verhältst dich nicht so, als würdest du mich lieben.« Er öffnete den Mund und sie fuhr schnell fort. »Und nein, ich werde dir nicht sagen, wie verliebte Gentlemen sich verhalten, weil ich nicht will, dass du damit anfängst.« Von dem, was sie gehört hatte, war das Elizabeth Harrington passiert. Doch Augusta würde das nicht passieren.

Phinn trat näher an sie heran und die Wärme seines Körpers zog sie an. Selbst wenn er sie liebte, konnte sich nichts ändern. Sie musste gehen. Den Schmerz in seinem Gesicht zu sehen, brachte ihr Herz zum Weinen. Augusta versuchte, stattdessen seine Finger anzustarren. »Ich werde verreisen.«

Er ließ die Hand fallen, als hätte er sich verbrannt. »Na gut. Ich schätze, ich werde dich wiedersehen, bevor du abreist.«

»Ich denke, das lässt sich nicht vermeiden.« Sie musste immer noch den Rest der Ballsaison hinter sich bringen. Das war dann wohl das Ende ihrer Freundschaft. Obwohl er das Gegenteil behauptet hatte, würde Phinn bestimmt nie wieder mit ihr sprechen wollen. Und von den Gentlemen, die ihr bereits einen Antrag gemacht hatten, wollte nur einer mit ihr tanzen. Augusta unterdrückte die Trauer, die sich langsam in ihr ansammelte. Darüber konnte sie jetzt nicht nachdenken. Sie hatte alles Nötige gesagt. Damit war es geklärt.

Sie schlug den Weg am Rand des Gartens ein und eilte an der Küchentür vorbei, dann den Gehweg hinunter und schließlich zum Square. Sie traf auf Grace, die den Square gerade vom Worthington House in Richtung Stanwood House überquerte.

Graces Augenbrauen zogen sich ruckartig zusammen. »Liebes, was ist los? Du siehst aus, als hättest du deinen besten Freund verloren.«

Auf gewisse Art und Weise hatte Augusta das auch. Sie blinzelte mehrmals stark, um die Tränen zurückzuhalten. Warum wollte sie so urplötzlich weinen? Sie war nicht nah am Wasser gebaut oder dramatisch. Das war anstrengend. »Ich dachte, du wärst auf Mamas Feier.«

»Ich bin zurück nach Hause gegangen, um nach Elizabeth zu sehen. Sie war vorhin etwas aufmüpfig.« Grace nahm Augustas Arm. »Komm mit. Was auch immer los ist, eine schöne Tasse Tee und ein Gespräch werden helfen.«

Sie würde Grace alles beichten müssen. Doch besser ihr als irgendjemand anderem.

Kurz darauf hatten sie sich in ihrem Arbeitszimmer eingefunden und zwischen ihnen stand das Teetablett. Seit sie vor zwei Jahren ins Worthington House gezogen waren, wurden alle Familiengespräche in diesem Zimmer geführt. Vorher war es Graces Arbeitszimmer im Stanwood House gewesen.

Sie reichte Augusta eine Tasse. »Nun denn, was liegt dir auf dem Herzen?«

Augusta fuhr mit dem Finger am Henkel des feinen Porzellangeschirrs entlang und sagte: »Phinn, Lord Phineas, hat mir einen Antrag gemacht und ich habe ihm gesagt, dass ich ihn nicht heiraten werde, weil ich zum Studium nach Italien fahre. Ich weiß, Mama hat gesagt, dass ich das nicht darf, und sie macht es Matt wirklich schwer. Aber es muss einen Weg für mich geben, zu gehen. Ich habe neulich einen Brief vom Baron von Neumann erhalten. Er weiß von einer Familie, von der er sich sicher ist, dass sie mich in Padua sponsern würde.« Augusta hob den Kopf, um ihre Schwägerin anzusehen. »Das war Mamas Bedingung und ich habe sie erfüllt.«

»Du magst Lord Phineas wirklich sehr«, sagte Grace. Wollte sie allen Ernstes auch, dass Augusta heiratete?

»Ja, aber ich möchte studieren, bevor ich heirate. Abgesehen davon« – sein Geständnis, dass er sie nicht liebte, oder die Tatsache, dass er ihr nicht widersprochen hatte, was so gut wie ein Geständnis war, verletzte sie mehr als gedacht – »liebt er mich nicht.«

»Bist du sicher?«

»Ja. Er hat es zugegeben.«

»Ich verstehe.« Grace nippte ein paar Sekunden lang an ihrem Tee. Auf ihrer Stirn bildeten sich Falten, wie jedes Mal, wenn sie nachdachte. Schließlich stellte sie die Tasse ab. »Jane und Hector werden in Kontinentaleuropa auf Reisen gehen. Jane hat gefragt, ob du mit ihnen mitkommen möchtest. Ich habe dir gar nicht davon erzählt, weil deine Mutter so sehr gegen dein Studium war. Ich bin davon ausgegangen, dass sie auch gegen eine Reise zum Kontinent im Allgemeinen etwas einzuwenden hat.« Das war die perfekte Lösung.

Augusta wollte Freudensprünge machen und ihre Schwägerin umarmen. »Ich glaube, jetzt wäre ein guter Zeitpunkt, um deiner Mutter von der Einladung zu erzählen. Wenn du Jane und Hector begleiten möchtest, könnte es gut sein, dass sie es schaffen, vor Anfang des Semesters in Padua anzukommen und dich rechtzeitig an deine Sponsoren zu übergeben.«

»Ja. Ja, natürlich möchte ich gehen. Ich kann nicht fassen, dass du so fies bist!« Augusta rannte um den Tisch und warf sich in Graces Arme.

»Ach, naja.« Grace umarmte Augusta. »Man kann nicht so viele Kinder aufziehen, ohne wenigstens ein Bisschen hinterlistig zu sein.«

Ganz zu schweigen von dem heftigen Streit, den Grace auf sich genommen hatte, um die Vormundschaft über ihre Geschwister zu erhalten, bevor sie Matt geheiratet hatte. »Wann fahre ich los?«

»In etwa einer Woche. Hector hat schon alles vorbereitet. Du musst nur noch packen und ein paar feste Schuhe bestellen. Du wirst Koffer brauchen. Matt wird deine Reisedokumente arrangieren. Mal schauen, ob Madam Lisette dir noch ein, zwei Kutschenkleider anfertigen kann. Du wirst ein paar Wochen bei den Harringtons in Paris verbringen. Wenn du noch mehr Reisekleidung benötigst, kannst du sie dort besorgen.«

Augusta spürte, wie ihre Augen sich weiteten. »Wie lange weißt du schon davon?«

»Seit einigen Tagen. Lange genug, um Elizabeth Harrington einen Eilbrief zu schicken und ihre Antwort zu erhalten. Sie freut sich darauf, dich zu empfangen.«

Wie konnte Augusta so viel Glück haben, dass ihr Bruder eine solch wundervolle Frau geheiratet hatte? »Weiß Matt davon?«

Ihre Schwägerin verzog das Gesicht. »Nur so viel, wie er wissen wollte. Er will deine Mutter nicht anlügen. Zum jetzigen Zeitpunkt weiß er nur, dass du nach Paris eingeladen wurdest. Ich kann mir vorstellen, dass Patience froh sein wird, wenn du eine Weile die Stadt verlässt, sobald sie herausfindet, dass du Lord Phineas abgewiesen hast.« Grace löste Augusta aus ihrer Umarmung. »Ich werde Matt alles erzählen, sobald du nach Paris aufgebrochen bist.«

Damit stand es also fest. Augusta würde nach Kontinentaleuropa reisen und Jane und Hector würden sie nach Padua begleiten. Sie würde bei der Familie unterkommen, die sich bereit erklärt hatte, für sie zu bürgen. Sie musste sofort Cousine Prudence schreiben und den Baron informieren.

Die Anspannung löste sich aus ihrem Körper. Bald würde sie endlich zur Universität gehen und sogar ihre Mutter konnte dagegen nichts einwenden. Nun ja, sie konnte es schon, aber nur von England aus.

Ein Klopfen ertönte an der Tür zu Graces Arbeitszimmer. »Herein.«

Thornton trat ein und verbeugte sich. »Mylady, Lady Wolverton möchte mit Lady Augusta sprechen.«

»Ich kann nicht fassen, dass sie ihre Gäste allein gelassen hat, um hierher zu kommen.« Das war gar nicht gut.

»Bitte lassen Sie sie herein und bringen Sie uns mehr Tee.« Grace gab Augusta ein Zeichen, sich neben sie zu setzen. »Denk daran, ruhig zu bleiben.«

»Das werde ich.« Sie nahm schnell ihre Tasse und stellte sie auf die andere Seite des Tischs.

Einen Moment später stürmte ihre Mutter ins Zimmer und ihre Musselin-Röcke wirbelten um ihre Beine. Eine ihrer Augenbrauen war angehoben und ihre Lippen waren fest zusammengepresst. Augusta hatte ihre Mutter noch nie so wütend gesehen.

»Augusta Catherine Anne Vivers, ich kann nicht fassen, dass du den armen Lord Phineas angelogen hast. Ich habe dir schon einmal gesagt, dass du nicht studieren wirst, nicht in Italien und auch sonst nirgendwo.«

Immerhin war ihre Mutter nicht sauer, dass sie den Antrag abgelehnt hatte. Sie warf Grace einen flüchtigen Blick zu und beschloss, den Mund zu halten.

»Patience.« Grace winkte sie zum anderen Sofa. »Bitte trink doch etwas Tee.«

»Ja, natürlich.« Ihre Mutter blinzelte, als wäre ihr erst jetzt aufgefallen, dass noch eine andere Person anwesend war. »Ich bitte um Verzeihung für mein Temperament. Es war ein zehrender Tag.« Mit vorbildlicher Haltung ließ Mutter sich in die Chintz-Polster mit Blumenmuster sinken. »Nun, ich denke, wir sollten über Augustas Schwindeleien sprechen. Ich weiß, du wirst mir rechtgeben, dass sie nicht hätte sagen sollen, was sie gesagt hat.«

Ein frisches Teetablett wurde hereingetragen und Grace schenkte allen eine Tasse ein. »Wie ist dieses Thema überhaupt aufgekommen?«

»Lady Dorchester hat bereits erwartet, dass Lord Phineas einen Antrag macht.« Mutter warf Augusta einen wütenden Blick zu. »Sie schienen sich so gut zu verstehen, wir alle haben geglaubt, dass sie seinen Antrag annehmen würde. Als Lord Phineas von seinem Spaziergang mit Augusta zurückkam, fragte Lady Dorchester, was passiert war. Er sagte ihr, dass Augusta nicht heiraten möchte, weil sie an der Universität angenommen wurde und nach Padua reisen würde.« Mutter holte tief Luft. »Natürlich haben alle Leute mitgehört.«

Graces Mund und ihre Augenbrauen neigten sich nach unten. »Bis heute Nachmittag wird es die ganze Stadt wissen.«

»Ich weiß nicht, was ich tun soll«, klagte Mutter. »Sie hat schon mindestens zehn Gentlemen abgewiesen und jetzt werden alle denken, sie wäre ein Blaustrumpf. Gerüchte wie diese verschwinden nicht einfach. Sie wird niemals einen Mann finden!«

»Mama, du hast gesagt, dass ich mich nicht gezwungen fühlen soll, diese Saison zu heiraten«, sagte Augusta mit ruhiger Stimme.

»Darum geht es nicht!«, rief ihre Mutter aus. »Du hast sowieso schon den Ruf, dass dir nichts gut genug ist, und jetzt hast du es noch schlimmer gemacht.« Ihre Mutter rieb sich die Stirn. »Davon kannst du dich nicht einfach erholen.«

Ein paar Augenblicke lang sprach niemand und sie fragte sich, wie ihre Schwägerin die Reise auf den Kontinent zur Sprache bringen würde.

»Ich habe da eine Idee.« Grace balancierte ihre Tasse auf dem Schoß. »Meine Cousine Jane und ihr Ehemann werden eine Reise nach Paris unternehmen.« Augusta sah ihre Mutter an, während Grace sprach. An ihrer Miene änderte sich nichts. »Sie haben gefragt, ob Augusta sie begleiten möchte. Lady Harrington hat ebenfalls den Wunsch geäußert, dass Augusta sie bald besuche.«

Alles vollkommen wahr, es war nur nicht die ganze Geschichte. Natürlich hatte Grace nicht erwähnt, wohin sie von Paris aus reisen würden. Außerdem *war* Augusta der Forderung ihrer Mutter nachgekommen, dass eine einflussreiche Person für sie bürgen solle. Ein italienischer Graf und eine italienische Gräfin würden ja wohl genug Einfluss haben. Und ihre Mutter würde Matt nicht verantwortlich machen können, weil er von nichts wusste.

»Wie es aussieht, habe ich keine andere Wahl, als einzuwilligen. Es wäre besser für sie, wenn sie für eine Weile die Stadt verlässt.« Mutter seufzte. »Vielleicht wird die Zeit in Frankreich sie von ihrem abstrusen Verlangen abbringen, zur Universität zu gehen.« Sie hörte auf, sich die Stirn zu reiben, und rieb sich nun die Schläfe. »Wann fahren sie los?«

»In einer Woche. Hector hat eine private Yacht für die Überfahrt arrangiert. In Calais werden Reisekutschen und Pferde für sie bereitstehen.« Grace lächelte Mutter beschwichtigend an. »Er plant die Reise schon seit geraumer Zeit. Sie werden ein recht großes Gefolge haben und er wird an Komfort oder Sicherheitsvorkehrungen nicht sparen. Augusta wird gut beaufsichtigt werden. Außerdem werde ich ihre Zofe, ihren Bediensteten und ihren Stallburschen mit auf die Reise schicken.«

Augusta wollte gerade hinzufügen, dass Cousine Prudence auch mitkommen würde, doch dann beschloss sie, das Gespräch mit Mutter lieber Grace zu überlassen.

Mutter erhob sich anmutig vom Sofa, ihr Tee war noch immer unberührt. »Na gut, ich habe nichts dagegen einzuwenden. Augusta« – ihre Mutter warf ihr einen missmutigen Blick zu – »wir sehen uns vor deiner Abreise.«

»Ja, Mutter.« Augusta schaffte es, ihre Stimme sanft klingen zu lassen, obwohl sie vor Freude schreien wollte.

Als die Tür geschlossen wurde und die Schritte ihrer Mutter nicht mehr zu hören waren, atmete sie erleichtert aus. »Sie ist wirklich sauer. Soll ich meine Veranstaltungen diese Woche absagen?«

»Das ist sie allerdings, aber ihre Wut wird nicht lange anhalten.« Grace trank den Rest ihres Tees. »Nein. Du bist nicht in Ungnade gefallen und noch mehr Gerede können wir nicht gebrauchen. Ich werde mir die Einladungen ansehen und entscheiden, welche Veranstaltungen du besuchen wirst. Ich rechne fest damit, dass die Neuigkeit über deine Reise nach Kontinentaleuropa schon bald die Runde machen wird.« Sie grinste. »Es würde mich sogar wundern, wenn deine Mutter deine Reisepläne nicht erwähnt, wenn sie zurück auf der Gartenparty ist. Und wenn das erst mal geschehen ist, wird niemand erwarten, dass du dich noch weiter in der Stadt herumtreibst.«

Die Vorfreude über die bevorstehende Reise legte sich und Augusta fing an, ein stechendes Gefühl der Reue zu empfinden, weil sie ihre Mutter enttäuscht hatte. »Tut mir leid, dass ich so viel Ärger bereitet habe.«

»Schätzchen, du hast überhaupt keinen Ärger bereitet. Du wünschst dir bloß etwas anderes als das, was deine Mutter für dich will.« Grace legte den Arm um

Augusta. »Alles wird genau so kommen, wie es soll. Ich glaube, das tut es immer.«

Wenn sie doch nur so zuversichtlich sein könnte. »Werden Jane und Hector mich seltsam finden, weil ich studieren will?«

»Vielleicht ein bisschen.« Grace tätschelte Augustas Rücken. »Das ist nichts, was eine junge Dame aus gutem Hause normalerweise tun will. Aber ich werde mit Jane sprechen. Sobald sie es versteht, wird sie dich unterstützen. Schließlich hat sie meiner Familie auch die Stirn geboten und mir beigestanden.«

»Und Hector hat schon die ganze Welt bereist.«

»Genau. Und noch viel wichtiger ist, dass er wie Dottys Vater ein wahrer Radikaler ist. Seine Reisen haben ihn davon überzeugt, dass alle Männer und Frauen die Möglichkeit haben sollten, an der Regierung mitzuwirken.«

Matt schlenderte ins Arbeitszimmer. »Ich habe gerade mit Patience geredet. Sie hat gesagt, Augusta würde Jane und Hector begleiten.« Matt sah Augusta an. »Bei den Gerüchten, die sich im Stanwood House entwickelt haben, ist das wohl keine schlechte Idee.«

»Gerüchte?« Grace hob eine Braue.

»Lady Thornhill und Lord Phineas versuchen vergeblich, vom Thema abzulenken. Aber leider hat er den Fehler gemacht, Augustas Wunsch, zu studieren, auszuplaudern.«

Sie ließ den Kopf hängen. Ihre Mutter hatte recht gehabt. Sie würde als Blaustrumpf abgestempelt werden, wenn nicht sogar als etwas noch Schlimmeres. »Vielleicht werden mir ja gar keine Einladungen mehr bleiben, die ich annehmen könnte.«

»Ich bin mir sicher, deine Mutter wird alles in ihrer Macht Stehende tun, um die Gerüchte einzudämmen.«

»Wenn du dir sicher bist, dass du gehen möchtest, werde ich meinen Anwalt kontaktieren müssen. Hector wird eine Vollmacht über dich brauchen.«

Augusta war so auf ihre Ziele versessen, dass sie gar nicht darüber nachgedacht hatte, wie sehr ihr Leben sich verändern würde. Sie würde ihre Familie vermissen. Aber auf den Kontinent zu reisen, studieren zu dürfen, würde ihre Träume in Erfüllung bringen. Niemals würde sie diese Träume aufgeben. Und trotz allem, was ihre Mutter gesagt hatte, wäre der richtige Gentleman bestimmt für sie da, sobald sie bereit für die Ehe war. Dieser Gentleman war nur nicht Phinn.

Kapitel 13

»Phineas.« Helens Stimme hielt ihn zurück, als er versuchte, unbemerkt aus Stanwood House zu entkommen. »Was ist passiert? Wo ist Lady Augusta?«

Genau das wollte er auch wissen. Verflucht, er wollte keine ihrer beiden Fragen beantworten. »Lady Augusta hat meinen Antrag abgelehnt.« Das sollte seine Schwägerin davon abhalten, weitere Fragen zu stellen. »Ich weiß nicht, wo sie ist.«

»Aber ich verstehe nicht.« Ein finsterer Gesichtsausdruck neigte Helens Mundwinkel nach unten. »Ihr scheint euch doch so gut zu verstehen.«

Offenbar wollte sie es nicht gut sein lassen. Er sah sich um. Wenn er leise genug sprach, würde ihn vermutlich niemand hören. »Lady Augusta wird niemanden heiraten. Sie hat Pläne geschmiedet, in Italien zu studieren.«

»Studieren!« Helen kreischte geradezu. »In Italien!«

Er konnte ihr die Reaktion nicht übelnehmen, schließlich hatte er genauso reagiert. Aber verdammt, sie musste es ja nicht gleich die ganze Welt wissen lassen. »Nicht so laut.«

»Meine Tochter wird nicht nach Italien fahren.« Lady Wolvertons eiskalter Tonfall erschreckte Phinn. Verflucht nochmal. Er hätte den Mund halten sollen, bis er und Helen in der Kutsche waren. »Und sie wird ganz bestimmt nicht studieren.« Ihre Ladyschaft neigte den

Kopf in seine Richtung. »Bitte entschuldigen Sie mich für ein paar Minuten.«

Er nahm den Arm seiner Schwägerin. »Wir sollten gehen.«

»Wir können nirgendwo hingehen, bis Lady Wolverton wiederkommt.« Helen tätschelte seinen Arm. »Ich bin zuversichtlich, dass Lady Augusta bald ihre Meinung ändert.«

Doch Phinn wollte nicht, dass man sie drängte, ihn zu heiraten. Abgesehen davon hatte Helen nicht bedacht, dass Worthington auf Augustas Seite zu sein schien. So oder so, er konnte Helen wohl kaum nach draußen schleppen, und Augusta brauchte seine Hilfe. Grüppchen von Damen fingen bereits an, zu tuscheln, und er hatte keine Zweifel, dass es um sie ging. »Na gut. Wir werden hierbleiben, bis sie wiederkommt.«

Nicht viel Zeit verging, bevor Lady Thornhill auf ihn und Helen zukam. »Sind Sie sicher, dass Sie das richtig verstanden haben, Mylord? Ich glaube nicht, dass es Universitäten gibt, die Frauen zulassen.« Sie lächelte. »Obwohl ich für meinen Teil jeglichen Fortschritt in diesem Bereich begrüßen würde.«

Daran zweifelte er kein bisschen. Das war seine Chance, wiedergutzumachen, dass er die Katze aus dem Sack gelassen hatte. »Es kann gut sein, dass ich mich irre, Mylady. Als sie meinen Antrag abgelehnt hat, war ich durchaus abgelenkt und habe nicht richtig zugehört.« Er versuchte sich einen Grund dafür einfallen zu lassen, dass er Italien und das Studium erwähnt hatte. »Vielleicht hat sie vom Brunnen gesprochen, der aus Italien importiert wurde.«

»Das muss es sein.« Lady Thornhill warf ihm einen anerkennenden Blick zu. Sie eröffnete das Gespräch über italienische Künstler, Kunstakademien und die Anzahl an Kunstwerken, die vor dem Krieg von dort nach England gebracht worden waren, und unterband dadurch die Gespräche über Augusta, bis Lady Wolverton zurückkam.

Ihre Ladyschaft wandte sich direkt an Phinn. »Bitte entschuldigen Sie, Mylord, aber man hatte mich noch gar nicht darüber informiert, dass meine Tochter tatsächlich nach Kontinentaleuropa reisen wird. Sie wird Lady Worthingtons Cousine Mrs. Addison und deren Ehemann auf eine schon lange geplante Reise über den Kontinent begleiten und in Paris bei Lady Harrington unterkommen.«

»Da haben Sie es, Lord Phineas«, sagte Lady Thornhill triumphierend. »Sie haben Lady Augusta falsch verstanden.«

»Ja, in der Tat.« Er versuchte, erleichtert und verärgert zugleich auszusehen. »Wie dumm von mir, zu denken, dass eine Lady überhaupt studieren wollen würde, geschweige denn in Italien. Als sie meinen Antrag abgelehnt hat, waren meine Gedanken so wirr, dass ich alles, was sie gesagt hat, durcheinandergebracht habe.« Er verneigte sich. »Vielen Dank für die Richtigstellung, Mylady. Ich glaube, ich würde jetzt gerne nach Hause gehen.«

»Ja, natürlich.« Lady Wolverton neigte den Kopf. »Das kann ich verstehen.«

Diesmal widersprach Helen nicht und gab Ihrer Ladyschaft stattdessen einen Kuss auf die Wange. »Wir sehen uns bald.«

»Ich freue mich darauf.« Lady Wolverton erwiderte den Kuss. »Ich wünschte bloß, Worthington hätte mich früher darüber in Kenntnis gesetzt, aber offenbar wurde die Einladung erst vor ein oder zwei Tagen ausgestellt, und er war ziemlich beschäftigt mit den Angelegenheiten im Parlament.«

»Meine Güte«, rief eine der älteren Ladies in einem Turban. »Ich habe schon fast vergessen, dass ich einen Mann habe, so viel Zeit hat er in Whitehall verbracht.«

Wieder wurde das Gesprächsthema von Augusta weggelenkt. Phinn war erleichtert, dass Lady Thornhill verhindert hatte, was ein Skandal hätte werden können. Von nun an würde er vorsichtiger sein müssen. Trotzdem hatte er gedacht, Helen wäre zu mehr Diskretion fähig, als sie an den Tag gelegt hatte. Er hätte sie gerne zurechtgewiesen, aber er wollte seinen gescheiterten Heiratsantrag nicht zur Sprache bringen.

Jetzt war das Problem, dass Phinn keine andere Frau genügen würde, da war er sich sicher. Das bedeutete, dass er Augusta auf irgendeine Art und Weise davon überzeugen musste, ihn doch zu heiraten. Und der einzige Weg, das zu erreichen, war, ihr nach Kontinentaleuropa zu folgen. Im Handumdrehen hatte er Pläne, die es umzusetzen galt.

Kurzerhand führte er seine Schwägerin in den Empfangssaal und durch die Haustür, wo ihre Kutsche auf sie wartete. Als sie zu Hause ankamen, schickte er einen Bediensteten los, um Boman herzuholen.

Phinn ging ungeduldig in seinem Schlafzimmer auf und ab, bis sein Sekretär da war.

Boman trat ein, ohne zu klopfen. »Du siehst wie ein Tier im Käfig aus. Was ist los?«

»Finde heraus, wann und auf welchem Schiff Mr. Addison nach Frankreich lossegeln wird. Es muss in etwa einer Woche sein. Ich möchte zur selben Zeit auf dem Schiff sein.«

Boman runzelte die Stirn. »Ich dachte, du würdest eine Frau finden und heiraten.«

»Das werde ich.« Phinn grinste. »Die Frau, die ich beabsichtige, zu heiraten, wird auf diesem Schiff sein.«

Seinem Freund fiel die Kinnlade herunter. »Lady Augusta fährt auf den Kontinent?«

»Ja, und wir auch.« Das fühlte sich nach der besten Entscheidung an, die er seit langem getroffen hatte.

***

Am nächsten Morgen wachte Phinn früh auf und fand sich als Erster im Frühstückssalon ein. Er hatte vor, mit seinem Bruder zu sprechen, ohne dass Helen anwesend war. Zum Glück musste er nicht lange warten.

»Guten Morgen«, sagte Dorchester und kam zur Tür herein, als Phinn gerade entschied, was er essen wollte. Er war immer noch nicht über das üppige Buffet hinweg. Seltsam, wie raue Reisebedingungen die eigene Perspektive veränderten. »Oder sollte ich nur ›Morgen‹ sagen? Helen hat mir erzählt, dass Lady Augusta dich abgewiesen hat.«

Er füllte seinen Teller und stellte ihn auf den Tisch. »Hat sie dir auch gesagt, dass die Dame nächste Woche auf den Kontinent reist?«

»Ich glaube, so etwas hat sie erwähnt.« Sein Bruder nahm einen Teller und ging zur Anrichte.

»Ich werde ihr nachreisen.« Phinn setzte sich, sodass zwischen ihm und seinem Bruder nun der Tisch stand.

»*Wie bitte?*« Dorchester drehte sich so schlagartig um, dass der Schinken von seinem Teller flog und mehrere Meter entfernt landete. »Ihr zum Kontinent nachreisen?«

»Äh, ja.« Phinn schenkte sich und seinem Bruder Tee ein. »Ich glaube, sie hat mich nur abgewiesen, weil sie reisen möchte. Und das kann ich ihr nicht verübeln.«

Dorchester hob eine Braue. »Ein eher untypisches Bestreben für eine junge Dame.«

»Warum?« Phinn hob ebenfalls die Braue. »Zurzeit sind viele englische Damen auf dem Kontinent.«

»Die suchen aber nicht nach Ehemännern. Jedenfalls nicht nach den Richtigen.«

Phinn musste vorsichtig damit sein, was er sagte. Gestern hätte sein Leichtsinn beinahe Augustas Ruf ruiniert. »Ich fände es eigenartig, wenn eine Dame, egal welchen Alters, auf die Gelegenheit verzichtet, mit Verwandten zu reisen.«

Dorchester räusperte sich, füllte seinen Teller und nahm am Kopfende des Tisches Platz. »Was willst du mir damit sagen?«

»Ich werde ihr nachreisen.« Offenbar war Phinn beim ersten Mal nicht deutlich genug gewesen. Er trank seinen Tee und sein Bruder warf ihm einen langen, festen und, wie er hoffte, strengen Blick zu.

Schließlich sagte Dorchester: »Und was ist mit deinem Versprechen, zu heiraten und einen Erben zu zeugen?«

»Das gedenke ich, zu halten.« Phinn brach nie ein Versprechen. »Ich kann meine Lady auf dem Kontinent genauso gut heiraten und beglücken wie in England.«

»Du meinst es also so ernst mit ihr?« Dorchester hob seine Tasse und nippte, als würde nichts Unübliches vor sich gehen.

»Das tue ich.« Die Stille im Raum breitete sich immer mehr aus und Phinn stach in sein Ei im Näpfchen.

Sein Bruder hob eine Braue und warf ihm einen zweifelhaften Blick zu. »Und du glaubst, dass du sie umstimmen und von der Heirat überzeugen kannst?«

»Korrekt.« Sobald Augusta verstand, dass er sie nicht von ihrer Reise abhalten würde, jedenfalls nicht, bis sie schwanger war und ein Kind bekam, würde sie ihn bestimmt heiraten. Schließlich hatten sie eine Menge gemeinsame Interessen. Phinn war unsicher, wie er mit ihrem Wunsch, zu studieren, umgehen sollte, aber irgendeinen Kompromiss würde er sich schon einfallen lassen.

Langsam breitete sich ein Lächeln auf Dorchesters Gesicht aus. »Du begehrst sie.«

Das ließ sich Phinn einen Moment lang durch den Kopf gehen. Er begehrte sie nicht nur – mit ihr zu schlafen, wäre zweifelsohne ein Vergnügen – er war obendrein völlig hingerissen von ihrem Verstand. Einen Augenblick lang plagte ihn die Erinnerung daran, wie Augusta von der Liebe gesprochen hatte. Bestimmt würde Freundschaft in Verbindung mit einem starken körperlichen Verlangen genügen. Früher oder später würde es sich in Liebe verwandeln. Bei seinen Eltern und bei seinem Bruder hatte es geklappt.

Er erwiderte das Lächeln seines Bruders. »Ja, ich begehre sie.«

»Nun, Helen wird das nicht gerne hören, aber solange du versprichst, mit der Arbeit am Kinderzimmer anzufangen, kann ich sie sicher umstimmen.« Dorchester kaute an einem Stück Toast und schluckte es herunter. »Es gibt keinen Grund, deinen Plan vor ihr zu erwähnen.«

»Ich werde sowieso damit beschäftigt sein, die Abreise vorzubereiten. Ich habe nur noch eine Woche Zeit.« Phinn hoffte, es würde Boman gelingen, das Schiff ausfindig zu machen, auf dem Augusta abreisen würde. Bestimmt konnte ihm eines der lokalen Heuerbüros die nötigen Informationen geben.

»Am besten solltest du auf alle Abendveranstaltungen gehen, bevor du abreist. Wenigstens, bis ich meiner Frau klar machen kann, wie wichtig die Sache mit Augusta ist.«

Das würde anstrengend werden. Aber immerhin würde Boman Phinn jeden Tag von seinen Fortschritten berichten. Und abends konnte man sowieso nicht viel tun, um sich auf die Abreise vorzubereiten. »Na gut. Ich schätze, ich kann mich darauf verlassen, dass Boman den Großteil der Arbeit übernimmt.«

»Ich denke, das musst du.« Dorchester verstummte und sie aßen ihr Frühstück auf. »Wenn du jegliche Hilfe dabei brauchst, die erforderlichen Reisedokumente oder Empfehlungsschreiben zu beschaffen, stehe ich dir gerne zu Verfügung.«

Phinn dachte, er hörte nicht richtig. »Danke, das werde ich.« Das erinnerte ihn daran, dass er seinem Banker noch einen Besuch abstatten musste. »Du könntest mir verraten, wer Lady Harrington ist, falls du es weißt.«

»Sie ist die Countess of Harrington«, antwortete Dorchester sofort. »Ihr Ehemann, der Erbe des Marquis of Markham, arbeitet für Sir Charles Stuart in unserer Botschaft in Paris.«

»Ich bräuchte ein Empfehlungsschreiben an sowohl Sir Charles als auch Lord Harrington, wenn es möglich ist.«

Dorchester nickte. »Ich kümmere mich darum.«

Phinn erhob sich und schob seinen Stuhl an den Tisch. »Danke für dein Verständnis.«

»Halte dein Versprechen und ich werde der verständnisvollste Bruder sein, den man überhaupt haben kann.« Dorchester nahm die Zeitung neben seinem Teller.

»Das werde ich.« Schlimm wäre, wenn Augusta ernsthaft vorhatte, mit der Heirat zu warten, bis sie ihren Abschluss hatte. Wie sollte Phinn ihr das ausreden? Natürlich war sie so tatkräftig, dass sie vermutlich beides tun könnte: ein Kind kriegen und die Vorlesungen besuchen.

Verdammt, er hatte vergessen, seinem neuen Kammerdiener Musson mitzuteilen, dass sie bald abreisen würden. Letztendlich hatte sich der Mann doch als Segen erwiesen. Nicht nur war er überaus kompetent darin, Phinn die nötigen Anschaffungen für die Ballsaison zu empfehlen, er verstand sich darüber hinaus mit allen, sogar mit Pickle.

Phinn eilte die Treppe hinauf, übersprang dabei jede zweite Stufe, und stiefelte in sein Schlafzimmer, wo sein Kammerdiener gerade einem Dienstmädchen Putzanweisungen gab.

Er wartete, bis sie verschwand, und sagte: »Wir werden in einer Woche auf den Kontinent reisen. Lady Dorchester soll aber nichts davon erfahren, bevor mein Bruder die Gelegenheit hatte, mit ihr zu sprechen.«

»Die Koffer werden ein Problem darstellen.« Sein Kammerdiener neigte den Kopf zur Seite. »Aber ich glaube, wir können sie unbemerkt aus dem Haus verschwinden lassen, sodass niemand ihr davon berichtet. Sind sie im Keller?«

»Äh, nein.« Phinn hatte völlig vergessen, dass er nur einen Koffer besaß. Und obendrein bloß einen kleinen. Dort passte bestimmt nicht all die Kleidung hinein, die er seit seiner Rückkehr nach England gekauft hatte. »Der einzige Koffer, den ich besitze, befindet sich im Nebenzimmer.«

»Wenn das so ist« – Musson nickte schnell – »wird es kein Problem sein. Wenn Sie mir gestatten, die nötigen Koffer anzuschaffen, werde ich mich um alles kümmern.«

»Ja, natürlich.« Phinn atmete erleichtert aus. Sie würden den Plan durchziehen, ohne dass Helen auch nur die leiseste Ahnung hätte. »Organisieren Sie alles mit Boman. Wir sehen uns später. Ich glaube, ich muss heute Abend auf einen Ball gehen.«

»Wie Sie wünschen, Mylord.« Musson nahm ein Büchlein heraus und fing an, sich Notizen zu machen.

Phinn ging in den Salon, der ihm zugeteilt worden war. Es war an der Zeit, sich für heute Abend einen Tanz mit Augusta zu sichern. Er setzte sich an den

Schreibtisch, nahm ein Stück Briefpapier und fing an, zu schreiben.

Sehr geehrte Lady Augusta,
bitte reservieren Sie heute Abend auf Lady Bellamnys Ball einen Walzer für mich.

Er runzelte die Stirn über das, was er geschrieben hatte. Es war zu fordernd. Er zerknüllte das Papier und warf es in den Kamin.

Phinn unternahm noch drei weitere Versuche. Sie alle endeten in Flammen.

Er musste sich persönlich darum kümmern. Nach seinem gestrigen Heiratsantrag war das vermutlich der beste Weg, sie davon zu überzeugen, mit ihm zu tanzen. Er blickte zur Uhr aus Gold und Walnussholz auf dem Kaminsims und sah, dass es kurz nach acht war. Etwas früh, um sie aufzusuchen, *andererseits* hatte sie erwähnt, dass ihre Familie wegen ihrer Geschwister bereits früh am Morgen frühstückte.

Er ging zurück in sein Schlafzimmer. »Musson, ich bin für ein paar Stunden außer Haus. Bitte sagen Sie Boman, dass er mich um zehn Uhr im *Seven Stars* in der Carey Street treffen soll.«

Es würde zwar nicht so lange dauern, mit Augusta zu sprechen, doch er wollte alle Zeit nutzen, die sie ihm gab.

»Wie Sie wünschen, Mylord«, rief sein Kammerdiener aus dem Ankleidezimmer.

Er öffnete die Tür und blickte nach links und rechts über den Korridor, bevor er sich aus dem Zimmer wagte. Wenn er es jetzt noch schaffte, Helen für die nächsten paar Tage zu meiden, dann würde alles gutgehen.

Statt nach einer Kutsche zu rufen, oder dem Einspänner seines Bruders, beschloss Phinn, zu laufen.

Nach einigen Minuten klopfte er an die Eingangstür von Worthington House. Ein großer, schlanker Mann mit silbernem Haar öffnete sie.

»Bitte kommen Sie herein, Mylord.« Der Butler verbeugte sich und benahm sich so, als wäre es völlig normal, dass vor zwölf Uhr mittags Besuch vor der Tür stand. »Die Familie frühstückt gerade. Aber ich werde Ihre Ladyschaft informieren, dass Sie da sind.«

Ein paar Sekunden später kam der Butler zurück und Phinn folgte dem Mann für eine kurze Strecke durch den Korridor. »Lord Phineas Carter-Woods.«

Er wurde in einen langen Raum voller Menschen gebracht, die meisten von ihnen noch im Schulalter. Er erkannte die zwei jüngsten Mädchen sowie die drei älteren. Walter neigte bloß den Kopf, denn er war beschäftigt damit, Essen in seinen Mund zu schieben. In seinem Alter hätte Phinn dasselbe getan. Worthington war nirgends aufzufinden. Zu Lady Worthingtons Rechter war ein leerer Platz gedeckt.

»Lord Phineas.« Sie deutete an, dass er Platz nehmen solle. »Bitte leisten Sie uns doch Gesellschaft.«

Er überlegte, anzubieten, zu warten, bis sie fertig waren, doch dann bemerkte er den unsicheren Blick auf Augustas Gesicht. Er hasste es, sie so zu sehen, und hatte das Gefühl, man hätte ihm mit einem Messer in den Magen gestochen und es dann gedreht.

Trotz ihrer Abweisung wollte er sicherstellen, dass sie wusste, sie konnte ihm vertrauen.

»Dankeschön.« Er verbeugte sich. »Es wäre mir ein Vergnügen.«

KAPITEL 14

Was in Gottes Namen hatte Phinn hier zu suchen? Und dann auch noch zu so einer Uhrzeit? Augusta hoffte inständig, dass er nicht gekommen war, um das Werben um sie wiederaufzunehmen.

Ihre Überlegungen kamen zu einem abrupten Ende, als Grace sagte: »Augusta, bitte stelle doch alle einander vor.«

Stimmt ja. Er hatte zwar beim Aufbau des Balls geholfen, hatte damals aber nicht die Bekanntschaft mit ihren Schwestern oder Philip gemacht. Sie setzte ein Lächeln auf und sah ihre Schwestern an, die allesamt eine aufrechte Haltung eingenommen hatten und Phinn anstarrten. »Ladies Madeline, Alice, Eleanor, Theodora und Mary, darf ich euch mit Lord Phineas Carter-Woods bekannt machen.« Sie wartete, bis sie ihm alle einen guten Morgen gewünscht hatten. »Mylord, das sind meine Schwestern, Lady Madeline Vivers, Ladies Alice und Eleonor Carpenter, Lady Theodora Vivers und Lady Mary Carpenter.«

Er verbeugte sich auf eine elegante Art und Weise, die eher in den Ballsaal einer Herzogin gehörte als in einen Frühstückssalon voller Kinder. »Ladies, es ist mir eine Ehre.«

Die Zwillinge und Madeline kicherten. Theo neigte den Kopf, als wäre sie selbst Herzogin – sie würde sich niemals wie eine alberne junge Dame verhalten – und einen Moment lang erwartete Augusta, dass ihre

Schwester etwas Peinliches sagen würde, doch Theo bewahrte die Fassung. Augusta fragte sich, warum sie die immer deutlicher werdende Reife ihrer Schwester nicht bemerkt hatte.

Mary musterte Phinn, als würde sie all seinen Geheimnissen auf den Grund gehen wollen.

»Mylord«, fuhr Augusta fort. »Sie haben bereits meinen Bruder Walter kennengelernt. Neben ihm sitzt mein Bruder Phillip Carpenter.«

»Guten Morgen«, sagte Phinn und lächelte die Jungen an.

»Guten Morgen, Sir«, sagten sie beide gleichzeitig.

Die einzigen nicht anwesenden Anwohner waren Miss Tallerton, ihre Gouvernante, und Mr. Winters, ihr Tutor. Sie nutzten die Zeit am Morgen lieber dafür, ihren Unterricht vorzubereiten. Oder vermutlich eher, um die Ruhe zu genießen, bevor der Tag begann.

Augusta ging zurück an ihren Platz, trank ihren Tee aus und schenkte eine weitere Tasse ein. Sie wünschte, die jüngeren Mädchen hätten beschlossen, Phinn auszufragen. Leider waren sie scheinbar ausgerechnet dieses Jahr aus dem Alter herausgewachsen, in dem sie Leute erröten ließen.

Kaum hatte er sich auf den Stuhl neben Grace gesetzt, sagte diese: »Aus welchem Grund beehren Sie uns denn?«

Einen Moment lang weiteten sich seine Augen, was Augusta an ein verschrecktes Reh erinnerte. Fast wäre sie in Gelächter ausgebrochen, doch sie konnte ihr Lächeln verbergen. Offenbar dachte er, das würde man ihn erst fragen, wenn die Kinder weg waren. »Ich bin gekommen, um Lady Augusta zu überreden, heute

Abend auf Lady Bellamnys Ball mit mir zu tanzen.« Er sah sie an. »Wenn sie denn hingeht.«

Das war überraschend. Augusta kämpfte gegen den Drang, vor Staunen den Mund aufzureißen. War das bloß ein anderer Weg, sie dazu zu bringen, ihn zu heiraten, oder wollte er wirklich bloß die Freundschaft mit ihr aufrechterhalten? Er konnte sowieso nicht mehr viel anrichten. Sie würde abreisen und er musste heiraten.

Sie wollte an diesem Abend durchaus tanzen. Und es gab keinen Grund, es nicht mit ihm zu tun. »Es wäre mir ein Vergnügen, mit Ihnen zu tanzen.«

»Ausgezeichnet.« Die Winkel seines wohlgeformten Mundes neigten sich nach oben. »Darf ich einen Walzer in Anspruch nehmen, falls Sie noch einen übrig haben?«

Augusta wollte seufzen. Sie hatte mehr als nur einen übrig. Die Lage war so misslich, dass ihre Schwestern schon versprochen hatten, ihre Gatten und Freunde auf Augustas Tanzkarte zu setzen. »Sie dürfen den zweiten Walzer haben.«

»Ich hatte auf den Supper-Tanz gehofft.« Phinns Tonfall war ruhig, aber hartnäckig.

Ihre Blicke trafen sich. Er war nicht froh darüber, aber was hatte er erwartet? »Wir bleiben nicht bis zum Supper. Wir haben keinen Grund dazu.«

Mary starrte Phinn unschuldig an. »Augusta wird in ein paar Tagen auf den Kontinent reisen. Wir wissen nicht, wie lange sie weg sein wird.«

Gut gemacht, Mary.

Augusta fragte sich, was er wohl darauf antworten würde.

»Danke für die Information.« Sein Lächeln schwand ein wenig. »So etwas in der Art habe ich schon gehört. Ich vermute, fast ganz London weiß es schon.« Er sah sie an. »Darf ich Sie für eine Spazierfahrt heute Nachmittag begeistern?«

»Ich bedauere, aber Augusta hat heute bereits einen vollen Zeitplan.« Grace lächelte Phinn an. »Es stehen noch viele Dinge an und wir haben nur sehr wenig Zeit, um sie zu erledigen.«

Er musste das wissen. Schließlich hatte er eine Menge Zeit auf Reisen verbracht. Hatte er gedacht, sie würde all die Vorbereitungen jemand anderem überlassen? Oder vielleicht verstand er – trotz Marys Erläuterungen – nicht, wie lange sie wirklich fort sein würde.

Er gab sich einen fast unsichtbaren Ruck und grinste reuevoll. »Bitte verzeihen Sie. Ich weiß am besten, wie viel Zeit die Vorbereitungen für eine Überseereise in Anspruch nehmen können. Erlauben Sie mir statt einer Kutschenfahrt, Ihnen meine Dienste anzubieten, falls Sie Unterstützung benötigen.«

Phinns Eingeständnis löste die Anspannung, die sich im Raum ausgebreitet hatte. Augusta atmete die Luft aus, die sie angehalten hatte. Die Zwillinge und Madeline kicherten leise. Phillip und Walter entschuldigten sich und Mary und Theo tauschten Blicke aus. Augusta wollte gar nicht wissen, was es damit auf sich hatte.

Phinn aß auf, trank seine Tasse Tee aus und stand auf. »Vielen Dank, dass Sie mir gestattet haben, mit Ihnen zu frühstücken.« Er verneigte sich vor Augusta. »Ich freue mich auf unseren Tanz, Mylady.«

»Ich werde Sie zur Tür begleiten«, sagte Augusta und stand auf. Sie hatten die Hälfte des Korridors passiert, als sie stehenblieb und ihn dazu zwang, dasselbe zu tun. »Das mit der Spazierfahrt tut mir leid.«

Er streckte die Hand aus, als wolle er sie berühren, und ließ sie dann wieder fallen. »Das soll es nicht. Ich *weiß*, wie viel Planung eine Reise erfordert.« Er grinste sie an. »Auch wenn du nicht alle Vorbereitungen selbst in die Hand nimmst, du wirst trotzdem eine Menge zu tun haben und viele Entscheidungen treffen müssen. Ich muss mich dafür entschuldigen, dass ich nicht daran gedacht habe.«

»Nun ja, danke nochmals.« Sie würde ihn vermissen, aber sie war froh, dass er Verständnis zeigte. »Falls wir uns die nächsten Tage nicht mehr oft sehen: Ich wünsche dir viel Glück bei deiner Suche nach einer Frau.«

»Ich weiß deine Wünsche zu schätzen.« Seine Mundwinkel schossen nach oben und ein schiefes Lächeln formte sich auf seinem Gesicht. »Nicht, dass ich dir deine Pläne übelnehme, aber dein Fortgehen hat meine Suche um einiges erschwert.«

»Tja.« Sie strich sich eine Locke aus dem Gesicht. »Vielleicht wirst ja du eine Frau finden, die du lieben kannst.«

Er nahm ihre Hand, küsste sie und die Wärme seiner Lippen wanderte durch ihren Arm. Grundgütiger, sie hatte vergessen, dass sie beide keine Handschuhe trugen. Augusta spürte die Kraft in seinen leicht schwieligen Händen und löste ihre Finger aus seinem Griff. »Wir sehen uns heute Abend.«

»Bis dann.« Er neigte den Kopf, nahm Thornton seinen Hut und seinen Gehstock ab und ging zur Tür hinaus.

Sie starrte Phinn nach, bis Thornton die Tür schloss. Vielleicht könnte sie es nach diesem Abend endlich mit den Veranstaltungen sein lassen.

»Augusta«, sagte Grace, »du musst entscheiden, ob du Zephyr mitnimmst. Hector fragt danach.«

»Ich würde sie gern mitnehmen.« Sie würde so viel zurücklassen, nicht aber ihre Stute.

»Gut. Ich schicke ihm eine Nachricht. Bitte mach dich bereit, in einer halben Stunde aufzubrechen.«

»Das werde ich.« Phinn hatte sie an diesem Morgen mehr als überrascht. Wenn er sie liebte ... Nein! Darüber würde sie nicht nachdenken. Zuzulassen, dass sie sich in ihn verliebte, würde nur zu Herzschmerz führen.

***

Phinn schlenderte aus Worthington House, als würde nichts auf der Welt ihn kümmern. Es war eine verdammt gute Entscheidung, genau in diesem Moment zu gehen. Als Augusta sich die Locke aus dem Gesicht gestrichen hatte, die ihr vor die Stirn gefallen war, hatte er sie berühren und dumm und dämlich küssen wollen, bis sie endlich einwilligte, ihn zu heiraten. Je länger er darüber nachdachte, desto mehr wollte er sie zur Frau haben.

So wie sie auf seinen Handkuss reagiert hatte, zweifelte Phinn kein bisschen daran, dass sie auch für ihn etwas empfand. Wenn sie doch nur nicht so versessen darauf wäre, nach Kontinentaleuropa zu reisen – und er wusste, dass Augusta ihren Wunsch, zu studieren, nicht aufgegeben hatte, trotz allem, was ihre Mutter sagte oder dachte – dann könnte er sie überzeugen, ihn zu heiraten, und das in kürzester Zeit. Doch unter den gegebenen Umständen würde es eine Herausforderung werden. Allerdings waren die besten Dinge es wert, sich ein wenig Mühe zu machen. Er musste einfach hartnäckig bleiben. Früher oder später würde sie erkennen, dass er der perfekte Partner für sie war. Es war zwar keine Heirat aus Liebe, aber immerhin eine Heirat aus Begierde. Er würde sie so glücklich machen wie kein anderer Gentleman.

Er blieb stehen und zog seine Taschenuhr heraus. Er war länger als gedacht bei Augustas Familie geblieben, aber nicht so lang, wie er es gewollt hätte. Sogar zu Fuß würde er noch rechtzeitig zu seinem Treffen mit Boman in der Taverne ankommen. Und Phinn konnte einen Spaziergang gut gebrauchen, um den Kopf frei zu kriegen. Er neigte dazu, sich eher über Augustas reizvolle Silhouette Gedanken zu machen als über die bevorstehenden Angelegenheiten. Andererseits, genau genommen war sie die bevorstehende Angelegenheit.

Er hätte seinen Sekretär lieber in einem Kaffeehaus getroffen, doch diese wurden von Gentlemen frequentiert und es bestand eine zu hohe Wahrscheinlichkeit, dass jemand etwas mithörte und die Gerüchte bis zu Helen vordrangen. Er hoffte, dass er schon auf dem Weg nach Dover sein würde, bevor sie seine Abwesenheit überhaupt bemerkte.

Die Taverne war nicht weit vom *Lincoln's Inn Fields* entfernt und besonders beliebt unter den Londoner Juristen. Als er sie betrat, war sie relativ leer. Er ließ sich auf einem Platz, der möglichst weit entfernt von der Fensterfront war, nieder und sofort kam eine fein gekleidete junge Dame auf ihn zu.

»Morgen, Sir. Darf ich Ihnen ein Bier oder Kaffee bringen? Oder was zu essen?«

Er überlegte, Kaffee zu bestellen, aber kam zu dem Schluss, dass Bier wohl die bessere Wahl wäre. »Ein Ale, bitte.«

»Kommt sofort.« Sie eilte zur Theke.

Genau, als sie ihm das Bier brachte, betrat Boman die Taverne. »Machen Sie zwei daraus.«

»Ja, Sir.« Die Dame stellte den Krug auf den Tisch und eilte wieder fort.

Boman rutschte auf die Bank gegenüber von Phinn, der seinem Sekretär den Bierkrug rübergeschoben hatte. »Was hast du herausgefunden?«

»Mr. Addison kümmert sich größtenteils selbst um seine Vorbereitungen. Er arbeitete viele Jahre für die East India Company und hat viele Freunde an den Häfen.« Boman trank einen Schluck Bier. »Er und sein Gefolge werden auf einer privaten Yacht zum Kontinent segeln.«

Verflucht! Er hatte keine Chance, auf dasselbe Schiff wie Augusta zu kommen. »Was bleibt uns nun übrig?«

»Rein zufällig« – sein Sekretär grinste – »gibt es ein anderes Schiff, dass der *Sarah Elizabeth* hinterherfährt. Ich habe uns auf diesem Schiff einen Platz reserviert. Die *Catherine*.« Boman holte ein Notizbuch hervor und legte es auf den Tisch. »Obwohl Mr. Addison seine Überfahrt selbst arrangiert, hat er einen indischen Angestellten, der den Rest für ihn organisiert. Diesem habe ich vorgeschlagen, dass wir uns seiner Gruppe anschließen, wenn wir in Calais ankommen. Mit dem Vorwand, dass es besser sei, gemeinsam zu reisen. Er wird Mr. Addison fragen. Ich habe ihm nur meinen Namen genannt.«

Das war besser als nichts. »Gute Arbeit. Was brauchen wir noch?«

»Pferde und eine Reisekutsche. Ich überlasse es dir, die Pferde zu besorgen. Man hat mir einen Ort empfohlen, an dem wir die Kutsche anschaffen können. Außerdem brauchen wir Bettwäsche. Unsere unterscheidet sich kaum von ein paar Lumpen.«

»Kutschenpferde und Reitpferde?« Phinn machte sich eine gedankliche Liste.

Boman nickte. »Soweit ich weiß, werden Addisons Pferde morgen losgeschickt. Er hat seine Kutschen in Frankreich anfertigen lassen.«

»Sollen wir dasselbe tun?« Phinn könnte seinen Bruder dazu bewegen, ihn in den Tattersall zu begleiten, um die Pferde zu besorgen. Es sprach einiges dafür, jemanden in Frankreich damit zu beauftragen, aber man konnte nie wissen, in welcher Verfassung die Pferde dann sein würden.

»Das wäre unnötig. Er hat mehr Ausrüstung als wir.« Sein Sekretär schob das Notizbuch über den Tisch. »Hier ist alles, was wir sonst noch brauchen.«

Phinn las die saubere Handschrift. Genug Verpflegung, bis sie einen Markt in Frankreich fanden. Die Koffer, um die er sich bereits gekümmert hatte. Musson könnte den Rest der Liste in Angriff nehmen. »Wasserfeste Jacken? Was ist mit unseren passiert?«

Boman hob eine Braue und sagte: »Willst du wie ein armer Schlucker oder wie ein wohlhabender Gentleman aussehen? Ich garantiere dir, wir werden auf dem Kontinent besser durchkommen, wenn wir nicht aussehen, als könnten wir uns nicht einmal unsere Unterkünfte und Mahlzeiten leisten.«

Genau deswegen hatte Phinn seinen Sekretär mit der Reiseplanung betraut. Er hoffte, dass sein Kammerdiener ein paar vorgefertigte Jacken finden konnte. »Du hast recht. Wissen wir denn schon, wo die Reise hingeht? Abgesehen von Paris.«

»Nicht bevor Addison einwilligt, dass wir uns seiner Gruppe anschließen.« Boman drehte seinen Krug auf dem Tisch. »Ist dir bewusst, dass er Lady Augusta wahrscheinlich mitteilen wird, dass wir sie begleiten?«

Nein. Das hatte Phinn überhaupt nicht bedacht. Wann hatte sein Verstand aufgehört, zu funktionieren? Er war so auf Augusta fixiert gewesen, und darauf, ihr zu nachzureisen, dass er sich gar keine Gedanken über ihre Reaktion gemacht hatte. Sie würde sofort darauf kommen, worum es ihm ging, und es würde ihr überhaupt nicht gefallen. Er konnte nicht erwarten, dass er sich ihrer Gruppe sofort anschließen dürfte, wenn sie in Frankreich ankamen. Er musste sehr viel subtiler handeln. Und sich einen Weg einfallen lassen, sie dazu zu bringen, dass sie ihn dort wollte, was eine Änderung der Taktik erforderte.

Er nahm seine Taschenuhr heraus, sah sie an und hoffte, dass sein Bruder noch zu Hause war. »Es sind fünf Tage von Calais nach Paris.«

Boman nickte. »Natürlich wird es länger dauern, wenn du auf dem Weg ein paar Pausen einlegen willst.«

»Du hast recht. Ich will nicht, dass Lady Augusta weiß, dass ich mich ihrer Gruppe anschließen möchte. Es wäre besser, wenn wir bei ihrer Ankunft schon in Paris sind.« Es gab noch ein paar Städte, die er besuchen wollte, doch das würde seinen Zeitplan nicht beeinträchtigen. Er konnte sich kaum vorstellen, dass ihre Gruppe auf direktem Wege nach Paris weiterreisen würde.

»Das wird unsere Vorbereitungszeit verkürzen. Ich muss mit Musson sprechen.«

»Ist es möglich, in ein oder zwei Tagen abzureisen?« Phinn nahm einen Schluck von seinem Bier. Es war gar nicht mal so schlecht.

»Ich werde mit dem Agenten sprechen, der das Schiff vertritt.« Sein Sekretär hielt eine Weile inne und machte sich Notizen. »Spätestens heute Nachmittag werde ich eine Antwort haben.«

»In Ordnung.« Er legte ein paar Münzen auf den Tisch. »Wir sehen uns später.«

Phinn verließ die Taverne und rief eine Mietkutsche. Er hatte keine Zeit mehr für gemütliche Spaziergänge. Sein erster Halt war seine Bank, von der er auf seiner Europareise Geld beziehen würde. Sein zweiter war die Royal Institution.

Als er die Stufen zum Eingang erklomm, verspürte er eine stechende Reue, weil er sein Thesenpapier über die krampflösende Medizin der Azteken nicht präsentieren können würde. Er ging an einem Bediensteten vorbei, der in der Eingangshalle stand, bahnte sich seinen Weg zum Büro des Sekretärs und klopfte an die offene Tür.

»Mylord.« Der Sekretär, Mr. Cooper, hielt einen Brief in der einen Hand und eine Schreibfeder in der anderen. Sein lichtes, gräuliches Haar sah aus, als wäre es in einen Windsturm geraten. »Verzeihen Sie, aber ich habe eine Katastrophe vor mir liegen.«

»Ich befürchte, ich werde Ihre Probleme verschlimmern.« Phinn sagte seine Präsentation nur ungern ab, doch es führte kein Weg daran vorbei. Wenn er bis zum Ende der Woche in London blieb, würde er womöglich nicht vor Augusta in Paris ankommen. »Ich muss früher als geplant auf den Kontinent reisen.«

Der Sekretär nahm seine golden gerahmte Brille ab und rieb sich die Nase. »Wann reisen Sie ab?«

»Spätestens übermorgen.« Er zuckte innerlich zusammen. Höchstwahrscheinlich würde man ihn nie wieder einladen, ein Thesenpapier zu präsentieren.

Cooper blickte durch seine verschmierte Brille. »Haben Sie morgen um zwei Uhr Zeit?«

»Das habe ich.« Phinn würde die Zeit schon finden. »Aber ich muss gleich im Anschluss gehen.«

»Ja, natürlich. Einer unserer Referenten wird es nicht rechtzeitig hierherschaffen, um sein Thesenpapier vorzustellen. Jetzt kann er Ihren Platz einnehmen. Sehr gut. Wirklich sehr gut«, murmelte der Sekretär in sich hinein und machte sich auf dem großen Stück Kanzleipapier, das seinen Schreibtisch bedeckte, Notizen. »Vielen Dank, dass Sie vorbeigekommen sind, Mylord.«

»Gern geschehen.« Er drehte sich um und ging zurück auf den Flur. Das war ja gut gelaufen. Hoffentlich bedeutete es, dass das Schicksal auf seiner Seite stand.

KAPITEL 15

»Mylady«, sagte Thornton. »Gibt es irgendetwas, das ich für Sie tun kann?«

Mit Mühe wandte Augusta den Blick vom Fenster an der Haustür und die Gedanken von Phineas Carter-Woods ab. Er hätte schon außer Sichtweite sein sollen, doch er hatte angehalten, um auf die Uhr zu schauen. Der Mann war gefährlich. Sie war sich nicht ganz sicher, woher sie das wusste, aber sie tat es. Als wäre das alles nicht schlimm genug, hatte sie das Gefühl, der Butler ihres Bruders wusste, dass sie ihn angestarrt hatte. »Die Kutsche wird in dreißig Minuten gebracht, richtig?«

»Korrekt, Mylady. Genau wie Ihre Ladyschaft es angekündigt hatte.«

»Ich sollte mich lieber umziehen.« Augusta wurde immer noch nicht das Gefühl los, dass Phinn etwas im Schilde führte. Wenn sie doch nur wüsste, was es war.

Als sie ihr Schlafgemach erreichte, war das gelbe Kutschenkleid bereits für sie bereitgelegt und ihre Zofe wartete schon. »Haben Sie herausgefunden, wie viele Koffer wir brauchen werden?«

»Ja, Mylady. Die Liste ist in Ihrer Pompadour-Tasche.« Sie stand aufrecht da, während sie aus dem einen Kleid befreit und in das andere geschnürt wurde. »Sie haben einen Brief von Ihrer Cousine erhalten. Ich habe ihre Handschrift erkannt.«

»Hervorragend.« In ihrer letzten Nachricht hatte Cousine Prue eingewilligt, Augustas Begleiterin zu sein. Sie nahm den Brief von ihrem Toilettentisch und brach das Siegel auf.

Meine liebe Augusta,

ich werde am Nachmittag des zwölften Mais mit einer Mietkutsche ankommen. Ich kann Dir nicht sagen, wie sehr ich mich auf unsere Reise freue.

Deine treue Cousine,
P. B.

»Sie wird morgen Nachmittag hier sein. Das muss ich Grace sagen.« Augusta wollte loslaufen, als ein höflicher, aber fester Griff sie davon abhielt.

»Mylady, wenn Sie nicht vorhaben, wiederzukommen, erlauben Sie mir, Ihnen Ihre Haube aufzusetzen und Ihre Handschuhe und Handtasche zu geben.«

»Ja, natürlich.« Augusta sah Gobert im Spiegel dabei zu, wie sie die Haube ein winziges bisschen kippte und die Bänder unter Augustas rechtem Ohr zusammenband. »Ich muss zugeben, langsam freue ich mich sehr auf unsere Reise.«

»Genauso wie ich, Mylady.« Ihre Zofe trat einen Schritt zurück. »Jetzt sind Sie soweit.«

Sie war so gehetzt, dass sie Grace fast in die Arme gerannt wäre. »Oh, hier bist du. Ich habe ein Schreiben von Cousine Prue erhalten. Sie wird morgen Nachmittag hier sein.«

»Ich bin so froh, dass sie sich bereiterklärt hat, dich zu begleiten.« Grace hakte sich bei Augusta ein und drehte sich mit ihr zur Treppe um. »Ich weiß, dass Jane gesagt hat, sie hätte für den kleinen Tommy genug Bedienstete, aber es ist gut, dass du dich nun nicht jedes Mal auf sie verlassen musst, wenn du irgendwo hingehen willst.«

»Und es ist gut für sie, dass sie mich nicht die ganze Zeit beaufsichtigen muss.« Augusta und Grace gingen die Treppe hinunter.

»Thornton«, sagte Grace. »Bitte sagen Sie Mrs. Thornton, dass Mrs. Brunning im Laufe des morgigen Nachmittags ankommen wird.«

Augusta hatte sich schon immer gefragt, wie ihre Haushälterin, die doch ein so heiteres Gemüt hatte, Thornton heiraten konnte, welcher seine Gefühle gar nicht erst zeigte.

»Ja, Mylady.« Er verneigte sich. »Ich leite Ihre Nachricht gerne weiter.«

Kurz darauf waren sie und Grace in der Stadtkutsche auf dem Weg in die Bruton Street und zum Reisekoffergeschäft.

Eine Glocke läutete, als sie durch die Tür traten. Truhen, Handkoffer, Hutschachteln und andere Gegenstände in verschiedenen Größen waren im Geschäft ausgestellt. Ein Set aus fünf Koffern stand an einer Wand und Augusta fragte sich, ob es zum Verkauf stand. Sie brauchte die Koffer praktisch sofort.

Zwei Männer, einer von ihnen erinnerte sie an den Kammerdiener ihres Bruders, unterhielten sich. Der andere Mann blickte empor. »Ladies, ich bin gleich bei Ihnen.«

»Hetzen Sie sich unseretwegen nicht«, sagte Augusta. Sie hatte noch nie einen Reisekoffer, oder gar irgendeine Art von Koffer, gekauft und wollte sich ein wenig umsehen. Je länger sie das Set aus schwarzen Koffern betrachtete, desto mehr war ihr danach, es einfach zu kaufen.

Als der Mann, der sie an einen Kammerdiener erinnerte, das Geschäft verließ, kam der andere Mann mit gräulichem Haar auf sie und Grace zu. »Ich bin Mr. Briggs.« Er verbeugte sich. »Wie darf ich Ihnen behilflich sein?«

»Ich möchte gerne diese Koffer kaufen.« Augusta zeigte auf das Set.

»Es tut mir leid.« Die Augenbrauen des Verkäufers warfen Falten. »Leider hat der Herr, der gerade gegangen ist, sie bereits gekauft.«

Das war gar nicht gut. Sie brauchte sofort welche. »Haben Sie weitere Koffer, die bereits vorgefertigt sind?«

»Bedauerlicherweise habe ich keine. Brauchen Sie sie sofort?«

»Innerhalb der nächsten fünf Tage.« Das konnte sie vergessen. Sie und Grace würden ein anderes Geschäft aufsuchen müssen.

Mr. Briggs tippte sich einen Augenblick lang aufs Kinn und sagte dann: »Ich habe mehrere Koffer, die nur noch bezogen werden müssen. Es wird höchstens drei Tage dauern, bis sie fertig sind. Sie könnten sich außerdem die Bezüge aussuchen, sowie die Innenausstattung.«

Innenausstattung? Augusta hatte keine Ahnung, was es damit auf sich hatte. »Könnten Sie mir zeigen, was Sie meinen?«

»Mit Vergnügen. Bitte folgen Sie mir.« Er führte sie in die hintere Ecke des Geschäfts, wo verschiedene tablettartige Behälter aufeinandergestapelt waren. »Sie werden im Innenraum des Koffers angebracht, sodass Sie den Koffer nach Wunsch aufteilen können.« Er zog einen der Einsätze heraus. »In diesen hier, beispielsweise, würde ein Reisetisch passen. Ich habe für alle möglichen Gegenstände einen Einsatz.«

»Das wäre überaus nützlich«, warf Grace ein, als sie einen der anderen Einsätze inspizierte.

Eine Stunde später hatte Augusta die Innenteile ihrer neuen Koffer ausgewählt.

»Und hier sind die Bezüge, aus denen Sie wählen können.« Zusätzlich zu dem schwarzen Bezug, den sie bereits gesehen hatte, zeigte er Augusta mehrere Brauntöne. »Ich könnte auch Messingzwecken am Koffer anbringen, wenn Sie möchten.«

Koffer auszuwählen machte fast genauso viel Spaß wie Kleider zu kaufen. »Könnte ich Schwarz mit dunkelbraunen Gurten haben?«

»Natürlich.« Der Mann lächelte. »Sie können alles haben, was Sie möchten.«

Das hörte sie nicht oft. »Ich hätte gerne Schwarz mit dunkelbraunen Gurten und Messingzwecken.«

»Ausgezeichnete Wahl.« Der Mann strahlte sie an. »Gibt es sonst noch etwas, das Sie wünschen?«

Sie hatte bereits fünf Koffer, zwei Handkoffer, mehrere Hutschachteln und eine Reisetasche ausgewählt. »Das ist alles.«

Mr. Briggs eilte zur Ladentheke und begann, ihre Einkäufe zu notieren. »Wenn Sie mir die Adresse geben, werde ich sie innerhalb der nächsten drei Tage liefern lassen.«

Grace sorgte dafür, dass die Rechnung und die Koffer nach Worthington House geschickt würden.

»Danke für Ihr Vertrauen, Myladies.« Mr. Briggs hielt ihnen die Tür auf.

Als sie das Geschäft verließen und den Gehsteig erreichten, machte Augusta sich schreckliche Sorgen. »Ich hoffe, das ist genug. Ich muss Gobert und die anderen auch bedenken.«

»Ich bin mir sicher, es gibt ein paar Koffer im Keller, falls es knapp wird«, sagte Grace in einem beschwichtigenden Tonfall. »Jetzt lass uns bei *Madame Lisette's* vorbeischauen und herausfinden, wie es mit deinen Reisekleidern vorangeht.«

***

Nicht lange, nachdem Augusta und Grace ins Worthington House zurückkehrten, wurden Dorie, Henrietta, Adeline und Georgiana in Augustas Salon geführt.

»Was um alles auf der Welt ist gestern passiert?«, sagte Henrietta und umarmte Augusta.

»Wir wollten nach dem Tumult sofort zu dir kommen, aber unsere Mütter haben gesagt, wir sollen bis heute warten«, sagte Georgiana, als sie an der Reihe war, Augusta zu umarmen.

»Kontinentaleuropa! Diese Woche?« Adeline trat an Georgianas Stelle, als die anderen auf den beiden Sofas Platz nahmen.

»Lady Thornhill hat den Tag gerettet, nachdem Lord Phineas ihn so kaputt gemacht hat.« Dorie gab Augusta einen Kuss auf die Wange. »Aber dann hat er schnell begriffen, was zu tun war, und zugegeben, dass er so enttäuscht über deine Abweisung war, dass er dich falsch verstanden hatte und du in Wahrheit gesagt hast, du würdest deine Cousine nach Frankreich begleiten.« Sie blickte zur Decke empor. »Natürlich haben ihm alle geglaubt, denn du weißt ja, Gentlemen hören nie zu, wenn eine Lady spricht.«

Augusta war erleichtert, dass alles so gut geendet war. Sie hätte sich denken sollen, dass Phinn merken würde, dass er lieber den Mund hätte halten sollen. Er hatte das Ganze überaus klug gerettet und sie waren immer noch befreundet. Sie machte einen Schritt zur Klingel, um nach Tee zu rufen, doch dann klopfte es an der Tür und Durant, ihr Bediensteter, kam mit einem großen Tablett und zwei Teekannen herein.

Ihre Freundinnen warteten, bis sie allen eingeschenkt und die Teller mit Ingwerkeksen herumgereicht hatte.

Henrietta nahm einen Keks. »Was ist passiert?«

Es war eine Erleichterung, mit ihren Freundinnen darüber sprechen zu können, was passiert war.

»Wie ihr ja wisst, hat Lord Phineas um meine Hand angehalten. Ich hatte keine Ahnung, dass er mich fragen wollte, ob ich ihn heiraten möchte.«

Ihre Freundinnen starrten sie an, als hätte sie den Verstand verloren.

»Augusta«, sagte Dorie geduldig, »du hast mehr Zeit mit ihm als mit allen anderen Gentlemen verbracht. Es war klar, dass er nach einer Frau sucht.«

»Er hat davor nicht einmal meinen Bruder aufgesucht.« War Augusta die Einzige, die nicht gewusst hatte, dass er sie heiraten wollte?

»Nun ja, das Gespräch mit Worthington hat keinem der anderen Gentlemen etwas gebracht«, bemerkte Henrietta mit trockenem Tonfall. Adeline und Georgiana nickten.

»Jedenfalls habe ich ihn abgewiesen.« Es gab keinen Grund, alles zu berichten, was sie und Phinn zueinander gesagt hatten. Augusta nahm einen Schluck Tee. »Ich habe ihm gesagt, dass ich vorhabe, nach Italien zu fahren und zu studieren.« Jetzt, wo sie sich seine ursprüngliche Reaktion in Erinnerung rief, war er tatsächlich ein wenig erstaunt über diese Information gewesen. »Ich war überrumpelt von seinem Antrag und habe beschlossen, hierher zu kommen. Grace hat mich gesehen und wir hatten ein Gespräch. Dann hat sie mir gesagt, dass Cousine Jane und deren Mann beschlossen hätten, auf den Kontinent zu reisen.«

»Nicht nur nach Frankreich«, sagte Dorie.

»Nein. Wir werden nach Paris fahren und dann weiterreisen.« Augusta fühlte sich langsam etwas schuldig, weil sie ihre Mutter anschwindelte. »Davon weiß meine Mutter allerdings nichts.«

Georgiana machte eine abweisende Geste. »Hauptsache dein Bruder weiß es. Das ist alles, was zählt.«

Augusta musste das Gesprächsthema wechseln. »Ihr sagtet, Lady Thornhill hätte sich eingemischt?«

»Ja.« Dorie fing an, ausführlich davon zu erzählen, wie Ihre Ladyschaft allen weismachte, dass Phinn sich vertan hatte. Dann sei ihre Mutter zurückgekehrt und hätte bestätigt, dass Augusta bloß nach Paris reisen würde.

»Wirst du noch auf Veranstaltungen gehen?«, fragte Adeline.

»Ich gehe heute Abend auf Lady Bellamnys Ball.« Augusta hoffte, dass dies der Letzte sein würde. »Es gibt noch viel zu tun und meine Cousine, die auf der Reise meine Begleiterin sein wird, kommt morgen an.«

»Falls uns jemand fragt«, sagte Dorie, »werden wir sagen, dass deine Reise nach Frankreich schon seit einer Weile geplant war und dass Lord Phineas sich nicht die Mühe gemacht hat, nach Erlaubnis zu fragen, dich anzusprechen.«

»Und dich deswegen so sehr mit seinem Antrag überrumpelt hat, dass du das Gefühl hattest, du musst nach Hause gehen.« Georgiana stellte ihre Tasse ab. »Geht es dir gut? Können wir irgendetwas für dich tun?«

»Nein.« Augusta schüttelte den Kopf. »Danke, dass ihr gekommen seid, um nach mir zu sehen.«

»Wage es nicht, abzureisen, bevor wir die Gelegenheit haben, uns wiederzusehen.« Adeline gab Augusta einen Kuss auf die Wange.

Sie führte ihre Freundinnen zur Haustür. Auch sie würde sie vermissen.

Später an diesem Abend betrat Augusta Lady Bellamnys Haus mit einem der Rothwells am einen Arm und ihrer Schwester am anderen. Sie begrüßten Lady Bellamny und machten sich auf den Weg in den Ballsaal.

»Mit wem wirst du als Erstes tanzen?«, fragte Louisa.

»Ich habe keinen Partner.« Augusta wünschte sich, sie hätte Phinn den Tanz überlassen, aber sie wollte nicht, dass er dachte, er könnte sie umstimmen.

»Gib mir einen Moment«, sagte Rothwell und ging fort. Er ging auf einen blonden Gentleman zu, der ihn begrüßte. Kurz danach nickte der Mann und Rothwell bahnte sich mit dem Gentleman im Schlepptau seinen Weg zurück zu Augusta. »Lady Augusta, ich glaube, du hast Lord Turley bereits kennengelernt.«

Sie hätte ihrem Schwager um den Hals fallen können. »In der Tat. Guten Abend, Mylord.«

Der Mann verbeugte sich. »Welch ein Vergnügen. Ich habe gehört, Sie werden meine Schwester in Paris besuchen.«

Augusta neigte den Kopf. »Das stimmt. Ich freue mich ungemein darauf. Wie ich hörte, liebt sie die Stadt.«

»Das tut sie allerdings.« Seine Lordschaft lächelte. »Ich habe gestern einen Brief von ihr erhalten, in dem sie mir mitteilte, dass Sie sie besuchen würden. Sie freut sich darauf, Sie wiederzusehen.« Rothwell räusperte sich. »Mylady, würden Sie mir die Ehre erweisen und den Eröffnungstanz mit mir tanzen?«

»Dankeschön, Mylord.« Augusta lächelte. »Es wäre mir eine Freude.«

Obwohl Lord Turley überaus gut tanzen konnte, genoss sie das Tanz-Set nicht so sehr, wie sie es hätte genießen sollen. Jetzt, wo die Kleidung und das Gepäck besorgt waren, wollte sie nichts sehnlicher, als sich auf ihre Reise zu konzentrieren. Zum Glück war Seine Lordschaft kein anspruchsvoller Gesprächspartner.

Als er sie zurück zu ihrer Schwester begleitete, hörte sie zufällig das Gespräch zweier Matronen mit, die in den Saal schlenderten.

»Jetzt, wo Lady Augusta nach Frankreich reist«, sagte eine von ihnen, »werde ich mit Helen Dorchester über einen Empfang sprechen, der meine Mary in Lord Phineas' Blickfeld lenkt.«

Unter Augustas Auge begann ein Zucken. Phinn sollte ihr egal sein. Er musste sich vermählen und mit ihr war das nicht möglich.

»Ich habe Mitleid mit Patience Wolverton«, brachte die andere Lady an. »Ihre erste Tochter hat eine so gute Partie geheiratet.«

Wieder durchstach sie dieser Splitter von Schuldgefühlen darüber, dass sie ihre Mutter verletzt hatte. Andererseits würde sie früher oder später sowieso heiraten und in nur drei Jahren hätte Madeline ihr Debüt.

Augusta versuchte, die Antwort der anderen Dame zu verstehen, doch inzwischen waren sie viel zu weit weg. Wäre da nicht noch ihr Tanz mit Phinn gewesen, hätte sie darum gebeten, nach Hause zu fahren.

Sie wollte auf keinen Fall darüber nachdenken, dass sie ihn nicht wiedersehen würde. Er würde eine Frau und Kinder haben, bis sie wieder in England war. Sie hoffte, dass er aus Liebe heiraten würde. Von allen Gentlemen, die um ihre Hand angehalten hatten, hatte nur einer behauptet, dass er sie liebte, und Lord Lancelot war der letzte Mann, den sie heiraten wollte.

Das erinnerte sie natürlich an die meisterhafte Art und Weise, wie Phinn mit dem aufdringlichen Lord umgesprungen war. Seitdem hatte sie ihn nie wieder in der Stadt gesehen.

Lord Littleton kam auf sie zu und verbeugte sich. »Lady Augusta, darf ich hoffen, dass Sie noch ein Set frei haben?«

Nun ja, Dorie mochte den Mann vielleicht nicht, aber Augusta wusste ihn zu schätzen. »Den zweiten Tanz habe ich noch frei.«

»Dankeschön, Mylady.«

Er tauschte ein paar Worte mit Rothwell aus und spazierte durch den Saal.

Damit waren drei Tänze vergeben.

Sie genoss ihre Tänze mit Lord Turley und Lord Littleton. Turley beantwortete ihre Fragen über Paris und Littleton stellte ihr Fragen über sie selbst. Doch das war nichts im Vergleich dazu, während des Walzers in Phinns Armen zu liegen. Am besten war, dass er sich verhielt, als wäre nichts Besonderes zwischen ihnen vorgefallen.

»Mein Vortrag vor der Royal Institution wurde auf morgen verlegt.« Er drehte sie und es kam ihr vor, als wäre sie danach etwas enger an ihm gelandet.

»Wie ist das passiert? Legt man die Zeitpläne dort normalerweise nicht früher fest?«

»Einer der Referenten wird verspätet anreisen. Also haben sie unsere Termine getauscht.« Sein entschlossener silberner Blick gab ihr das Gefühl, als würden Schmetterlinge durch ihren Bauch flattern. »Ich möchte, dass du kommst.«

Im Gegensatz zur Royal Society erlaubte die Royal Institution, dass Damen sich die Vorträge anhörten. Aber sollte sie das wirklich tun? Und warum wollte er sie dort haben? »Wenn du möchtest, werde ich kommen.«

»Dankeschön.« Er grinste. »Vielleicht könntest du mich ja in deiner Kutsche mitnehmen. Ich könnte auch zu Fuß gehen, aber ich werde meine Papiere dabeihaben und muss vorher noch ein Wörtchen mit dem

Sekretär in der Royal Society sprechen. Ich muss um zwei Uhr an der Royal Institution sein.«

»Du bist unerträglich.« Sie lachte leise. Und sie versuchte, nicht zu glauben, dass das ihr letztes Wiedersehen sein würde.

KAPITEL 16

Wäre da nicht der Walzer mit Augusta gewesen, hätte Phinn darum gebettelt, nicht zum Ball gehen zu müssen. Wäre es ihm möglich gewesen, wäre er zum Tanz erschienen und direkt danach gegangen. Die zwei größten Probleme dabei waren Augusta und Helen. Beide wollten wissen, was er im Schilde führte.

Dank der Tüchtigkeit seines Sekretärs, seines Kammerdieners und seines Bruders würde er übermorgen in der Früh bereit zur Abreise sein und keine von beiden durfte es erfahren. Wäre es ihm nicht so wichtig, sein Thesenpapier zu präsentieren, dann hätte er innerhalb von Stunden aufbrechen können. Inzwischen war er sich nicht mehr so sicher, ob das Schicksal auf seiner Seite war.

Früher an diesem Tag, als er zurück am Dorchester House angekommen war, meinte Musson, es sei ihm gelungen, das einzige vorgefertigte Koffer-Set im Geschäft zu kaufen. Boman hatte eine Reisekutsche ausfindig gemacht, die bestellt und aus unerfindlichen Gründen abgelehnt worden war, und Dorchester hatte den Kauf von sechs Kutschenpferden und zwei Reitpferden mit ihm ausgehandelt. Er hatte Phinn darüber hinaus in *Manton's Gun Shop* mitgenommen, wo er ein Gewehr nach deutschem Modell erworben hatte. Es war besser, wenn man seinem Feind nicht zu nahe kam. Nicht, dass er auf dem Kontinent mit Komplikationen rechnete, aber man wusste ja nie. Außerdem kaufte er zwei Kutschenpistolen.

Phinn war in Dorchesters Arbeitszimmer, wo sein Bruder gerade die Empfehlungsschreiben verfasste, als Boman zu ihnen stieß.

Er nahm ein Glas Wein entgegen und sagte: »Wenn wir es bis übermorgen Abend nach Dover schaffen, dann können wir mit der nächsten Strömung lossegeln.«

Dorchester setzte seinen Kelch ab. »So bald?«

»Ja, Mylord«, sagte Boman. »Der Wind beginnt langsam, sich zu wenden, und wird aller Erwartung nach nur für ein paar Tage aus dieser Richtung wehen.«

»Nun, dann ist ja gut, dass ihr bereit zur Abreise seid.« Dorchester verzog das Gesicht. »Obwohl es vermutlich sogar besser ist, wenn ihr eher früh als spät abreist. Ich konnte Helen weismachen, dass du dich deswegen nicht blicken lässt, weil du in Ruhe gelassen und mit deinen von Augustas Abweisung verletzten Gefühlen fertig werden willst.«

Boman hob fragend die Augenbrauen.

»Das wird nicht lange so bleiben.« Phinn seufzte. Er würde nicht gern in der Haut seines Bruders stecken, wenn Helen herausfand, dass er abgereist war. Er sah seinen Sekretär an. »Sie wollte, dass ich sie heute zu irgendeiner Veranstaltung begleite. Zum Glück hat Musson mich gewarnt.«

»Ja«, sagte sein Bruder. »Dadurch konnten wir die letzten Vorkehrungen treffen.«

»Was ist eigentlich mit einem Stallburschen?«, fragte Boman.

Verdammt nochmal! Ohne mindestens zwei Stallburschen und genauso viele Kutscher konnten sie nicht abreisen.

»Sieh mich nicht so an«, sagte Dorchester. »Ich habe keine abzugeben.« Er zog an der Klingel und einen Augenblick später betrat sein Butler das Zimmer.

»Mylord?«

»Wo finde ich in möglichst kurzer Zeit Stallburschen und Kutscher?«

»Geben Sie mir ein paar Minuten und ich werde eine Antwort haben.« Saddock verneigte sich und verließ das Arbeitszimmer.

Er hielt sein Wort und kam fünf Minuten später zurück. »Die *Everly Employment Agency* hat den besten Ruf.« Er reichte Dorchester ein Stück Papier. »Gibt es sonst noch etwas, Mylord?«

Saddocks Frage erinnerte Phinn daran, dass er vergessen hatte, seinen Vortrag zu erwähnen. »Ich werde mein Thesenpapier morgen am frühen Nachmittag vor der Royal Institution präsentieren.« Phinn konnte nicht anders, als die Brust ein wenig aufzuplustern und zu grinsen. Endlich überkam ihn der Hochmut.

»Das sind hervorragende Nachrichten!« Boman schüttelte Phinn die Hand. »Gut gemacht.«

»In der Tat, das sind wunderbare Neuigkeiten.« Der Butler verneigte sich. »Ihr Vater wäre stolz auf Sie gewesen, Sir.«

»Zum Teufel mit unserem Vater. Ich bin stolz auf ihn.« Dorchester schenkte Phinn noch ein Glas Wein ein. »Wir werden es morgen mit Champagner feiern. Was ist das Thema?«

»Es geht um ein krampflösendes Medikament, das die Azteken entdeckt haben.« Phinn nippte am ausgezeichneten Rotwein. Bald würde er aus französischen Weinen wählen können. Er musste herausfinden, ob Augusta gerne Wein trank.

Als der Butler ging, gab Dorchester Phinn den Zettel mit dem Namen der Agentur. Der reichte ihn wiederum seinem Sekretär. »Viel Glück.«

Boman erhob sich. »Ich melde mich, falls es Schwierigkeiten gibt.«

»Arrangiere ihnen eine Unterkunft in einem Gasthaus in der Nähe der Ställe«, sagte Phinn. »Ich will, dass sie spätestens morgen Nachmittag da sind, um bei der Einladung der Kutsche zu helfen.«

»Ich habe schon einen Wagen organisiert, mit dem wir unsere Koffer zu den Ställen bringen können.« Sein Sekretär wollte aus dem Zimmer gehen, doch hielt wieder an. »Soll ich dafür sorgen, dass die Kutsche bei Sonnenaufgang bei den Ställen für uns bereitsteht?«

»Hervorragende Idee.« Der Heimlichkeit dieses Abenteuers gefiel Phinn. »Vielleicht steige ich aus dem Fenster, um nicht gesehen zu werden.«

Sein Bruder seufzte. »Du wirst weder aus dem Fenster steigen, noch bei den Ställen aufbrechen. Du wirst aus der Haustür gehen, wie es sich gehört.«

»Spielverderber«, erwiderte Phinn.

»Das wird immer meine Rolle sein«, raunte Dorchester. »Spar dir deine Heldentaten für deine Lady. Sie wird sie wohl eher zu schätzen wissen.«

***

Jetzt musste Phinn mitansehen, wie Augusta mit einem großen, blonden Gentleman tanzte, den er noch nie an Augustas Seite gesehen hatte. Er wandte sich seiner Schwägerin zu. »Wer ist das?«

»Lord Turley.« Phinn hob eine Braue und für einen Moment schloss Helen die Augen und nahm einen schmerzlichen Gesichtsausdruck an. »Viscount Turley. Warum bist du so auf Lady Augusta fixiert, wenn sie doch verreisen wird?«

Weil Phinn Augusta mehr wollte als jede andere Frau bisher. Und er konnte es nicht ausstehen, sie mit einem anderen Mann zu sehen. Statt auf Helens Frage zu antworten, zuckte er mit den Schultern.

»Dorchester hatte recht.« Sie lächelte eine Matrone an, begleitet von einer jungen Dame mit hellbraunem Haar. »Sie hat dich wirklich verletzt. Nun« – sie hakte sich bei ihm ein – »es gibt nur einen Weg, über sie hinwegzukommen. Du musst eine andere Frau finden.«

Verflucht! Das war ganz und gar nicht, was er wollte. Doch er konnte sich kaum weigern, mitgeschleppt zu werden. Ehe er sich versah, hatte er für jeden Tanz eine Partnerin.

»Es ist noch ein Set übrig, für das du noch keine Partnerin hast«, sagte Helen und überflog den Ballsaal.

»Ist es nicht.« Sie sah ihn an. »Ich habe Lady Augusta um den zweiten Walzer gebeten.«

»Du machst dich zum Narren. Jeder weiß, dass sie dich abgewiesen hat.«

Abgewiesen war ein hartes Wort. Er bevorzugte *hingehalten*. Das traf es besser. Sie hatte ihn hingehalten, bis sie ihre Meinung änderte. »Die Entscheidung fälle immer noch ich.«

»Na gut, aber mach dich darauf gefasst, bald nach einer neuen Lady Ausschau zu halten.« Ohne auf eine Antwort zu warten, glitt sie hinfort.

Er musste nur noch einen Tanz überstehen, bis der Walzer mit Augusta anstand. Seine Tanzpartnerin, eine gewisse Miss Caldwell, hatte er vor diesem Abend noch nie gesehen. Phinn verneigte sich. »Miss Caldwell, sollen wir?«

»Mylord.« Sie knickste und nahm den Arm, den er ihr anbot. Sie waren mitten im Tanz, als sie sagte: »Merken Sie, dass Sie sie mit Ihrem Blick verfolgen?«

Verdammt. Er wusste nicht, dass es so offensichtlich war. »Entschuldigen Sie.«

»Eine andere Dame könnte dabei helfen, über sie hinwegzukommen.« Der Tanz trennte die beiden und er versuchte, sich auf seine Partnerin zu konzentrieren. Dann lachte sie. »Oh je. Ihr Gesichtsausdruck. Ich meine nicht mich. Das kann ich Ihnen versichern. Ich bin nur hier, weil meine Eltern es von mir verlangen. Ich habe bereits einen Gentleman, den ich heiraten möchte.«

Phinn fragte sich, wie sein Gesichtsausdruck wohl ausgesehen haben musste. Er versuchte, zu lächeln. »Meine Schwägerin war auch Ihrer Meinung. Dass ich mich blamiere.« Dann wurde ihm etwas klar. Wenn er sich so sehr für sie zum Narren machte, dann brauchte er eine Ausrede dafür, warum er übermorgen plötzlich nicht mehr in der Stadt sein würde. Sonst würde Augusta bestimmt darauf kommen, dass er das Land verlassen hatte. »Ich denke, ich brauche ein paar Tage für mich. Das scheint ein guter Zeitpunkt für einen Besuch auf meinem Anwesen zu sein.«

»Sie laufen davon?«, fragte Miss Caldwell.

»Das könnte man sagen. Doch ich bin seit meiner Rückkehr nach England nicht auf dem Land gewesen. Es spricht nichts dagegen.«

»Ich denke, Sie tun das Richtige. Bis zu ihrer Abreise zu verweilen, würde sie armselig aussehen lassen.«

Sie hatte ja keine Ahnung. »Da haben Sie natürlich recht.«

Einige Minuten später fand er sich im Gespräch mit Augusta wieder und wiederholte dieselbe Lüge.

»Ich glaube, du hättest Elsworth lieber direkt nach deiner Ankunft einen Besuch abgestattet. Ein Jammer, dass du gezwungen warst, zuerst nach London zu kommen.« Sie sah ihm in die Augen und seine Brust begann, zu schmerzen.

Er zog sie nach einer Drehung näher an sich. »Andererseits hätte ich es nicht missen wollen, dich kennenzulernen. Ich hatte noch nie eine so kluge und gebildete Freundin wie dich.«

»Ich habe die Zeit mit dir auch genossen.« Ihre Blicke trafen sich. Und er war gefangen in ihren funkelnd blauen Augen. »Ich muss zugeben, ich werde dich vermissen.«

»Wir werden uns wahrscheinlich nicht mehr sehen.«

»Oh.« Augusta verstummte für ein paar Augenblicke. »Ich habe beschlossen, auf keine abendlichen Empfänge mehr zu gehen.«

Wenn er sie doch nur küssen könnte. »Ist es so schrecklich für dich?«

Sie lachte reuevoll. »Im Gegensatz zu dir belaufen sich meine Tanzpartner heute Abend auf die Ehemänner und Freunde meiner Schwestern.« Sie machten eine weitere Drehung und ihre Lippen hoben sich zu dem traurigen Versuch eines Lächelns. »Wenn ich hierbliebe, dann wäre es tatsächlich schrecklich.«

Wenn sie hierbliebe, würde sie ihn heiraten. »Du wirst dich in Frankreich vergnügen.«

Das war die richtige Einstellung. Dieses Mal war ihr Lächeln echt. »Ich hoffe, ich werde die originalen Straßburger Eide sehen.«

»Wurden sie auf Altfranzösisch verfasst?« Welche Fakten hatte sie noch in ihrem Köpfchen verstaut?

»Ja.« Ihr Lächeln wurde breiter. »Natürlich. Ein solches Dokument habe ich noch nie im Original gesehen. Nur als Kopie.«

Das war die Idee. Wenn er in Paris ankam, würde Phinn dafür sorgen, dass sie die Dokumente ansehen konnte. Wenn sie sauer auf ihn wäre, weil er ihr gefolgt war, würde sie ihm nach dieser Tat vielleicht vergeben.

»Ich wünsche dir viel Glück.« Glück, für das er sorgen würde.

Einen Moment lang schien sie traurig, dann blinzelte sie mehrmals. »Ich werde dich vermissen.«

»Ich dich auch.« Verdammt, er sollte schleunigst das Thema wechseln, sonst würden sie beide noch sentimental werden. »Alles wird kommen, wie es soll.«

»Das hat Grace auch gesagt.« Der Tanz endete und sie knickste, während er sich verneigte. »Ich werde jetzt nach Hause gehen. Ich hoffe, du hast eine gute Zeit in Lincolnshire.«

»Bestimmt.« Phinn würde sie nur zu gern dorthin mitnehmen, wenn sie verheiratet waren.

Er begleitete Augusta und ihre Familie in den Ballsaal. Als er sie beiseite zog, wünschte er, er könnte sie küssen. Ihre Blicke trafen sich flüchtig, dann senkte sie ihre dichten, dunklen Wimpern. Ihm war nie aufgefallen, wie sie sich an der Spitze krümmten.

Für einige lange Momente schien sie es, als müsste sie unbedingt den Marmorboden inspizieren. »Ich schätze, es ist Zeit, sich zu verabschieden.«

Er hob ihre Hand und küsste ihre schmalen, zierlichen Finger. »Noch nicht ganz. Wir sehen uns morgen.«

Augusta hob ihren Blick zu seinen Augen, als wollte sie etwas erwidern, dann schüttelte sie den Kopf. »Wie konnte ich es vergessen? Dieser Abend war anstrengender, als ich dachte.«

Morgen konnte nicht früh genug kommen. Ihr Wiedersehen konnte nicht früh genug kommen. Wenn er ihr doch nur bieten könnte, was sie wollte, statt, was er brauchte.

***

Bevor Augusta in die Kutsche stieg, drehte sie den Kopf, um zu sehen, wie Phinn zurück in den Ballsaal ging. Sie würde ihn und ihre gemeinsamen Gespräche vermissen. Wenn sie ihm doch nur wichtig genug wäre, dass er auf ihre Rückkehr warten würde. Doch er hatte eine Pflicht gegenüber seiner Familie zu erfüllen.

»Du magst Lord Phineas wirklich sehr.« Louisas Worte ließen Augusta aufhorchen. »Und er mag dich.«

Mögen, nicht lieben. Das darf ich nicht vergessen. »Ja. Er ist ein guter Freund.«

»Er könnte mehr als ein Freund werden«, sagte Louisa in einem schmeichelnden Tonfall.

»Louisa.« Rothwells tiefe Stimme donnerte durch die Kutsche. »Jetzt ist nicht die Zeit für Heiratsvermittlungen.«

»Ich will doch bloß, dass Augusta glücklich ist«, sagte sie.

Grundgütiger. Sie hörte sich an wie ihre Mutter. »Auf Reisen werde ich glücklich sein.«

»Du könntest mit deinem Mann reisen.« Louisa klang so überzeugt von sich. Andererseits tat sie das immer.

Augusta wollte den Kopf gegen die Kutschenwand hämmern. »So wie du und Charlotte und Dotty es getan haben?« Sie hatte die Nase voll. »Ich dachte, du warst auch der Meinung, dass ich auf den Kontinent reisen sollte.«

»Das war ich, bevor ich wusste, dass du verliebt bist.«

Augusta wünschte, ihre Schwester hätte die Fast-Verabschiedung von Augusta und Phinn nicht gesehen. Hätte sie sich doch bloß an ihre morgige Verabredung erinnert. »Ich bin nicht verliebt!« Vielleicht war sie es doch, aber das würde ihr ganz und gar nicht guttun. Phinn war nämlich nicht in sie verliebt.

Selbst im trüben Kutschenlicht konnte sie erkennen, wie sich der Kiefer ihrer Schwester anspannte. »Ich glaube dir nicht.«

»Tja, es stimmt aber. Abgesehen davon könnte ich sowieso nicht reisen, wenn ich ein Kind kriege. Sieh doch mal dich, Charlotte und Dotty an. Keine von euch war in Paris.«

»Das liegt daran, dass wir Verpflichtungen hier in London haben.« Louisa hob eine Braue. »Du und Lord Phineas habt keine.«

Das traf vielleicht auf sie zu, nicht aber auf ihn. Außerdem war da noch eine nicht unbedeutende Tatsache. »Louisa, er liebt mich nicht. Ich habe ihn gefragt, als er den Antrag gemacht hat, und er hat es bestätigt.«

Rothwells Brauen schossen hoch. »Bist du sicher?«

Was sollte das denn heißen? Augusta blickte ihn finster an. »Überaus sicher.«

»Würde es einen Unterschied machen, wenn er dich *doch* lieben würde?«, stichelte ihre Schwester.

»Es würde mir schwerer fallen, zu gehen.« So viel konnte sie zugeben. »Ich will mehr vom Leben, bevor ich sesshaft werde und Kinder kriege.« Warum war das für andere so schwer zu verstehen? »So oder so bleibt es dabei, dass er mich nicht liebt. Und er ist verpflichtet, zu heiraten. Dorchester verlässt sich darauf, dass er einen Erben zeugt.«

»Um Himmels willen.« Louisa klang so angewidert, dass Augusta fast lachen musste. »Sie haben erst vier Kinder. Früher oder später wird Lady Dorchester schon einen Sohn kriegen.«

Augusta musste dieser Unterhaltung ein Ende setzen. »Ich werde nach Kontinentaleuropa reisen und ich möchte nicht länger darüber diskutieren.«

»Na gut.« Louisa warf die Arme hoch. »Mach, was du willst.«

»Gut. Das werde ich.« Damit sollte das Thema beendet sein. Obwohl man bei Louisa nie sicher sein konnte.

Ein leichtes Lachen ertönte von Rothwells Seite. »Sie ist genauso stur wie du, meine Liebe.«

Augusta verkniff sich ihr Lächeln, als ihre Schwester die Arme vor der Brust verschränkte. Damit war ein weiteres Hindernis überwunden. Sie hoffte, dass es nicht noch mehr geben würde.

Sie wünschte, sie könnte schon morgen abreisen. Leider brauchte sie noch die Koffer, und ihre Kleidung war auch nicht fertig. Ganz zu schweigen davon, dass Cousine Prue noch nicht angekommen war oder dass Jane und Hector noch eigene Angelegenheiten erledigen mussten.

Es half alles nichts. Augusta musste geduldig sein und darauf vertrauen, dass ihre Reise so verlaufen würde wie geplant. Was Phinn betraf, würden ihre Schicksale sie auseinanderführen, so sehr sie ihn auch liebgewonnen hatte. Sie musste ihn und ihre Freundschaft einfach aus ihren Gedanken verbannen.

KAPITEL 17

Am nächsten Tag kam Phinn pünktlich um Viertel nach eins am Worthington House an. Natürlich war Augusta schon bereit zum Aufbruch. »Ich bin froh, dass der Regen die Luft gereinigt hat.«

»Ich auch.« Wie bei ihrer ersten gemeinsamen Spazierfahrt hastete sie direkt zum Phaeton. Er hatte viel Arbeit vor sich, wenn er wieder in ihre Gunst kommen wollte. »Meine Kutsche hat ein höhenverstellbares Dach, aber ich habe es noch nie genutzt.«

Er verlängerte seine Schritte, eilte am Bediensteten vorbei und erreichte das Fahrzeug rechtzeitig, um ihr hinein zu helfen. Er hielt ihr einen Arm hin. Sie starrte ihn mehrere Sekunden lang an, bevor sie zimperlich die Finger auf seinen Ärmel legte. »Ich hoffe, der Vortrag wird dir gefallen.«

»Wenn du ihn hältst, bestimmt.« Augusta warf Phinn ein flüchtiges Lächeln zu. Als ihr Stallbursche in den hinteren Teil der Kutsche gestiegen war, trieb sie ihre Pferde an.

»Ich nehme an, du kennst den Weg.« Die Straßen waren voll von Kutschen, Fuhrwerken und anderen Beförderungsmitteln. Ganz zu schweigen von den Jungen, die die Straßen für die Ladies und Gentlemen putzten, die sie überquerten.

»Ich habe mir heute Morgen eine Karte von London angesehen und mich mit dem Kutscher meines Bruders beraten, bevor ich die Route gewählt habe. Ich war noch nie so nah am Fluss.«

Zwanzig Minuten später hielten sie vor dem Somerset House an.

»Du bist großartig gefahren.« Er hatte gewusst, dass das der Fall sein würde. Augusta war äußerst vorsichtig. »Es wird keine Minute dauern.«

Phinn sprang hinunter, eilte durch die Tür, wünschte dem Bediensteten einen guten Tag und ging zurück in die Kutsche. In der Royal Society hatte er rein gar nichts zu erledigen, er wollte bloß mehr Zeit mit Augusta verbringen und konnte sie wohl kaum darum bitten, ihn nur für die kurze Strecke vom Berkeley Square zur Albermarle Street in ihrem Phaeton mitzunehmen.

Er stieg wieder ein. »Auf in die Royal Institution.« Sie kamen fast zehn Minuten vor seinem zugewiesenen Termin an. Er sprang hinunter und ging um den Phaeton herum. Bevor sie widersprechen konnte, umfasste er ihre schlanke Taille und hob sie herunter. Vielleicht war es unangebracht, aber er mochte die Art und Weise, wie sie errötete und ihr der Atem stockte, als er sie etwas länger festhielt als nötig. »Ich werde dir einen Sitzplatz beschaffen, bevor ich anfange.«

»Dankeschön.« Ihr stieg eine bezaubernde Röte in die Wangen. Sie senkte den Blick und nahm seinen Arm.

»Mylady.« Ihr Stallbursche war nach vorne zu den Pferden gekommen. »Was denken Sie, wie lange werden Sie weg sein?«

Sie sah Phinn an und er antwortete. »Höchstens eine Stunde.«

»In Ordnung, Mylord. Ich werde einfach etwas durch die Gegend laufen.«

»Da bist du ja«, rief Dorchester, als Phinn und Augusta am Eingang waren.

Ihre Augen verengten sich misstrauisch. »Du hast gar nicht erwähnt, dass dein Bruder kommen würde.«

»Ehrlich gesagt habe ich es nicht gewusst.« Was zum Teufel suchte Dorchester hier? »Ich habe es gestern nur beiläufig vor ihm erwähnt, und wir wurden unterbrochen. Er hat weder beim Dinner noch beim Frühstück ein Wort gesagt.«

Sie sah Phinn in die Augen und musterte ihn so lange, dass er sich krümmen wollte. »Na gut. Ich nehme an, er wird dich nach Hause fahren.«

»Auch davon weiß ich nichts.« Phinn sah seinen Bruder an, der zu ihnen gestoßen war. »Ich dachte, du wärst im Parlament oder woanders.«

»Das hier wollte ich mir nicht entgehen lassen.« Sein Bruder verneigte sich. »Lady Augusta, ich glaube, ich muss mich bei Ihnen entschuldigen, weil ich meinen Bruder nicht darüber informiert habe, dass ich ihn fahren könnte.«

Die Anspannung, die ihren Mund gelähmt hatte, löste sich und sie knickste. »Keineswegs, Mylord.«

»Ich muss Sie bitten, ihn am Ende seines Vortrags zurückzubringen. Leider muss ich mich danach sofort auf den Weg zu einer Komiteesitzung machen.«

»Ich stehe neben dir.« Phinn konnte es wirklich nicht ausstehen, wenn sein Bruder ihn wie ein verirrtes Kind behandelte. Oder hatte Dorchester andere Intentionen? Hatte er Augustas verärgerten Blick bemerkt?

»Ja, aber natürlich. Bei dir entschuldige ich mich auch. Das war wohl nicht nett von mir.«

»Wenn du schon hier bist, kannst du ja neben Lady Augusta sitzen.« Die Eingangstür wurde geöffnet und Phinn führte sie hinein.

»Lord Phineas?« Ein fein gekleideter Gentleman mit dunklem Haar, der etwa in seinem Alter war, eilte auf ihn zu.

»Das bin ich.« Er zeigte auf Augusta und seinen Bruder. »Das sind meine Gäste.«

»Ich bin Mr. Turner, einer der Sekretäre. Bitte kommen Sie hier entlang.«

Er führte sie zu zwei Stühlen im hinteren Teil eines großen Raumes mit einer Fensterseite. Am anderen Ende des Salons brannte ein Kamin. Mehr als drei Viertel der Plätze waren bereits besetzt. »Darf ich bitten?«

Augusta und Dorchester nahmen ihre Plätze ein.

»Wir sehen uns, wenn ich fertig bin.« Phinn folgte Mr. Turner nach vorn.

Der Sekretär stellte Phinn vor und klärte die noch nicht informierten Institutionsmitglieder über den Terminwechsel auf. Danach leitete er sein Thema ein. Seltsamerweise nahm er im Publikum nur Augusta wahr. Sie lehnte sich auf ihrem Stuhl leicht nach vorn. Immer, wenn ihre Augenbrauen sich zusammenzogen, als würde einer seiner Sätze keinen Sinn ergeben, führte er ihn aus und merkte, dass die Erläuterung tatsächlich notwendig war.

Eine Stunde später, nachdem ihm die Gentlemen und wenigen anwesenden Ladies gratuliert hatten, schaffte er es in den hinteren Teil des Raumes.

Sie nahm seinen Arm. »Sie haben einen ausgezeichneten Vortrag gehalten. Aber ich wusste gar nicht, dass Sie eine Brille tragen.«

»Er braucht sie nicht«, sagte Dorchester trocken. »Sie soll ihn nur seriöser wirken lassen.«

Augusta gab ein sanftes Lachen von sich. »Nun, es funktioniert. Sie sehen außerordentlich seriös aus.«

»Das ist nicht der einzige Grund.« Phinn sah seinen Bruder finster an. »Brillen sind auch ganz nützlich, wenn man mal sein Aussehen ein wenig ändern muss.«

»Ich bin mir ziemlich sicher, dass ich *davon* nichts wissen will.« Dorchester verneigte sich. »Ich muss mich verabschieden. Lady Augusta, ich wünsche Ihnen eine sichere Reise auf den Kontinent.«

»Vielen Dank, Mylord.« Sie knickste.

Phinn nahm ihren Arm. »Ich bin froh, dass er gekommen ist. Ich hatte gar nicht daran gedacht, dass du ja eine Zofe oder eine andere Person an deiner Seite brauchst.«

»Das hatte ich auch nicht bedacht.« Sie grinste. »Aber Seine Lordschaft war eine gute Gesellschaft, als er erst mal verstanden hat, dass er mir nichts erklären muss.«

»Das muss ihn wohl überrascht haben.« Er schmunzelte.

»Das glaube ich auch.« Sie schnappte nach Luft, als er sie auf die Kutschenbank hob.

Sobald sie in Frankreich waren, müsste er sich noch mehr Wege einfallen lassen, um ihr den Effekt bewusst zu machen, den er auf sie ausübte. Den sie aufeinander ausübten.

Viel zu bald kamen sie am Dorchester House an und Augusta brachte ihre Pferde zum Halten. »Ich schätze, das ist nun also der Abschied.«

»Kein Abschied.« Er wollte ihr wieder in die Augen schauen, doch sie erwiderte seinen Blick nicht. Er

nahm ihre Hand, küsste ihre behandschuhten Finger
und stieg aus. »Wir werden uns wiedersehen.«

»Vielleicht eines Tages.«

Sie trieb die Kutsche an, doch er blieb am Gehweg stehen, bis er sie nicht mehr sehen konnte. Die nächsten
zwei Wochen würden die längsten seines Lebens werden.

»Er beobachtet Sie immer noch, Mylady.« Jones unnö-
tiger Kommentar half Augusta kein bisschen dabei, zur
Ruhe zu kommen.

»Das will ich nicht wissen.« Noch wollte sie traurig
sein, weil sie ihn nicht wiedersehen würde. Doch selbst
wenn er sie liebte, er konnte nicht warten, bis sie fertig
mit dem Studium war.

Als sie zu Hause ankamen, ging sie direkt in ihre Gemächer, zog sich ein Tageskleid an und warf einen Kit-
tel über. Ein Professor für Antike Geschichte, den sie in
London kennengelernt hatte und der nun in Edinburgh
lebte, hatte ihr ein Rätsel geschickt. Sie löste es, überlegte sich dann eines für ihn und bereitete es zum Ver-
sand vor.

Augusta wollte gerade den Frankreich-Reiseführer
weiterlesen, den sie gekauft hatte, als Gobert in ihr Zimmer eilte. »Mylady. Ich glaube, Ihre Cousine ist angekommen.«

Augusta stand an der Haustür, als Cousine Prue
durch eine altmodische Reisekutsche lugte. Die Dame
war selbst jedoch alles andere als altmodisch. In ihrem
zobelschwarzen Vivers-Schopf war noch kein einziges
graues Haar zu erkennen. Zarte Lachfalten zeichneten
sich an ihren blauen Augen ab.

Sie wartete, bis ein Bediensteter ihr hinunterhalf, schüttelte ihren Rock aus, blickte auf die offene Tür und lächelte. »Du musst Augusta sein.«

»Das bin ich, genau.« Sie streckte ihre Hand aus und lachte. Cousine Prue war perfekt. Sie war von durchschnittlicher Größe und erinnerte Augusta an ihre Schwestern und all die anderen Vivers-Damen, die sie bisher kennengelernt hatte. Außerdem wirkte Cousine Prue sehr viel jünger als Mitte dreißig. Obwohl das vielleicht an der Energie lag, die sie ausstrahlte. »Ich dachte, du würdest per Mietkutsche kommen. Das hier ist doch sicherlich keine?«

»Schrecklich, nicht wahr?« Sie nahm Augustas Hand und zog sie in eine Umarmung. »Aber immerhin war sie bequem, was man von den Postkutschen nicht behaupten kann. Ich habe nicht das Gefühl, mir wären die Zähne aus dem Kopf geklappert.«

Eine große, knochige Frau stieg aus der Kutsche. »Das ist meine Zofe, Button«, sagte Prue. »Sie war schon an meiner Seite, als ich noch unverheiratet war.«

»Ein Vergnügen, Sie kennenzulernen«, sagte Augusta. »Ich werde unsere Haushälterin, Mrs. Thornton, darum bitten, ein Zimmer für Sie herzurichten und Sie meiner Zofe, Gobert, vorzustellen.« Sie warteten, bis ein Bediensteter der Zofe ihrer Cousine die Tasche abnahm, bevor sie den kurzen Weg in den Eingangssaal antraten, wo die Kinder und Walter – sie konnte ihn kaum noch als Kind bezeichnen – sie erwarteten. »Wie war deine Reise hierher?«

»Ich erzähle dir gerne davon, wenn ich etwas Tee bekomme«, antwortete Cousine Prue.

»Erst muss ich dich meinen jüngeren Geschwistern und Matt und Grace vorstellen. Oh, und stolpere nicht über die Hunde.« Es überraschte Augusta immer wieder, wie einfach es war, wortwörtlich über eine Dänische Dogge zu stolpern.

Sie lachte wieder, als Cousine Prue den Eingangssaal betrat und ihr die Kinnlade herunterfiel. »Man sagte mir, hier würden viele Kinder sein. Aber so viele hatte ich nicht erwartet.« Cousine Prue verengte die Augen. »Ihr seid nicht alle Vivers.«

»Nein.« Augusta grinste, als ihr der Kontrast auffiel, den die Kinder erzeugten. Die Vivers mit ihrem schwarzen Haar und Augen, die Lapislazuli glichen, und die Carpenters, die goldenes Haar und Augen in der Farbe eines klaren Sommerhimmels hatten.

Mary begrüßte Cousine Prue als Erstes. »Guten Tag. Ich bin Lady Mary Carpenter. Du musst unsere Cousine Prudence sein.« Mary nahm Cousine Prues Hand. »Ich werde dich den anderen vorstellen, danach trinken wir im Morgenzimmer Tee und du kannst Grace und Matt kennenlernen.«

Nachdem alle mit ihrer Cousine bekannt gemacht worden waren, bat sie darum, Prue statt Prudence genannt zu werden. »Denn ich kann euch versichern, ich habe keinen besonderen Namen.«

Die Zwillinge und Madeline führten Cousine Prue ab und ließen Augusta mit Mary zurück. »Das hast du sehr gut gemacht.«

Mary lächelte breit. »Ich habe geübt, also hat Grace gesagt, ich darf Prue vorstellen. Sie ist sehr nett.«

»Ja, ich denke, wir werden uns gut verstehen. Wo sind Grace und Matt?« Es war seltsam, dass sie nicht da waren, um Prue zu begrüßen. Jetzt wo sie darüber nachdachte, waren die Hunde auch nicht da. Daisy war noch im Flur gewesen, als Augusta hinausgegangen war, um Prue zu empfangen.

»Matt ist im Kinderzimmer und Grace ist gegangen, um ihn zu holen.« Als wüsste Mary bereits, was Augustas nächste Frage sein würde, fügte sie hinzu: »Duke ist bei Matt und Daisy ist mitgekommen, als ein Bediensteter losgeschickt wurde, um sie zu holen.«

Wie heraufbeschworen kamen Grace und Matt gefolgt von den Dänischen Doggen die Treppe hinunter. »Ich nehme an, Cousine Prudence ist im Morgenzimmer?«

Mary blickte in den nun leeren Korridor. »Ja. Sie möchte Prue genannt werden.«

»Augusta, was hältst du von ihr?«, fragte Grace.

»Ich mag sie sehr. Ich glaube, das werdet ihr auch.« Jedenfalls hoffte Augusta, dass ihre Schwester und ihr Bruder Prue genauso sympathisch finden würden wie sie.

»Sie sieht aus wie eine Vivers«, fügte Mary wissend hinzu.

Sie betraten das Morgenzimmer und trafen auf den Rest der Familie, der sich um Prue geschart hatte. Die Jungen beschallten sie mit Fragen über den Krieg in Spanien.

Sie war gerade dabei, zu antworten, als sich die Hunde bemerkbar machten, indem sie die Köpfe unter ihre Hände streckten. »Na, was seid ihr denn für hübsche Kerlchen?«

Mary stellte Matt und Grace vor.

»Ich hoffe, deine Reise war nicht zu anstrengend«, sagte Grace, als sie in eines der beiden Sofas sank.

»Ganz und gar nicht.« Prues Augen funkelten vor Heiterkeit. »Ich liebe es, zu reisen, und ich hatte das Gefühl … ach, als müsste ich mich mal wieder bewegen.« Sie blickte zu Grace. »Meine Eltern waren wundervoll, als Jonathan gestorben ist. Ich weiß nicht, was ich ohne sie getan hätte. Aber es ist an der Zeit, dass ich mir ein neues Leben aufbaue. Augustas Bitte, ihre Begleiterin zu sein, kam genau zum richtigen Zeitpunkt.« Prue lächelte wieder. »Ich darf schließlich auch nicht allein reisen, so wie sie.«

»Wohl wahr.« Grace erwiderte Prues Lächeln.

Weniger als zehn Minuten später war der Tee eingeschenkt und jeder hatte einen Teller voller Törtchen und Kekse vom *Cook's*. Augusta fiel ein, dass ihre Cousine die Frage nach der Kutsche noch nicht beantwortet hatte. »Prue, wie kommt es, dass du diese Reisekutsche genommen hast?«

Sie lächelte verschmitzt. »Wie du weißt, lebe ich mit meiner Mutter und meinem Vater und helfe ihnen im Pfarrhaus. Zum Entsetzen seiner Mutter hat der Sohn des Gutsherrn beschlossen, dass ich mich gut als seine Ehefrau eignen würde. Egal, was ich gesagt habe, nichts hat ihn davon überzeugt, dass ich an dieser Rolle nicht interessiert bin.« Sie schmunzelte leicht. »Als seine Mutter herausfand, dass ich abreisen wollte, bot sie mir ihre Reisekutsche an.«

»Meine Güte.« Grace lachte. »Rechnet er damit, dass du zurückkehrst?«

»Ich glaube schon.« Prue verzog das Gesicht. »Er ist sehr bieder und kann nicht begreifen, dass eine Lady auch ohne Ehemann ins Ausland reisen oder überhaupt wegfahren wollen würde. Ich kann euch sagen, er hat meinen Vater wahrlich ausgeschimpft, als er mir erlaubt hat, mitzukommen.« Prue grinste wieder. »Der arme Papa, es gab wirklich nichts, was er tun konnte, um mich aufzuhalten. Und ich bin sehr froh, dass er es nicht getan hat. Bis jetzt hatte ich größtenteils eine wunderbare Zeit.«

»Ich hätte nie gedacht, dass die Entschlossenheit meiner Schwester in der Familie liegt.« Matt schloss für einen Moment die Augen. »Doch offensichtlich ist das der Fall.« Er trank seinen Tee aus und setzte die Tasse ab. »Dein Vater tut mir leid.«

»An deiner Stelle hätte ich kein Mitleid mit ihm.« Sie lachte. »Hätte meine Mutter nicht verkündet, dass sie außer ihm keinen anderen heiraten würde, wären sie nicht verheiratet.« Sie hielt ihre Tasse für mehr Tee hin. »Wann lerne ich denn Mr. und Mrs. Addison kennen, die laut Augusta wohl mit uns verwandt sind, allerdings auf der Carpenter-Seite?«

»Wenn du nicht zu erschöpft bist, werden wir ein Dinner mit Jane und ihrem Mann Hector ausrichten, der, wie du weißt, für die Reise verantwortlich ist.«

»Ich bin überhaupt nicht erschöpft.« Prue streichelte Daisy, die sich an sie gelehnt hatte. »Ich fühle mich, als hätte ich seit langer Zeit nicht mehr so viel Energie gehabt.«

Als Augusta Prue noch eine Tasse einschenkte, erzählte Grace davon, wie Janes Vater ihr verwehrt hatte, Hector zu heiraten, als die beiden noch jung waren. Jane wiederum hatte sich geweigert, den Mann zu heiraten, den ihr Vater für sie auserkoren hatte. Sie hatte

217

ihren Widerspruch erst vor dem Altar geäußert, denn ihr Vater hatte ihr vorher kein Gehör geschenkt. Nach dem Tod ihres Vaters war Jane Begleiterin von Graces Mutter gewesen. Als sie alle für Charlottes Debüt in die Stadt gekommen waren, trafen sich Jane und Hector wieder und heirateten nicht lange danach. »Auch sie wollte reisen, und er versprach ihr, sie mit auf den Kontinent zu nehmen.«

»Anscheinend ist Entschlossenheit nicht nur ein Charakterzug der Vivers-Damen«, sagte Prue und warf Matt einen schelmischen Blick zu.

Er fuhr sich mit der Hand übers Gesicht, während der Rest der Gruppe in Gelächter ausbrach.

Augustas Kehle schnürte zu. Wie sehr sie doch all ihre Brüder und Schwestern und die Hunde vermissen würde. Doch wenigstens einen Teil ihrer Familie würde sie noch bei sich haben. Und sie würde nicht für immer fort sein.

Es war ein Jammer, dass sie Phinn nicht darum bitten konnte, auf sie zu warten. Andererseits musste er eine Dame finden, die er lieben konnte. Und sie war es offensichtlich nicht.

»Also gut.« Prue stand auf. »Wenn jemand mir mein Zimmer zeigt, werde ich mich umziehen und frisch machen.«

»Wir zeigen es dir«, sagten die Zwillinge und Madeline im Chor.

Der Rest der Kinder entschuldigte sich ebenfalls und plötzlich war der Salon leer.

Augusta nahm den letzten Ingwerkeks, biss ab und schluckte. »Wie findest du sie?«

»Ich bin ganz deiner Meinung.« Grace zog an der Klingel. »Sie wird eine ausgezeichnete Begleiterin abgeben.«

Als sie den Keks aufgegessen hatte, stand Augusta auf. »Ich werde mich fürs Dinner fertig machen.«

Phinn Lebewohl zu sagen, war schwer gewesen, denn trotz all seiner Worte war und blieb es ein Abschied. Doch seit Prues Ankunft hatte Augusta das Gefühl, ihre Welt wäre langsam wieder in Ordnung. Sie hatte so viel zu tun, dass sie ihn überhaupt nicht vermissen würde.

KAPITEL 18

Die ersten Sonnenstrahlen färbten den Morgenhimmel in verschiedene Rosa-, Lila- und Grautöne. Boman hatte es geschafft, die Kutscher und Stallburschen zu engagieren. Doch zunächst hatte er etliche Gespräche führen müssen, bis er schließlich welche fand, die nichts dagegen hatten, England sofort und auf unbestimmte Zeit zu verlassen. Einer der Stallburschen war gestern mit den Mietkutschern vorausgefahren, sodass sie bereits in Dover sein würden, wenn Phinn und der Rest der kleinen Gruppe dort ankamen.

Das Gepäck wurde auf das Kutschendach geschnürt und in den Kofferraum geladen, und Musson hatte einen großen Korb mit Lebensmitteln in der Kutsche verstaut.

»Was glaubst du, wo du hingehst?« Helens wütende Stimme durchstach die morgendliche Ruhe. Sie stand in der Tür, noch immer in ihren Morgenrock gekleidet und mit den Händen auf der Hüfte, und sah eher wie eine Fischersfrau aus als wie eine Marquise.

Ihr Schlafzimmer war im hinteren Teil des Hauses. Wie zur Hölle hatte sie mitbekommen, was vor sich ging?

»Ich wusste, ich hätte bei den Ställen aufbrechen sollen«, nuschelte Phinn seinem Bruder zu. Sie waren gerade dabei gewesen, sich zu verabschieden, als sie sie gehört hatten.

»Ich kümmere mich darum. Mach du dich bereit dazu, auf mein Kommando loszufahren.« Dorchester erklomm die schmalen Treppenstufen zurück zur Haustür. »Liebste, was treibst du denn so früh am Morgen hier?«

»Mir war übel.« Sie deutete zu Phinn. »Was treibt *er* denn?«

»Er fährt für ein paar Tage nach Lincolnshire.« Dorchester klang so entspannt, als hätte er gerade die Wahrheit gesagt. »Es gibt da eine Angelegenheit, um die er sich kümmern muss.« Er zog sie in seine Arme. »Davor war dir nie übel.«

Wovor? Was hat Dorchester mir verschwiegen?

»Mitten in der Saison?« Helen blitzte Phinn an.

Er erwog, sie anzulügen, doch beschloss, lieber zu schweigen.

»Wir sehen uns später.« Dorchester scheuchte ihn weg und Phinn gab dem Kutscher ein Startsignal, während er in die Kutsche stieg. Sein Bruder richtete den Blick wieder auf Helen. »Komm rein. Du solltest nicht hier draußen sein, wenn es dir schlecht geht.«

Die Kutsche klapperte die Straße hinunter und verließ den Square.

Phinn legte seinen Hut auf die Ablage vor sich. »Das war ja knapp.«

Boman blickte aus dem Fenster. »Was glaubst du, wann wird er ihr sagen, dass wir in Wahrheit nicht nach Lincolnshire fahren?«

»Erst in ein paar Tagen, hoffe ich mal. Es ist unwahrscheinlich, dass sie diese Information für sich behalten wird. Und ich will nicht, dass Lady Augusta davon erfährt.« Dorchesters letzte Worte an Helen machten

Phinn zu schaffen. »Was hatte es damit auf sich, dass mein Bruder meinte, ihr sei normalerweise nie übel?«

»Ihre Ladyschaft könnte schwanger sein«, sagte Musson, lehnte sich vor und schob den Korb tiefer unter den Sitz.

»Schwanger?« Phinn richtete sich auf. »Keiner von beiden hat ein Wort darüber verloren.« Er sah Boman in die Augen. »Glaubst du, die Zaubermittel wirken?«

»Kann sein.« Er zuckte mit den Schultern. »Ich kenne mich mit schwangeren Frauen nicht aus.«

»Zaubermittel?« Musson blickte zwischen Phinn und seinem Sekretär hin und her.

»Auf dem Weg zurück aus Mexiko habe ich einer Frau in Haiti Zaubermittel abgekauft, die ... nun ja ... die Geburt eines Sohnes begünstigen sollen.«

»Wenn Sie nichts dagegen haben, Mylord«, sagte Musson mit ernster Miene, »werde ich Ihre Zaubermittel um meine Gebete ergänzen.«

Boman gluckste und Phinn warf ihm ein Grinsen zu. »Ganz und gar nicht. Wir können jede Hilfe gebrauchen.«

Mit jeder Meile, die sie sich von London entfernten, schien sich die Stimmung in der Kutsche zu heben. Phinn war gar nicht klar gewesen, wie beklemmend es sich angefühlt hatte, auf die Veranstaltungen des *Bon Ton* geschleppt und zur Schau gestellt zu werden. Inzwischen konnte er viel besser nachvollziehen, wie sich die jungen Damen wohl fühlten. Eigentlich hatte er nur dann das Gefühl gehabt, er könnte sein wahres Ich zeigen, als er bei Augusta war. Mit ihr konnte er sich über die Dinge unterhalten, die ihn interessierten, ohne dass sich die Augen einer Lady vor Ignoranz oder Panik weiteten. Er war nicht so arrogant, dass er glaubte, es würde vor Staunen geschehen. Er war kein Ebenbürtiger und betete, dass er niemals einer sein würde. Für Außenstehende sah es so aus, als wäre er nichts weiter als ein unabhängiger, jüngerer Sohn – und man hatte Helen unmissverständlich mitgeteilt, dass sie diesen Eindruck keinesfalls durch ihr Getratsche zerstören sollte. Somit war der einzige Grund, weshalb eine Lady ihn anziehend finden könnte, die Zeugung des nächsten Erben von Dorchester.

Es war nur zu seinem Besten, dass er die Stadt verließ ... und Augusta folgte, wo auch immer sie hinreiste. Nicht nur war es ihr egal, ob sie den nächsten Marquis of Dorchester zur Welt brachte, sie wollte fürs Erste sowieso keine Kinder. Obwohl es sich als Problem erweisen würde, wenn Helen doch kein Kind zur Welt brächte. Phinn fragte sich, ob er warten musste, entweder bis Augusta ihre Ziele verwirklicht oder bis seine Schwägerin einen Erben zur Welt gebracht hatte, bevor sie sich bereit erklärte, ihn zu heiraten.

Die Kutsche verlangsamte ihre Fahrt, um die Pferde zu schonen. Da Phinn die Pferde in Frankreich nicht wechseln können würde, hatte sein Bruder darauf bestanden, dass er sechs schwere Kutschenpferde besorgte, die es sowohl ihm als auch dem Gespann leichter machten.

Die Stallburschen und Kutscher waren alle ehemalige Light Dragoons gewesen. Nach Frankreich zu fahren, ohne erschossen zu werden, war genau, wonach sie suchten. Dorchester hatte, ohne zu zögern, zusätzliche Waffen beigesteuert, als die neuen Bediensteten danach verlangt hatten. Jetzt, wo Phinn darüber nachdachte, hatte sein Bruder einiges in Gang gesetzt, um ihm bei seinem Entkommen aus der Stadt zu helfen, seit er ihm seine Begierde nach Augusta gestanden hatte. Zwölf Stunden, nachdem sie Grosvenor Square verlassen hatten, kamen sie beim Gasthaus *Ship* in Dover an. »Ich hoffe, es sind noch Zimmer für uns frei«, sagte Phinn und sprang aus der Kutsche. Er und sein Sekretär hatten kurz nach ihrer Ankunft aus Mexiko dort übernachtet. »Ich könnte ein weiches Bett und eine leckere Mahlzeit wirklich gut gebrauchen.«

»Ich habe dem Gasthaus gestern eine Eilnachricht geschickt.« Boman verließ die Kutsche als nächstes. »Während du dir die Zimmer ansiehst, werde ich den Kapitän ausfindig machen, und die *Catherine*.«

»Mylord.« Musson stieg flinker aus, als Phinn es von ihm erwartet hätte. »Ich werde Sie begleiten und sicherstellen, dass die Zimmer Ihren Vorstellungen entsprechen.«

»Wie Sie wollen, Musson.« Phinn und Boman lächelten sich an. »Die Zimmer werden in sehr viel besserem Zustand sein, wenn Sie es in die Hand nehmen.«

»In der Tat, Mylord.« Phinns Kammerdiener betrat das Inn. Zum Glück hatte der Angestellte den Brief erhalten und ihre Zimmer waren bereit. Musson beschäftigte sich damit, sie herzurichten, während Phinn in die Bar schlenderte und ein Bier bestellte.

Er hatte gerade seinen Krug ausgetrunken, als Boman mit einem Gentleman zurückkam, der etwa im selben Alter wie Phinn war. »Mylord, das ist Captain Rodgers, ehemaliger Kapitän der Royal Navy Ihrer Majestät.«

»Es freut mich, Sie kennenzulernen, Captain.« Phinn streckte seine Hand aus. »Wann segeln wir los?«

Ein Grinsen durchzog das von der Witterung gezeichnete Gesicht des Kapitäns. »Entweder in den nächsten zwei Stunden oder um vier Uhr nachts.«

Der Ausblick auf ein gemütliches Bett und eine leckere Mahlzeit stand seinem Wunsch entgegen, so schnell wie möglich in Frankreich anzukommen. Sie waren alle erschöpft von der langen Fahrt und er wusste nicht, ob manche der Bediensteten unter Seekrankheit litten. »Lassen Sie uns am Morgen lossegeln. Ich nehme an, Sie werden die Pferde und die Kutsche heute Nachmittag einladen wollen?«

»Ja, Mylord. Im Dunkeln wird das nicht möglich sein.«

Die armen Tiere. Phinn hoffte, dass sie sich auf dem Schiff ausruhen können würden. Er sah seinen Sekretär an. »Wir müssen die Mietkutscher finden.«

»Sie sind in den Ställen des Inns«, sagte Boman. »Ich werde alle versammeln und dich beim Schiff treffen.«

Wie sich herausstellte, litt nur einer der Bediensteten an Seekrankheit. John Coachman, wie er gerne genannt werden wollte, zeigte auf den Stallburschen, Freeman. »Auf allen Überfahrten, die wir je unternommen haben, war er krank. Aber kein Grund, sich Sorgen um ihn zu machen, Mylord. Er legt sich einfach hin und es geht ihm wieder gut.« Der Kutscher runzelte die Stirn. »Das einzige Problem ist, dass er nicht aufstehen kann, ohne zu erbrechen. Zumindest für ein paar Tage nicht. Dann ist er ziemlich nutzlos.«

Phinn wollte lachen. »Nun ja, zum Glück müssen wir nicht weit segeln.«

Die Brauen des Mannes entspannten sich. »Recht haben Sie, Mylord.«

Direkt nach dem Abendessen legten sie sich schlafen und standen früh am nächsten Morgen auf, um zu dem kleinen Boot zu gehen, das sie zum Schiff bringen würde. Die *Catherine* war bereits an den äußeren Rand des Hafens vorgedrungen, um die Abreise einfacher zu machen.

Am nächsten Tag um kurz nach zwölf Uhr legten sie in Calais an.

***

Nachdem die Kinder ins Bett gegangen waren, versammelten sich Augusta, Prue, Grace, Jane, Matt, Hector und Walter im Salon.

Hector sah Walter an, der nur mit den Schultern zuckte. »Es ist zu früh für mich, ins Bett zu gehen. Da kann ich doch gleich hierbleiben und mir die Reisepläne anhören. Wenn ich nicht sofort zurück in die Schule müsste, würde ich mit euch mitfahren. Ich bin nur heruntergekommen, um Augusta eine gute Reise zu wünschen.«

Matt reichte Weingläser herum und sein Butler kam mit einer großen Platte mit Käse, Brot und Obst herein. Als alle sich hingesetzt hatten, nickte er Hector zu.

»Erst mal möchte ich anmerken, wie froh ich bin, dass Prue sich zu uns gesellt.«

»Ich habe mich über die Einladung gefreut.« Sie neigte den Kopf.

»Nun gut.« Er reichte Matt ein Stück Papier. »Das sind die Hotels, in denen wir auf dem Weg nach Paris unterkommen werden. Lady Harrington hat uns angeboten, bei ihr zu residieren, sobald wir in Paris sind.« Hector wartete, bis Matt den Zettel durchgelesen hatte. »Das

Ship in Dover ist sehr bekannt und, was die Sicherheit betrifft, unbedenklich. Das *Chariot Royal* in Calais bewirtet regelmäßig Engländer und genießt einen guten Ruf. Natürlich wird jedes Mal, wenn eine der Damen einen Spaziergang machen möchte, mindestens ein Bediensteter dabei sein.«

Augusta würde sowohl ihren Bediensteten als auch ihren Stallburschen bei sich haben.

»Da es sich in beiden Fällen um Hafenstädte handelt, sind Calais und Dover am heikelsten, und wir werden in keinem der beiden Orte lange verweilen.« Hector verzog das Gesicht. »Solange wir nicht auf den Wind warten müssen. In den restlichen Städten rechne ich nicht mit Schwierigkeiten.«

Augusta wusste, dass die Fahrt von Calais nach Paris ungefähr fünf Tage dauern und unproblematisch sein würde. Natürlich würden sie auf dem Weg anhalten und sich die Sehenswürdigkeiten ansehen wollen.

Hector blickte zur Liste. »Ich habe die Kutschenpferde und unsere Mietkutscher vorausgeschickt, damit sie bereits ausgeruht in Calais auf uns warten. Die Kutschen wurden in Frankreich hergestellt.«

Sie hatte schon dafür gesorgt, dass ihr Reitpferd mitgeschickt wurde. Doch was ihre Kutsche betraf, war sie sich unsicher. »Darf ich meinen Phaeton und mein Paar Kutschenpferde mitnehmen?«

»Ich habe nichts dagegen.« Hector sah ihren Bruder an. »Worthington?«

»Solange dir klar ist, dass du die Kutsche vielleicht im Laufe der Reise zurücklassen musst.« Er hob eine Braue. Er wusste es! Bevor Augusta sich zusammenreißen konnte, fiel ihr die Kinnlade hinunter.

»Ich bin nicht dumm. Mir ist klar, dass du nicht mit Lady Harrington in Paris bleiben wirst, wenn Addison weiterreist.«

»Und Mama?« Augustas Stimme klang schwacher als gewollt.

»Soweit ich weiß, hat sie keinen Schimmer, und dabei würde ich es gerne belassen.«

»Ich auch.« Ihre Mutter würde ihrer Reise einen Strich durch die Rechnung machen. »Ich lasse die Kutsche hier.«

Ihr Bruder hob sein Weinglas und deutete damit seine Zustimmung an. »Gute Entscheidung.«

»Prue«, sagte Hector. »Hast du irgendwelche Tiere oder Kutschen, die du mitnehmen willst?«

»Nein, keine.« Sie nahm einen Schluck Wein. »Aries, mein alter Wallach, hätte die Reise nicht verkraftet. Ich werde kaufen, was ich brauche, wenn wir auf dem Kontinent ankommen.« Sie setzte den Kelch ab. »Wir haben noch nicht über die Finanzen gesprochen. Ich möchte, dass ihr wisst, dass ich gut versorgt bin und meine eigenen Ausgaben tragen kann.«

»Dankeschön«, sagte Jane. »Wir gestatten dir, deine Pferde und andere persönlichen Gegenstände selbst zu kaufen. Aber es wird sehr viel unkomplizierter sein, wenn wir uns um die Reisekosten kümmern.«

Prue presste einen Moment lang die Lippen zusammen und nickte dann. »Wenn ihr unbedingt wollt.«

»Gewiss«, sagte Hector. »In manchen Orten werden wir ein gesamtes Gasthaus besetzen. Es wäre unnötig kompliziert, wenn wir deinen Anteil daran berechnen müssten. Wir tragen ja auch Augustas Kosten für die

Reise und ich kann dir versichern, dass ihre Familie sich diese ohne Probleme leisten könnte.«

»Da hast du recht.« Prues Lippen entspannten sich und sie lächelte wieder. »Das hatte ich gar nicht bedacht.«

»Wenn du darauf bestehst, dein Geld auszugeben«, sagte Augusta, »dann kannst mich ja begleiten, wenn ich in Paris die Modistin aufsuche, die mir empfohlen wurde.«

»Oh.« Prue klatschte und ein glückseliger Gesichtsausdruck zierte ihr Gesicht. »Mal wieder französische Kleider zu tragen. Das wäre wundervoll!«

Zum zweiten Mal fiel Augustas Kinnlade hinunter. »Du warst schon mal in Paris?«

»Ja, in der Tat.« Ihre Cousine nickte. »Nachdem Napoleon das erste Mal besiegt wurde. Aber nur für einen Monat.«

Das Gespräch drehte sich nun um all die Sehenswürdigkeiten, die sie sich bei ihrem Besuch in der Stadt ansehen mussten.

»Mir kam zu Ohren, dass Sir Charles und Lady Elizabeth recht häufig Empfänge ausrichten«, sagte Jane. »Wir werden bestimmt auf einen davon eingeladen.«

»Mindestens einen, meine Liebe.« Hector schmunzelte. »Ich würde sehr viel mehr erwarten.«

Augusta hatte gar nicht bedacht, dass sie in Frankreich auf Bälle und andere Veranstaltungen gehen musste. Wirklich dämlich von ihr. »Ich frage mich, wie ich Zugang zu ein paar der alten Dokumente bekommen könnte, die ich mir gerne ansehen würde.«

»Du musst Lord Harrington um Hilfe bitten«, sagte Hector. »Wenn jemand Bescheid weiß, dann er.«

»Ja, natürlich. Darauf hätte ich selbst kommen sollen.« Es machte Sinn, dass eine Engländerin oder ein Engländer sich zunächst an die Botschaft wenden musste. Gerne hätte sie Louisa gefragt, was sie über Lady Harringtons Leben in Paris wusste. Aber Louisa würde wieder Phinn zur Sprache bringen und Augusta wollte sich keine Diskussionen mehr über ihn anhören. Er war zu seinem Anwesen auf dem Land gefahren und in nur ein paar Tagen würden sie sehr weit voneinander entfernt sein. Eigentlich wussten Charlotte und Dotty genauso viel über Elizabeths Leben in Paris wie Louisa. Augusta musste nur noch entscheiden, welche von beiden sie darauf ansprechen sollte.

KAPITEL 19

Am nächsten Morgen rief Augusta gleich nach dem Frühstück ihren Bediensteten und machte sich auf den Weg zum Grosvenor Square. Sie ging den ganzen Weg zur Brook Street zu Fuß, damit keiner aus dem Haushalt ihrer Schwester sie sehen konnte. Louisa würde keine Sekunde zögern und schnurstracks zum Merton House rübergehen, um herauszufinden, was Augusta trieb. Als sie die Stufen zum Merton House erklomm, wurde ihr die Tür geöffnet.

»Guten Morgen, Mylady.« Der Butler verneigte sich. »Ihre Ladyschaft freut sich, Sie zu empfangen.«

Sie unterdrückte ein Lachen, als sie das Funkeln in den Augen des Butlers bemerkte. Ihr Cousin Merton beklagte sich immer darüber, dass sein Butler nicht so traurig und ernst war wie der Butler ihres Bruders. »Danke, Kimble. Ich finde mich zurecht.«

»Das will ich hoffen, Mylady.«

Gegen ihren Willen brach sie doch in schallendes Gelächter aus. »Ich wünschte, Thornton wäre mehr wie Sie.«

Kimbles Lippen zuckten. »Das wäre ungut. Wir haben verschiedene Rollen. Bitte sagen Sie Ihrer Ladyschaft, dass ich sofort Tee bringe.«

»Das werde ich.« Sie traf Dotty an einem eleganten Tisch aus Walnussholz mit geschwungenen Tischbeinen an. »Guten Morgen.«

Dotty blickte über ihre Schulter. »Dir auch einen guten Morgen.« Sie erhob sich und ging hinüber zu Augusta, um sie zu umarmen. »Was bringt dich hierher?«

»Ich habe ein paar Fragen über Elizabeth Harringtons Leben in Paris. Du weißt ja, ich werde mit Jane und Hector mitreisen.«

»Ja, das weiß ich. Lass mich mal eben nach Tee klingeln.« Sie ging zur Klingel.

»Das ist nicht nötig. Kimble wird ihn gleich bringen.«

»Sehr gut. Bitte« – sie zeigte auf das Sofa – »nimm Platz und sag mir, was du von mir wissen möchtest.«

»Besucht sie viele Veranstaltungen?« Augusta wusste, dass die Antwort wahrscheinlich Ja sein würde, aber fragen schadete nicht.

»Sie sind vielbeschäftigt.« Dotty nahm auf dem Sofa vor Augusta Platz. »Nicht nur laden Sir Charles und seine Frau oft zu sich ein, es gibt auch andere Empfänge, zu denen die erfahreneren Mitarbeiter der Botschaft eingeladen werden. Auch von Elizabeth wird erwartet, dass sie ihren Beitrag leistet. Die kurze Antwort ist also Ja, das tut sie.« Kimble trat mit einem Teetablett ein. Als er wieder ging, sagte Dotty: »Ich nehme an, du hattest gehofft, du würdest verschont bleiben.«

»Allerdings, aber jetzt merke ich, dass ich wohl etwas naiv war.« Augusta seufzte leise. »Ich will nicht, dass sich wiederholt, was hier passiert ist.« Sie nahm eine Tasse Tee von ihrer Cousine entgegen. »Dass so viele Gentlemen denken, sie sollten mich heiraten.«

»Ich bin mir ziemlich sicher, dass Hector Matt über alles Wichtige informieren wird.« Dotty neigte den Kopf leicht zur Seite. »Louisa scheint zu glauben, dass Lord Phineas dich heiraten will.«

»Oh, ich weiß, dass er das tun würde.« War dieser Teil des Gesprächs wirklich notwendig? »Doch leider liebt er mich nicht. Selbst, wenn ich nicht so entschlossen wäre, zu ... mich auf dem Kontinent zu vergnügen, ich könnte keinen Mann heiraten, der mich nicht liebt.«

»Solltest du auch nicht.« Dotty legte einen Keks auf einen Teller. »Du hast deinen Wunsch, in Italien zu studieren, noch nicht aufgegeben.«

Woher um alles in der Welt wusste sie das? »Ich hatte keine Ahnung, dass es so offensichtlich ist.«

Dotty schmunzelte. »Nur für diejenigen von uns, die dich gut kennen. Du kannst ganz schön stur sein. Weißt du noch, als du darauf bestanden hast, dass Matt das Teleskop nachbilden lässt, das Mr. Herschel benutzt hat, nur damit du dir diesen einen Planeten ansehen kannst ... wie hieß er nochmal?«

»Uranus«, antwortete Augusta.

»Genau der.« Ihre Cousine nahm einen Bissen vom Zitronenkeks. »Dann hast du ihn dazu gebracht, dir Herschel höchstpersönlich vorzustellen, damit du ihn über Astronomie ausfragen kannst.«

»Ich habe ihn nicht ausgefragt. Ich wollte etwas lernen. Er hat mich seiner Schwester Caroline vorgestellt, die mir eine Menge beigebracht hat.«

»Das glaube ich sofort.« Dottys Schultern bewegten sich auf und ab. »Das hat dazu geführt, dass du lernen wolltest, wie man anhand der Sterne navigiert. Also hast du Hector überredet, einen Kapitän ausfindig zu machen, der es dir beibringen kann.«

Augusta seufzte. »Wenn ich doch nur einmal auf die See hätte fahren dürfen, um all das in die Praxis umzusetzen.«

»Vielleicht wirst du dein Wissen ja auf dieser Reise anwenden.«

Augusta hoffte, dass Dotty recht hatte.

»Jetzt, wo ich deine Neugier bezüglich Paris gestillt habe, gibt es sonst noch was?«, fragte sie.

»Im Moment nicht.« Augusta stellte ihre Tasse auf den niedrigen Tisch zwischen den Sofas und stand auf. »Grace plant eine Abschiedsfeier im kleinen Kreis.«

Dotty ging zu Augusta und gab ihr einen Kuss auf die Wange. »Dann sehen wir uns dort, aber falls du noch irgendwelche Fragen hast, komm gerne vorbei oder schick mir eine Nachricht.«

»Das werde ich.« Sie umarmte ihre Cousine. »Ich danke dir.«

Eine Falte bildete sich über Dottys Braue. »Da war noch etwas, worüber du dir im Klaren sein solltest, meinte Elizabeth. Die Franzosen neigen dazu, bei ihren Bemühungen um eine Dame etwas hartnäckiger zu sein als die englischen Gentlemen.«

Über so etwas hatte sich Augusta noch gar keine Gedanken gemacht. »Ich schätze mal, Elizabeth wird mir zur Seite stehen, was das betrifft. Worauf ich allerdings wirklich hoffe, ist ein paar der antiken Dokumente einsehen zu können, die in Paris verwahrt sind. Ich habe Elizabeth schon geschrieben, dass ich gerne Zugang zu ihnen hätte.«

»Ich bin mir sicher, du wirst eine großartige Zeit haben.«

Augusta rief ihren Bediensteten und machte sich auf den Weg nach Hause. Sie war froh, dass Dotty sie vor all den Männern gewarnt hatte. Welch eine Quälerei. Irgendwie musste Augusta einen Weg finden, die

Veranstaltungen in Paris zu vermeiden, ohne einen ungehobelten Eindruck zu machen.

***

Phinn war froh, dass sein Bruder eine Nachricht an das *Chariot Royal* geschickt und Zimmer für sie reserviert hatte. Als er erfuhr, dass Phinn plante, nach Paris weiterzureisen, empfahl ihm der Hoteldirektor das *Hôtel Meurice* auf der Rue Saint-Honoré und bot an, dem Hotel ein Schreiben mit Phinns Anfrage zu schicken.

Sie verbrachten einen Tag in Calais, um den Pferden eine Pause zu geben, und machten sich dann auf den Weg in Richtung Südosten, nach Paris.

Obwohl er möglichst schnell ankommen wollte, konnte er der Gelegenheit nicht widerstehen, sich den Baustil der Kathedrale in Amiens genauer anzusehen. Sie, oder eher nur Phinn, verbrachten zwei Tage damit, Fragen über Robert de Luzarches' Konstruktion zu stellen, die erstaunlich viel Licht in das Gebäude fallen ließ. Am Ende durfte er sich sogar einige der originalen Baupläne ansehen.

Am sechsten Tag nach ihrer Abfahrt aus Calais kamen sie bei Anbruch der Dunkelheit am *Hôtel Meurice* an. Phinn und Boman wurde in einem Salon, der speziell für Gäste gedacht war, Wein angeboten, während Musson sich um die Zimmer kümmerte.

Einige Minuten später tauchte ein Bediensteter an der Tür auf. »Mylord, Ihr Diener hat Ihr Zimmer hergerichtet.«

»Dankeschön«, murmelte Phinn seinem Sekretär zu, als sie die Treppen erklommen. »Ich spreche auch Französisch.«

»Ich denke, sie sind stolz, dass sie in unserer Sprache mit uns sprechen können.«

»Was soll's. Ich will jetzt einfach nur baden und zu Abend essen.«

»Du liest meine Gedanken«, sagte Boman.

Phinn fragte sich, wann Augusta wohl ankommen und wie lange sie in der Stadt bleiben würde. Er würde nicht lange Zeit haben, um sie zu überzeugen, dass sie gemeinsam weiterreisen sollten.

Am nächsten Morgen gingen er und sein Sekretär zur Britischen Botschaft, wo sie umgehend in Lord Harringtons Büro geführt wurden.

»Guten Morgen, Mylord, Sir«, sagte ein junger Gentleman, als sie hereinkamen. »Mylord« – der Mann verbeugte sich – »Lord Harrington wird gleich bei Ihnen sein.« Der Mann wandte sich Boman zu. »Bitte nehmen Sie Platz. Tee kommt sofort.«

Phinn wurde in das Büro Seiner Lordschaft geleitet. »Mylord.« Phinn verbeugte sich und reichte Harrington den Brief, den sein Bruder geschrieben hatte. »Der hier ist von Dorchester.«

»Ja, ich habe vor ein paar Tagen ein Schreiben erhalten, in dem er mich über Ihre anstehende Ankunft informiert hat. Bitte nehmen Sie Platz. Wir freuen uns immer, unsere Landsmänner zu sehen.« Während Harrington das Siegel aufbrach und den Brief überflog, begutachtete Phinn den Raum. Er war hell und prachtvoll mit Stuckarbeiten verziert. Lange Fenster säumten die Außenwände und vor ihnen befanden sich kleine

Balkone. Passend zu den hellblauen Wänden waren goldene und blaue Vorhänge angebracht. An einem Ende des Raumes beherrschte ein kunstvoll geschnitzter Marmorkamin die Wand.

Nach einigen Sekunden hob Harrington den Kopf. »Ihr Bruder bittet uns, Sie bei der Besichtigung verschiedener Kathedralen und ihrer architektonischen Gestaltung im ganzen Land zu unterstützen.«

»Genau. Ich brenne für dieses Thema.« Harringtons Sekretär kam mit einem Teetablett herein. »Zwei Stück Zucker und ein Schuss Milch, bitte.«

Harrington tippte mit den Fingern auf den Schreibtisch aus Walnussholz. »Haben Sie schon einmal mit antiken Dokumenten gearbeitet?«

Dokumente? Nicht wirklich, aber Phinn kannte eine Person, die das bereits getan hatte. Er hob seine Tasse an die Lippen, nahm einen Schluck und antwortete. »Warum?«

»Wir haben einen Gast, genauer gesagt mehrere, die ein paar Wochen bei uns unterkommen werden. Darunter eine Dame, die sehr fixiert darauf ist, sich die originalen Straßburger Eide anzusehen. Leider erlaubt der Leiter der *Bibliothèque Nationale de France* es Damen nicht, sie sich anzuschauen. Er ist der Meinung, dass nur ernstzunehmenden Forschern der Zugang gewährt werden sollte.« Harrington nahm einen Schluck. »Normalerweise würde ich sie selbst begleiten. Schließlich ist ihr Anliegen äußerst unüblich für eine Lady. Viele würden es nicht gutheißen.« Er rieb sich das Kinn. »Ich bin mir selbst nicht sicher, ob ich es gutheiße. Aber meine Frau sagt, ich sei nicht aufgeschlossen genug, und dass die Familie der Dame ihre akademische Neigung fördert.« Phinn wartete geduldig, bis sein Gegenüber ausgetrunken und sich gleich die nächste Tasse eingeschenkt hatte. Offenbar hatte Harrington Schwierigkeiten, zum Punkt zu kommen. »Nun, wie Sie sehen, ist es eine heikle Angelegenheit. Dass sie eine Frau ist.«

Schließlich beschloss Phinn, dem Mann auf die Sprünge zu helfen. »Handelt es sich zufällig um Lady Augusta Vivers?«

Erleichterung zeichnete sich auf Harringtons Gesicht ab. »Äh, ja. Ja, ganz genau. Kennen Sie sie?«

»Ich hatte die Ehre.« Phinn stellte seine Tasse auf den kleinen runden Tisch neben sich. »Es wäre mir ein Vergnügen, sie zur *Bibliothèque* zu begleiten.« Nicht nur würde das Augusta glücklich machen, vielleicht würde es ihn wieder in ihre Gunst bringen. Sobald sie sich von dem Schock erholt hatte, ihn in Paris anzutreffen.

»Meine Frau scheint sie für ein ziemlich helles Köpfchen zu halten.« Harrington schien misstrauisch.

»Sie ist eine der belesensten und intelligentesten Personen, die ich kenne, egal, ob Mann oder Frau.« Helles Köpfchen? Augusta würde einen Diamanten in den Schatten stellen, so strahlend war ihre Intelligenz. »Als ich in Mexiko war, erzählten mir die Spanier, dass in die Grabmal-Skulptur von Königin Isabella I. eine zusätzliche Delle geformt wurde, um ihren überlegenen Verstand darzustellen. Lady Augusta hätte mindestens zwei Dellen.«

Harrington warf Phinn einen langen, nachdenklichen Blick zu und stand auf. »Perfekt.« Er streckte die Hand aus. »Lord Phineas, willkommen in Paris. Wir planen eine kleine Feier zur Ankunft von Lady Augusta und ihrer Gruppe. Sir Charles und Lady Elizabeth richten ebenfalls oft Empfänge aus. Wenn Sie Ihre Adresse bei meinem Sekretär hinterlegen, wird er sicherstellen, dass Sie zu den Veranstaltungen der Botschaft eingeladen werden.«

Phinn schüttelte dem Mann die Hand und verließ das Büro.

Ganz schön helles Köpfchen. Er lachte in sich hinein.

Er traf auf Boman, der sich gerade mit Harringtons Sekretär unterhielt. »Bereit, zurück zum Hotel zu gehen?«

Er nahm ein Stück Papier von dem anderen Mann entgegen. »Jetzt schon. Ich habe hier eine Liste mit den wichtigsten Sehenswürdigkeiten, Empfehlungen für Restaurants und Tavernen, einem Schneider und einem Hutmacher. Und ich habe Mr. Turner unsere Adresse gegeben.«

»Noch ein letzter Hinweis«, sagte Medbury. »Ich würde mich vom *Quartier Latin* in den fünften und sechsten Arrondissements fernhalten. Die Studenten sind nicht gerade begeistert vom König.« Er verzog das Gesicht. »Und damit sind sie nicht allein. Es gibt hier noch einige Napoleon-Befürworter.«

»Dankeschön«. Davon hatte Phinn noch nicht gehört. Bis jetzt waren alle sehr gastfreundlich gewesen. »Wir werden uns in Acht nehmen.«

Wenn Augusta erst mal da war, würde er sicherstellen, dass auch sie in Sicherheit war.

***

»Worthington, du wolltest mich sprechen?« Hector Addison schlenderte in das Arbeitszimmer. Er hatte

239

schon damit gerechnet, dass er mit seinem angeheirateten Cousin über Augusta sprechen müsste.

»Ja. Ich wollte dir die Vollmacht über Augusta eigentlich schon früher erteilen.« Der Mann sah aus, als wäre er innerhalb der letzten Woche um fünf Jahre gealtert.

»Keine Sorge. Jane, Prue und ich werden uns gut um sie kümmern.« Er nahm auf einem Ledersessel vor Worthingtons Schreibtisch Platz.

»Rotwein?« Worthington stand bei der kleinen Anrichte und hielt ein Glas hoch.

»Liebend gerne.« Hector nahm den Kelch entgegen.

Worthington schob einen Stapel Papiere über den Schreibtisch. »Hier ist die Vollmacht sowie ein Ehevertrag, den ich bräuchte, falls Augusta heiraten sollte.«

Heiraten! Hector hatte gerade einen Schluck genommen und musste die Serviette auf den Mund pressen, um ihn nicht wieder auszuspucken. »Ich dachte, einer der Gründe, warum Augusta uns begleitet, ist, dass sie noch nicht heiraten will.«

Worthington trank die Hälfte seines Weines. »Du weißt, dass sie die Unkomplizierte sein sollte?«

»Ich habe mir schon immer gedacht, dass du dir etwas vormachst, was Augusta angeht.« Hector schmunzelte und wollte noch einen Schluck trinken, aber wartete dann ab. Wer wusste, was sein Cousin als nächstes sagen würde, und die Abschiedsfeier stand kurz bevor. Er wollte nicht nach Hause gehen und sich umziehen. »Sie ist supersmart, wie die Amerikaner so schön sagen. Keine Frau mit solchem Intellekt ist einfach zu bändigen.«

»Ich wünschte, das wäre mir früher aufgefallen.« Worthington trank sein Glas aus und schenkte sich noch eins ein. »Du weißt, dass Lord Phineas Carter-Woods Interesse an Augusta hat?«

Hector nickte. Inzwischen hatte jeder davon gehört. »Ich dachte, er wäre nach Lady Bellamnys Ball in die Midlands gefahren.«

»Das ist, was er Augusta gesagt hat. Aber ich habe Grund zur Annahme, dass er sich in Frankreich aufhält.« Welch interessante Neuigkeit. »Kenilworth hat gesehen, wie er in einer großen Reisekutsche Dorchester House verlassen und sich auf den Weg nach Picadilly gemacht hat. Ich hätte mir nicht viel dabei gedacht, aber dann hat Merton einen Abstecher zu seinem Anwesen in Kent gemacht. Er ist sich ganz sicher, dass er auf dem Rückweg Lord Phineas gesehen hat, der gerade durch Canterbury fuhr.«

»Hast du dich schon an Dorchester gewendet? Er muss doch wissen, wohin sein Bruder gefahren ist.«

»Ich habe ihm eine Nachricht geschickt, aber noch nichts von ihm gehört.« Worthington blickte auf seinen Wein, schüttelte den Kopf und stellte ihn ab.

Ein gewisses Gespräch ging Hector nicht aus dem Kopf, dann erinnerte er sich endlich daran. »Du weißt nicht zufällig, ob ein Mann namens Boman für Lord Phineas arbeitet, oder?«

»Nein. Andererseits hätte ich auch keinen Grund dazu. Warum?«

»Kurz nach dem Vorfall bei der Gartenparty kam ein Herr auf Baiju, meinen Mann für alles, zu und bat um eine Überfahrt nach Calais auf unserem Schiff. Natürlich hat Baiju gesagt, dass er mich um Erlaubnis fragen muss, aber danach habe ich nichts mehr von ihm gehört.«

»Ich weiß jedenfalls, dass er und Augusta sich sehr gut verstanden haben. Wäre da nicht diese Idee mit der Universität gewesen, hätte sie sich vielleicht auf ihn eingelassen.« Worthington grinste. »Solange sie ihn dazu kriegt, zuzugeben, dass er in sie verliebt ist.«

Hector lachte. »Ich habe wahrlich nichts gegen Liebesehen.«

»Nein. Ich auch nicht.« Worthington sah die Papiere an. »Ich will nur sichergehen, dass du alles hast, was du brauchen könntest.«

»Ich dachte, du unterstützt ihr Vorhaben, an die Universität zu gehen.« Bevor er England verließ, wollte er sichergehen, dass er genau verstand, was Worthingtons Haltung dazu war.

»Wenn es doch bloß so einfach wäre.« Er lehnte sich in seinem Stuhl zurück und schnaufte frustriert. Einen Augenblick später fasste er sich wieder. »Ich will, dass sie glücklich ist. Das wollen wir alle. Letzten Endes bedeutet das für sie eine Ehe und Kinder. Ich glaube nicht, dass sie genug durchdacht hat, wie sehr ein Studium ihre Chancen auf dem Heiratsmarkt verringern wird. Wenn Lord Phineas sie will« – Worthington grinste – »wenn er sie so liebt, wie sie ist, und sie auch ihn liebt, dann sollte sie den Mann heiraten, finde ich.«

»Selbst wenn das bedeutet, dass sie ihre Träume aufgeben muss?« Hector war sich sicher, dass Augusta nicht damit einverstanden wäre, wenn man ihr das aufzwingen würde. »Du weißt doch, man munkelt, sein Bruder möchte, dass er dazu beiträgt, dass es einen Erben gibt.«

»Wenn sie sich genug lieben, dann werden sie schon einen Weg finden, das alles unter einen Hut zu bringen.« Worthington lachte. »Gott weiß, dass ich es getan habe. Es wird an Lord Phineas liegen, einen Kompromiss zu finden, bei dem beide bekommen, was sie wollen. Das ist wohl das Einzige, was ich mit Sicherheit weiß.«

Hector tippte auf die Dokumente. »Ich nehme die mit, bevor ich nach Hause gehe.«

»Wie du willst.« Worthington ging um den Tisch herum. »Du bist ein guter Freund.«

»Dafür ist Familie da.« Hector schüttelte Worthingtons Hand. »Ich werde die Augen nach Lord Phineas offenhalten.«

Worthington hob eine Braue. »Noch eine amerikanische Redewendung? In letzter Zeit eignest du dir einige davon an.«

»Jetzt, wo der Frieden eingekehrt ist, verkehre ich viel mit amerikanischen Kapitänen und Agenten.« Hector öffnete die Tür.

»Irgendwann gibt es zwei verschiedene Arten, Englisch zu sprechen«, sagte Worthington, als er in den Flur schlenderte.

»Ich glaube, die gibt es schon.« Hector folgte seinem Cousin zur anderen Seite des Hauses, wo die Feier stattfinden würde. Er beschloss, Jane von der Unterhaltung mit Hector zu erzählen, Prue jedoch nicht. Sie entwickelte eine zu enge Bindung zu Augusta, und er wollte nicht, dass irgendjemand beeinflusste, was zwischen ihr und Lord Phineas geschah. In einem Punkt war Hector sich sicher. Niemand würde sie zu etwas zwingen, was sie nicht wollte. Nicht, solange er die Verantwortung für sie trug.

KAPITEL 20

Die Abschiedsfeier, die Grace für Augusta und den Rest der Gruppe veranstaltete, war wundervoll. Sie wurde im Garten abgehalten und all ihre Freunde und Verwandten waren gekommen.

»Ich werde dich vermissen.« Henrietta gab Augusta ein Päckchen. »Das ist Tee. Ein Geschenk von uns allen. Wir dachten, du würdest ihn vielleicht brauchen.«

»Dankeschön.« Guter Tee würde wahrscheinlich schwer aufzufinden sein. »Wenn euch etwas einfällt, das ich euch schicken soll, schreibt mir.«

Ihre Freundin lachte. »Ich bin mir sicher, es gibt viele Dinge, die ich gerne hätte, aber leider erfordern sie alle eine Anprobe.«

»Vielleicht etwas Stoff, wenn du zufällig welchen siehst, den wir hier nicht haben«, warf Georgiana ein.

»Das ist eine hervorragende Idee.« Dorie hob ihr Champagnerglas und animierte die restlichen Damen dazu, dasselbe zu tun. »Auf eine wundervolle und lehrreiche Reise.«

Adeline nahm einen Schluck Champagner. »Ich möchte nur Briefe, und ich werde dir jede Woche schreiben.«

»Rothwell und Merton lassen ihre Briefe mit der diplomatischen Post versenden«, sagte Augusta. »Wenn du ihnen deine Briefe gibst, dann kümmern sie sich darum.«

Ihre Freundinnen stimmten zu, dass das die effizienteste Methode war. Nachdem viele Abschiedswünsche ausgesprochen, Umarmungen ausgetauscht und tränende Augen abgetupft worden waren, gingen sie.

Früh am nächsten Morgen kamen Matt und Grace in Augustas Schlafzimmer, als sie sich gerade die Handschuhe überstreifte. Ihre Zofe war mit den anderen Bediensteten bereits nach draußen gegangen.

»Nicht mehr lange.« Ihr Bruder umarmte sie. »Ich habe Hector alle Dokumente gegeben, die du benötigst, einschließlich der Informationen zum Bezug von Geldern, falls du sie brauchen solltest.«

»Dankeschön.« Sie erwiderte seine Umarmung und wandte sich dann Grace zu. »Ich werde euch oft schreiben.«

»Tja, du wirst keinen Grund haben, es nicht zu tun.« Sie zog Augusta in ihre Arme. »Ich habe sichergestellt, dass ihr Schreibfedern, Tinte und eine Menge Papier mitnehmen werdet. Und du musst deinen neuen Reiseschreibtisch ausprobieren.« Sie gab Augusta ein Portemonnaie. »Das Geld kannst du ausgeben, wofür du willst.«

»Danke für alles.« Ohne Grace wäre nichts von all dem passiert.

»Ich hoffe, du findest, wonach du suchst. Wir wollen nur, dass du glücklich bist.« Sie wischte sich eine Träne weg. »Jetzt verabschiede dich vom Rest der Familie.«

Das war das Schwerste, was sie bisher getan hatte. Vor ihrem Zimmer warteten die Zwillinge und Madeline auf sie. Ihre Brüder standen auf der Treppe und die zwei jüngsten Geschwister warteten ganz unten. Ihre Mutter und Richard standen an der Haustür.

Bevor sie hinaus auf den Flur trat, atmete Augusta tief ein und aus.

»Du versprichst, dass du bis zu unserem Debüt wieder da bist«, sagte Madeline. An ihren Seiten standen Alice und Eleanor und nickten.

»Ja.« Irgendwie würde Augusta einen Weg finden, für ihre Schwestern wieder nach London zu kommen. »Schreibt mir.«

»Das werden wir«, sagte Alice und versuchte, ihre Tränen fortzublinzeln. Doch es war vergeblich und bald weinten alle drei.

Auch Mary und Theo hatten Tränen in den Augen, als sie Augusta umarmten.

»Wir werden dich vermissen«, sagte Theo.

»Wir beide«, fügte Mary hinzu, als hätte Theo sich nicht klar genug ausgedrückt.

Die Mädchen schenkten Augusta Stofftaschentücher mit ihren neuesten Stickereiversuchen. Sie hatten gerade mit Weißstickerei angefangen und waren inzwischen fast Profis darin. »Die sind ja umwerfend.«

»Wir werden noch viel besser sein, wenn du zurück nach Hause kommst.« Mary umarmte Augusta wieder.

Charlie, Walter und Phillip gaben ihr jeweils einen schweren Beutel. »Was ist da drin?«

»Jeder von uns hat ein paar Dinge ausgesucht, die du auf deiner Reise gebrauchen könntest.« Charlie grinste. »Aber du musst selbst herausfinden, welche.«

Sie gab Durant die Beutel und umarmte die Jungen. »Ihr seid die besten Brüder, die man haben kann.«

»Du wirst es ihnen in Padua zeigen«, flüsterte Walter ihr ins Ohr.

»Das hoffe ich.« Obwohl sie gebildet war, rechnete sie damit, dass das Studium eine Herausforderung sein würde.

Danach kamen Louisa, Charlotte und Dotty. »Wir haben keine Geschenke für dich«, sagte Louisa und umarmte Augusta. »Nur unsere besten Wünsche.«

Charlotte warf einen Blick auf die draußen stehenden Kutschen, die bis nach oben mit Koffern und Taschen befüllt waren. »Wir dachten, du würdest schon genug dabeihaben. Ich nehme an, du hast alle Bücher mitgenommen, die du wolltest, und ich habe gehört, die Einkaufsmöglichkeiten in Frankreich sind unendlich.«

»Ich vermute, du hast recht.« Augusta umarmte Charlotte.

»Schreib uns oft.« Dotty umarmte Augusta fest. »Du kannst dich auf Janes Hilfe verlassen, falls du sie brauchen solltest.«

»Ich weiß. Das werde ich.« Augusta unterdrückte nun ihre eigenen Tränen.

Ihre Mutter und Richard waren die Letzten, von denen sie sich verabschiedete. Richard klopfte ihr auf die Schulter und gab ihr ein kleines Portemonnaie. »Bewahre das für den Notfall auf. Man weiß nie, wann man etwas Geld zur freien Verfügung braucht.«

»Danke.« Sie hoffte, sie würde es nicht brauchen, aber ihr Stiefvater hatte die ganze Welt bereist und wusste wohl besser Bescheid als sie.

»Ich hoffe, du wirst eine wundervolle Zeit haben.« Mutter gab Augusta einen Kuss auf die Wange. »Ich freue mich auf deine Rückkehr. Ich weiß, du wirst mir schreiben.«

»Natürlich werde ich das.« Scheinbar war ihre Mutter die Einzige, die nicht verstand, dass sie mehr als nur ein paar Monate fort sein würde. Oder vielleicht weigerte sie sich einfach, es zu verstehen.

Thornton verneigte sich. »Haben Sie eine gute Reise, Mylady.«

»Danke, Thornton. Das hoffe ich.« Durant begleitete sie zur Kutsche und nahm dann neben dem Kutscher Platz.

Bevor Hector ihr in die Kutsche half, drehte sie sich noch einmal um und winkte ihrer Familie zu, die sich inzwischen vor der Haustür versammelt hatte. Die Dänischen Doggen waren dazu gestoßen. Ihre Mutter wandte ihr Gesicht ab und Richard umarmte sie ... vielleicht wusste sie es ja doch.

Prue saß bereits mit Jane auf den vorwärtsgerichteten Plätzen in der gemütlichen Reisekutsche, wo Augusta sich zu ihnen gesellte. Hector, Nurse und Tommy – Janes und Hectors zweijähriger Sohn – saßen auf dem rückwärtsgerichteten Sitz. Dieser Wagen würde sie nach Dover bringen. Bei ihrer Ankunft in Calais würde ein weiteres Fahrzeug auf sie warten.

Als der Fahrer die Kutsche in Bewegung setzte, blickte Augusta zurück. Ihr Herz zog sich zusammen, als die winkenden Hände der Kinder langsam unscharf wurden und die Familie, die sie liebte, verschwand.

Eine Träne lief ihr über die Wangen und sie wischte sie weg. Sie war eine erwachsene Frau, auf dem Weg, die Welt zu sehen und zu studieren. Etwas, das sie schon immer tun wollte. Sie sollte Vorfreude verspüren, nicht Trauer. Es war ja nicht so, als würde sie für immer fort sein. Ihre Reise war nicht anders als die

Touren, die junge Männer jedes Jahr unternahmen. Doch sie ging davon aus, dass sie wohl mehr dabei lernen würde als die meisten von ihnen.

Augusta sah zu, wie Tommys Augen sich flatternd schlossen. Er verbrachte sehr viel Zeit mit seinen Cousins. Würde er sie vermissen? »Wie sieht die Kutsche in Frankreich aus?«

»Kutschen, meine Liebe. Sehr viel größer als diese hier.« Hector strahlte. »Ich habe eine *Diligence* ausgeborgt, die französische Version einer Postkutsche. Beide haben drei Abteile. Ich erzähle dir von der, in der wir als Erstes fahren werden. Zwei Abteile haben Sitze, die sich in Betten umwandeln lassen.« Er zog ein Brett mit einem Blatt Papier aus einem Seitenfach der Kutsche und zeichnete beim Sprechen ein Schaubild. »Es gibt an der Seite mehrere Fächer für Handschuhe, Bücher, Spiele und etliche andere Dinge.« Er zeigte auf den vorderen Teil der Zeichnung. »Hier kannst du sehen, dass der Sitz des Kutschers einen Wachstuchbezug hat, der im Regenfall als Schutzhülle dient.«

»Wie bei Matts Einspänner zu Hause?«, fragte Augusta.

»Dasselbe Konzept, ganz genau.« Hector widmete sich wieder seiner Skizze. »Die Bänke im Hauptabteil sind mit braunem Samt bezogen. Die hinteren Abteile haben Ledersitze, die mit Leinentüchern umhüllt werden können.«

»Dort wird Tommy sitzen«, fügte Jane hinzu. »Wenn ihm übel wird oder er einen Unfall hat, kann das Leinen gewaschen werden.«

»Was ist mit dem vorderen Teil?« Augusta war fasziniert, wie viel Planung in das Fahrzeug geflossen war.

»Auch mit Samt bezogen. Dieser Teil ist für jeden, der etwas Schlaf oder Zeit für sich braucht. Es gibt einen Schrank mit Leinentüchern, damit man schnell das Bett beziehen kann.«

Sie konnte sich gut vorstellen, dass sie Zeit für sich brauchen würde. »Was ist mit dem anderen Teil?«

»Ich habe meinen Kammerdiener und Janes Zofe nach ihren Wünschen gefragt.« Hector grinste. »Man muss seine Bediensteten glücklich machen. Der vordere Teil ist für den zweiten Kutscher bestimmt, und die Stallbuschen oder Vorreiter, die sich ausruhen müssen. Die mittleren Teile sind für die Zofen und das kleinere Abteil ist für meinen Kammerdiener und mein Faktotum.«

»Haben die mittleren und hinteren Abschnitte auch Betten?«, fragte Prue.

»Drei beziehungsweise zwei«, sagte Hector. »Insgesamt kann diese Kutsche alle Bedürfnisse stillen, die man sich nur vorstellen kann.«

Augusta hatte zwar schon von der französischen *Diligence* gehört, doch sie hatte noch nie eine Zeichnung von einer gesehen. »Woher wusstest du, wie die Postkutschen aussehen?«

»Von meinen Reisen nach Frankreich, natürlich.« Sie warf ihm einen verärgerten Blick zu und er lachte. »Ich hatte ein paar Dinge in Paris zu erledigen und habe gesehen, wie eine gerade nach Lyon losfuhr. Ich war so fasziniert, dass ich sie mir unbedingt genauer ansehen musste.«

»Hector plant diese Reise schon seit Tommys Geburt.« Jane sah ihren schlafenden Sohn an. »Er hat nur auf den richtigen Zeitpunkt gewartet, sie anzutreten.«

»Dann habe ich gemerkt, dass wir uns niemals auf die Reise machen werden, wenn ich ewig darauf warte, bis alles perfekt ist.« Hector sah Jane liebevoll an.

Im Kopf zählte Augusta die Bediensteten und irgendetwas machte keinen Sinn. »Wer wird Nurse unterstützen?«

»Mr. Addison wird Kindermädchen einstellen, wenn wir in Frankreich ankommen«, sagte Nurse, als sie den schlafenden Jungen wiegte. »Ich habe mir hier und da etwas Französisch angeeignet, es wäre also wunderbar, wenn Tommy und ich die Sprache lernen. Das würde mir auch beim Einkaufen zugutekommen.«

»Unsere beiden bisherigen Kindermädchen wollten in England bleiben«, fügte Jane hinzu. »Ich habe exzellente Empfehlungen für sie geschrieben und ihnen geholfen, neue Stellen zu finden.«

»Wenn die Kutschen in Frankreich genauso gemütlich sind wie diese«, sagte Prue, »dann bin ich dankbar. Wenn ihr mich entschuldigt, ich mache ein Schläfchen.«

Sie schloss die Augen und schon kurze Zeit später schnarchte sie sanft. Augusta fragte sich, ob ihre Cousine schon immer dazu in der Lage gewesen war oder ob sie diese Fähigkeit erst erlernt hatte, als sie den Tagesrhythmus ihres Mannes im Krieg annehmen musste. Nurse nahm ein Stück Stoff, das von der Decke hing, befestigte es an ihrer Schürze und schloss die Augen, mit Tommy fest im Arm. Bald war auch Hector eingeschlafen.

Augusta sah Jane an. »Ich glaube, jetzt sind wir auf uns allein gestellt.«

»Ich befürchte, wir sind umgeben von erfahrenen Reisenden und einer Frau, die weiß, wie sie sich auszuruhen hat, wenn sie die Möglichkeit dazu hat.«

»Ich bin viel zu aufgeregt, um zu schlafen. Aber ich denke, früher oder später werde ich es tun müssen.« Augusta starrte aus dem Fenster. Sie hatten London bereits verlassen und würden bald an der Mautstraße ankommen. »Wie viele Pausen sind eingeplant?«

»Wir werden etwa alle zehn Meilen die Pferde wechseln.« Jane blickte aus dem Fenster. »Hector hat einige seiner eigenen Pferde postieren lassen und die Erlaubnis eingeholt, auch andere zu verwenden.« Sie lächelte breit. »Ich kann nicht fassen, dass ich endlich auf den Kontinent reise.«

»Warum seid ihr in euren Flitterwochen nicht nach Paris gereist?«

Jane zuckte leicht mit den Schultern. »Grace und Matt waren frisch verheiratet und mussten Charlotte und Louisa beaufsichtigen. Ich habe damals beschlossen, weiterhin bei der Kinderbetreuung zu helfen.« Jane sah Tommy liebevoll an. »Dann wurde ich schwanger und wir haben wieder entschieden, zu warten.«

»So läuft es scheinbar immer.« Was genau der Grund war, weshalb Augusta nicht sofort heiraten wollte.

Jane blickte zur Decke empor und sagte: »Aber wir hatten uns geirrt. Überall auf der Welt kriegen Frauen Kinder. Manche Damen, die ich kennengelernt habe, waren mit ihren Männern zur See gefahren und hatten ihre Kinder mit an Bord. Es sind eher die Erwartungen unserer Familien und der Gesellschaft, die uns zurückhalten.«

»Du hast recht.« Das war wirklich das Problem. Die Voreingenommenheit der anderen. Und wenn eine Frau etwas tat oder tun wollte, was diesen Erwartungen nicht entsprach, war sie es, nicht die Gesellschaft, die für fehlerhaft erklärt wurde.

»Ich bin stolz darauf, dass du deine Träume verfolgst.« Jane hielt eine Limonadenflasche hoch und Augusta nahm sie entgegen. »Nicht viele junge Damen würden diese Chance nutzen.«

»Nicht viele Damen haben wenigstens einen Teil in der Familie, der ihre seltsamen Ziele unterstützt.« Sie dachte an ihre Mutter. »Es ist schwer, sich zu fühlen, als wäre man eine Enttäuschung für seine Liebsten.«

»Das ist es.« Jane trank einen Schluck Limonade. »Ich war zwar unfassbar sauer auf meinen Vater, und er auch auf mich, aber trotzdem tat es mir leid, dass ich ihn enttäuscht habe.« Sie sah Hector an, der tief und fest schlief. »Doch ich habe meine Entscheidung nie bereut.«

»Hast du schon immer tief im Herzen gespürt oder gewusst, dass du und Hector zusammenkommen würdet?« In den letzten Tagen hatte Augusta Phinn mehr vermisst als gewollt. Sie wusste nicht, was sie getan hätte, wenn er sie geliebt hätte.

»Das kann ich nicht behaupten.« Jane blickte einige Sekunden lang aus dem Fenster. »Ich wusste nur, dass ich niemals einen anderen Mann lieben würde.« Sie sah Augusta in die Augen. »Du wirst den richtigen Gentleman finden. Und wenn du es tust, wird es ihm wichtiger als alles andere sein, dich glücklich zu machen.«

Bis vor kurzem hatte sie nie darüber nachgedacht, dass ihr Wunsch, zu studieren, sie als Ehefrau ungeeignet machen würde. Sie dachte, dass ein Gentleman einfach für sie bereitstehen würde, sobald sie soweit war. Doch seit der Gartenparty ihrer Mutter ahnte Augusta, dass ein Gentleman schon sehr fortschrittlich eingestellt sein musste, um sie so zu akzeptieren, wie sie war. Genauso wie Matt Grace und all ihre Geschwister akzeptiert hatte, und Grace Louisa, Madeline, Augusta und Theo akzeptiert hatte. Und dafür gesorgt hatte, dass sie alle eine Familie waren. Natürlich hatte das Zusammentreffen aller Kinder damals im Unterrichtsraum dabei geholfen, ein Band zwischen ihnen zu schmieden.

Eine Weile lang betrachtete sie die hügelige, grüne Landschaft. Schafe und Lämmer zierten die Wiesen. In Kent schienen die Bäume und Hecken immer früher zu blühen als an allen anderen Orten. Wenn sie nur den richtigen Gentleman kennenlernte, einen Gentleman, der sie um ihrer selbst willen liebte, dann könnte sie alles haben, was ihr Herz begehrte.

KAPITEL 21

Phinn gab sich beim Binden seines Halstuchs besondere Mühe. Musson stand neben ihm und hatte weitere Halstücher auf dem Arm. Das war der einzige Schritt des Ankleidens, für den Phinn verantwortlich war. Und heute musste alles perfekt sitzen. Obwohl ein Teil von ihm sich fragte, ob Augusta überhaupt bemerken würde, wie viel Mühe er sich gemacht hatte. Sie hatte nie auch nur die geringste Andeutung gemacht, ob sie ihn gutaussehend fand.

Sie und ihre Gruppe waren gestern am Harrington House angekommen. Heute plante Lady Harrington eine Soirée. Phinn hatte eine Einladung erhalten, inklusive einer kleinen Notiz von Lord Harrington, dass Augusta anwesend sein würde. Er senkte sein Kinn und hielt inne. Es war ihm nicht ganz klar, warum Seine Lordschaft diese Notiz mitgeschickt hatte. Er dachte, er hätte darauf geachtet, seine Absichten gegenüber August nicht offensichtlich zu machen.

Er senkte zwei weitere Male das Kinn und sah sich dann das Ergebnis an.

»Hervorragend.« Musson legte die anderen Halstücher vorsichtig beiseite. »Ich wage zu behaupten, dass dieser Bindestil schon bald nachgeahmt wird. Wie sollen wir ihn nennen?«

Wir? Als wäre Danebenstehen und ein frisches Halstuch Bereithalten Teil der Bindekunst. Wobei, Phinn konnte gegen das »Wir« doch nicht viel einwenden.

Sein Kammerdiener war schließlich verantwortlich dafür, dass die Halstücher gewaschen und gebügelt waren. »*Trone D'Amour* ist schon vergeben, wie wäre es also mit ›Auf der Jagd‹?«

Musson verzog das Gesicht. »Wenn ich Sie richtig verstanden habe, darf ich stattdessen ›Liebesknoten‹ vorschlagen?«

Phinn runzelte die Stirn. »Niemand hat etwas von Liebe gesagt.«

»Natürlich nicht, Mylord.« Sein Kammerdiener kehrte ihm den Rücken und brachte die übrigen Halstücher zurück in die Garderobe.

Nach dem gemeinsamen Abendessen mit Sir Charles und Lady Elizabeth in ihren privaten Gemächern in der Botschaft würde Phinn das Paar zur Soirée im Harrington House begleiten. Obwohl er in den letzten zehn Tagen etliche Veranstaltungen besucht hatte, bis Augustas Gruppe endlich ankam, vermisste er sie. Nicht nur ihre gemeinsamen Gespräche, welche immerzu ein Genuss waren, sondern schlichtweg die Nähe zu ihr. Sie hätte seine Begeisterung über die Steinanordnung in den Strebebögen der Kathedrale von Amiens verstanden und geteilt. Doch sie hätte es genauso sehr genossen, durch die Straßen zu schlendern und sich an den Gemeinsamkeiten und Unterschieden der Städte auf dem Weg nach Paris zu erfreuen.

Er dachte immer wieder daran, was für ein Jammer es doch war, dass er sie an jenem Tag im Garten nicht geküsst hatte. Ja, er war ein Gentleman, und ein Gentleman küsste keine unverheirateten Damen ohne Vorwarnung. Trotzdem wünschte Phinn, er hätte ihre rosigen Lippen schmecken und die seidene Haut ihrer Wangen streicheln können.

Er verspürte ein Ziehen, als sein Kammerdiener seine Taschenuhr befestigte und in seine Westentasche steckte. Als er in den Spiegel sah, bemerkte er, dass auch sein Monokel schon angebracht war.

»Ich schlage die Krawattennadel aus Saphir vor, Mylord.«

Der Stein ähnelte Augustas Augenfarbe. »Einverstanden.«

Wie würde sie es wohl finden, ihn dort anzutreffen? Würde sie positiv überrascht oder eher wütend sein? Er wünschte, er wüsste es. Sie konnte genauso gut das Gefühl haben, er hätte sie hereingelegt. Was er, um ehrlich zu sein, auch getan hatte. Naja, es gab noch etwas, worüber sie sich freuen würde. Und zwar die Straßburger Eide zu sehen. Er hatte einen Termin vereinbart, um sie sich morgen mit ihr anzuschauen.

Musson half Phinn in seine Jacke. Er setzte seinen Zylinder auf, nahm seinen Gehstock und ging in den privaten Salon, wo Boman wartete. »Sollen wir aufbrechen?«

»Ich warte schon.« Er stand vom Sofa auf.

Eine der Stadtkutschen des Hotels stand vor der Tür, um sie zur Botschaft zu bringen. Nach etwas mehr als zwei Stunden und einem ausgezeichneten Dinner erreichte ihre Gruppe Harrington House.

Nur Harrington und seine Frau standen am Empfang und es schien, als wären die Stuarts, Phinn und Boman nicht die ersten Gäste. Die Anzahl an Anwesenden, die Phinn noch nicht kennengelernt hatte, erstaunte ihn.

Er war seit seiner Ankunft in Paris auf vielen Veranstaltungen gewesen.

Wie auch schon in England entdeckte er Augusta gleich zu Anfang. Er bahnte sich langsam seinen Weg durch die Gäste zu ihr. Er war froh, als er bemerkte, dass ihm die verkuppelnden Mütter wenig Beachtung schenkten, wenn seine Schwägerin ihn nicht durch die Gegend schleifte. Letztendlich war er ja doch nicht mehr als ein jüngerer Sohn.

Augusta war im Gespräch mit einer Dame, die dieselbe dunkle Haarfarbe hatte wie sie, jedoch einige Jahre älter war.

Er grinste in sich hinein und schlenderte auf sie zu. »Lady Augusta.«

Er verbeugte sich und Augusta drehte sich mit gehobener Braue nach ihm um. »Sind Sie nicht etwas weit weg von Lincolnshire, Mylord?«

»Ich habe doch gesagt, wir würden uns wiedersehen.« Er bemühte sich um einen unbeschwerten Tonfall, als hätte sie damit rechnen sollen, ihn hier anzutreffen.

»Das hast du.« Sie verengte leicht die Augen. »Du *wusstest* allerdings auch, dass ich dachte, du meintest damit, wir würden uns wiedersehen, wenn ich von meiner Reise zurückkomme. Was in Gottes Namen suchst du in Paris?«

»Ich hätte dir wohl kaum sagen können, dass ich auf den Kontinent reise. Du hättest einen Weg gefunden, mich zu meiden.« Die Frage war, ob sie das jetzt tun würde.

»Aber warum?« Augusta schüttelte leicht den Kopf. »Das ... das macht keinen Sinn. Du musst heiraten und ich bin nicht bereit, zu ...«

»Kinder zu kriegen. Ja, dessen bin ich mir bewusst.« Für einen Augenblick fühlte er sich so frustriert wie sie aussah. »Wer ist der Gentleman in der grünen Jacke, der dich so anstarrt?«

»Weiß ich nicht. Irgendetwas mit Comte.« Phinn hob ungläubig die Braue und Augusta seufzte. »Na gut.« Sie blickte zur Decke empor. »Er ist der Comte de Chalons.«

»Du bist hier erst seit einem Tag und schon ziehst du die Gentlemen an.« Phinn überflog den Raum und entdeckte weitere Männer, die ihn und Augusta anstarrten.

»Das ist nicht meine Schuld.« Sie warf dem Grafen einen verärgerten Blick zu. »Hier sind fast genauso viele unverheiratete Gentlemen wie in London. Ich gebe mir Mühe, nicht noch mehr Aufmerksamkeit auf mich zu ziehen, als ich es sowieso schon getan habe.«

»Abgesehen von mir hat niemand das behauptet.« Phinn bot ihr seinen Arm an. »Würdest du mit mir durch den Saal spazieren? Ich habe seit meiner Ankunft eine Menge anregende Menschen getroffen. Vielleicht möchtest du sie ja auch kennenlernen.«

Sie nahm seinen Arm, als wäre es das Normalste auf der Welt. Vielleicht war er auch so etwas wie ein vertrauter Feind. Schließlich wollte er sie auch heiraten. »Wie lange bist du schon hier?«

»Seit etwa einer Woche. Habt ihr auf dem Weg hierher Halt gemacht, um die Kathedrale in Amiens zu besichtigen?«

»Ja, das haben wir.« Ihre Miene erhellte sich und ein Lächeln umspielte ihre Lippen. »Ich nehme an, das habt ihr auch.«

»Ich hätte nicht widerstehen können, selbst wenn ich es gewollt hätte.« Er schmunzelte leicht. »Ich bin dem Priester auf die Nerven gegangen, bis er mir erlaubt hat, die Baupläne anzusehen.«

Ein beklommener Blick zog sich über ihr Gesicht. »Lord Harrington hat gesagt, er hätte zwar darum gebeten, aber es sei mir trotzdem nicht erlaubt, die Straßburger Eide anzusehen, weil ich eine Frau bin und als Gelehrte nicht ernst genommen werden kann.«

»Das habe ich gehört.« Zum Glück hatte der Mann ihr nicht davon erzählt, dass Phinn sich bereiterklärt hatte, zu helfen.

Sie schaute ihm in die Augen. »Woher?«

»Er hat mir von dem Problem berichtet.« Phinn schob ihren Arm noch tiefer in seine Ellenbeuge. »Ich habe dafür gesorgt, dass ich dich begleiten kann.«

»Du kannst doch gar kein Altfranzösisch.« Sie zog die Brauen zusammen und sah aus, als würde sie sich darüber Gedanken machen. »Es wird langweilig für dich sein, zu warten, bis ich es gelesen habe.«

Er wollte Augusta sagen, dass es ihn niemals langweilen könnte, sie glücklich zu machen. Doch sie war noch nicht bereit, das zu hören. »Wir gehen in eine Bücherei. Ich werde schon etwas zum Lesen finden.«

»Wenn du dir wirklich sicher bist, dann vielen Dank.« Augusta lächelte ihn wieder an. »Ich hatte schon Angst, ich würde keinen Gelehrten finden, der mich begleiten könnte.«

»Darüber musst du dir keine Sorgen machen.« Sie kamen an einer offenen Terrassentür an und er war versucht, mit ihr nach draußen zu gehen. »Ich bin gerne dein Gelehrter.«

Ihr melodisches Lachen erfüllte ihn mit Wonne. Es war zu viel Zeit vergangen, seit er es das letzte Mal gehört hatte. »Du meine Güte, wie unhöflich von uns. Prue...« Augusta schaute sich um. »Sie ist verschwunden.«

»Genau genommen sind wir verschwunden. Sie steht da drüben.« Er zeigte auf eine Gruppe von Menschen um Lady Harrington, zu der auch sein Sekretär gehörte. »Wer ist sie?«

»Meine Cousine, Mrs. Prudence Brunning. Ihr Mann ist in Waterloo verstorben. Sie hat sich bereit erklärt, meine Begleiterin zu sein.«

Augusta schien glücklicher und gelassener als in England. Er wollte glauben, dass es an ihm lag. »Wie lange bleibt ihr in Paris?«

»Ein paar Wochen, denke ich.« Sie runzelte die Stirn. »Mein Cousin, Hector Addison — oh, er ist derjenige, der die Reise organisiert hat — muss noch ein paar Angelegenheiten klären, bevor wir weiterreisen. Wurdest du seit deiner Ankunft auf viele Veranstaltungen eingeladen?«

»Es ist nicht wie in London, aber ja.« Sie waren wieder losgelaufen. »Jeden Tag richtet irgendwer einen Empfang aus.« Sie sah aus, als würde sie am liebsten davonlaufen. »Ich habe einen Vorschlag.« Beim Anblick ihres entsetzten Gesichtes wollte er lachen, doch er lächelte stattdessen. »Konzentrieren wir uns nicht auf die Veranstaltungen. Such dir stattdessen ein paar Sehenswürdigkeiten aus, die du gerne besichtigen möchtest, und wir gehen gemeinsam dorthin. Ich habe einen Reiseführer gekauft und eine Menge bemerkenswerte Gebäude und andere Orte darin entdeckt.«

»Davon habe ich auch schon gehört.« Sie senkte ihren Blick und ihre dichten, dunklen Wimpern lagen auf ihrer milchigen Haut. »Danke nochmal, dass du es möglich gemacht hast, dass ich mir die Eide ansehen kann.«

»Ich fand es äußerst ungerecht, dass dein Können allein nicht reicht, um hineingelassen zu werden.« Natürlich erwähnte er den anderen Grund für die Verabredung nicht, nämlich dass sie ihm verziehen hätte, wäre sie wütend gewesen.

Augusta hielt einen Moment inne und warf ihm einen nachdenklichen Blick zu. »Können wir schon morgen hingehen? Es mag albern klingen, aber ich will das älteste und eines der wenigen existierenden Dokumente auf Altfranzösisch schon seit Jahren sehen, riechen und anfassen.«

»Das kann ich vollkommen nachvollziehen. So habe ich mich gefühlt, als ich die originalen Baupläne der Kathedrale sehen durfte. Ich hatte schon geahnt, dass du die Dokumente so bald wie möglich sehen willst, und habe einen Termin für morgen vereinbart.« Und er hatte für diesen Fall sichergestellt, dass er keine anderen Verpflichtungen haben würde. Er blickte zu Augusta hinab. Das Blau in ihren Augen strahlte, er hoffte, aus Freude. Welche Vergnügungen würden ihren Augen noch diesen Farbton verleihen? »Danach können wir in ein Café gehen.«

»Das wäre wunderbar! Ich habe gehört, für die Damen in Frankreich ist es schicklich, in Cafés und Restaurants zu dinieren oder Kaffee und Tee zu trinken. Auf dem Weg hierher wollte ich in einem Café zu Abend essen oder Tee trinken, aber Jane wollte lieber abwarten und sich vergewissern, dass es auch wirklich sittsam ist. Das war eines der ersten Dinge, nach denen sie Elizabeth gefragt hat.«

»Ich habe schon eine Menge Damen in den Restaurants gesehen.« Er würde sich im Hotel darüber beraten lassen, in welches Café er Augusta mitnehmen sollte.

»Hier bist du.« Lady Harrington kam auf sie zu. »Es gibt einige Gentlemen, die deine Bekanntschaft machen möchten, Lady Augusta.«

Sie sah Phinn an und holte Luft. »Darf ich sie ein andermal kennenlernen?«

Sie klang so trübselig, Phinn wollte sie irgendwo hinbringen, wo sie sich auf Bücher konzentrieren konnte.

»Ich befürchte, du musst sie jetzt kennenlernen.« Lady Harrington nahm Augustas Arm.

Sie sah Phinn an, als würde sie um Hilfe bitten, und er lief ihnen hinterher. »Ich komme mit.«

»Nein, nein«, erwiderte Ihre Ladyschaft rasch. »Sie müssen sich unter die Leute mischen.«

So viel dazu. Er verbeugte sich, nahm Augustas Hand und flüsterte: »Ich komme morgen früh um zehn vorbei, wenn es recht ist.«

Sie beehrte ihn mit ihrem typisch strahlenden Lächeln. »Ich werde bereit sein.«

Augusta wollte sich weigern, noch mehr Gentlemen kennenzulernen, doch sie war zu gut erzogen, um mit Elizabeth zu diskutieren. Also lächelte sie höflich, als ihr drei Franzosen und zwei Engländer vorgestellt wurden, die vor nur ein oder zwei Tagen in Paris angekommen waren. Zum Glück war es nur eine Soirée, es wurde also nicht getanzt. Nach ein paar Minuten oberflächlicher Unterhaltung knickste sie flüchtig. »Wenn

Sie mich entschuldigen, ich muss meine Cousine suchen.«

Phinn verhielt sich wieder wie ein Freund und Augusta konnte fast darüber hinwegsehen, dass er ihr einen Heiratsantrag gemacht hatte. Ihre Frage, warum er hier und nicht in London war, hatte er noch immer nicht zur Genüge beantwortet. Doch sie wollte nicht darauf beharren. Es reichte ihr, dass sie einen der wenigen Menschen bei sich hatte, mit dem sie über alles reden konnte. Nicht nur das, er hatte obendrein dafür gesorgt, dass sie sich die Eide ansehen konnte, auf die sie sich so gefreut hatte.

Als er davon gesprochen hatte, dass die Bibliothek ungerecht zu ihr sei, hatten seine grauen Augen die Farbe von geschmolzenem Silber angenommen, und sein Gesichtsausdruck war aufrichtig gewesen. Das Beste an Phinns Aussage war, dass er sie ernst gemeint hatte.

Sie erinnerte sich daran, was Jane über den richtigen Mann gesagt hatte. Wenn er doch nur nicht heiraten und einen Erben zeugen müsste. Und wenn er sie doch nur liebte.

Augusta überflog den Raum, doch sie konnte ihn nicht finden. Wohin war er verschwunden?

Sie betrat den hinteren Salon und entdeckte Prue und Jane, die es sich dort gemütlich gemacht hatten. Phinn war noch immer nirgends aufzufinden. »Wenn ihr nichts dagegen habt, würde ich mich gerne ausruhen.«

»Ganz und gar nicht«, sagte Jane und stand auf. »Ich komme mit. Ich möchte nach Tommy sehen.« Sie hakte sich bei Augusta ein. »Wie gefällt es dir?«

»Ganz ehrlich?« Jane nickte. »Ich hätte lieber mit einem guten Buch meine Ruhe gehabt.« Einer der unangenehmen Aspekte des Reisens über derart lange Strecken war, dass ihr schlecht wurde, wenn sie in einer Kutsche las, wie sie kürzlich festgestellt hatte. »Ich habe gute Neuigkeiten. Phi—Lord Phineas hat dafür gesorgt, dass ich mir die Eide ansehen kann, die ich so gerne lesen wollte. Er wird mich morgen früh abholen.«

Jane brauchte noch ein paar Schritte, bis sie antwortete. »Hervorragend. Du solltest es Prue erzählen, falls sie mit dir mitkommen muss.«

»Du hast recht.« Die Bibliothek war nur etwa eine Meile entfernt. »Ich hatte angenommen, wir würden zu Fuß gehen, aber falls wir eine Stadtkutsche nehmen, werde ich eine Aufsichtsperson brauchen.«

Augusta war zögerlich, ihrer Cousine den Rest zu erzählen, aber sie konnte es ihr nicht verschweigen. Und sie wollte Janes Vertrauen nicht verlieren. »Und er hat gefragt, ob ich danach noch in ein Café oder Restaurant gehen möchte.«

»Elizabeth hat gesagt, das sei hier gang und gäbe. Wer bin ich schon, dass ich dem etwas erwidern könnte?« Sie liefen die Treppe hoch. »Solange ihr draußen sitzt, werde ich nicht darauf bestehen, dass du Prue mitnimmst.«

»Gut.« Prue fand vielleicht keinen Gefallen an der Bibliothek, aber ein Restaurant wollte sie auch besuchen. »Obwohl ich glaube, sie würde sich freuen.«

Janes Mundwinkel zogen sich nach oben. »Du musst sie beim Frühstück fragen.«

***

Am nächsten Morgen kam Phinn an, als Augusta, Jane, Prue und Elizabeth noch am Frühstückstisch saßen. Geoff, Lord Harrington, war zur Botschaft gegangen und Hector war ebenfalls außer Haus und kümmerte sich um irgendwelche geschäftlichen Angelegenheiten.

»Haben Sie schon gefrühstückt?«, fragte Elizabeth, nachdem Phinn sich verbeugt und ihnen einen guten Morgen gewünscht hatte.

»Ja.« Er grinste. »Aber wenn Sie Tee haben, würde ich liebend gerne eine Tasse trinken.« Es war seltsam, dass Augusta noch nie aufgefallen war, was für ein schönes Lächeln er hatte. Seine Zähne waren gerade und keiner schien zu fehlen.

Elizabeth winkte ihn zu einem Stuhl neben Augusta. »Ich habe gehört, Ihr Hotel ist speziell auf Engländer ausgerichtet.«

»Das ist es, aber der Tee ist einfach nicht derselbe wie der Tee in der Heimat.« Er zog den Stuhl heraus und setzte sich.

Augusta schenkte ihm eine Tasse ein. »Werden wir zur *Bibliothèque Nationale* laufen oder nehmen wir die Kutsche?«

»Das Wetter ist hervorragend. Ich sehe keinen Grund, weshalb wir nicht einen netten Spaziergang machen sollten.« Er nahm einen Schluck und sah aus, als wäre er im Himmel. »Ich dachte, vielleicht möchten Sie sich die Beine vertreten, nach so vielen Tagen in der Kutsche.«

»Ja, das würde ich gerne. Danke, dass Sie das bedacht haben.« Sie sah Prue an. »Möchtest du uns begleiten?«

»Danke für das Angebot, aber ihr werdet mich nicht brauchen. Ich würde lieber der Modistin einen Besuch abstatten, die Madame Lisette empfohlen hat.« Prues

Blick blieb noch ein paar Sekunden auf Augusta gerichtet. »Außer, du möchtest, dass ich mitkomme.«

»Ich glaube, du würdest dich langweilen.« Es war ihr mehr als recht, dass ihre Cousine nicht mitkam. Sie wollte nicht gehetzt werden, und genau so würde sie sich fühlen, wenn Prue auf sie warten würde.

»Wenn das so ist, dann stehen die Pläne für heute ja fest«, sagte Jane. Sie sah Phinn an. »Ich habe Lady Augusta erlaubt, mit Ihnen in ein Café zu gehen, solange Sie draußen essen.«

»Wie Sie wünschen«, sagte er und neigte den Kopf. »Ich möchte sie keineswegs in Verruf bringen.«

»Natürlich. Ihr Bediensteter wird ebenfalls mitkommen«, fügte Jane hinzu.

»Selbstverständlich.« Phinn trank seelenruhig seinen Tee.

Sie sollte heilfroh sein, dass er scheinbar nicht allein mit ihr sein wollte. Sie waren bloß Freunde, genau wie zuvor. Doch ein seltsamer Schmerz nagte an ihr. Augusta trank ihre Tasse aus. Das war lächerlich. Sie hatte alles, was sie wollte. »Ich bin gleich soweit.«

KAPITEL 22

Kurz nachdem Augusta das Frühstückszimmer verließ, stand Phinn auf. »Wenn Sie mich entschuldigen, ich werde im Eingangssaal auf Lady Augusta warten.«

»Wie Sie wünschen«, sagte Mrs. Addison. Ihre Stimme hatte einen Unterton, bei dem er sich fragte, ob sie wusste, dass er mehr als nur befreundet mit Augusta sein wollte. »Haben Sie eine gute Zeit, und vielen Dank, dass Sie es Augusta möglich machen, das Dokument zu lesen.«

»Es ist mir ein Vergnügen.« Er verbeugte sich und verließ den Raum. Als er im Eingangssaal ankam, stand ein großer Bediensteter mit dunklem Haar, wahrscheinlich Ende zwanzig, an der Wand und wartete. Das musste wohl der Bedienstete sein, der sie begleiten würde. Er musste sich eine Beschäftigung für ihn einfallen lassen, während er und Augusta zu Abend aßen.

Gerade als Phinn auf den Kerl zugehen wollte, waren leichte Schritte aus der oberen Etage zu hören. Er drehte sich rechtzeitig um und sah, wie Augusta oben an der Treppe stehenblieb. Es verschlug ihm den Atem. Das Licht aus den oberen Fenstern brachte ihre Silhouette zum Strahlen, die kleine Haube, die sie trug, leuchtete wie ein Heiligenschein, und für den Moment sah sie aus wie einer der Engel in der Kathedrale. Ihr rosafarbenes Abendkleid, über dem sie einen Spenzer trug, schmiegte sich an ihre üppigen Brüste – Spenzer waren offenbar erfunden worden, um Männer um den Verstand zu bringen – was ihn dazu brachte, ungemütlich hin und her zu wackeln. Gott sei Dank trug er ordentliche Hosen und keine Pantalons.

Sie bemerkte seinen Blick und lächelte. »Oh, gut. Sie sind bereit, zu gehen.«

Phinn bezweifelte, dass er sie jemals so glücklich gesehen hatte. Wie viele Dokumente auf Altfranzösisch konnte er noch ausfindig machen?

Als Augusta am Fuß der Treppe ankam, eilte er zu ihr und bot ihr den Arm an. »Sollen wir, Mylady?«

Sie legte ihre Hand auf seinen Arm. »Natürlich, Mylord.«

Der Bedienstete öffnete die Tür und folgte ihnen nach draußen. Sie spazierten die Rue du Faubourg hinunter und bogen dann in den Place Vendôme ein, um sich die Siegessäule mit der Bronzestatue von Napoleon anzusehen.

»Glaubst du, sie werden es jemals schaffen, die Statue herunterzureißen?«, frage Augusta. »Sie haben es schon mehr als einmal versucht.«

»Ich weiß es nicht.« Wozu brauchte ein Mann einen Turm mit einer Bronzestatue von sich darauf? »Viele Menschen sind immer noch ziemlich angetan von ihm.«

Sie rieb sich die Arme, als wäre ihr kalt, und er wünschte, er könnte sie in seine schließen. »Ich verstehe einfach nicht, wie man einen Mann großartig finden kann, der für so viele Tode verantwortlich ist.«

»Ich auch nicht, aber vielleicht finden wir ja jemanden, der es uns erklärt.« Er lief weiter, doch sie rührte sich nicht. »Augusta?«

Immer noch starrte sie den Mann aus Bronze an. »Oh, ja.« Sie lief wieder los. »Ich war nur in einen Gedanken vertieft.«

»Welchen Gedanken?« Ihr Kopf musste voll davon sein. Sie wirkte hier noch abgelenkter als in England.

»Er hat Ordnung in ein Land gebracht, dass im Chaos versunken war. Hätte er nicht versucht, den Rest von Europa zu erobern, dann wäre er vielleicht auch in unseren Augen ein Held gewesen.«

Phinn ließ sich das für einen Moment durch den Kopf gehen. Da war etwas dran. »Ich denke, du hast recht.«

Sie seufzte und zuckte mit den Schultern. »Leider kann ich die Geschichte nicht ändern.«

Nach einigen Minuten erreichten sie die *Bibliothèque Nationale de France* und betraten einen geräumigen Saal mit Marmorboden. Seitlich befanden sich Türen, ein Korridor auf beiden Seiten des Saales führte in den hinteren Teil des Gebäudes und eine Treppe führte in die oberen Stockwerke.

»Durant.« Augusta wandte sich dem Bediensteten zu. »Es wird mindestens eine Stunde dauern. Möchten Sie sich ein wenig umsehen?«

»Nein, Mylady. Ich warte hier.« Ein kleines, in Stoff gebundenes Buch tauchte in seinen Händen auf.

»Wir müssen ...«

Bevor sie ausreden konnte, sprach sie ein mittelalter Mann in einem unauffälligen dunklen Sakko an: »Guten Tag, ich bin Monsieur Clement. Darf ich Ihnen behilflich sein?«

»*Oui*«, antwortete Phinn und fuhr in derselben Sprach fort. »Ich bin Lord Phineas Carter-Woods. Ich bin hier, um mir die Straßburger Eide anzusehen.«

Clement blickte zu Augusta. »Das hier ist kein Ort, an den man eine Dame ausführt.«

Phinn warf dem Mann einen bösen Blick zu. Zugegeben, es war etwas unrealistisch von ihm, zu glauben, er könnte einfach mit ihr hineinspazieren, ohne dass ihre Anwesenheit infrage gestellt werden würde. Er zog sie einen Schritt vor. »Lady Augusta, das ist Monsieur Clement« – als hätte sie nicht gehört, wie der Mann sich vorgestellt hatte. »Monsieur, das ist Lady Augusta Vivers. Sie kennt sich sehr viel besser mit den Eiden aus als ich.«

Der Mann nahm eine düstere, missbilligende Miene an. »Ist das die junge Dame, wegen der Lord Harrington den Leiter kontaktiert hat?«

»Korrekt. Als Sie ihr jedoch verwehrt haben, sich das Dokument selbst anzusehen, habe ich angeboten, sie zu begleiten. Ich bin Mitglied der British Royal Society.« Eine Lüge, aber woher sollte er das erfahren?

»Frauen sind hier nicht gestattet.« Der Mann kehrte ihnen den Rücken.

Augusta war nicht den weiten Weg hierhergekommen, nur damit irgendein wichtigtuerisches Männchen sie aufhielt. Phinn machte sich bereit, ihn am Kragen zu packen, doch sie hielt seinen Arm fest – Clement zu beleidigen, würde nicht helfen. In ihrem besten Altfranzösisch sagte sie: »Können Sie Altfranzösisch lesen und sprechen, *Monsieur*?«

Der Mann erstarrte und sah sie an. Erstaunen zeichnete seine schweren Gesichtszüge. »Was haben Sie gesagt?«

Sie hob das Kinn. »Ich habe Sie auf Altfranzösisch gefragt, ob Sie die Sprache sprechen oder lesen können.«

Er sah Phinn an, dessen Lippen zucken. »Ich glaube, man hat Sie informiert, dass sie die Sprache beherrscht.«

»Aber wie ...« Augusta blieb so ruhig sie konnte, während der Mann mit sich haderte. Schließlich gab er ihnen ein Zeichen, ihm zu folgen. »Erzählen Sie es niemandem.«

Ein Gefühl des Erfolges durchflutete sie. Sie war noch nie in ihrem Leben so aufgeregt gewesen. *Ich habe gewonnen! Ich werde mir wirklich das Dokument ansehen können! Zum ersten Mal in meinem Leben werde ich wie eine Gelehrte behandelt.*

So wird es sich anfühlen, zu studieren. Es wird all meine Träume in Erfüllung bringen.

Sie sah Phinn an, dessen silberne Augen voller Stolz waren, und er erwiderte ihren Blick. Er neigte seinen Kopf und sie folgten Clement einen Korridor hinunter in einen großen Raum mit einer kuppelförmigen Decke und einer Reihe an Tischen.

Er nahm einen Satz Schlüssel und führte einen davon in das Schloss einer kleinen Holztür ein, die sich am Ende des Raumes befand. »Suchen Sie sich einen Sitzplatz aus. Ich bin gleich mit den Eiden zurück.«

Augusta zitterte vor Aufregung. Sie hatte bereits versucht, das Rolandslied zu sichten, welches in England aufbewahrt wurde, aber niemand hatte die Zeit oder die Legitimation gehabt, sie zu begleiten. Doch Phinn konnte die nötigen Qualifikationen vorweisen und hatte sich Zeit für sie genommen. »Dankeschön.«

Bevor er antworten konnte, kam Monsieur Clement mit einem verschlissenen, alten Manuskript in der Hand zurück und legte es vor ihr auf den Tisch. »Mademoiselle, ich bitte Sie, mir die erste Seite vorzulesen. Ich habe bisher nur eine andere Person gehört, die meine ursprüngliche Landessprache spricht.«

»Es wäre mir eine Ehre.« Als sie zur ersten Seite des Dokuments blätterte, zitterten ihre Hände und ihr Herz pochte. Augusta konnte kaum glauben, dass sie dasselbe Papier berührte, dieselben Worte lesen würde, die vor achthundert Jahren berührt und gelesen worden waren. Worte, die dem Krieg und dem Leiden ein Ende bereitet hatten. Sie holte Luft, doch ihre Stimme zitterte immer noch, als sie auf Altfranzösisch las. »Für die Liebe Gottes und des christlichen Volkes und unser aller Erlösung, von diesem Tage an, soweit mir Gott Wissen und Können gibt, werde ich meinem Bruder Karl beistehen, sowohl in der Hilfeleistung als auch in jeder anderen Angelegenheit ...«

Das Schriftstück war besser als jede Kopie und als sie es las, floss die Sprache geradezu, als würde sie darum betteln, wieder gesprochen zu werden. Tränen stiegen ihr in die Augen und sie blinzelte sie fort. Euphorie kam in ihr auf, als ihre Stimme den fast leeren Raum füllte. Während sie las, stellte sich Augusta die Verfasser dieser Verträge vor, die König Karl der Kahle im Jahr 842 mit seinen Brüdern geschlossen hatte.

Sie hatte erwartet, dass Clement gehen würde. Doch eine Stunde später, als sie fertig war, saß er immer noch da, und Tränen trübten seine dunklen Augen.

Er nahm ein Taschentuch und schnäuzte. »Ich habe noch nie etwas so Schönes gehört. Danke, dass Sie darauf bestanden haben, hereingelassen zu werden, um dieses Dokument zu lesen.« Er nahm das Manuskript und stand auf. »Sie müssen wohl völlig verdursten. Ich habe Wein in meinem Büro. Würden Sie mir erlauben, Ihnen und Seiner Lordschaft ein Glas anzubieten?«

»Ja. Ich würde liebend gern ein Glas trinken.« Dieses Privileg ging nicht an ihr vorbei. Sie wurde endlich gleichberechtigt behandelt.

Als er in das Nebenzimmer verschwand, streichelte Phinn mit dem Daumen ihre Wange. »Du hast es geschafft.«

Sie bedeckte seinen Daumen mit ihrer Hand und merkte, dass er Tränen wegwischte. »Nein, *wir* haben es geschafft. Ich hätte gar nicht erst die Gelegenheit gehabt, ihn umzustimmen, hättest du mich nicht hierhergebracht.« Augusta wollte seine Handfläche küssen, doch das wäre unanständig gewesen. »Ich habe mich noch nie so, so ermutigt gefühlt.«

»Ja.« Er nickte. »Ich weiß. So ist das, wenn man eines seiner größten Ziele erreicht.« Er reichte ihr sein Taschentuch. »Du könntest das hier gebrauchen.«

Sie tupfte ihre Augen ab und schnäuzte. »Dankeschön. Ich bin dir etwas schuldig.«

»Keineswegs.« Seine Stimme klang scharf, so ernst, dass es sie überraschte. »Egal, was ich für dich tue, ich möchte nicht, dass du das Gefühl hast, du wärst mir deshalb etwas schuldig. Ich habe und werde alles in meiner Macht Stehende tun, um es dir hier angenehm zu machen.«

Wieder kehrte Monsieur Clement zurück, bevor sie ihr Gespräch weiterführen konnten. »Mademoiselle, Monsieur, bitte folgen Sie mir.«

Dann führte er sie in einen lichtdurchfluteten Raum auf demselben Stockwerk und schenkte ihnen Gläser mit feinstem Rotwein ein. Mehrere Minuten lang sprach er über ihre Lesedarbietung und darüber, wie sehr er seine Sprache mochte, und sagte dann: »Die Eulalia-Sequenz ist das perfekte Beispiel für die Rechtschreibung und den Klang des Altfranzösischen. Sie befindet sich in Valenciennes. Wenn Sie es einrichten können, dorthin zu fahren, werde ich Ihnen ein Schreiben vom Leiter mitgeben, das Ihnen ermöglicht, sie zu lesen.« Er seufzte. »Ich bedauere nur, dass ich nicht dort sein kann, um Sie lesen zu hören.«

Valenciennes war nördlich von Paris. Würde es ihr gelingen, Hector zu einem Ausflug dorthin zu überreden? Augusta trank ihren Wein aus. »Wenn es irgendwie möglich ist, werde ich nach Valenciennes fahren.«

Phinn erhob sich und reichte ihr die Hand. »Dankeschön, Monsieur.«

Clement stand ebenfalls auf. »Nein, ich danke Ihnen, dass ich zuhören durfte.«

Als Clement sie und Phinn auf beide Wangen küsste, wäre sie beim Anblick von Phinns Gesichtsausdruck fast in Gelächter ausgebrochen. Kurz darauf betraten sie den Eingangssaal, wo Durant wartete. »Konnten Sie es lesen, Mylady?«

»Ja. Es war genauso wundervoll, wie ich es mir vorgestellt hatte.« Sie hakte sich bei Phinn ein, als sie wieder auf die Straße zusteuerten. »Wo werden wir essen? Ich verhungere.«

»*Au Chien Qui Fume*. Ich habe gehört, es sei ein exzellentes Restaurant.« Sie schlugen dieselbe Richtung ein, aus der sie gekommen waren. »Es ist nicht weit von hier.«

»Ich war auf dem Weg zur Bibliothek so nervös, ich habe nicht viel von unserer Umgebung mitbekommen. Es wird schön, sie etwas auf mich wirken zu lassen.«

Als sie durch die Straßen schlenderten, nahm Augusta sich Zeit und achtete auf die unterschiedlichen Kleidungsstile, und beschloss, dass auch sie der Modistin einen Besuch abstatten würde. Eine Dame mit einer wunderschönen, mit Blumen verzierten Seidenhaube spazierte vorbei. »Mir ist gerade etwas eingefallen. Wenn wir an einer Hutmacherin vorbeikommen, würde ich gerne Hauben für meine Schwestern kaufen. Sie sind fünfzehn und lieben Hüte.« Doch als sie genauer darüber nachdachte ... »Obwohl, es wäre vermutlich besser, wenn ich mit meinen Cousinen gehe.«

»Ich möchte dich wissen lassen, dass ich mich von deiner Behauptung, ich wüsste nichts über Mode, durchaus beleidigt fühle.« Phinn warf ihr einen Blick zu. »Ich bin zwar kein Experte, aber ich weiß, was mir gefällt.«

Augusta blickte gen Himmel. »Na gut. Du darfst mir dabei helfen, die Hauben auszuwählen.«

Sie kamen am Restaurant an, ohne eine Hutmacherin gefunden zu haben.

»Mylady?«, sagte Durant. »Gegenüber ist eine Taverne, die sich etwas mehr für mich eignet.«

»Wenn Sie möchten.« Sie wollte gerade fragen, ob er Geld brauchte, als Phinn ihm einige Münzen gab.

»Danke, Sir.« Augusta sah zu, wie er einen Tisch auf der Terrasse wählte.

Der *maître d'hôtel* führte sie zu einem runden Tisch mit zwei Stühlen auf dem breiten Gehsteig vor dem Restaurant. Phinn bestellte Wein. Im Gegensatz zu den

Menschen in der Taverne auf der anderen Straßenseite sahen die Leute, die hier aßen und Wein oder was auch immer aus ihren Bechern tranken, modischer aus als sie. Es war definitiv Zeit, die Schneiderin aufzusuchen. »Was sollen wir essen?«

»Ein Kellner wird kommen und das heutige Menü verlesen.« Er zog ihr einen runden Flechtstuhl heraus und sie setzte sich darauf.

Als der Kellner fertig war, sagte Augusta: »*Pommes frites*? Hast du die schon einmal probiert?«

»Das habe ich. Das sind dünne Streifen aus frittierter Kartoffel. Mir haben sie geschmeckt.«

Die Kartoffeln klangen lecker. »Und das Steak *au poivre*? Ich nehme an, da ist Pfeffer drin.«

»Eine Pfeffersoße, die über das Steak gegossen wird. Da werden auch *pommes frites* dabei sein.«

Drei weitere Speisen wurden erwähnt, doch zwei von ihnen hatte sie bereits zu Hause gegessen. »Ich nehme das Steak *au poivre* und den Salat.«

»Für mich dasselbe. Möchtest du Wein oder Tee?«

Augusta hätte gerne noch ein Glas Wein getrunken, doch sie wagte es nicht, beschwipst nach Hause zu kommen. »Glaubst du, es gibt hier Vichy-Wasser? Ich habe gehört, manche Restaurants bieten es an.«

Als der Kellner wiederkam, bestellte Phinn das Essen und fragte nach dem Wasser. Augusta war froh, zu hören, dass sie das Wasser auf der Karte hatten.

Ihre Mahlzeit war vortrefflich. Die Soße war ausgezeichnet und die *pommes frites* waren genauso schmackhaft, wie sie sich anhörten, außen knusprig und innen weich. Das Wasser sprudelte. Genau wie

Champagner. Doch abgesehen davon schmeckte es ein wenig wie das Quellwasser in der Heimat.

So sehr ihr Mittagessen sie auch zufriedenstellte, war es die Erfahrung, im Außenbereich eines Restaurants zu essen, die ihr am meisten gefiel. Es war faszinierend, alle möglichen Menschen zu beobachten, die die Straße hinauf und hinunter gingen. Sie behielt Durant im Auge, doch es schien ihm gut zu gehen. Er unterhielt sich sogar mit einigen Menschen um ihn herum. Waren es Engländer? Vielleicht Iren. Andererseits konnte er sich auch genug Französisch angeeignet haben, um eine einfache Unterhaltung zu führen.

»Es ist ganz anders als England, nicht wahr?«, sagte Phinn. Er hatte seine Mahlzeit aufgegessen und schwenkte nun den Wein in seinem Glas umher.

»Völlig anders. Selbst wenn wir Restaurants mit Terrassen hätten, wäre es den Damen nicht erlaubt, in ihren Genuss zu kommen.«

»Ich kann den männlichen Drang, Frauen zu beschützen, verstehen.« Er hob seine Brauen und schüttelte den Kopf. »Aber ich verstehe nicht, warum man eine ganze Gesellschaft darauf aufbaut, das weibliche Geschlecht zu unterdrücken.«

Sie hatte miterlebt, wie die Männer in ihrer Familie Frauen beschützt oder zumindest versucht hatten, sie zu beschützen, aber selbst Merton hatte gelernt, dass er nicht kontrollieren konnte, was Dotty für das Richtige hielt. »Ich verstehe es auch nicht. Manche Männer behandeln Frauen, als würden ihre Ideen oder Gedanken eine Bedrohung für sie darstellen.«

»Die Gentlemen in deiner Familie scheinen nicht dieser Meinung zu sein.«

»Naja, die meisten.« Der Gedanke an Dotty und Merton brachte Augusta zum Grinsen. »Es dauerte ein wenig, bis mein Cousin Merton sich daran gewöhnt hat.«

Phinn lehnte sich leicht nach vorn und schuf damit eine gemütliche Atmosphäre. Als wären sie die einzigen Anwesenden. »Ich habe gehört, es war vor der Ehe ganz anders.«

»Das kann man so sagen.« Sie lachte. »Ihr Vater ist ein Radikaler. Er ist sogar der Meinung, dass jeder Mann und jede Frau in Großbritannien ein Wahlrecht haben sollte.« Sein Kiefer fiel herunter und Augusta lachte wieder. »Selbst du bist nicht so fortschrittlich eingestellt.«

Er schloss eines seiner Augen leicht und neigte den Kopf. »Da bin ich mir nicht ganz sicher. Ehrlich gesagt habe ich noch nie wirklich darüber nachgedacht. Als ich mein Anwesen geerbt habe und wählen durfte, war ich im Ausland und hatte mit der Politik nicht viel am Hut.«

»Ich würde gerne behaupten, dass das allgemeine Wahlrecht bestimmt kommen wird, aber ich bezweifle, dass ich es noch erleben werde.«

»Leider glaube ich, du hast recht.« Phinn trank seinen Wein aus.

Morgen würde sie auch ein Glas trinken.

Eine Kirchenglocke läutete und sie blickte auf die Uhr. Es war fast drei Uhr. Augusta hatte so viel Spaß, dass die Zeit im Nu vergangen war. »Wir sollten uns auf den Weg zurück machen.«

»Ja, in der Tat. Besonders, wenn ich dich bald wieder ausführen möchte.«

Er zahlte und winkte ihren Bediensteten zu sich her. Auf ihrem Weg zurück zum Harrington House ließen sie sich Zeit, schlenderten durch die Tuileries, die wunderschönen, berühmten Gärten, entworfen und gepflanzt von Marie de Medici. *London sollte Gärten wie diese haben, die für alle zugänglich sind.* »Vielleicht können wir uns das nächste Mal die Seine anschauen.«

Phinn grinste. »Oder wir könnten die Notre-Dame besichtigen.«

Augusta lächelte. »Oder beides.«

Sie konnte sich nicht daran erinnern, jemals so viel Spaß gehabt zu haben. Auch Phinn schien sich zu vergnügen. Konnte sich daraus etwas entwickeln? Vermutlich nicht. »Du hast meine Frage danach, was dich nach Frankreich verschlägt, noch nicht ganz beantwortet.«

In diesem Moment stießen sie auf die Künstler, die sich entlang des Gehsteigs reihten. »Die sind faszinierend.«

Ein Pastellmaler zeichnete eine junge Dame und Augusta blieb stehen. »Ich habe gehört, dass Künstler aus aller Welt nach Paris kommen, um ihr Handwerk zu üben.«

Wieder einmal war es Phinn gelungen, einer Antwort auf ihre Frage nach seiner Anwesenheit in Paris auszuweichen. Diesmal, indem er sie mit den Straßenkünstlern ablenkte. Die fantastisch waren, etwas, was man in London nie antreffen würde. Doch was verheimlichte er ihr?

KAPITEL 23

»Künstler aus aller Welt kommen zum Üben nach Paris, und auch nach Rom.« Vor seinem inneren Auge konnte Phinn sich und Augusta so deutlich sehen, die Vorstellung musste einfach wahr werden.

»Ja, stimmt. Ich fahre nach Rom, wenn ich Semesterferien habe.« Sie zog ihn am Arm. »Sieh mal, dort drüben malt eine Künstlerin mit Kohle. Ich frage mich, ob sie es schaffen wird, sich einen Namen zu machen.«

»Die meisten bekannten Künstlerinnen kommen aus Künstlerfamilien.« Noch ein Bereich, in dem Männer Frauen nicht haben wollten. Wie konnte er diese Unterschiede in England nicht bemerkt haben? Als er bei den Spaniern in Mexiko gewesen war, dachte er, nur sie hätten diese kulturelle Eigenheit. Ihm war nicht klar gewesen, wie verbreitet die Angst vor Frauen war. Sie musste wohl der Grund sein, weshalb Frauen ihre Flügel nicht ausbreiten konnten.

»Genauso verhält es sich auch bei Wissenschaftlerinnen und Musikerinnen.« Sie verließen die Gärten und kamen in die Rue du Faubourg. Noch immer unterhielten sie sich, als könnten sie die Welt verbessern.

Bei Gott, Augusta verdiente die Möglichkeit, zur Universität zu gehen. Phinn glaubte zwar nicht, dass sie dort noch viel lernen konnte, wenn überhaupt. Doch sie verdiente die Erfahrungen, die sie sich so sehr wünschte. Sie musste dafür gewürdigt werden, wie viel sie wusste. Und der einzige Weg, dies geschehen zu lassen, war durch eine Universität.

Als sie schließlich Harrington House erreichten, war es schon Zeit zum Tee.

»Werden Sie uns Gesellschaft leisten?«, fragte Augusta förmlich und nahm ihre Haube ab.

»Augusta, Liebes«, sagte Mrs. Addison, »du hast den ganzen Tag mit Lord Phineas verbracht. Ich bin mir sicher, er hat andere Dinge zu tun.«

Er hätte gerne noch mehr Zeit mit ihr verbracht, aber nicht unter dem kritischen Blick ihrer Cousine und Lady Harrington. »Sehen wir uns heute Abend auf dem Ball?«

»Ja.« Augusta klang nicht allzu glücklich darüber.

Er nahm ihre Hand und verneigte sich. »Bis heute Abend.«

Als er sie nicht nach einem Tanz fragte, runzelte sie skeptisch die Stirn. »Nun gut.«

Phinn erinnerte sich, dass er einen Floristen in der Nähe des Hotels gesehen hatte. Zum Glück hatte der Mann noch ein paar Blumensträuße übrig, als Phinn dort ankam. Einer davon, der aus gelben und weißen Blüten bestand, erinnerte ihn an Augusta in ihrem gelben Kutschenkleid. Er gab dem Verkäufer ein paar Münzen und ritt direkt zu seinem Quartier, wo er seine Handschuhe auszog, ein Stück Papier aus seinem Reiseschreibtisch herausholte und sich setzte. Er nahm die Schreibfeder und Tinte des Hotels und schrieb Augusta.

Liebe Lady Augusta,

bitte erweisen Sie mir die Ehre, den ersten Walzer und den Supper-Tanz mit mir zu tanzen.
Ich hoffe, die Blumen gefallen Ihnen. Sie erinnern mich an Sie.
Der Bote wird auf Ihre Antwort warten.

Ihr Freund und treuer Diener,
P. C-W

»Musson!«, rief Phinn.

Eine Sekunde später kam der Mann aus dem Ankleidezimmer hervor. Phinn gab dem Kammerdiener die Blumen und die Nachricht. »Bitte lassen Sie die hier Lady Augusta im Harrington House zukommen. Ich möchte, dass der Bote auf ihre Antwort wartet.«

»Ja, Mylord.«

Phinn ging im Zimmer auf und ab und wartete. Es kam ihm vor, als wären Stunden vergangen, bis es endlich an der Tür klopfte. »Herein.«

»Mylord.« Musson betrat das Zimmer mit dem Brief in der Hand. »Von Ihrer Ladyschaft.«

»Dankeschön.« Phinn nahm das Schreiben entgegen und drehte es um. Die präzise, sichere, aber feminine Handschrift fiel ihm auf. Sie war genau wie Augusta selbst. Was seine Aufmerksamkeit allerdings am meisten auf sich zog, war das Abbild eines offenen Buches auf dem Siegel.

Er hielt die Nachricht in der Hand und fürchtete sich fast zu sehr, sie zu öffnen. Er hatte gedacht, es wäre eine gute Idee gewesen, sie privat um die Tänze zu bitten, statt in der Anwesenheit ihrer Cousine. Doch war sie derselben Meinung? Er hatte gehört, dass eine junge Dame normalerweise nicht die Erste war, die ihre eigenen Briefe las. Doch er wusste, dass Augusta viele Briefkontakte pflegte, die niemand überwachte. Er holte Luft, brach das Siegel auf und schüttelte den Brief.

Lieber Phinn,

ich würde mich freuen, mit Dir zu tanzen.
Die Blumen sind reizend. Vielen Dank.

Deine Freundin,
A. V.

Er atmete erleichtert auf und fragte sich, warum er sich solche Sorgen gemacht hatte. In Augustas Augen *waren* sie bloß Freunde. Mehr nicht. Die Frage war nur, *wie* er sie dazu bringen konnte, mehr in ihm zu sehen.

***

Phinn und Boman kamen nicht lange vor dem ersten Walzer auf dem Ball an. Phinn hatte kein Interesse daran, mit irgendeiner Person außer Augusta zu tanzen, und ohne Helen im Nacken musste er das auch nicht.

Er entdeckte Augusta. Sie tanzte gerade den Figurentanz mit einem der englischen Gentlemen, die nach Frankreich gekommen waren, und warf ihm ihren inzwischen typischen leeren Blick zu. Leider schien der Kerl sehr selbstzufrieden und plapperte munter weiter.

Verflucht nochmal. Das, was in London geschehen war, würde sich hier noch wiederholen. Irgendwie musste er einen Weg finden, Männer davon abzuhalten, sich ihr anzubieten. Augusta verdiente es, die Veranstaltungen zu genießen, ohne dass ein Mann sie jedes Mal, wenn sie sich umdrehte, zum Tanzen aufforderte. Soweit Phinn es wusste, gab es keinen Herrenklub, in den die Engländer gerne gingen. Das würde sein Vorhaben um Einiges schwieriger machen.

Er entdeckte ihre Familie und machte sich auf den Weg zu ihr, bevor der Tanz endete. »Guten Abend.«

Die Addisons und Mrs. Brunning erwiderten seine Begrüßung.

»Vielen Dank, dass Sie dafür gesorgt haben, dass Augusta die Dokumente ansehen konnte«, sage Mrs. Addison. »Sie ist absolut begeistert von der Erfahrung.«

Hatte Augusta ihnen nicht erzählt, dass sie gewissermaßen den Ausschlag dazu gegeben hatte? »Ich habe nichts weiter getan, als ihr den Eintritt ins Gebäude zu erleichtern. Lady Augusta war diejenige, die den Leiter davon überzeugt hat, sie das Dokument lesen zu lassen.«

Die Augen der älteren Dame weiteten sich. »Davon hat sie uns gar nichts erzählt.«

»Sie ist zu bescheiden.« Phinn beschloss, nichts weiter zu sagen. Augusta musste die Geschichte erzählen. Vertraute sie ihrer Cousine nicht? Sie hatte heute so gut von ihr gesprochen.

Während er sich mit Augustas Familie unterhielt, brachte ihr Tanzpartner, Lord Reynolds, sie zurück. »Lady Augusta«, stieß der Mann hervor, »es war mir ein Vergnügen, mit Ihnen zu tanzen.«

Phinn musste sich davon abhalten, die Augen zu verdrehen. Dann traf sein Blick den von Addison. Ihr

Cousin schien sich kein bisschen mehr über diesen Müßiggänger zu freuen als Phinn.

Er hatte Seine Lordschaft kurz nach seiner Ankunft in Paris kennengelernt. Reynolds war im vergangenen Jahr auf dem Kontinent unterwegs gewesen, doch nun war es für ihn an der Zeit, nach Hause zu fahren – und zweifellos eine Braut zu finden. Selbst wenn er Augusta einen Antrag machte, würde sie ihn nicht annehmen, das wusste Phinn. Aber die Tatsache, dass Reynolds zwangsläufig um ihre Hand anhalten würde, ärgerte Phinn zutiefst.

Zum Glück wurde die Musik für den Walzer angestimmt. »Mylady.« Er hielt ihr den Arm hin und verbeugte sich vor Augusta. »Das ist unser Tanz.«

Ihr Lächeln entzündete ein Feuer in seiner Seele, und sie legte ihre schmalen, perfekten Finger auf seine. »Das ist er, Mylord.«

Er wehrte sich gegen die Art und Weise, wie sein Körper erhitzte, wenn er seine Hände auf ihre Taille legte. Wie konnte sie nichts fühlen! Dann sah er es. Der Puls auf ihrem Hals wurde schneller und ihre Augenfarbe verdunkelte sich, als er sie über die Tanzfläche wirbelte. Doch wie sollte er sie davon überzeugen, dass sie zu ihm gehörte?

***

Augusta verstand nicht, warum ihr so warm wurde, als sie mit Phinn tanzte. Sie wollte bei keinem anderen Mann diese Reaktion verspüren. Vielleicht lag es daran, dass sie den Tanz tatsächlich genoss, statt ihn einfach nur über sich ergehen zu lassen. Sie blickte zu ihm empor. Seine Augen waren wie Sturmwolken. War der Rest seines Tages nicht gut verlaufen?

»Bist du über etwas verärgert?«

»Ich?« Er schien verwundert über die Frage. »Nein, mir geht es gut. Möchtest du dir morgen die Notre-Dame ansehen? Wir könnten danach zu einer Schneiderin gehen, damit du die Hüte für deine Schwestern kaufen kannst.«

Das war eine wunderbare Idee. »Das würde ich liebend gern. Ich wollte die Kathedrale schon immer sehen. Wenn du jemanden brauchst, der Notizen für dich macht, bin ich gerne deine Schreibhilfe.«

»Hervorragend.« Sie würde gute Arbeit leisten. »Soll ich dich wieder um zehn Uhr abholen?« Phinn hielt das Gespräch aufrecht, aber Augusta hatte das Gefühl, er wäre abgelenkt. Und dass er ihr nicht die ganze Wahrheit sagte. Vielleicht sollte sie gar nicht erst wissen wollen, was er trieb, wenn er nicht bei ihr war. Schließlich war er ein Mann. Womöglich hatte er eine Dame gefunden, um deren Hand er anhalten würde. Vielleicht analysierte diese Dame ja nur ungern die Architektur von Kirchen. Wenn das der Fall war, wäre sie keine gute Partie. Augusta würde sich einen Eindruck darüber verschaffen, wenn sie die Dame kennenlernte. Bestimmt würde Phinn sie seinen Freunden vorstellen.

Sie verbrachten den Rest des Sets und das danach damit, zu besprechen, was sie sich alles ansehen wollten. Am Ende des Abends hatte sie immer noch das beunruhigende Gefühl, etwas nicht bemerkt zu haben. Doch sie glaubte nicht mehr, dass ihn eine Dame abgelenkt hatte.

***

Am nächsten Tag gingen sie zur Kathedrale, wo sie mehrere Stunden verbrachten, dann suchten sie eine Schneiderin auf. Phinn fand eine breitkrempige Haube, die sich nach unten wölbte, wenn man ein Band unter das Kinn schnürte.

»Wie findest du sie?« Er hielt sie ihr über den Kopf und machte eine Grimasse, was sie zum Lachen brachte. »Ich finde, du solltest sie anprobieren.«

Nachdem er ihre Haube abgenommen hatte, setzte sie sich die andere auf. »Ja, ich denke, diese ist in Ordnung. Jetzt müssen wir sie nur noch ein bisschen extravaganter machen, und die Zwillinge und Madeline werden sie lieben.« Augusta rief eine junge Frau zu sich, die in ihren Zwanzigern sein musste. Sie erinnerte sich an den Namen auf dem Ladenschild und sagte: »Guten Tag, sind Sie Madame Belrose?«

»Ich bin ihre Tochter. Wie kann ich Ihnen helfen, Madame?«

»Ich habe drei Schwestern, die fünfzehn Jahre alt sind und schöne, außergewöhnliche Hauben lieben. Können Sie etwas für sie entwerfen?«

»Fünfzehn, sagten Sie?«, fragte die Frau. Augusta nickte. »Ich habe neuen Stoff, Tüll direkt aus Tulle. Vielleicht nehme ich den, mit ein paar Seidenblumen. Aber in diesem Alter müssen sie langsam verstehen, dass mehr nicht immer besser ist.« Die Schneiderin zeichnete eine Skizze, während sie sprach. Als sie fertig war, zeigte sie Augusta einen Hut, der mit durchsichtigem Stoff, Bändern und Blumen verziert war, jedoch raffinierter konzipiert als das, was die Mädchen normalerweise trugen. »Ich zeige Ihnen den Stoff.«

Es stellte sich heraus, dass Tüll ein feiner Netzstoff war. Mancher war schlicht, anderer hatte kleine Pünktchen und wieder anderer war mit goldenen und silbernen Fäden bestickt. Ihr Blick fiel auf einen, an dem kleine Perlen angebracht waren. Dann zeigte die Madame ihr den mit den Pailletten. »Der ist perfekt. Die Hauben müssen verschiedene Farben haben.«

Die junge Frau grinste. »Aber natürlich.«

»Außerdem würde ich gerne mehrere Ellen Tüll kaufen.« Der neue Stoff wäre perfekt für ihre Freundinnen. Als sie das Geschäft verließen, hatte Augusta drei Hauben bestellt, nach dem Entwurf, den die Madame aufgezeichnet hatte.

Sie hakte sich bei Phinn ein, als sie aus dem Laden traten. »Jetzt muss ich noch etwas für Mary und Theo finden.«

»Die beiden furchterregenden Jüngeren?«

Augusta war bereit, mit ihm zu schimpfen, doch sein Blick war freundlich. »Ja. Hast du irgendwelche Ideen?«

»Nein, gerade nicht, aber ich werde darüber nachdenken.« Sie gingen an einem Schaufenster mit Mädchenkleidern vorbei. »Lass uns hier nachsehen.«

»Guten Tag, Madame, ich suche nach Kleidern für zwei Mädchen ...« Die Modistin ging mit Augusta die Entwürfe und Stoffe durch. Augusta zog die Liste heraus, die Grace ihr gegeben hatte, auf der die Maße der Mädchen standen. Eine Stunde später, nachdem sie zwei Kleider bestellt hatte, die zum Dinner sowie auch zu besonderen Anlässen getragen werden konnten, verließen sie und Phinn den Laden.

»Hast du noch mehr Einkäufe zu erledigen?«, fragte er.

»Ich sollte allen etwas mitbringen, aber wir haben ja noch andere Länder vor uns.«

»In der Tat.« Er schmunzelte. Ein paar Minuten später sagte er. »Ist Paris so, wie du es dir vorgestellt hast?«

»In mancher Hinsicht, ja.« Die Male, an denen sie die Stadt mit ihm erkundet hatte, waren vergnüglich und aufregend gewesen, genau, wie sie es wollte. Es war seltsam, dass niemand sie begleiten wollte. Nicht einmal Prue, deren Aufgabe das eigentlich war. Andererseits bezahlte Augusta ihre Cousine nicht, und sie hatte sie nicht wirklich nötig. Genau genommen wäre Prue fehl am Platz, wenn Augusta mit Phinn unterwegs war. »Ich bin nicht ganz so begeistert von den Abendveranstaltungen.«

»Ich muss sagen, das sehe ich genauso wie du.« Phinns Tonfall war staubtrocken. War das der Grund?

»Warum gehst du dann hin?« Wenn sie die Wahl hätte, würde sie sich lieber anderweitig beschäftigen. »Niemand zwingt dich dazu.«

»Ich will sichergehen, dass du dich amüsierst.« Er blickte zu ihr hinab. »Auch wenn es sonst niemandem auffällt, ich kann sehen, dass du dich zu Tode langweilst.«

Wenn sie jedes Set mit ihm tanzen könnte, wäre das nicht der Fall. »Wenn doch nur mehr Gentlemen immerhin ein winziges Interesse an irgendetwas anderem als sich selbst hätten.«

»Ja, tja ...« Er sprach den Satz nicht zu Ende. Sie hatten eine der schmalen Brücken über der Seine überquert und waren nun in einer Gegend namens La Rive Gauche. Künstler reihten sich entlang des Gehwegs am

Flussufer, genauso wie sie es gestern schon im Park getan hatten. »Möchtest du ein Portrait von dir?«

»Vielleicht ein andermal.« Sie sah sich um. In der Gegend gab es eine Menge Cafés. »Ich bin gerade etwas hungrig.«

Phinn lachte laut. »Lass niemals gesagt sein, dass ich dich nicht verpflege.«

Obwohl die Restaurants voll waren, fanden sie eines mit einem freien Terrassentisch. Das Menü war anders als das vorherige, aber es klang immer noch vorzüglich. Doch langsam wurde es spät und nicht nur Tee, sondern das Dinner, wartete auf sie. Am Ende bestellten sie zwei Omeletts mit grünem Salat und knusprigem Brot als Beilage.

Als sie zurück am Harrington House ankamen, schlug Phinn vor, dass sie am nächsten Tag das *Musée du Luxembourg* besuchen und danach in einem anderen Restaurant zu Mittag essen sollten. »Wir werden wieder Hunger haben.«

»Möchtest du nicht ins *Hôtel de Cluny*?«

»Doch. Ich habe Lord Harrington sogar schon gefragt, ob er es arrangieren kann.«

»Ich hoffe, es gelingt ihm.«

***

Drei Wochen später hatten Phinn und Augusta das berühmte Haus besucht und all die Sehenswürdigkeiten ausgereizt, die es in Paris zu bestaunen gab.

»Wir besuchen morgen Versailles«, sagte Augusta, als sie und Phinn zurück zum Harrington House liefen.

»Ich weiß. Dein Cousin, Mr. Addison, hat mich eingeladen, deine Gruppe zu begleiten.«

»Das hat er?« Ihre Augenbrauen schossen hoch. Das war überraschend.

»Hast du etwas dagegen?« Phinn blickte finster drein und seine Stimme klang zögerlich.

»Ganz und gar nicht. Es ist nur, dass Hector bisher keinen Gentleman aufgefordert hat, etwas mit uns zu unternehmen. Er hat sogar Lady Harrington gebeten, keinen von ihnen zum Dinner einzuladen.«

Phinn begleitete sie über die Straße. »Dann sollte ich mich wohl geehrt fühlen.«

»Das kann man so sagen.« Augusta lachte.

Das Lachen verging ihr, als Hector sie eine Stunde später darum bat, ihn in Lord Harringtons Büro unter vier Augen zu sprechen.

»Ich habe drei Heiratsanträge für dich erhalten.« Er klang, als wären Heiratsanträge das Letzte, mit dem er sich jetzt herumschlagen wollte.

»Du machst Scherze.« Sie war absolut sicher gewesen, dass sie mit den Gentlemen nichts anderes tat als tanzen, ausgenommen Phinn. Sie biss sich auf die Unterlippe und betete, dass keiner der Anträge von ihm war. Er würde es nicht wagen. Er wusste, dass sie studieren musste.

»Ich wünschte, das würde ich.« Hector seufzte. »Dein Bruder hat mich schon gewarnt.«

Sie saß auf einem Flechtstuhl und erlaubte ihrem Cousin, das Sofa zu besetzen. »Wer sind sie und was hast du gesagt?«

»Lord Reynolds, Lord Cloverly und der Comte de Mortain. Ich habe allen gesagt, dass du nicht zur Verfügung stehst.«

Sie rümpfte die Nase. »Nicht zur Verfügung ... Ich schätze, das wird als Ausrede schon reichen. Hat irgendeiner von ihnen nach einem Grund gefragt?«

»Nein.« Hector zog die Mundwinkel nach unten. »Ich kann mir vorstellen, dass sie ihre eigenen Schlüsse ziehen werden. Ich kann nur darauf hoffen, dass es sich herumspricht und dieses Theater bald ein Ende nimmt.«

Augusta hoffte, dass seine Erwartung in Erfüllung gehen würde. »Na gut.« Als sie aufstand, tat er es ihr gleich. »Ich bin froh, wenn ich Paris verlasse. Vielleicht werde ich an unserem nächsten Ziel nicht gezwungen sein, auf Bälle zu gehen.«

Plötzlich brach er in schroffes Gelächter aus. »Das würde ich dir raten.«

KAPITEL 24

Als Augusta am nächsten Morgen das Frühstückszimmer betrat, überraschte es sie, dass sie als Letzte dazustieß. Alle, außer Jane und Hector, die ihr Frühstück inzwischen in ihren eigenen Gemächern mit Tommy einnahmen, waren bereits am Tisch. »Ihr seid ja früh wach.«

»Ich konnte nicht länger schlafen.« Prue nahm die Teekanne neben sich und schenkte Augusta eine Tasse ein. »Ich habe Versailles schon das letzte Mal geliebt, als ich dort war, aber das war abends. Ich kann es kaum erwarten, die Gärten zu sehen.«

Augusta gab zwei Stück Zucker und Milch in ihren Tee. »Ist es dort wirklich so traumhaft, wie alle meinen?«

»Noch viel traumhafter«, antwortete Elizabeth. »Ich bin heilfroh, dass es während der Revolution nicht zerstört wurde.«

»Stimmt.« Harrington reichte seiner Frau die Zeitung, die er gerade las. »Die Gärten sind grandios.«

»Ich würde euch vorschlagen, jetzt zu essen. Es wird in Versailles zwar Verpflegung geben, aber ihr könnt euch glücklich schätzen, wenn ihr etwas davon abbekommt. Es werden sehr viele Besucher da sein.«

Ein Bediensteter brachte Augusta zwei weichgekochte Eier und French Toast. »Ich muss zugeben, ich freue mich darauf, mein neues Kleid zu tragen.« Sie war überrascht gewesen, als sie herausgefunden hatte, dass ihr nicht nur Pastelltöne standen, sondern auch weiß. Die Modistin, die Madame Lisette ihr empfohlen hatte, stellte sich als deren Cousine heraus, Madame Félicité. Sie hatte Augusta ein weißes Seidenkleid empfohlen, das mit hellen Frühlingsblumen, Saatperlen und Silberfäden bestickt war. Es war schließlich ein Hofkleid. Dazu würde Augusta die Perlenkette tragen, die ihre Mutter ihr gegeben hatte. »Ich finde es seltsam, mich für eine Tagesveranstaltung so elegant zu kleiden. Andererseits musste ich das auch tun, als ich der Königin vorgestellt wurde.«

»Tag oder Abend«, sagte Elizabeth, »es ist und bleibt der französische Adelshof.«

Damit hatte sie recht. Augusta machte sich über ihr Frühstück her.

Ein paar Stunden später standen Augusta, Prue, Jane, Hector, Elizabeth und Harrington an der Haustür, als zwei Kutschen auf den Vorplatz des Harrington House gefahren wurden. Jede Kutsche hatte ein zusammenpassendes Gespann mit vier Pferden. Eine Gruppe von Pferden war schwarz und die andere dunkelbraun mit weißen Flecken. Zwei Bedienstete fuhren auf Plattformen mit, die an den Hinterseiten der Kutschen befestigt waren. Sechs Vorreiter, ebenfalls in angemessener Tracht, warteten bereits auf ihren Pferden. Sie alle mussten einen guten Eindruck machen, und der Schmuck, den sie trugen, war für die weniger Vermögenden ein Vermögen wert.

Elizabeth beschloss, dass die Damen gemeinsam fahren würden, damit die Gentlemen sich untereinander unterhalten konnten.

Augusta wollte gerade in der Kutsche Platz nehmen, als Harrington seine Taschenuhr herausnahm. »Ich habe Lord Phineas Bescheid gesagt, dass wir zur vollen Stunde aufbrechen. Ihr Damen könnt losfahren, wenn ihr möchtet. Es sollte kein Problem sein, euch einzuholen.« Genau als Harrington seine Uhr wieder in seine Westentasche steckte, schlenderte Phinn auf den Vorplatz. »Seien Sie gegrüßt.« Harrington neigte seinen Kopf. »Gentlemen, Ladies. Wir sind soweit.«

Wie die anderen Herren trug auch Phinn ein Jackett aus ausgefallen besticktem Samt. Es war preußischblau mit Goldfäden und Blumen entlang des Kragens, der Nähte und des Saums. Das Jackett setzte seine breiten Schultern perfekt in Szene. Die Blumen auf seiner Weste passten zu seinem Jackett, doch an den unteren Rand seiner Weste waren kleine Pfauen gestickt. Seine Stiefelhosen hatten denselben Blauton. Er trug einen Zierdegen an sich und hatte einen *Chapeau Bras* in der Hand. Wie am englischen Hof trugen die Männer ihren Hut auch hier nicht auf dem Kopf.

Obwohl Augusta wusste, dass er Hofkleidung tragen würde, hatte sie nicht damit gerechnet, dass er so gut darin aussehen würde. Wann war das passiert? Sie hatte jeden Tag Zeit mit ihm verbracht und sich noch nie Gedanken über sein Aussehen gemacht. Jetzt konnte sie nicht aufhören, ihn anzustarren.

»Augusta, Liebes.« Prue tippte sie an. »Du starrst.«

Hitze stieg ihr in die Wangen und ihr Herz schlug schneller und machte ihr das Atmen schwer. Dann traf Phinns Blick ihren und er grinste, wie er es immer tat. »Sie«, er hielt seinen Blick auf sie gerichtet und verbeugte sich, »Sie alle sehen reizend aus.«

»Ich dachte, ich hätte die Tage hinter mir gelassen, in denen ich mich für den Adelshof zurechtmache«, beschwerte sich Hector. »Wobei, die Höfe, die ich besucht habe, haben indischen Prinzen und Paschas gehört.«

»Du siehst sehr gut aus, Liebling.« Jane streckte die Hand nach oben und gab ihm einen Kuss auf die Wange. »Wir sehen uns dort.«

Als Augusta endlich ihren Blick von Phinn abwenden konnte, streckte er ihr die Hand hin. »Erlauben Sie mir.«

»Vielen Dank.« Sie legte ihre Finger sachte auf seine Hand. Ein Kribbeln breitete sich in ihr aus, als er seine Hand um ihre schloss.

Nicht das schon wieder.

In der nächsten Sekunde war sie in der Kutsche und er hatte einen Schritt zurück gemacht. Sie würde nicht mehr über ihn nachdenken. Er war nur ein Freund. Nichts weiter. Ihre Lebenswege ließen nicht zu, dass sie zusammenkamen.

Trotz Elizabeths Vorwarnung war die Menschenmenge sehr viel größer, als Augusta es erwartet hatte, als sie am Schloss Versailles ankamen.

Lange Tafeln waren hergerichtet worden und Bedienstete rannten umher und legten Teller darauf. Kleinere Tische mit Stühlen bestückten den hinteren Teil des Schlosses um den Garten herum.

Sie bahnten sich ihren Weg dorthin, wo das Königspaar auf einer Empore unter einem Baldachin saß. Danach fing ihre Gruppe an, durch die Gärten zu schlendern und Bekannte zu grüßen.

Plötzlich fand sich Augusta in der Situation wieder, ohne ihre Gruppe vom Comte de Chalons durch den Garten geführt zu werden.

Verdammt, sie musste wirklich mehr darauf achten, was sie tat, wohin sie ging, und mit wem.

Am Ende des Pfades, auf dem sie spazierten, befand sich eine Gartenlaube, in der sie und der Graf außer Sichtweite der Gäste wären. »Ich muss zurückgehen.«

»Sie wollen nicht ernsthaft zurückkehren.« Sein Tonfall sollte verführerisch klingen, da war sie sich sicher. Doch alles, was er tat, war, ihr die Haare im Nacken aufzustellen.

»Oh doch, ich möchte umkehren.« Sie ließ ihre Hand von seinem Arm fallen und drehte sich um. Bevor sie flüchten konnte, schlossen sich seine Finger um ihren Arm.

»Mylady, ich möchte Ihnen etwas sagen ... unter vier Augen.«

»Das kann ich mir vorstellen«, murmelte sie in sich hinein. Wie sollte sie aus diesem Schlamassel herauskommen, ohne eine Szene zu machen?

»Wie bitte?« Er fing an, sie zurück in Richtung Laube zu lenken. »Nachdem wir unser kleines Gespräch geführt haben, werde ich Ihnen den Lieblingsort unserer kürzlich verstorbenen Königin zeigen. Das Petit Trianon. Sie werden es lieben.«

»Lassen. Sie. Los.« Augusta zog ihren Arm zurück und versuchte, sich aus seinem Griff zu lösen. »Ich möchte kein Gespräch mit Ihnen führen.«

»Oh, aber nicht doch.« Der Graf wandte sich ihr wieder zu und versuchte, sie näher an sich zu ziehen. »Sie sind eine Unschuldige. So viel ist sicher. Aber Sie brauchen keine Angst zu haben. Ich würde Ihnen niemals etwas zuleide tun, *mon trésor*.«

Sie stach die Absätze ihrer Stiefeletten in den Schotterweg. Warum hatte sie nicht besser aufgepasst? Warum hatte sie nicht ihren Degen mitgenommen? Nicht, dass dieses Kleid überhaupt eine Tasche dafür hätte.

»Monsieur le Comte.« Ein junger Mann mit blondem Haar und einem ausgefallen bestickten blauen Samtanzug, den sie noch nie gesehen hatte, legte die Hand an seinen Degen. »Habe ich mich etwa verhört, als die Lady sagte, sie möchte gehen?«

»Sie sind wohl kaum hier, um eine Dame in Not zu retten.« Er grinste den jungen Mann spöttisch an. »Sie irren sich.«

»Das bezweifle ich.« Der fremde Mann kam auf sie zu.

»Lady Augusta, ich habe nach Ihnen gesucht.« Als Phinns Stimme ertönte, löste sich Chalons' Griff und sie war frei.

Sie war gerade bei Phinn angekommen und hatte seinen Arm genommen, als der Graf sagte: »*Messieurs*, Sie stören.«

Phinn hob hochmütig eine Braue. »Das kann man wohl laut sagen.«

»Woher nehmen Sie sich das Recht?« Chalons ignorierte den jungen Mann und konzentrierte sich auf Phinn. Seine Brauen senkten sich und sein Tonfall hatte etwas Gefährliches an sich. Noch viel beunruhigender war, dass die Hand des Grafen sich langsam zu seinem Degen bewegte. »Ich verlange, dass Sie sofort verschwinden.«

Phinn legte seine Hand auf ihre. »Da kommen wir Ihnen gerne entgegen.« Er nickte den beiden Männern höflich zu. »Ich wünsche Ihnen einen schönen Tag.«

»Für diese Beleidigung werden Sie noch büßen.« Chalons machte Anstalten, sie und Phinn aufzuhalten, aber der andere Mann ging dazwischen.

»Büßen? Sie meinen ein Duell?« Augusta konnte ihren Schock nicht verbergen. Das konnte nicht sein Ernst sin. »Duelle sind gegen das Gesetz.«

»Das Gesetz wird aber nicht durchgesetzt«, murmelte Phinn. »Monsieur, vielleicht ist Ihnen nicht bewusst, dass Lady Augusta mit mir verlobt ist.«

»Verlobt?« Der Mann schüttelte den Kopf, als könnte er dem Ganzen nicht folgen.

Oh, Grundgütiger! Augusta atmete frustriert aus. Langsam wurde das zur Familientradition. Erst Dotty, dann Louisa und Charlotte. Obwohl es damals Louisa gewesen war, die die Verlobung zwischen ihr und Rothwell vorgetäuscht hatte. Leider konnte Augusta in diesem Moment kaum widersprechen. Das Letzte, was sie wollte, war, dass Phinn in einem Duell getötet wurde.

»*Elle est ma fiancée*«, wiederholte er geduldig, während sie ihr Bestes gab, ihn liebevoll anzusehen.

»Komm.« Sie zog ihn am Arm. »Wir sollten gehen. Ich bin schon zu lange fort.«

»Wie du wünschst, Liebling.« Sie machten sich aus dem Staub, bevor der Graf weitere Fragen stellen konnte.

Plötzlich stand der junge Mann vor ihnen und starrte sie an, wie Lord Lancelot es immer getan hatte. »Es wäre mir eine Ehre gewesen, Sie zu retten.«

Obwohl der Herr zu Augusta sprach, antwortete Phinn. »Wir wissen Ihren Einsatz zu schätzen, Monsieur.«

Er machte einen Schritt nach vorn, doch statt ihnen aus dem Weg zu gehen, sagte der Mann: »Ich hätte ein Duell für Sie ausgetragen.«

Phinns Arm spannte sich an, als würde er sich bereit zum Kampf machen, doch als er sprach, klang seine Stimme sanftmütig und gelassen. »Ich bin mir sicher, das hätten Sie, aber ich bitte Sie, es nicht zu tun. Die Lady ist nicht gerade angetan davon, wenn ihretwegen Blut vergossen wird.« Dieses Mal warf er dem Mann einen scharfen Blick zu, und der Gentleman trat zur Seite und verschwand.

Sie sah Phinn an. »Sind alle jungen Männer so dramatisch?«

»Alle jungen Männer könnten noch eine Menge Reife gebrauchen.«

Sie waren fast am Schloss angelangt, als Augusta beschloss, dass es nun sicher war, das Thema anzusprechen. »Wir sind nicht verlobt.«

»Du darfst mir den Laufpass geben, wenn wir aus Paris abreisen.« Phinns Tonfall war gelassen, doch er warf ihr einen strengen Blick zu. »Was in Teufels Namens hast du dir dabei gedacht, mit diesem Mann wegzulaufen?«

»Ich hatte gerade darüber nachgedacht, wie ich Hector und Jane davon überzeugen kann, dass ich nach Valenciennes reisen darf.«

»Valenciennes?« Phinns Brauen entspannten sich. »Ah. Die Eulalia-Sequenz.«

»Genau.« Sie war froh, dass sie sich nicht erklären musste. »Du erinnerst dich doch, dass Monsieur Clement gesagt hat, sie sei das beste Beispiel dafür, wie Altfranzösisch ausgesprochen wurde.«

»Augusta, ich verstehe, wie wichtig dir das ist.« Plötzlich wurde ihr klar, dass er es *wirklich* verstand. »Aber du musst mehr darauf achten, was um dich herum geschieht.« Er seufzte. »Weißt du überhaupt, was passiert wäre, wenn Chalons es geschafft hätte, mit dir allein zu sein?«

»Ich nehme an, er hätte versucht, mich zu küssen, aber ...«

Phinn blieb stehen. »Vielleicht hätte er es geschafft, dich zu kompromittieren.«

»Ich schätze, du hast recht.« Genau das wäre passiert, wenn Phinn nicht gewesen wäre. Wenn sie den Männern doch nur lange genug Aufmerksamkeit schenken könnte, um sie davon abzuhalten, ihr Aufmerksamkeit zu schenken. Das Problem war, dass ihre Gedanken fast jedes Mal zu einem fesselnderen Thema schweiften, wenn einer von ihnen zu sprechen begann. »Ich muss anfangen, meinen Degen an mir zu tragen.«

»Und wenn du schon dabei bist, kannst du dir spezielle Schuhe anfertigen lassen, die Klingen im Absatz haben.«

»Oh, damit es die Herren schmerzt, wenn ich ihnen auf den Fuß trete.« Genau das brauchte sie, praktische Tipps. »Das ist eine großartige Idee. Danke.«

»Sie war nicht ganz ernst gemeint.« Er schloss einen Moment lang die Augen und rieb sich die Stirn. »Wenn Addison einverstanden ist, werde ich dich nach Valenciennes begleiten.«

»Oh, Phinn, dankeschön!« Augusta wollte ihm um den Hals fallen und ... ihn küssen. Woher war denn dieser Gedanke gekommen? Sie schüttelte sich und lächelte ihn an. »Du bist der beste Freund aller Zeiten.«

Und ein Freund war alles, was er jemals sein würde. Egal, wie gutaussehend er ihr inzwischen vorkam oder wie gerne sie in seiner Gegenwart war, und er auch in ihrer. Phinn wollte sicher nicht mit ihr verlobt bleiben. Bestimmt sah er in ihr eine Schwester, die er nie hatte. Sie könnte ihn sich als Walter oder Charlie vorstellen, aber ... aber ... Nein! Sie würde ihn sich überhaupt nicht vorstellen.

***

Phinn überblickte die Menschenmenge beim Schloss, bis er Lord und Lady Harrington entdeckte. Er würde mit ihnen und Addison sprechen, bevor der Graf zurückkam und allen erzählte, dass Phinn und Augusta verlobt waren.

Es fühlte sich gut an, sie sein Eigen nennen zu können. Leider war es nicht das, was sie wollte, und er würde sie nie in die Heirat locken. Bilder davon, wie sie Hand in Hand spazierten, schwirrten ihm durch den Kopf. Zum ersten Mal konnte er sich ein Leben ohne sie nicht vorstellen. Nicht nur im Bett, sondern in allen Bereichen des Lebens wollte er mit ihr zusammen sein. In letzter Zeit war es schwer gewesen, sie immer wieder nach Harrington House zurückzubringen. Phinn wollte sie mit nach Hause nehmen.

Bedeutete das, dass er sich verliebte? Dorchester meinte, das wäre ein schleichender Prozess. An einem Tag war es zufriedenstellend, mit einer schönen, begehrenswerten Frau zu schlafen, und am nächsten wollte man ohne sie nicht weiterleben.

Tja, zum Teufel damit. Phinn hatte es noch nicht einmal geschafft, mit Augusta zu schlafen, und schon jetzt konnte er sich ein Leben ohne sie nicht mehr vorstellen. Doch was würde er tun müssen, damit sie freiwillig die Ehe mit ihm schloss? Jedenfalls nicht das, was er bis jetzt getan hatte. So viel stand fest.

Er musste ihr geben, was sie wollte, doch wie konnte er das tun und gleichzeitig sein Versprechen gegenüber seinem Bruder halten? Bis er eine Lösung für dieses Problem gefunden hatte, konnte er den Beischlaf vergessen.

Phinn ließ Augusta mit ihrer Cousine und Mrs. Addison allein und schloss sich der Gruppe von Mr. Addison an. Der Mann hob die Braue und Phinn nickte ihm flüchtig zu. Sie hatten beide gesehen, wie Chalons die völlig unwissende Augusta vom Rest der Gäste weggeführt hatte. Zum Glück war Addison damit einverstanden gewesen, dass Phinn sie zurückholen sollte.

»Entschuldigen Sie mich, Gentlemen«, sagte Addison und folgte Phinn. »Nicht, dass ich irgendetwas gegen den Grafen habe. Er scheint ein vollkommen anständiger Mann zu sein, aber ich trage die Verantwortung über Augusta. Was zum Teufel ist passiert?«

Phinn konnte sich das Lächeln nicht verkneifen. »Sie war damit beschäftigt, sich ein Argument einfallen zu lassen, um Sie davon zu überzeugen, sie nach Valenciennes fahren zu lassen.«

Die Augen seines Gesprächspartners weiteten sich. »Was zur Hölle gibt es in Valenciennes?«

»Die Eulalia-Sequenz natürlich.« Er lachte, während Addison seinen geneigten Kopf schüttelte. »Es war genau wie erwartet. Sie hat angefangen, über irgendetwas nachzudenken, und dabei alles um sich herum ausgeblendet.« Phinn erzählte, dass er Augusta auffand, als sie gerade einforderte, zurück zu ihrer Gruppe gelassen zu werden, und dass der Graf es ihr verweigert hatte. »Ich wage zu behaupten, dass viele Engländer dasselbe tun würden.« Er dachte noch etwas länger darüber nach und sagte: »Ich finde nicht, dass es richtig ist, aber es passiert.«

»Ist das alles?« Der Blick, den Addison ihm zuwarf, gab ihm zu verstehen, dass er eine längere Geschichte erwartet hatte.

»Nicht ganz.« Sein Spitzenhalstuch schien enger zu werden. »Chalons war mit meinem Einschreiten nicht einverstanden und hat mich zum Duell herausgefordert. Dann habe ich ihm gesagt, Lady Augusta und ich seien verlobt.« Addison seufzte. »Ich habe ihr gesagt, sie kann mich sitzen lassen, wenn wir aus Paris abreisen, aber unsere Scheinverlobung sollte Ihnen wenigstens etwas Seelenfrieden geben.«

»Nun ja, wenn die Verlobung sich herumspricht, gäbe es immerhin eine Erklärung dafür, warum ich den Männern, die ihr Heiratsanträge gemacht haben, gesagt habe, sie sei nicht verfügbar.« Er wischte sich mit der Hand übers Gesicht. »Und Worthington dachte, sie wäre die Unkomplizierte.« Doch statt zu murren, stieß der ältere Herr einen Lacher aus. »Was schlagen Sie vor, was sollen wir machen?«

Nicht verfügbar? Was bedeutete das? Und welche anderen Männer? Phinn sah sich um und bemerkte, wie ein junger Mann Augusta auf dieselbe Art und Weise anstarrte, wie Lord Lancelot es immer getan hatte. »Erlauben Sie mir, mit Augusta die Sequenz zu besichtigen. Natürlich wird uns Mrs. Brunning begleiten, damit alles sittsam bleibt. Mit der Hin- und Rückfahrt und der Zeit, die vergehen wird, bis wir die Erlaubnis bekommen, das Dokument zu sichten, wird es etwa zehn Tage dauern, bis wir zurück sind.«

»Und genau dann sind wir bereit zur Weiterreise.« Addison rieb sich nachdenklich das Kinn. »Das wird schon klappen. Wenn Sie und Augusta sozusagen aus den Augen und aus dem Sinn sind, wird jegliches Gerede hoffentlich verstummen.«

»Und so lange, wie wir unterwegs sind, wird alles vergessen sein, bis wir nach England zurückkehren.«

»Außer, Sie wollen sie doch heiraten.« Er warf ihm einen listigen Blick zu.

»Mr. Addison, falls Sie es nicht mitbekommen haben: Ich habe Augusta bereits gefragt, ob sie mich heiraten will, und sie war meinem Antrag gegenüber nicht gerade offen eingestellt.« Ganz und gar nicht offen. Sie war nicht einmal bereit gewesen, sich seinen Antrag überhaupt anzuhören.

»Ich weiß.« Er sah Phinn tief in die Augen. »Aber für mich sieht es nicht danach aus, als hätten sich Ihre Gefühle geändert.«

Das Halstuch wurde enger. Nicht nur hatten sie sich nicht geändert, sie waren obendrein intensiver geworden. »Das Problem ist, dass ich versprochen habe, eine Frau zu finden und einen Erben zu zeugen. Sie ist nicht bereit dazu, Kinder zu kriegen und sesshaft zu werden.«

»Das ist in der Tat ein Dilemma. Aber ich kann Ihnen sagen, dass ich immer bereuen werde, nicht dageblieben zu sein und um Jane gekämpft zu haben. Ich hatte verdammtes Glück, dass sie keinen anderen Mann geheiratet hat.« Addisons Brauen senkten sich und er rieb sich am Kinn. »Wissen Sie, selbst wenn Sie heiraten, um einen Erben zu zeugen, es kann sowieso niemand wissen, wie lange das dauern wird.« Er blickte über Phinns Schulter und sagte: »Soweit ich weiß, gibt es kein Gesetz, das einer Lady verbietet, zu studieren und gleichzeitig verheiratet zu sein.« Er klopfte Phinn auf die Schuler. »Sie sammeln die Damen ein und rufen die Kutschen. Ich suche Harrington.«

Was zur Hölle war gerade passiert? Phinn hatte sich zwar bemüht, den Vorfall mit dem Grafen möglichst unspektakulär erscheinen zu lassen, dennoch hatte er erwartet, dass Addison wenigstens ein bisschen verärgert sein würde. Und nicht, dass er Phinn dazu ermutigen würde, zu tun, was er wollte. Eigentlich war seine Verpflichtung gegenüber seinem Bruder das Einzige, was Phinn davon abhielt, Augusta alles zu versprechen, was ihr Herz begehrte. Doch er konnte sich nicht dazu bringen, das eine Versprechen für das andere zu opfern. Irgendwie musste er einen Weg finden, Augusta zu behalten und trotzdem das Versprechen an seinen Bruder zu halten. Das, was ihr Cousin gesagt hatte, ergab Sinn. Auf eine Heirat folgten nicht zwangsläufig Kinder. Vor allem, wenn man vorsichtig war.

KAPITEL 25

Zurück im Harrington House schickte Hector Augusta mit der Anweisung nach oben, sie solle mit dem Dienstmädchen die Packliste für den Abstecher nach Valenciennes besprechen, und berief umgehend ein Treffen mit Jane, den Harringtons und Prue ein. Er erzählte ihnen davon, was in Versailles zwischen Augusta und Lord Phineas geschehen war.

»Was für ein Zufall«, sagte Elizabeth Harrington, während sie allen ein Glas Wein einschenkte. »Mir sind gerade die Gentlemen ausgegangen, die ich ihr vorstellen kann.«

»Ich für meinen Teil glaube ja nicht, dass diese sonderlich hilfreich waren.« Harrington nahm sein Weinglas entgegen. »Er schien nie eifersüchtig zu sein.«

»Weil er wusste, dass Augusta sich für keinen von ihnen interessiert«, warf seine Frau ein. »Sie amüsiert sich nur, wenn sie mit ihm tanzt.«

»Ich muss sagen«, Jane nahm einen Schluck Wein, »ich hatte fast schon ein schlechtes Gewissen, weil ich ihr erlaubt habe, ganz Paris mit Lord Phineas zu erkunden. Ich habe ihr zwar vorgeschrieben, einen Bediensteten mitzunehmen, aber in London hätte man ihr das nie erlaubt.«

»Stell dir mal vor, wie ich mich gerade fühle«, fügte Prue hinzu. »Ich sollte ihre Begleiterin sein und habe rein gar nichts getan, außer mir eine neue, äußerst modische Garderobe zuzulegen.«

Hector stellte seinen Kelch ab. »In London wären sie aufgefallen. Ich bezweifle, dass irgendjemand aus unseren Kreisen mitbekommen hat, wie sie die Sehenswürdigkeiten besichtigt haben.«

»Ich denke, du hast recht«, sagte Elizabeth. »Irgendwer hätte mir bereits davon erzählt.«

»Abgesehen davon, ihnen Zeit miteinander zu gestatten«, Jane zog einen Schmollmund, »weiß ich nicht, wie man ihnen klar machen soll, dass sie füreinander geschaffen sind.«

»Aber wissen wir denn, ob er sie liebt?«, fragte Harrington. »Er tut keines der Dinge auf der Liste.«

Seine Frau saß neben ihm und streichelte sein Knie. »Augusta ist keine gewöhnliche junge Dame. Er hat alles getan, was *sie* von ihm wollte, und er hat ihr ermöglicht, das Dokument anzusehen.«

»Er hat ihr nur einmal Blumen geschickt.« Offenbar wollte der Mann nicht lockerlassen.

»Das ist wahr«, sagte Elizabeth. »Aber es war eine unerwartete, besondere Geste. Im Gegensatz zu den anderen Gentlemen, die das Haus mit Blumensträußen bombardiert haben, die sie nicht einmal bemerkt hat.«

»Ich habe mit ihm gesprochen, nachdem er Augusta vor dem Grafen gerettet hat.« Hector grinste in sich hinein. »Der arme Kerl ist zerrissen zwischen seinen Gefühlen für sie und seinem Versprechen an seinen Bruder.« Dieses Mal konnte er sich das Lachen nicht verkneifen und es dauerte ein paar Sekunden, bis er sich wieder unter Kontrolle hatte. »Ich habe ihm nahegelegt, dass man mit dem Kinderkriegen ja auch warten kann. Ich bin mir nicht ganz sicher, ob er mich richtig verstanden hat.«

Jane sah Elizabeth an. »Apropos Erben zeugen, hast du irgendetwas von Lady Dorchester gehört? Wenn sie einen Erben auf die Welt bringt, könnte Phinn auf sein Herz hören, und Augusta hätte den Gentleman, den sie braucht.«

»Ich habe einen Brief von Louisa erhalten. Es sieht so aus, als wäre Helen Dorchester wirklich wieder schwanger. Leider wird das Kind erst um Weihnachten zur Welt kommen.«

»Ich möchte nicht, dass Phinn und Augusta so lange warten«, sagte Hector.

»Ich glaube nicht, dass sie die Ehe mit ihm bereits in irgendeiner Form in Erwägung gezogen hat«, sagte Elizabeth.

»Nun ja, irgendetwas ging ihr heute definitiv durch den Kopf.« Prue warf ihnen einen Blick zu. »Sie konnte die Augen nicht von ihm lassen.«

»Oh, ich bin mir sicher, sie fühlt sich zu ihm hingezogen«, sagte Jane. »Ich glaube nur nicht, dass sie eine Ahnung hat, dass er sie liebt.«

»Tja, das ist das Problem.« Elizabeth tippte mit den Fingern auf die Sofalehne. »Ich frage mich, ob es noch irgendetwas gibt, was wir tun können.«

»Ich kann ihm die Liste geben«, schlug Harrington vor.

Seine Frau verdrehte die Augen. »Bis jetzt hat uns die Liste nichts als Schwierigkeiten beschert.«

Er warf ihr einen hitzigen Blick zu. »Sie hat mir dich beschert.«

»Ich versuche, mir auf unserem Ausflug etwas einfallen zu lassen.« Prue stand auf. »Wenn ihr mich entschuldigt, ich muss packen.«

»Ich werde Lord Phineas eine Nachricht schicken, dass er unsere Hauptkutsche nehmen soll. Das sollte euch einiges erleichtern.«

»Das wird die Reise sehr viel angenehmer machen.« Prue winkte flüchtig und ging aus dem Zimmer.

Das Gesprächsthema wechselte dazu, wohin Hector und seine Gruppe als nächstes reisen würden.

»Ich möchte nicht über die Alpen fahren.« Seit Jane herausgefunden hatte, dass man die Kutschen auseinanderbauen müsste, um die Alpen zu überqueren, war sie sich in diesem Punkt äußerst sicher.

»Das dachte ich mir schon.« Und es enttäuschte Hector. »Ich habe unverbindliche Pläne, Baden-Baden zu besuchen und dann nach München, Wien und Budapest weiterzureisen.«

Augusta schlenderte mit einem Stück Kanzleipapier in der Hand ins Zimmer. »Es wurden Hauben für Madeline und die Zwillinge, Kleider für Mary und Theo und Stoff für meine Freundinnen geliefert.« Augusta sah Jane an. »Sie können Grace geschickt werden. Ich habe ihr einen Brief geschrieben. Hier sind die Einzelheiten.« Sie gab Jane die Liste. »Kannst du dafür sorgen, dass die Pakete nach England versandt werden?«

»Natürlich, Liebes.«

***

Am nächsten Morgen gab Augusta Elizabeth, Jane und Hector eine Umarmung und schüttelte danach Harrington die Hand. »Wann nach unserer Rückkehr möchtet ihr aus Paris aufbrechen?«

»Fast unmittelbar danach«, sagte Hector. »Habt eine gute Zeit mit eurem Dokument.«

»Das werden wir.« Augusta lächelte. Sie konnte nicht fassen, dass sie wegfahren durfte, um die Sequenz zu sehen. »Lord Phineas hat mir geschrieben, dass er das Empfehlungsschreiben von Monsieur Clement an den Direktor in Valenciennes erhalten hat. Ich kann es nicht erwarten, es zu lesen.«

Zusätzlich zu Augustas Stallburschen und ihrem Bediensteten schickte ihr Cousin seinen Kutscher mit. Phinns Stallburschen und ihre würden als Vorreiter dienen und einer seiner Kutscher würde Hectors Kutscher unterstützen. Als Erstes würden sie Phinn und seinen Sekretär aus ihrem Hotel abholen.

Augusta umarmte Tommy, Jane und Hector. »Dankeschön.«

Er half ihr in die Kutsche. »Hab eine gute Reise.«

»Das werde ich.« Augusta drehte sich um, um den anderen zu winken. »Abgesehen vom Lesen der Straßburger Eide ist das hier das aufregendste Abenteuer, auf das ich je gehen durfte.«

Hector schmunzelte. »Das glaube ich.«

Prue setzte sich neben Augusta, und Hector gab das Startsignal. Augusta war so aufgeregt, dass sie kaum stillsitzen konnte. Genauso würde es in Italien sein, wenn sie und ihre Cousine in den Semesterferien gemeinsam auf Reisen gingen. Wenn sie endlich Studentin wäre. Sie musste sich eine eigene Kutsche zulegen. Vorausgesetzt, Matt würde ihr genug Geld schicken, um ein Fahrzeug zu kaufen. Aber darum konnte sie sich auch später noch kümmern. Phinn hatte schon einmal eine vorgefertigte Kutsche gekauft. Sie sollte ihn um Rat fragen.

Ein paar Minuten später hielten sie vor dem *Hôtel Meurice* an und Durant ging hinein, um Phinn Bescheid zu sagen, dass sie da waren. Binnen Sekunden war sein Gepäck in ihrer Kutsche verstaut. Er sprach durch das Fenster zu ihr. »Ich habe noch nie eine Privatkutsche gesehen, die wie eine Postkutsche aufgebaut ist. Wo sollen wir sitzen?«

»Ich dachte, vielleicht könnte Ihr Kammerdiener bei meiner Zofe und Prues Zofe Button sitzen. Sie und Mr. Boman können mit uns mitfahren.«

»Perfekt.« Kurz darauf öffnete Phinn die Tür und machte es sich auf der rückwärtsgerichteten Bank bequem. Boman, sein Sekretär, tat es ihm gleich. Als die Kutsche losgefahren war, holte Phinn eine Karte heraus. »Ich dachte, wir könnten die Route durch Noyon und Saint-Quentin nehmen, wenn Sie nichts dagegen haben.«

Augusta fuhr mit dem Finger die Route ab und rief sich in Erinnerung, was sie über diese Städte gelesen hatte. »Sie möchten die Kathedrale und die Basilika anschauen.«

»Korrekt.« Er nickte. »Von beiden wird behauptet, sie seien Paradebeispiele für mittelalterliche Architektur.« Er reichte ihr ein Stück Papier. »Mein Hotel hat diese Gasthäuser empfohlen.«

»Sehr gut.« Sie las die Namen. »Dann werden wir die erste Nacht im *Hôtel Coeur de Noyon* verbringen.« Sie sah Prue an. »Für Saint-Quentin stehen hier zwei Empfehlungen. Wir können die Entscheidung treffen, wenn wir da sind.«

»Wie lange wird es dauern, bis wir in Valenciennes ankommen?«, fragte Prue.

»Etwa zweieinhalb Tage mit leichtem Verkehr«, antwortete Augusta und gab Phinn die Karte zurück. »So werden wir genug Zeit haben, die Städte zu besichtigen.«

»Mir ist eingefallen, dass Sie sagten, Sie könnten in Kutschen nicht lesen, also habe ich ein Reiseschachspiel mitgebracht.« Er zog eine Schachtel aus seiner Reisetasche. »Möchten Sie spielen?«

»Sobald wir die Stadt verlassen haben, sehr gerne.« Sie lächelte ihn an. Wie aufmerksam er doch war. »Ein Spiel wird dabei helfen, uns die Zeit zu vertreiben.«

Es dauerte nicht lange, bis sie durch den Porte Saint-Martin fuhren und sich auf der anderen Seite der Pariser Stadtmauer wiederfanden.

***

Zehn Tage später kehrten sie nach Paris zurück.

»War es so wundervoll, wie du es dir vorgestellt hattest?«, fragte Jane, als Phinn Augusta aus der Kutsche half.

»Es war noch viel besser.« Sie wartete auf Prue und hakte sich dann bei Jane ein. »Der Direktor hat mich gebeten, das Canticum zu singen. Er hat sogar einen Mandolinenspieler engagiert, der mich begleitet hat. Ich muss wirklich eine Kutsche kaufen, wenn wir in Padua sind.«

»Das werden wir besprechen, wenn wir dort sind.« Jane sah Phinn an. »Wir wollten gerade Tee trinken. Sie können sich gerne zu uns gesellen.«

»Dankeschön.« Er blickte zu seinem Sekretär.

»Ich gehe ins Hotel«, sagte Boman.

»Wenn das so ist, sehen wir uns später.« Phinn folgte den Damen in das Morgenzimmer, wo gerade der Tee serviert wurde.

Addison setzte sich neben ihn. »Augusta scheint gute Laune zu haben.«

»Zu Recht. Sie wurde dort behandelt wie eine Königin.«

»Es gibt da einen jungen Mann, der nach Augusta gefragt hat. Ein gewisser Vizegraf Celje. Kennen Sie ihn?«

Der Name kam ihm nicht bekannt vor, aber das Bild eines ernsten jungen Mannes, der Augusta hungrig angegafft hatte, kam ihm in den Sinn. »Mittelgroß, blond, etwa ein- oder zweiundzwanzig Jahre alt, mag die Farbe Blau?«

»Das klingt nach ihm.«

Verflucht! Augusta brauchte kein weiteres blauäugiges Hündchen, das ihr hinterherrannte. »Er hat versucht, Augusta vor dem Grafen zu retten, bevor ich eingeschritten bin.«

Hector nickte. »Wahrscheinlich ist er einfach verliebt. Das scheint ganz schön oft zu passieren.«

»Das kann ich nicht bestreiten.« Für Phinns Geschmack passierte es viel zu oft. »Celje ist kein französischer Name. Was treibt er hier?«

»Er ist auf einer Grand Tour.« Addison führte ihn den Korridor entlang.

Solange der Mann sich von Augusta fernhielt, wünschte Phinn ihm eine gute Reise. »Haben Sie vor, noch Veranstaltungen zu besuchen, bevor Sie weiterreisen?«

»Momentan nicht.« Addison warf Phinn einen rätselhaften Blick zu. »Wir sollten uns besser zu den anderen gesellen.«

»Wohl wahr.« Es war feige, dass er den Mann nicht gefragt hatte, ob er und Boman mitreisen könnten, wenn sie aus Paris aufbrachen.

***

Am nächsten Tag begleitete Phinn Augusta beim Einkaufen und zu der finalen Anprobe bei der Modistin. Es gab noch ein Restaurant, das ihm empfohlen worden war. »Sollen wir zu Mittag essen, bevor wir nach Hause gehen?«

»Immer gerne.« Sie grinste ihn glücklich an. »Ich frage mich, ob das Essen in anderen Teilen Europas so vortrefflich ist wie hier.«

»Ich schätze, du wirst es herausfinden.« Er führte sie in ein Restaurant mit ein paar leeren Tischen.

Plötzlich wurde er zurückgehalten. »Was soll das heißen, ich werde es herausfinden? Fährst du zurück nach England?«

»Nein ...« Er starrte sie einen Moment lang an. »Willst du damit sagen, du möchtest, dass ich dich und deine Familie begleite, wenn ihr Paris verlasst?«

»Ich ... ich ...« Vor lauter Gedanken bildeten sich Falten auf ihrer Stirn. »Ich bin einfach davon ausgegangen, dass du uns begleiten würdest.«

Genau das wollte Phinn hören, hatte aber nicht gewagt, es zu hoffen. »Ich werde mit deinem Cousin sprechen, wenn wir zurück sind.«

Ihre Brauen senkten sich und sie nickte. »Ja. Das solltest du tun.«

316

Phinn hatte nun keine Zweifel mehr, dass er den Rest seines Lebens mit Augusta verbringen wollte. Und seine Gefühle stellte er auch nicht mehr infrage. Er war verliebt. Jetzt musste er sie nur noch davon überzeugen, dass sie ihn auch liebte.

Ein Teil von ihr war sich sicher, dass das der Fall sein musste. Egal, wie viel Zeit sie miteinander verbrachten, nie gingen ihnen die Gesprächsthemen aus und sie fanden immer wieder Gemeinsamkeiten. Und gerade hatte sie geäußert, dass sie gerne weiterhin mit ihm Zeit verbringen würde. Er wusste, dass sie sich genauso zu ihm hingezogen fühlte wie er sich zu ihr. Doch sie erkannte nicht, was ihre Reaktionen zu bedeuten hatten. Würde es helfen, wenn sie es wüsste? Oder wäre sie abgeschreckt? Sie war so überzeugt, dass sie nicht heiraten konnte, bis sie ihren Abschluss hatte.

Addisons Worte kamen Phinn wieder in den Sinn.

Wissen Sie, selbst wenn Sie heiraten, um einen Erben zu zeugen, es kann sowieso niemand wissen, wie lange das dauern wird … Soweit ich weiß, gibt es kein Gesetz, das einer Lady verbietet, zu studieren und gleichzeitig verheiratet zu sein.

KAPITEL 26

Zwei Tage nach der Rückkehr von Augusta, Phinn, Prue und Boman aus Valenciennes verkündete Hector, dass sie den nächsten Teil ihrer Reise am kommenden Morgen antreten würden. Sie reisten in leichten Etappen nach Straßburg, dann nach Baden-Baden und Stuttgart, und waren nun auf dem Weg nach München. Bald würden sie nach Wien fahren.

Am Tag vor ihrer Abfahrt waren Phinn und Augusta gemeinsam in einem Café. »Ich frage mich, wie lange es dauern wird, bis wir Wien erreichen.«

»Das hängt davon ab, wo wir halten und wie lange.« Er legte seine Hand auf ihre.

Er hatte noch nie so eine intime Geste gemacht. Was hatte das zu bedeuten? Eigentlich war es egal. Er hatte keine Andeutungen gemacht, dass er sie liebte oder dass er das Versprechen an seinen Bruder brechen würde. Sie wollte sowieso nicht, dass er sich unehrenhaft verhielt. »Immerhin müssen wir nicht mehr auf Bälle und andere Empfänge gehen.«

Er runzelte die Stirn. »Das könnte sich in Wien ändern.«

Hoffentlich nicht. Augusta hatte den französischen Adelshof nicht gemocht und konnte sich kaum vorstellen, dass der Habsburger Hof besser war. »Hector wird mich dort vorstellen, damit Prinz Esterházy sich sicher sein kann, dass ich an der Universität angenommen wurde. Obwohl ich sowieso nicht weiß, ob man von Wien aus noch etwas daran ändern kann.«

»Ich bin mir sicher, der Habsburger Hof ist mächtig genug, um alles zu veranlassen, was er will.« Phinn zog die Hand zurück und trank seine Tasse aus. »Aber er muss erst an unserem Botschafter, Lord Stewart, vorbei.«

Sie vermisste die Wärme und Kraft in seiner Hand. »Das stimmt.«

»In Wien werden eine Menge unserer Landsleute sein.« Er rief den Kellner. »Möchtest du noch etwas?«

»Nein, danke.« Was er gesagt hatte, störte sie. Jedes Mal, wenn sie auf Abendveranstaltungen ging, langweilte sie sich zu Tode. »Woher willst du wissen, dass in Wien Engländer sein werden?«

»Ich habe es aufgeschnappt, als wir in Paris waren.«

»Verdammt.«

Phinn lachte laut. »Wir können den Leuten immer noch erzählen, dass wir verlobt sind.«

Sie verspürte ein Stechen im Herzen. Schön, dass er das lustig fand. Sie nicht. »Ich möchte gehen.«

»Du hast deinen Kaffee noch nicht ausgetrunken.« Er stand nach ihr auf.

»Mir egal.« Sie winkte Durant zu sich. »Wir sehen uns im Hotel.«

Ihr Bediensteter holte sie ein, als sie sich von Phinn wegbewegte, und ein furchterregendes Gefühl überkam sie. Je näher sie Italien gekommen waren, desto vorfreudiger war sie gewesen, aber jetzt konnte sie kaum die Vorstellung ertragen, dass er bald nicht mehr in ihrem Leben sein würde.

Und sie wusste ganz genau, was das Problem war. Sie war verliebt in ihn. Wann war das passiert und warum? Sie hatte sich nicht verlieben wollen. Es war nicht Teil ihres Plans. Und dass er obendrein über ihre vermeintliche Verlobung lachen konnte, bewies nur, was sie bereits in Versailles vermutet hatte. Er war *nicht* verliebt in sie. Wenn er jetzt, nach all der Zeit, die sie miteinander verbracht hatten, nicht verliebt in sie war, würde er es niemals sein.

Tränen stiegen ihr in die Augen und sie blinzelte heftig. Warum passierte ihr das? Sie wollte doch nur zur Universität gehen und nun musste sie sich verlieben. Und selbst wenn Phinn ihre Gefühle erwiderte, würde das nichts an ihren Plänen ändern.

Sie kam am Hotel an, ging direkt in ihr Schlafzimmer und versuchte, ihre Haube abzunehmen. Doch je mehr sie am Band zog, desto mehr verknotete es sich.

Gobert schob ihre Hand sanft beiseite und sagte: »Lassen Sie mich helfen, Mylady.«

»Dankeschön.« Die Tränen drohten immer noch, überzuschwappen, und sie ballte die Fäuste. Schon bald war die Haube abgenommen und sie drehte sich um. »Ich möchte eine Weile allein sein.«

»Ich komme bald wieder, um Sie fürs Dinner fertig zu machen.«

Verflucht! Augusta wollte nicht zum Dinner gehen. Vielleicht könnte sie ihre Zofe anweisen, Jane zu sagen, sie wolle in ihrem Zimmer essen. Dann würde Jane allerdings in Augustas Zimmer kommen und wissen wollen, warum sie sich nicht dazugesellen wollte. Doch wie könnte sie Phinn gegenübertreten, wissend, dass sie ihn liebte und er sie nicht?

Zur Hölle mit all dem. Sie sollte glücklich sein, wenn sie verliebt war. Und sie sollte sich in einen Mann verlieben, der sie ebenfalls liebte.

Sie ging auf und ab, während Gobert geduldig auf eine Antwort wartete. Augusta konnte ihn schwer meiden. *Sie* war diejenige, die wollte, dass er sie begleitete. Nun ja, was sollte es. Sie hatte keine andere Wahl. Sie musste ihre Gefühle wieder unter Kontrolle bringen.

»Dankeschön.«

Ihre Zofe hielt inne und ein finsterer Blick zog sich über ihre normalerweise sanften Gesichtszüge. »Ich frage nur ungern, Mylady, aber *ist* etwas nicht in Ordnung?«

Das würden alle sie fragen, wenn sie nicht zum Dinner hinunter ginge. »Danke, aber ich habe bloß leichte Kopfschmerzen. Bitte helfen Sie mir aus diesem Kleid. Ich werde ein Schläfchen machen.«

»Ja, Mylady.« Ihre Zofe klang nicht überzeugt. Trotzdem tat Gobert, was von ihr verlangt wurde, und kurz nachdem Augusta sich ins Bett gelegt hatte, wurde die Tür geöffnet und wieder geschlossen.

Wenn sie ihre Zofe schon nicht überzeugen konnte, wie würde es dann bei Jane und Hector sein? Ganz zu schweigen von Phinn. Augusta konnte ihn auf keinen Fall wissen lassen, wie sie sich fühlte. Es wäre demütigend, wenn er es herausfand. Nicht nur das, er würde ihr höchstwahrscheinlich wieder einen Antrag machen und, Universität hin oder her, sie konnte ihn nicht heiraten, wenn er ihre Gefühle nicht erwiderte.

Wenn sie doch nur jemanden hätte, dem sie sich anvertrauen könnte. Jemanden, der sie verstehen würde. Leider war diese Person immer Phinn gewesen. Sie schwang ihre Beine aus dem Bett und fing wieder an, auf und ab zu gehen. Nein, dieses Mal musste eine Frau herhalten. Die Frage war, sollte es Jane oder Prue sein? So sehr sie sich auch beide um sie kümmerten, Augusta wusste, auch sie wollten, dass sie heiratete. Sie hatte den Eindruck, Prue und ihr Mann waren beide jung gewesen, als sie heirateten, und dass es ihr Sinn für Abenteuer war, der sie zusammengeführt hatte. Sie hatten sich sehr gemocht und diese Zuneigung hatte sich langsam in Liebe verwandelt. Wenn ihre Cousine glaubte, Augusta und Phinn könnten sich ineinander verlieben, dann würde sie ihr vielleicht raten, ihn zu heiraten, sofern er ihr gestattete, zu studieren. Doch solange Lady Dorchester keinen Sohn hatte, würde er ihr wohl kaum erlauben, das Kinderkriegen aufzuschieben. Augusta hatte gelesen, dass es Mittel dafür gab, doch keine Quelle verriet, um welche es sich handelte.

Jane wiederum hatte sich geweigert, ohne Liebe zu heiraten. Bestimmt würde sie Augusta verstehen. Und sie hatte ihr bereits ein paar gute Ratschläge gegeben. Vielleicht konnte Jane ihr sagen, was zu tun war. Oder vielleicht sollte sie ihre Freundschaft mit Phinn auch einfach genießen und versuchen, nicht über ihre Gefühle nachzudenken. Augusta atmete tief ein und wieder aus. Wann war das Leben so kompliziert geworden?

Wir sind Freunde, wir sind Freunde. Wir sind nur *Freunde!*

Wenn sie es nur oft genug wiederholte, würde sie bestimmt anfangen, es zu glauben. Und wenn das Studium anfing, wäre sie so beschäftigt, dass sie ihn völlig vergessen würde.

Nur leider hatten Hector und Jane sich nicht vergessen, und sie waren jahrelang voneinander getrennt gewesen. Genauso hatte Augustas Mutter Richard nicht vergessen, und sie war sogar mit Augustas Vater verheiratet gewesen! Und ihr Vater war wohl ebenfalls nie über den Tod seiner ersten Frau hinweggekommen.

Sie seufzte wieder. Das alles verhieß nichts Gutes für ihre Zukunft. Sie zweifelte nur selten, wenn überhaupt, an ihren Taten. Doch mit der Liebe hatte sie noch keine Erfahrung. Das war die Antwort. Sie würde das tun, was sie immer tat, wenn sie mit einem Thema konfrontiert war, worüber sie nichts wusste: es recherchieren und einen erfahrenen Mentor finden. Aber nicht Jane oder Prue. Die kannten nur die weibliche Perspektive. Hector war der einzige Mann, den Augusta fragen konnte, aus welchen Gründen ein Mann sich verliebte. Und genau das würde sie tun, sobald sie es schaffte, ihn unter vier Augen zu sprechen.

***

Phinn starrte Augusta nach, während sie verärgert davonstapfte. Was zum Teufel hatte er gesagt, das sie so wütend gemacht hatte? Als sie das erste Mal vorgegeben hatten, verlobt zu sein, war sie überhaupt nicht sauer gewesen. Was an seinem Scherz hatte sie also nun verärgert? Sie hatten sich noch nie gestritten. Nun ja, außer als sie sich kennengelernt hatten und er sie maßlos unterschätzt hatte. Und das eine Mal, als er ihr einen Heiratsantrag gemacht hatte. Aber was sie damals aufgebracht hatte, war, dass ihre Lebenspläne unvereinbar waren. Er musste genauer darüber nachdenken. Und er musste ihr folgen. Er konnte auf dem Weg ins Hotel grübeln. Im Augenwinkel entdeckte er den jungen Vizegraf Celje. Phinn hatte den Mann schon einige Male auf der Straße gesehen, doch wenn er tatsächlich ein Vizegraf auf einer Grand Tour war, dann war das wohl nicht verwunderlich. Und obwohl er Augusta auf dieselbe lüsterne Weise anstarrte wie Lord Lancelot, kam Celje ihnen nie in die Quere.

Er schüttelte das Kribbeln in seinem Nacken ab, winkte den Kellner zu sich und sagte auf Deutsch: »*Die Rechnung, bitte.*«

Nachdem er gezahlt hatte, lief er die Straße hinunter. In London war Augusta verärgert gewesen, weil absolut jeder um ihre Hand angehalten und sie sich von ihm verraten gefühlt hatte. Doch er hatte schließlich nicht gewusst, dass sie studieren wollte. Die vermeintliche Verlobung hatte sie mitgemacht, weil sie Angst gehabt hatte, dass er in einem Duell getötet werden würde. Sie hatte ihm äußerst klar gemacht, dass sie nicht heiraten würden. Hätte er denselben Scherz in Frankreich gemacht, hätte sie ihn bestimmt amüsant gefunden. Was war nun anders? War es, dass sie die Situation nicht lustig fand, so sehr von Männern belästigt zu werden, dass sie wieder Theater spielen mussten? Wäre das der Fall gewesen, dann hätte sie wohl eher geraunt und ihm gesagt, dass es nicht lustig sei. Nein, irgendetwas war nun definitiv anders. Er wünschte nur, er wüsste, was.

Phinn betrat die Gemächer, die er mit Augustas Familie teilte – einen Salon mit einem separaten Esszimmer. Ihre Schlafzimmer führten direkt in den Salon, wohingegen seines am Ende des Flurs war.

Jane, wie er sie inzwischen endlich nennen durfte, las Tommy gerade etwas vor. In der Sekunde, als Phinn das Zimmer betrat, rannte der kleine Junge mit erhobenen Armen auf ihn zu. »Hoch.«

Er hob das Kind hoch über seinen Kopf und wirbelte es herum. Ein lautes Kichern füllte den Raum.

»Du kannst das wirklich gut.« An Janes Augen bildeten sich Falten, wenn sie lächelte.

»Ich bin gerne bei ihm.« Kinder waren so einfach zu beeindrucken. Er senkte Tommy und hob ihn wieder, bevor er ihn schließlich auf den Boden setzte. »Hast du Augusta gesehen?« Nachdem er zu oft dabei erwischt worden war, sie beim Vornamen zu nennen, hatte er die Heuchelei aufgegeben. »Sie hat das Café verlassen, bevor ich die Rechnung beglichen habe.«

»Ihre Zofe hat gesagt, sie hätte Kopfschmerzen und würde einen Mittagsschlaf machen.« Jane setzte Tommy wieder auf das Sofa.

»Einen Mittagsschlaf?« Er hatte noch nie gehört, dass sie tagsüber schlief oder Kopfschmerzen hatte. Es könnte ernster sein als gedacht.

»Ich fand es auch etwas seltsam«, sagte Jane, während Tommy hinunter plumpste und über ein paar knallbunte Holzklötze watschelte. »Ist irgendetwas passiert, das sie verärgert hat?«

»Das könnte man so sagen.« Auch wenn er nicht erklären konnte, *was* genau geschehen war. Phinn setzte sich in einen der stark gepolsterten Sessel aus Eichholz. »Ich habe einen Scherz gemacht, jedenfalls dachte ich das, und sie wurde wütend.«

»Wirklich?« Jane sah genauso verwirrt aus, wie er sich fühlte. »Ich glaube nicht, dass ich sie jemals wütend erlebt habe. Frustriert, ja. Aufgebracht, ja. Aber nicht wütend.« Sie zog die Brauen zusammen. »Was um alles auf der Welt hast du gesagt?«

»Wir haben uns über Wien unterhalten und ich habe erwähnt, dass Hector sich mit dem Botschafter treffen muss, wegen des Briefes, den Prinz Esterházy ihr gegeben hat. Das führte zu einer Diskussion über Bälle, auf die sie vielleicht gehen muss.« Phinn hatte das Gefühl, auch er würde bald Kopfschmerzen bekommen, und kniff sich in den Nasenrücken. »Ich habe gesagt, wir können immer vorgeben, verlobt zu sein, wenn die Gentlemen wieder anfangen, Heiratsanträge zu machen.« Er erinnerte sich vage, dass Augusta schnell geblinzelt hatte, kurz bevor sie gegangen war. Hatte sie angefangen, zu weinen? »Sie sah aus wie eine Sturmwolke und ist einfach abgezischt.«

Jane presste die Lippen zusammen und zog sie ein. »Wirklich?« Tommy war fertig mit den Klötzen und rannte mit voller Geschwindigkeit zurück zu Jane. Sie hob ihn auf ihren Schoß. »Falls es dich beruhigt, ich glaube nicht, dass du etwas Unangebrachtes gesagt hast.«

»Das ist gut zu hören. Dankeschön.« Phinn hatte das zwar nicht vermutet, aber es war nett, dass er mit seiner Ansicht nicht allein war.

»Ich werde vor dem Dinner nach ihr sehen.« Tommy drehte sich um, schlang die Arme um Janes Hals und legte den Kopf auf ihre Schulter. »Er braucht ein Nickerchen. Vielleicht sind es ja wirklich nur Kopfschmerzen.«

»Das will ich hoffen.« Phinn stand gleichzeitig mit ihr auf. Er fragte sich, wie seine und Augustas Kinder wohl aussehen würden. Er konnte fast spüren, wie diese kleinen warmen Knäuel in seinen Armen lagen. »Wir sehen uns beim Dinner.«

Er öffnete die Tür und hielt sie für Jane auf. Wenn Augusta ihrer Cousine erzählte, was los war, würde diese es ihm es dann weitererzählen?

An diesem Abend kam Augusta besonders gutaussehend in den Salon, in einem weißen Kleid mit rosafarbenem Saum. Sie lächelte jeden an, einschließlich ihm, doch irgendetwas an ihrer Freude stimmte nicht ganz. Sie wirkte unecht. Phinn versuchte, sie auf den Vorfall anzusprechen, doch sie wimmelte ihn nur ab.

»Ich weiß nicht, wieso ich so wütend wurde. Es muss eine Art plötzlicher Kopfschmerz gewesen sein. Du musst dir wirklich keine Sorgen machen. Mir geht es ausgezeichnet.«

»Ich bin froh, dass dein Mittagsschlaf geholfen hat.« Er beobachtete unauffällig ihre Gesichtszüge.

»Ja.« Augusta lächelte vielleicht, aber diese Miene schien wie angeklebt. »Ja, das hat er.«

Dachte sie ernsthaft, dass sie ihm etwas vormachen konnte? Früher oder später würde er herausfinden, was in ihrem klugen Köpfchen vor sich ging. »Das freut mich.« Er hörte, wie sich die Tür zum Esszimmer öffnete. »Da ist Baiju, er ruft uns zum Dinner.« Sie zitterte, als er ihre Hand auf seinen Arm legte, um sie zu begleiten. »Augusta?«

Eine leichte Röte stieg ihr ins Gesicht. »Es ist nichts.«

Unsinn. Wenn es nichts wäre, dann würde sie sich nicht so verhalten. Vielleicht würde er morgen herausfinden, was sie so bedrückte.

Als das Dinner zu Ende war, sagte Hector: »Ich habe die Dokumente für unsere Weiterreise erhalten. Wenn niemand etwas dagegen hat, könnten wir ja morgen früh losfahren.«

Das war keine gute Nachricht. Sie bedeutete, dass Phinn nicht mit Augusta allein sein konnte, doch das war nicht verwunderlich. Sie hatten heute erst die Liste mit den Orten und Dingen, die sie besichtigen wollten, fertiggestellt. Alle sahen sich an und nickten.

»Also morgen.«

Jane stand auf und die Damen folgten ihr aus dem Zimmer. Durant stellte Portwein und Brandy auf den Tisch und zog sich dann zurück.

Baiju breitete eine Karte auf dem Tisch aus und setzte sich mit einem Notizbuch und einem Bleistift in der Hand zu ihnen. »Wie Sie sehen, geht es nur geradeaus. Nur leider sollen die Straßen noch schlimmer sein als in Frankreich.«

Wenn das so weiterging, würde Phinn bald die Räder und Achsen an seiner Kutsche wechseln müssen. »Wie lange wird es dauern?«

Hector sah sein Faktotum an, der antwortete: »Wir haben beschlossen, mit dem Frachtkahn zu reisen. Das wird schneller gehen und die Kutschen schonen.« Baiju legte den Finger auf die Karte und fuhr damit den Weg von der Isar zur Donau ab. »Wir werden für unsere Kutschen zwei Frachtkähne brauchen. Ihre«, er sah Phinn an, »wird auf unseren passen.«

»Ich habe mir die Schiffe bereits angesehen«, sagte Hector. »Wie es aussieht, werden wir eines mit mehreren Kabinen, einem großen gemeinsamen Salon, einem Esszimmer und einer Dachterrasse haben.«

»Es klingt, als würden Sie Zillen beschreiben.« Er und Augusta hatten sich diese Kähne schon einmal angesehen. Manche davon waren überaus geräumig. Addison zufolge hatte er eine größere Zille arrangiert, die sie flussabwärts bringen sollte. Vielleicht war es ja genau das Modell, das ihr so gefallen hatte.

»Genau.« Er grinste Phinn an. »Es wird eine willkommene Abwechslung zu den defizitären Straßen sein, auf denen wir sonst herumgekarrt werden.«

Er stimmte zu. Außerdem hätte er Zeit, um herauszufinden, was mit Augusta los war. Er wusste, wem er die Idee zu verdanken hatte. »Gut gemacht, Baiju.«

Der Mann neigte den Kopf. »Wir haben den Kahn gemietet, der auf dem Weg nach Budapest ist.«

»Was heißt«, Addison warf Phinn einen bedeutungsvollen Blick zu, »wir werden nicht lange in Wien bleiben. Also schmiede deine Pläne dementsprechend.«

Damit war ein Problem schon einmal gelöst. Es überraschte Phinn nicht, dass Jane mit ihrem Mann gesprochen hatte. Es hätte ihn mehr überrascht, hätte sie es nicht getan.

»Wissen wir etwas über die Straße von Budapest nach Triest?« Leider floss die Donau nach Budapest in die für sie falsche Richtung.

»Sie ist in gutem Zustand, wie Sie bestimmt wissen«, sagte Baiju. »Triest ist der wichtigste Hafen des Kaisertums Österreich.«

Phinn grinste. »Ich bin froh, meine Annahmen bestätigt zu wissen.«

Er würde mehrere Tage auf dem Schiff haben, um Augusta unter vier Augen zu sprechen. Es gefiel ihm nicht,

ihr so fern zu sein, und er sandte ein Stoßgebet gen
Himmel, dass sie sich ihm anvertrauen würde.

KAPITEL 27

Augusta hörte sich mit zunehmender Begeisterung Janes Beschreibung einer Zille an. »Du wirst sie lieben. Es gibt eine Dachterrasse mit einem Sonnendach. Die Breite des Bootes hat mich überrascht. Es ist breit genug für einen Flur in der Mitte. So kommt man in die Kabinen. Und diese wiederum umfassen die gesamte Breite des Bootes. Und auf dem Bug und Heck gibt es auch Platz zum Sitzen. Hector meint, er könne vom Heck aus fischen.«

»Hat sie einen hellblauen Schiffsrumpf?« Augusta war sich sicher, dass sie schon einmal eine Zille gesehen hatte, als sie und Phinn unterwegs gewesen waren.

Ihre Cousine nickte. »Ja.«

»Dann ist es die *Aurelia*. Benannt nach einer Heiligen.« Eine Heilige, die vor der Ehe mit einem Mann geflohen war, den sie nicht leiden konnte. Vielleicht hatte auch sie sich nach der Liebe gesehnt.

»Das klingt ja aufregend«, sagte Prue. »Jedenfalls ist es besser, als auf der Straße zu fahren.«

Augusta sah das auch so. Seit sie diese Kähne gesehen hatte, wollte sie auf einem davon mitfahren. Auf einem Kahn würde sie lesen können, etwas, das in einer Kutsche unmöglich war. Das einzige Problem war, dass sie die ganze Reise auf engstem Raum mit Phinn sein würde.

»Ein in Frankreich ausgebildeter Koch wird unsere Mahlzeiten zubereiten«, fuhr Jane fort. »Nachts werden wir am Ufer anlegen. Der Kapitän hat erklärt, dass es zu gefährlich sei, im Dunkeln durch die Flüsse zu navigieren.« Sie lächelte. »Ihr könnt abends eure Pferde ausreiten.«

»Das wird ein Vergnügen.« Prue hatte kurz nach ihrer Ankunft in Paris ein reizendes braunes Pferd gekauft. Sie sah Augusta an. »Findest du nicht auch?«

»Doch. Hat Mr. Baiju den Kahn ausfindig gemacht?« Seit Augusta ihn kennengelernt hatte, nannte sie ihn schon so. All die jüngeren Kinder taten es auch. Er stammte aus einer einflussreichen Familie, doch irgendetwas war vorgefallen, und als Hector Indien verlassen hatte, war Baiju mit ihm mitgekommen. Seine und Hectors Beziehung musste der von Phinn und Boman wohl sehr ähnlich sein. Obwohl Baiju aus unerfindlichen Gründen nie mit ihnen am Tisch aß. Sie hatte nicht nachgefragt, aber sie wusste genug über die indische Kultur und vermutete, dass es daran lag, dass er kein Fleisch aß. Rind war besonders abstoßend. Es wäre schön, eines Tages einmal nach Indien zu fahren. Augusta hielt sich vom Seufzen ab. Sie musste sich mit dem Studium zufriedengeben.

»Ja, das hat er.« Jane nahm einen Schluck Sherry. »Er hat unsere Auswahl auf drei Boote reduziert. Hector und ich haben die anderen zwei angesehen, aber«, sie runzelte die Stirn, »hast du *Aurelia* gesagt? Ich habe nicht auf den Namen geachtet.«

»Ja. Sie war der schönste aller Kähne, und der größte.«

Ihre Cousine errötete. »Du weißt ja, dass Hector es mir gerne so bequem wie möglich macht.«

»Ich glaube, er will dich einfach verwöhnen.« Prues Augen funkelten und es bildeten sich kleine Falten daran. »Worüber du dich glücklich schätzen solltest.« Sie zog eine alberne Grimasse. »Mein Mann hat mich immer als seine tapferste Soldatin bezeichnet. Aber um fair zu sein, auch er hat mich verwöhnt, wann immer er konnte.«

Die Gentlemen gesellten sich zu ihnen. Hector ging direkt zu Jane, Phinn zu Augusta und Boman zog es zu Prue. Jetzt wurde es interessant.

»Also, meine Liebe.« Hector gab Jane einen Kuss auf die Wange. »Bist du fertig damit, die Vorzüge des Bootes aufzuzählen?«

»Ich war noch mitten dabei. Augusta hat den Kahn schon gesehen und sich an den Namen erinnert.« Sie nahm Hectors Hand, als er sich auf dem Sofa neben ihr niederließ. »Er wurde nach einer Heiligen benannt.«

»Die *Aurelia*.« Phinn zog einen Stuhl zu Augusta. Er war ihr so nah, dass ihr Rock sein Bein berührte. »Habe ich recht?«

»In der Tat.« Sie überlegte, ihren Stuhl ein paar Zentimeter wegzubewegen, doch alle würden es bemerken. »Ich bin überrascht, dass du dich erinnerst. Wir haben uns an diesem Tag so viele Zillen angesehen.«

»Das haben wir, aber diese hat dir besonders gefallen. Ich bin froh, dass wir auf ihr mitfahren können.«

»Du und Mr. Boman habt zweimal den Atlantik überquert«, sagte Jane. Das Teetablett wurde hereingebracht und Jane fing an, allen einzuschenken.

»Ja, das haben wir.« Phinn lächelte, als würde er sich zurückbesinnen. »Aber das hier wird eine andere Erfahrung.«

»Wir haben nachts nicht angelegt.« Boman schmunzelte. »Du wärst überrascht, wie viele Leute glauben, das sei möglich.«

Sie lachten und Augusta beschloss, dass sie zu gerne an Phinns Seite war, um ihn zu meiden.

Er lehnte sich zu ihr hin und senkte die Stimme, sodass nur sie ihn hören konnte. »Ich bin froh, dass es dir besser geht.«

»Ich auch.« Sie verspürte ein merkwürdiges Verlangen, seine Hand zu nehmen. Das würde definitiv nicht einfach werden.

Einer der Bootskapitäne hatte ihr die Geschwindigkeit der Ströme in der Isar und der Donau genannt, was ihr ermöglichte, ein paar schnelle Rechnungen im Kopf anzustellen. Wenn sie es schafften, vierzehn Stunden pro Tag zu fahren, würde ihre Gruppe in etwa fünf bis sechs Tagen Wien erreichen. Sie war versucht, die Zeit auszurechnen, die sie nach Padua benötigen würden, aber das wäre wahnsinnig. Es war besser, sich die Zeit mit ihm nur in kleineren Etappen vorzustellen. Zuerst musste sie in Wien ankommen, wo Hector und vielleicht auch sie den Prinzen von Metternich, den österreichischen Außenminister, treffen würden, der Teil ihres Studienvorhabens geworden war. Sie wusste, dass immer noch etwas schiefgehen konnte, auch wenn Professor Angeloni ihr einen Platz gesichert hatte. Was sie tun würde, wenn sie nicht in Padua studieren dürfte, wusste sie nicht. Wobei, eigentlich wusste sie es. Sie würde keine andere Wahl haben, als die Reise mit Jane und Hector fortzusetzen. Oder sie könnte sich in Utrecht bewerben.

»Denkst du gerade über die Reise auf dem Fluss nach?« Phinns Lächeln war zaghaft. Als fürchtete er sich davor, sie wieder zu verletzen.

»Ja.« Vorfreude auf dieses neue Abenteuer kam in ihr auf. »Ich hoffe, es wird so faszinierend, wie ich es mir vorstelle.«

»Ich habe gehört, die Landschaft ist atemberaubend.« Sein Blick schien neblig, als würde er sie vor sich sehen.

»Ich denke, wir sollten uns in unsere Kutschen begeben«, sagte Jane und stand auf. »Wir müssen morgen schon früh auf den Beinen sein.«

Phinn nahm Augustas Hand und hielt sie mehrere Sekunden lang in seiner. Wenn er sie doch nur lieben würde und auf sie warten und fürs Erste auf Kinder verzichten könnte. Wenn sie doch nur aufhören könnte, vom Unmöglichen zu träumen. »Wir sehen uns morgen.«

»Bis dann.« Sie löste ihre Finger aus seinen und versuchte, sich nicht anmerken zu lassen, dass seine Berührung eine Flamme in ihr entfacht hatte. Obwohl es so war. Vielleicht könnte sie ja dafür sorgen, dass die anderen immer um sie herum sein würden, wenn er dabei war. Dann könnte sie sich wenigstens etwas von ihm fernhalten. Andererseits hatte es an diesem Abend auch nicht viel gebracht. Egal, wo sie waren oder wer um sie herum war, irgendwie schaffte er es immer, ihr das Gefühl zu geben, sie seien die Einzigen im Raum.

***

Augusta wachte auf und sah, dass ihre Kleidung für den Tag bereits herausgelegt worden war und die

Schränke leer waren. Wie hatte sie all das verschlafen können?

Gobert eilte wieder ins Schlafzimmer. »Sobald Sie angezogen sind, kann ich Ihre übrigen Sachen einpacken.«

Augusta verschwand hinter den Raumtrenner, machte sich fertig und wusch sich. Ihre Zofe nahm ihr Nachthemd, das sie über den Raumtrenner geworfen hatte, und legte eine Bluse an dessen Stelle. Die Tasche, die sie in Paris gekauft hatte, lag offen auf einem Stuhl. Gobert packte nach und nach alle Gegenstände ein, die Augusta nicht mehr benötigte. Als Augusta fertig war, befanden sich nur noch ihre Zahnbürste und ihr Zahnpulver im Zimmer.

Jane trug Tommy ins Esszimmer und gesellte sich zu Augusta, die bereits gefrühstückt hatte.

»Ich halte ihn, während du isst«, bot sie an.

»Danke. Er war bei Nurse etwas quengelig. Er muss wohl wissen, dass wir wieder aufbrechen. Sie konnte ihn dazu bringen, ein Ei zu essen, aber wenn du ihm ein Stück Toast schmackhaft machen könntest …« Jane rümpfte die Nase. »Lass nicht zu, dass er dein Kleid versaut.«

»Keine Sorge.« Augusta sah den Jungen an. »Hast du das gehört? Du darfst mich nicht schmutzig machen.« Er streckte seine Hand aus, als sie ein Stück Toast abriss. »Da.«

»Mmm, lecker.« Er schluckte es herunter und streckte seine pummelige kleine Hand aus, um Nachschlag zu bekommen.

»Er erinnert mich an Theo in diesem Alter.«

»Guten Morgen.« Phinn schlenderte ins Zimmer und lächelte sie an. Für einen Moment konnte sie sich vorstellen, wie er sie küsste. Dann streichelte er Tommy am Kopf.

»Guten Morgen.« Augusta schüttelte das Gefühl ab. Wie würde es wohl sein, Kinder mit Phinn zu haben? Im Laufe der Reise hatte sie oft gesehen, wie er mit dem Baby gespielt hatte, und zwar gerne. Er wäre ein ausgezeichneter Vater.

Mit einer anderen Frau. Nicht mit mir. Ich bin noch nicht bereit für Kinder.

»Oh nein, das tust du nicht.« Er griff nach Tommys Hand.

Sie sah Phinn und das Kind an. »Was hat er getan?«

»Er wollte seine buttrige kleine Hand an deinem sauberen Kleid abschmieren.« Er riss noch ein Stück Brot ab. »Lass deine Hände am Toast und frag, wenn du mehr möchtest. Ist das klar?« Tommy streckte seine Hand nach mehr Brot aus und nickte energisch. »Irgendwie bezweifle ich, dass er sich nach diesem Stück noch an meine Anweisung erinnern wird.«

Als Tommy das letzte Stück Toast aufgegessen hatte, putzte Augusta seine Hände ab und gab ihn Jane zurück. Phinn hätte fast angefangen, sie anzustarren, als er sie mit dem Kind in der Hand gesehen hatte. Er wollte seine Arme um die beiden schließen. Nicht, dass er dachte, Tommy würde jemals Phinn und Augusta gehören. Aber ein anderes Kind vielleicht.

Zum richtigen Zeitpunkt. Wenn sie bereit dazu war.

Prue, Boman und Addison kamen ins Esszimmer und befreiten Phinn von der Pflicht, Gespräche zu führen, wenn er doch lieber über das Leben mit Augusta nachdenken wollte.

Sein schlechtes Gewissen fraß ihn auf. Er erinnerte sich an Helens Schmerzen und Verzweiflung, weil sie keinen Sohn geboren hatte. Doch lag Addison richtig? Könnte Phinn sein Versprechen an seinen Bruder halten und das Kinderkriegen gleichzeitig aufschieben? Schließlich – er warf einen Blick auf den Mann – war Addison ein ehrenvoller Gentleman und würde niemals etwas vorschlagen, das Phinn dazu verleiten würde, sein Versprechen zu brechen. Er hatte versprochen, dass er es versuchen würde, ein Kind zu zeugen. Aber manche Paare brauchten Jahre, um Kinder zu bekommen, selbst wenn sie aus großen Familien stammten. Seine Eltern hatten seinen Bruder erst nach knapp fünf Jahren Ehe gekriegt. Und selbst danach war es ihnen nur vergönnt gewesen, zwei lebende Kinder auf die Welt zu bringen. Trotzdem wusste er, dass Helen wollte, dass er umgehend Zuwachs bekam, auch wenn Dorchester das nicht von ihm abverlangt hatte.

Und jetzt, wo er wusste, dass er Augusta liebte, könnte er niemals guten Gewissens eine andere Frau heiraten. Er würde sich und die besagte Frau völlig unglücklich machen. Er musste Augusta zur Frau haben. Und dafür musste er ihr bieten, was sie wollte: dass sie studieren und das Kinderkriegen aufschieben konnte. Doch auch er verlangte etwas von ihr. Begierde reichte ihm nicht mehr aus. Sie musste ihn lieben.

Sie schob ihren Stuhl an den Tisch. »Ich bin in ein paar Minuten bereit zum Aufbrechen.«

Er würde sie einfach für sich gewinnen müssen. »Wollen wir zusammen zum Hafen spazieren?«

Augusta erstarrte und er fragte sich, ob sie Nein sagen würde. Bedrückte sie noch immer der Vorfall von gestern? »Ja. Wir treffen uns hier.«

Er eilte in seine Gemächer, wo sein Kammerdiener wartete und fertig packte, putzte seine Zähne und ging zurück in den Salon. Als er dort ankam, öffnete sie gerade die Tür zu ihrem Schlafzimmer und sprach mit jemandem dort. Sie drehte sich um und lächelte ihn an, doch ihr Blick war bedacht. Das Ganze würde ihn eine Menge Zeit kosten. Zum Glück hatte er davon mehr als genug.

Phinn hielt ihr den Arm hin und sagte: »Sollen wir?«

»Gerne.« Sie legte behutsam ihre schmalen Finger auf seine Jacke.

Bevor sie das Hotel verließen, hielten sie noch einmal an, um sich vom Gastwirt und seiner Frau zu verabschieden.

»Wir waren wirklich gerne bei Ihnen zu Gast«, sagte Augusta.

»Und uns war es eine Freude, Sie zu empfangen.« Die Gastwirtin fiel in einen tiefen Knicks. »Ich wünsche Ihnen von hier an eine gute Reise.«

»Herr Duschl.« Phinn verbeugte sich kurz. »Es war mir ein Vergnügen.«

»Kommen Sie gerne auf dem Rückweg wieder vorbei.« Der Mann verbeugte sich.

»Bis dahin sind Sie doch verheiratet, oder?« Frau Duschl nickte.

Augusta errötete stark, nuschelte etwas und eilte zur Tür hinaus.

Phinn seufzte und sagte dann: »Darauf hoffe ich inständig. Vielen Dank und auf Wiedersehen.« Er holte sie bei der Bäckerei ein. »Lass uns ein paar *Butterbrezeln* kaufen.«

Sie atmete hektisch und statt zu antworten, steuerte sie die Tür an. Er kam gerade rechtzeitig dort an, um sie ihr aufzuhalten. Er hatte das dumpfe Gefühl, dass die Gastwirtin seinen Plan, sie von der Heirat zu überzeugen, um Wochen zurückversetzt hatte. Vielleicht würde es ihr helfen, die Contenance zurückzugewinnen, wenn er den Kommentar der Gastwirtin einfach ignorierte, als hätte der Vorfall nicht stattgefunden.

»Guten Morgen, Frau Becker.«

»Grüß Gott. *Butterbrezn* für Sie?«, fragte sie in ihrem lokalen Münchner Dialekt.

»Ja, bitte. Zwei für uns«, er zeigte auf sich und Augusta, »und acht Eingepackte für später.« Seit sie das salzige, mit frischer Butter bestrichene Gebäck in Form einer Schleife in Straßburg entdeckt hatten, waren *Brezeln* zu einem ihrer liebsten Leckerbissen geworden. Er würde die Besuche in der Bäckerei vermissen. Wenn es in Wien keine gab, würde er einen anderen Gaumenschmaus finden müssen.

Die Bäckersfrau gab ihm eine der beiden *Brezeln*. Die andere gab sie Augusta. Sie leckte die Butter ab, die aus dem geschnittenen Gebäck triefte, und er konnte nicht anders, als sich vorzustellen, wie sie ihn ableckte und er den Gefallen erwiderte.

Sie schloss die Augen, als wäre sie im siebten Himmel. »Danke.«

»Gern geschehen.« Phinn war überrascht, dass seine Stimme so gefasst klang. Der Rest von ihm war es nicht. Verdammt, er musste sich wieder unter Kontrolle bringen.

Als sie etwa zwanzig Minuten später am Ufer ankamen, waren die letzten Kutschen gerade auf den Kahn geladen worden.

»Ihr habt euch Zeit gelassen«, sagte Addison.

Phinn hielt die Tüte hoch. »Wir haben *Butterbrezeln* für alle mitgebracht.«

»Na, dann wird man euch bestimmt verzeihen.« Der Mann grinste. »Da bin ich mir sicher.«

Er nahm das Gebäck mit in den Essbereich und stellte es dort auf den Tisch, wo Tommy nicht herankommen konnte. Brezeln gehörten zu den Lieblingsspeisen des kleinen Jungen. Dann fand sich Phinn in seiner Kabine ein.

Sie hatte zwei Fenster mit Vorhängen auf jeder Seite der Holztüre. Auf der anderen Seite der Kabine waren noch mehr Fenster mit Ausblick auf den Fluss. Das Zimmer war sehr viel geräumiger, als er gedacht hätte. Im Grunde genommen war das Boot eine lange, weite Plattform, die aussah, als hätte man ein Haus darauf gebaut. Musson war beschäftigt damit, das Gepäck auszupacken, und animierte Phinn dazu, den Rest des Schiffes zu erkunden.

Er ging durch den überdachten Korridor zum Heck. An der Wand waren mehrere Angelruten wie Billardstöcke aufgestellt. An der Seite befand sich eine schmale, steile Treppe, die auf das Dach führte. Er erklomm sie. Ein hüfthohes Geländer umrandete die mit Korbsesseln und Sofas ausgestattete Dachterrasse. Wie Jane schon angekündigt hatte, war der gesamte Bereich mit einer Markise überdacht. Unten führte ein schmales Deck an den Fenstern der Kabinen vorbei. Phinn schlenderte zum anderen Ende, wo eine Leiter angebracht worden war, und kletterte zum Bug hinunter. Soweit er es erkennen konnte, war das Schiff sauber und in ausgezeichnetem Zustand.

Augusta stand an der Backbordseite des Bugs und blickte über den Fluss.

»Hast du dich schon umgesehen?«

Sie drehte sich schlagartig um, als hätte er sie überrumpelt. »Noch nicht. Und du?«

»Ich war auf dem Dach.« Er schlenderte zu ihr. »Wir werden es lieben, dort zu sitzen.«

»Ich habe nicht gut darauf reagiert, was die Gastwirtin gesagt hat.« Sie biss sich auf die Lippen und presste die Hände zusammen. »Tut mir leid, dass ich dich blamiert habe.«

»Ich nehme deine Entschuldigung an, aber es war mir nicht peinlich.« Er wollte sie eng an sich ziehen, doch er entschied sich stattdessen dafür, seine Hand auf ihre Schulter zu legen. »Ich habe mir Sorgen um dich gemacht.«

»Es ist nichts. Ich bin nur etwas durch den Wind.« Log sie? Augusta hob die Schultern und er ließ seine Hände von ihr abgleiten.

»Vielleicht hilft es ja, Zeit auf dem Boot zu verbringen.« Er wünschte, sie würde sich ihm anvertrauen. »Ich habe gehört, das sei entspannend.«

»Da bin ich mir sicher.« Sie richtete ihre Aufmerksamkeit wieder auf den Fluss. »Selbst hier auf dem Deck zu sein, ist schon beruhigend.«

Auf der anderen Seite des Kahnes holte die Besatzung gerade den Landesteg. Kurz danach wurden die Leinen losgemacht und das Boot kam in Fahrt, als zwei Besat-

zungsmitglieder es mit langen Stangen vom Ufer weg-
schoben.

»Das ist so anders als das Schiff, mit dem wir Dover
verlassen haben.« Augusta blickte mit einem breiten
Lächeln auf dem Gesicht über ihre Schulter.

»Stimmt.« Er gesellte sich zu ihr an die Reling. »Nicht
annähernd so hektisch.« Phinn wollte ihr sagen, dass
alles gut werden würde. Dass er es gut machen würde.
Wenn sie ihm doch nur erzählen würde, was los war.
Wenn sie sich ihm nicht anvertrauen und das alles so
weitergehen würde, dann würde er fragen. Er ließ nicht
zu, dass sie weiterhin litt oder ihn aus ihrem Leben ver-
bannte. Langsam glaubte er, dass es gar keine so
dumme Idee von Dorchester gewesen war, zu heiraten,
bevor er sich verliebt hatte. Es war die Hölle, in ihrer
Gegenwart immer auf Zehenspitzen gehen zu müssen.

KAPITEL 28

Augusta hielt sich an der Reling fest, als würde ihr Leben davon abhängen. Was es tatsächlich tat, wenn sie weiter stehen wollte. Ob es an dem Kommentar der Gastwirtin oder an ihrer Erkenntnis, dass sie Phinn wirklich liebte, lag, wusste sie nicht. Doch plötzlich war sie sich seiner Anwesenheit zutiefst bewusst, mehr noch als das eine Mal, als sie miteinander getanzt hatten. Sein Körper schien größer und wärmer, und sein Duft von purer Männlichkeit mit einem Hauch von Würze, die seiner Seife entstammte, schien noch berauschender. Seine silbernen Augen waren noch verführerischer. Er sah schon immer so gut aus – vor allem in Abendgarderobe – doch sie hatte noch nie zuvor das Gefühl gehabt, er sei der attraktivste Mann, den sie je gesehen hatte. Doch sie konnte ihren neu geschärften Sinnen in diesem Moment genauso wenig nachgehen, wie sie vom Boot springen konnte.

Wenn sie die Reling losließ, würden ihre Knie nachgeben und sie würde fallen. Phinn könnte sie mit seinen starken Armen auffangen und sie würde sich an ihn lehnen und ihn küssen wollen. Natürlich würde er sie auch küssen wollen – sie hatte gesehen, wie er ihre Lippen angestarrt hatte – und alle würden sie sehen und all ihre Hoffnungen auf eine Liebesheirat und ein Studium wären ruiniert.

Augusta war dankbar, dass ihre Handschuhe verstecken, wie fest sie sich an die Reling klammerte. Wieso konnte er sich nicht woanders aufhalten? Es wäre hilfreich, wenn es ihr gelingen könnte, bis zur Ankunft in Wien krank zu sein, dann wieder gesund genug zu werden, um all ihre Erledigungen dort abzuhaken, und schließlich wieder krank zu werden, bis sie Triest erreichten. Dadurch könnte sie ihn den Großteil der Reise meiden. Doch so sehr sie es sich auch wünschte, es war überaus unrealistisch. Wenn sie so krank wäre, dann würde ihre Familie die Reise höchstwahrscheinlich nicht fortsetzen.

Augusta atmete tief ein und aus. Zusätzlich zu ihrer wissenschaftlichen Bildung hatte sie auch jahrelange Übung darin, ihre Gefühle zu verbergen, wenn es nötig war. Diese Übung würde ihr nun zugutekommen. Das einzige Problem war, dass Phinn sie zu gut kannte. Er merkte immer, wenn sie sich über etwas, was gesagt wurde, Gedanken machte. Sie ging davon aus, dass er merken würde, wenn sie versuchte, etwas vor ihm zu verheimlichen. Verflucht nochmal. Warum mussten Männer – oder die Liebe überhaupt – so kompliziert sein?

»Hier bist du.« Prue kam von der anderen Seite auf Augusta zu. »Ich glaube, du wirst die Zeit hier sehr viel mehr genießen als die Überfahrt auf dem Schiff.«

»Wir hatten gerade davon gesprochen, wie schön und ruhig es hier ist«, antwortete Phinn. »Augusta wird lesen können, ohne dass ihr schlecht wird.«

Augusta warf ihm einen Blick zu und er ihr ein kindliches Grinsen. Was konnte sie schon gegen ihn tun? »Darauf freue ich mich schon. Ich habe ein paar Bücher auf Ungarisch und Slowenisch besorgt.«

Er sah sie überrascht an. »Ich wusste nicht, dass es eine slowenische Sprache gibt.«

Sie rümpfte die Nase und zuckte mit den Schultern. »Es gibt schon seit dem letzten Jahrhundert eine einheitliche Landessprache. Obwohl Teile des Nordwestens stark germanisch geprägt sind. Im Süden spricht man Italienisch. An den Grenzen zu Ungarn und Kroatien spricht man auch die dortigen Sprachen. Ich verstehe die kroatischen Dialekte ein bisschen, von daher werde ich im Zweifelsfall schon entziffern können, was gemeint ist.«

Prues Augen weiteten sich. »Du hattest die Möglichkeit, Ungarisch und Kroatisch zu üben?«

»Und Slowenisch. Als Prinz Esterházy herausgefunden hat, dass ich diese Sprache lernen möchte, hat er einem seiner Sekretäre aufgetragen, mir Nachhilfe zu geben. Ich habe gelesen und mein Vokabular verbessert. Ich konnte nur etwas Schul-Slowenisch und ein bisschen südländischen Dialekt lernen. Charlie«, sie sah Phinn an, »Stanwood, mein Bruder auf der Carpenter-Seite der Familie, hat einen anderen Studenten gefunden, der eingewilligt hat, mir während der Schulferien Kroatisch-Unterricht zu geben. Heutzutage gibt es zwar kein Standard-Kroatisch mehr, aber das hat es mal gegeben, und es wurden Bücher darin verfasst.«

Phinn betrachtete sie, als hätte er etwas ganz Neues in ihr entdeckt. »Das heißt, du kannst Kroatisch, hast Bücher im Standarddialekt gelesen und bist nun imstande, die Passagen zu erkennen, die nicht auf Standard-Kroatisch sind, sondern in einem anderen Dialekt.«

»Korrekt. Die einzige Schwierigkeit ist, dass manche Aussprachen sich unterscheiden, und ich habe sie noch nicht gehört. Leider bezweifle ich, dass ich sie noch lernen kann. Dalmatia ist sehr weit weg von all den Orten, an die wir reisen werden.« Sie rief sich die Route ins Gedächtnis. »Allerdings müssten wir irgendwann durch Slowenien fahren, um Triest zu erreichen, selbst wenn wir die ursprüngliche Route über Zagreb beibehalten. Ich hoffe, ich werde etwas üben können, während wir unterwegs sind.«

»Man würde meinen, ich habe mich inzwischen an dich gewöhnt, Augusta, aber du überraschst mich immer wieder. Ich habe noch nie solch eine Polyglotte getroffen.« Prue betrachtete eine Weile lang seelenruhig den Fluss und sagte dann: »Wenn wir in Wien ankommen und von dort aus weiterfahren, wäre es vielleicht besser, wenn du deine Sprachkenntnisse nicht vor allen Leuten preisgibst.«

Augusta konnte nicht glauben, was ihre Cousine gerade gesagt hatte. Warum sollte man auf eine Chance, sich weiterzubilden, verzichten? »Ich verstehe nicht.«

»Inzwischen habe ich gelernt, dass Menschen Dinge sagen, die sie normalerweise nicht sagen würden, wenn sie glauben, man würde sie nicht verstehen. Ich habe gehört, am österreichischen Adelshof sind mindestens genauso viele Intrigen im Gange wie amm französischen. Wahrscheinlich noch mehr. Die wurden schließlich noch nicht aufgelöst.«

Das gefiel Augusta nicht, aber … »Das ist ein guter Punkt. Ich werde die typische englische Dame abgeben.«

»Mit Deutsch-, Französisch- und Italienisch-Kenntnissen?« Phinn hob fragend die Augenbrauen.

»Ja. Ich nehme an, dass Deutsch uns weit bringen wird.« Sie wäre überrascht, wenn man es in Ungarn nicht sprach. Nichtsdestotrotz wollte sie sich die Chance nicht entgehen lassen, ihre Sprachkenntnisse anzuwenden. »Vielleicht kann ich im Hotel oder in den Restaurants mein Ungarisch üben.«

»Warum nicht?«, sagte er nachdenklich. »Wir werden wahrscheinlich besser bedient, wenn du es tust.«

Augusta lachte und die Wolke, die über ihr gehangen hatte, löste sich langsam auf. Sie mochte Phinn viel zu sehr, um sich über seine Anwesenheit zu ärgern. Solange sie ihre Liebesgefühle nicht in die Tat umsetzte, würde alles gut gehen.

***

Phinns Herz ging auf, als er Augusta lachen hörte. Er würde weiterhin ein Auge auf sie haben, aber ihre Melancholie schien verschwunden zu sein. Er hoffte, dass sie nicht wiederkommen würde. Noch nie in seinem Leben hatte er sich so hilflos gefühlt. Sie hatte gelitten und er war nicht imstande gewesen, etwas dagegen zu tun.

Er bot ihr den Arm an. Dann erinnerte er sich an Prue und hielt auch ihr seinen Arm hin, obwohl es unmöglich wäre, mit zwei Frauen am Arm durch den schmalen Korridor zu gehen. »Möchtet ihr euch den Rest des Bootes ansehen?«

Prue schmunzelte. »Danke für das Angebot. Aber ich muss noch ein paar Dinge erledigen.«

»Ich würde auf der Fahrt gerne anfangen, Ungarisch und Slowenisch zu lernen«, sagte Phinn. »Man weiß nie, wann es mal nützlich wird.«

Augusta kaute auf ihrer Unterlippe. Er hatte sie das noch nie tun sehen. »Da gibt es leider ein Problem.« Sie warf ihm einen reuevollen Blick zu. »Ich habe noch nie Unterricht gegeben.«

»Dann werde ich dein erster Schüler sein.« Phinn bemühte sich um einen ermutigenden, selbstbewussten Tonfall. Er würde nicht zulassen, dass sie sich drückte. Wenn sie ihm Unterricht gab, würden sie mehr Zeit miteinander verbringen.

»Na gut.« Sie klang nicht besonders überzeugt von sich. »Ich werde es versuchen.«

***

Obwohl er nicht so klug wie Augusta war, hatte Phinn eine Begabung für Sprachen, und als sie in Wien anlegten, hatte er sich ein rudimentäres Verständnis von Ungarisch und Slowenisch angeeignet. Leider kam in keinem der Bücher, die sie für den Unterricht benutzt hatte, Essen vor, und Augusta kannte nur die Gerichte, die bei Hofe serviert wurden.

»Wir werden einfach weiterlernen müssen.« Der Kapitän und die Besatzung waren gerade dabei, das Boot zu vertäuen. Phinn sah sich um. Es gab ein paar Passagierschiffe wie ihres, doch der Rest transportierte Güter, und auf der anderen Seite der Seestraße reihten sich Schänken. »Ich bin mir nicht sicher, ob Hector auf dem Boot bleiben will.«

Augusta sah sich um. »Ich weiß, was du meinst. Ich hoffe, wir finden ein Hotel.«

Die Leinen wurden gelöst und wieder wurde das Boot weggestoßen. Phinn blickte sich alarmiert um. »Ich bin gleich zurück.«

»Ich komme mit.« Sie rannte ihm hinterher.

»Wenn du willst.« Er nahm ihren Arm. Er war sich sicher, dass alles in Ordnung war. Und selbst wenn nicht, würde sie bei ihm sicher sein.

Kurz darauf fanden sie einen Bootsarbeiter und sprachen ihn auf Deutsch an. »Warum sind wir wieder abgefahren?«

»Damit wir Platz in der Stadt haben«, sagte der Mann. Hinter ihnen wurde ein weiteres Passagierboot weggeschoben. »Herr Addison hat Zimmer für Sie in der *Weißen Rose* reserviert. Es ist eines der besten Hotels in der Stadt.« Phinn und Augusta mussten verwirrt ausgesehen haben, denn der Bootsmann fuhr fort: »Sie werden es bei der Abreise leichter haben, und für uns ist es einfacher, wenn wir nicht all die Schänken um uns herum haben. Wir werden am Steg beim Hotel bleiben, bis Sie nach Budapest weiterreisen.«

»Dankeschön.« Augusta schwieg, bis sie wieder am Bug ankamen. »Inzwischen kommt mir dieses Schiff wie ein Zuhause vor. Es ist seltsam, es wieder zu verlassen.«

Phinn wusste genau, was sie meinte. »Ich freue mich auch schon darauf, wieder damit zu reisen. Sollen wir morgen einen Reiseführer kaufen und besprechen, welche Sehenswürdigkeiten wir uns ansehen wollen?«

»Ja.« Sie atmete aus und für einen Moment entspannten sich ihre Augenbrauen. Dann runzelte sie wieder die Stirn. »Ich hoffe nur, dass wir nicht bei Hofe erscheinen müssen.«

Fast hätte er wiederholt, was er in München gesagt hatte und was ihn in Schwierigkeiten gebracht hatte, doch dann hielt er den Mund. Die Wahrscheinlichkeit, dass sie nicht mindestens ein paar Veranstaltungen besuchen würden, war lächerlich gering. Die Österreicher waren viel zu involviert in ihr Studienvorhaben. Doch er würde an ihrer Seite bleiben. Die Leute konnten denken, was sie wollten. Es kam nicht mehr infrage, dass sie mit irgendwelchen Gentlemen herumspazierte, weil sie in Gedanken verloren war und nicht mitbekam, was geschah.

Das Boot fuhr unter einer langen Brücke hindurch, die die Kaiserstadt Wien mit Leopoldstadt verband, bevor es wieder anlegte. Andere Passagierboote reihten sich am Ufer. Herbergen und andere Geschäfte und Gebäude befanden sich vor der Stadtmauer, als würden sie aus der Stadt überschwappen. Ein Stück weiter flussabwärts spazierten modisch gekleidete Menschen durch eine breite Allee. Diese Anlegestelle war sehr viel besser als die vorherige.

»Es gibt keine Gehwege.« Augustas Atem streichelte sein Ohr und brachte seine Sinne völlig durcheinander.

Phinn betrachtete die Straße vor ihnen. Überall waren Fußgänger und Kutschen. »Wie seltsam. Wir müssen aufpassen, wenn wir laufen.«

Als die Kutschen und Pferde von den anderen beiden Booten heruntergeholt wurden, kam Addison auf sie zu. »Wir werden bald ins Hotel gehen können. Die Stallburschen und die Kutscher sehen nach den Pferden.«

»Wo werden sie untergebracht?« Phinn hatte nichts dagegen, dass Augustas Cousin die Entscheidungen fällte, was die Tiere und die Fahrzeuge anging.

»Die Kutschen werden im Gebäude drei Häuser rechts von der Pforte verstaut. Die Pferde nehmen wir mit ins Hotel. Mir wurde geraten, eine Mietkutsche mit einem lokalen Fahrer anzuheuern.« Addison rieb sich an der Stirn. »Ich habe gehört, es ist unmöglich, sich in diesem Verkehr zurechtzufinden, wenn man nicht darin geübt ist.«

»Wann wirst du Lord Stewart schreiben?« fragte Augusta.

»Sobald wir im Gasthaus ankommen. Ich möchte ihm nicht zu spät Bescheid geben.«

Sie nickte und verstummte. Phinn konnte es ihr nicht übelnehmen. Fast jedes Mal, wenn sie auf Veranstaltungen ging, war es, jedenfalls was sie betraf, ein absolutes Desaster.

Ein paar Minuten später hatte sich ihre Gruppe zusammengefunden. Ein Wagen sowie zwei Kutschen machten vor ihnen Halt.

»Das Hotel ist in Leopoldstadt. Ich habe eine Transportmöglichkeit für unser Gepäck, die Dinge, die nicht auf dem Boot bleiben, und unsere Bediensteten arrangiert«, sagte Addison. »Jane und ich werden zu Fuß gehen. Möchte irgendjemand warten, bis die Kutschen zurück sind?«

»Ich würde lieber laufen«, sagte Phinn. »So kann ich etwas von der Stadt sehen.«

Neben ihm nickte Augusta.

»Ich werde auch laufen.« Prue wandte sich ihrer Zofe zu und sagte ein paar Worte, die er nicht hören konnte, und die Frau hastete davon.

»Ich wäre bei einem Spaziergang dabei«, stimmte Boman zu.

»Wenn das so ist ...« Addison nahm Jane Tommy ab und half ihr, über den Landesteg, auf den Boden.

Keine fünf Minuten später kamen sie am Hotel an, welches scheinbar zwei Gebäude umfasste. Die Fenster waren mit Blumen dekoriert und vorne standen Tische. Die Kutschen waren angekommen und Männer brachten eilig ihr Gepäck hinein.

»Herr Addison?« Ein etwa mittelgroßer Mann kam heraus und begrüßte sie auf Deutsch.

»Ich bin Addison.« Er gab Tommy Jane zurück. »Herr Riegert?«

»Das bin ich.« Der Gastwirt nickte. »Bitte folgen Sie mir. Ich werde Ihnen Wein bringen lassen, während Ihre Zimmer hergerichtet werden.«

Er sah den Rest der Gruppe an und Addison stellte ihm alle vor. »Es ist mir eine Ehre, Sie bei uns willkommen zu heißen.«

Sie wurden in einen belaubten Innenhof voller verschieden großer Tische und Stühle geführt, wo ihnen gekühlter Weißwein, Brot und Käse serviert wurde. Addison flüsterte Herrn Riegert etwas zu und die beiden gingen zurück in den Eingangsbereich.

Phinn hielt Augustas Stuhl, während sie sich anmutig darauf sinken ließ. »Dankeschön.« Sie sah ihn an. »Fühlen sich deine Beine auch so seltsam an?«

»Ähm, nein. Aber ich erinnere mich an dieses Gefühl. Als wäre man noch immer auf dem Boot und nicht schon auf dem Festland.«

»Daran erinnere ich mich auch«, sagte Boman. »Das erste Mal, als wir nach unserer Schiffsreise wieder auf dem Land waren.«

»Es wird nur einmal passieren.« Der Blick, den sie ihm zuwarf, brachte ihn zum Grinsen. »Ich kann versprechen, dass ich noch nie von jemandem gehört habe, der öfter daran litt.«

»Nach unserer Überfahrt zum Kontinent ist es nicht passiert.« Sie blickte auf ihren Schoß, als könnte sie ihren Gliedmaßen vorschreiben, wie sie sich zu verhalten hatten. »Wie lange wird es anhalten?«

Er hob eine Braue und senkte die andere. Prue nickte. »Ich erinnere mich, dass meine Beine sich angefühlt haben, als wären sie immer noch auf dem Schiff, als wir in Portugal angekommen waren. Es war schrecklich unangenehm, aber am nächsten Morgen war das Gefühl wieder weg.«

»Augusta, Liebes«, sagte Jane. »Ich glaube, die Einzigen, die gerade nicht daran leiden, sind Prue, Phinn und Boman.«

»Das ist eine Erleichterung. Ich hoffe, wir müssen heute Abend nicht ausgehen.«

Sie hatte Angst, wie ein betrunkener Seemann auszusehen, aber Phinn würde ihr Halt geben.

»Wie ist der Wein?« Addison kehrte zurück und setzte sich auf den Stuhl neben Jane, nahm ihren Sohn in die Arme und kam schließlich doch dessen Forderung nach, wieder heruntergelassen zu werden.

In diesem Moment erhob sich eine große hellbraune Dänische Dogge von einem Polster am anderen Ende des Innenhofes und trottete herüber.

»Sie sieht fast so aus wie Daisy.« Augustas Tonfall war verhalten, als hätte sie Angst, den Hund zu stören.

Neben ihr stand Tommy, der wahrscheinlich schon zu viel Zeit in der Nähe dieser riesigen Hunde verbracht hatte, und watschelte mit ausgebreiteten Armen ein paar Schritte nach vorn.

»Nicht Daisy.« Bevor irgendjemand sich rühren konnte, hatte er die Arme um den Hals der Dogge geschlungen und erntete für seine Attacke einen schlabbrigen Kuss. »Guter Hund.« Er lehnte sich zurück und sah dem Tier in die Augen. »Wie heißt du?«

»Minerva.« Herr Riegert trat hervor. »Sie hat einem deutschen Grafen gehört. Er hat sie bei uns gelassen, aber er ist leider gestorben, bevor er den nächsten Halt auf seiner Reise erreichen konnte.« Er sah Tommy an, der neben den Beinen des Hundes heruntergeplumpst war. Minerva, die offenbar darauf achtete, nicht auf das Kind zu treten, lehnte sich an Augusta, die die Hündin streichelte und sie ab und an umarmte. Phinn war definitiv eifersüchtig. »Wir haben schon darauf gewartet, dass sie, die Hündin, endlich etwas Gefallen an irgendwem findet.«

Addison strich sich mit zwei Fingern vom Nasenrücken bis zur Stirn, stützte sich dann mit dem Ellenbogen auf die Stuhllehne und bedeckte sein Gesicht vom Mund bis zum Kiefer. »Mal sehen, wie lange das so bleiben wird.«

»Sie ist äußerst gut erzogen«, fügte der Gastwirt hinzu. Offensichtlich betete er geradezu, dass sie die Dogge aufnehmen würden.

»Wie alt ist sie?« Augusta streichelte die Hündin weiterhin.

»Zwei Jahre. Wir haben ihre Papiere.« In Herrn Riegerts Tonfall schwang etwas Hoffnungsvolles mit.

»Ich würde sogar sagen, sie ist *außerordentlich* gut erzogen.« Sie hob eine Braue. »Kann es sein, dass sie eher drei als zwei Jahre alt ist?«

Er zuckte mit den Schultern. »Ich muss mir nochmal ihre Dokumente ansehen. Der Graf sagte, sie sei zwei.«

»Wie lange ist er denn schon nicht mehr unter uns?«, fragte Augusta.

Sie hatte aufgehört, die Hündin zu berühren, und Phinn wusste, dass sie die Dänische Dogge in ihre Gruppe aufnehmen würden.

»Sechs Monate.« Herr Riegert verstummte. Minerva bückte sich und leckte Tommys Kopf, bevor sie Augusta dieselbe Ehre erwies. Sie sah Hector an. »Wenn sie bei uns bleiben will, dann nehmen wir sie.«

Addisons Hand wanderte von seiner unteren Gesichtshälfte zu seinen Augenbrauen und seiner Nase. Jane kniff sich in den Nasenrücken und gluckste leicht, woraufhin die Hündin ihren großen Kopf in Augustas Brust vergrub und zu ihr aufblickte.

Phinn unterdrückte ein Seufzen. Hoffentlich würde die Hündin ihn genauso sehr mögen, wie sie Augusta mochte. Wenn nicht, wäre er verloren.

KAPITEL 29

Eine gewisse Ruhe breitete sich in Augusta aus, als sie Minerva streichelte. Das war eines der Dinge, die Augusta am meisten vermisst hatte, einen Hund. Sie konnte sich an keine Zeit erinnern, in der sie jemals keine Dänische Dogge im Haus gehabt hatte. Nach dem Tod ihres Vaters war Duke Matts Hund geworden, statt das Familienhaustier. Sie wusste, dass die Dogge den Rest der Familie noch mochte, aber Duke schien zu spüren, dass Matt ihn am meisten brauchte. War das der Grund, weshalb diese Dogge zu ihr gekommen war? Konnte die Hündin ihr Bedürfnis nach Liebe spüren?

Sie lehnte sich hinunter, tätschelte Minervas großen Kopf und flüsterte: »Ich hoffe, du bleibst bei mir.«

Aus dem Augenwinkel sah Augusta, wie Jane Hector auf die Schulter klopfte. »Sieh es mal so. Sie weiß, wie man einen Hund behandelt, und die Dogge kann warten, bis wir nachts anlegen, um an Land zu gehen.«

»Sie kann bei mir schlafen.« Augusta wusste, dass sie ihre Reise bereits umständlicher gemacht hatte, aber wie konnte sie widerstehen? Es war, als hätte Minerva auf sie gewartet.

»Ich werde mit dem Hund helfen«, sagte Phinn. Er lehnte sich hinter sie und streichelte Minerva. »Ich bin mit Hunden aufgewachsen.«

»Jetzt brauchen wir nur noch eine Chartreux und es ist, als wären wir nie von Zuhause weggegangen.« Jane lächelte breit.

»Eine Chartreux?«, fragte Herr Riegert nach.

»Das ist eine alte französische Katzenrasse, bekannt für ihr graues Fell und ihre gelbe Augenfarbe.« Augusta war sicher, dass die Katze hier nicht verbreitet war.

Der Gastwirt runzelte die Stirn. »Ich werde sehen, was ich tun kann.«

Er verbeugte sich, drehte sich um und ging.

Sie starrte dem Gastwirt hinterher. »Denkt ihr, er kann eine Chartreux ausfindig machen?«

»Ich habe keine Ahnung, Schätzchen.« Jane zuckte mit den Schultern. »Wien ist eine internationale Stadt und das Habsburger Reich ist groß.« Sie sah den Hund einen Moment lang an. »Um ehrlich zu sein, wäre ich überrascht, wenn Herr Riegert es *nicht* schafft, ein Kätzchen zu finden.«

Phinn richtete sich auf und Minerva bewegte sich, so-dass er sie streicheln konnte, ohne Augustas Aufmerksamkeit zu verlieren. »Waren das die grauen Katzen von deiner Schwester?«

»Ja.« Sie verkniff sich das Lachen. Diese Bewegung war typisch für eine Dänische Dogge. »Sie kommen mit allen klar, vor allem mit den Doggen.« Sie sah Hector an, der gen Himmel blickte, als würde er ein Stoßgebet senden. »Man kann sehr gut mit ihnen reisen. Meine Schwester wurde mit der Katze sogar schon entführt, und sie hat sich vorbildlich verhalten.«

»Deine Schwester?« Phinn schien verwirrt.

»Nein, die Katze.« Die Dogge wedelte mit dem Schwanz.

Hector brach in Gelächter aus. »Jetzt, wo ich darüber nachdenke, muss ich zugeben, als Grace entführt wurde, haben die Doggen tatsächlich eine große Rolle bei ihrer Rettung gespielt, weil sie die Kutsche, in der sie saß, aufhalten konnten. Und die Katzen *haben* sich schon immer gut benommen.« Er holte Luft, zuckte die Achseln und atmete aus. »Ich habe nichts gegen vierbeinige Neumitglieder in unserer kleinen Familie. Tommy wird sie lieben.«

Sie blickte auf das schlafende Kind herab. Wahrscheinlich waren die Kieselsteine warm, aber sie würden bald abkühlen.

»Ich hole ihn.« Phinn schob die Dogge sachte beiseite, stand auf und ging zu dem kleinen Jungen hinüber.

Nachdem er Tommy aufgehoben hatte, setzte er sich in den Stuhl ihr gegenüber. Natürlich bewegte sich Minerva so flink, dass sie plötzlich zwischen ihnen war. Aber dieses Mal legte sie ihren Kopf auf Phinns Bein. Brauchte auch er Hilfe? Egal, was es zu bedeuten hatte, es würde ein Problem darstellen, wenn der Hund zu beiden eine Bindung aufbaute und Phinn danach plötzlich weg war.

In dieser Nacht schlief der Hund auf einem Kissen neben Augustas Bett.

Am nächsten Morgen nach dem Frühstück nahm Hector Augusta beiseite. »Phinn und ich werden zur Botschaft gehen. Ich möchte, dass du mitkommst.«

»Natürlich.« Sie würde sich auf die Missbilligung von wem auch immer gefasst machen müssen, wahrscheinlich Lord Stewart. Im Gegensatz zu London hatte sie hier keine Chance, ihr Studienvorhaben zu verheimlichen. Sie musste sich entweder mit dem Prinzen von Metternich persönlich oder mit seinem Vertreter treffen. »Wann fahren wir los?«

»Es ist noch früh.« Hector versuchte gar nicht erst, seine Sorgen zu verstecken. »Kannst du in einer Stunde bereit sein?«

»Ja.« Augusta betrat ihr Schlafzimmer. Sie würde sich strategisch anziehen müssen. Nicht wie ein Blaustrumpf, aber auch nicht wie eine junge Dame auf dem Heiratsmarkt. Seriös, aber gleichzeitig modisch. Vielleicht eines der Spazierkleider, die sie in Paris gekauft hatte?

Gobert gab einem der Dienstmädchen des Hotels Anweisungen, das Zimmer zu putzen. Sie wartete, bis das Dienstmädchen knickste und ging. »Ich werde mit meinem Cousin zur britischen Botschaft fahren. Was schlagen Sie vor, was soll ich tragen?«

Gobert ging zum Schrank, nahm das himmelblaue Kleid heraus und schüttelte es. »Es ist dunkler als das, was eine Debütantin tragen würde, aber ich glaube, es wird Ihnen die nötige Ernsthaftigkeit verleihen, die Sie ausstrahlen müssen.«

Das Kleid war von der Taille abwärts üppig und hatte drei Reihen dicker Satinbänder in einer Farbe, die nur eine Nuance dunkler war als das Blau des Sarsenets am Saum. Der Ausschnitt war hoch und mit Spitze verziert. Die Ärmel waren an der Schulter gepufft, aber lang und mit der gleichen Spitze besetzt.

»Da liegen Sie absolut richtig.« Jetzt zur Haube. »Was halten Sie von der flachen Strohhaube, die ich zu dem Kleid gekauft habe?« Es hatte dieselben blauen Satinbänder, und zusätzlich dazu waren gelbe Blumen daran angebracht.

»Das passt perfekt, Mylady.« Gobert betrachtete das Kleid genau. »Ich werde es bügeln müssen. Es wird nicht lange dauern.«

Eine Stunde später vervollständigten braune Lederstiefeletten und eine braune Lederhandtasche ihr Kostüm. Augusta hatte für einen Ball noch nie so viel Zeit und Mühe in ihr Aussehen investiert. Andererseits waren ihr die Auswirkungen eines Balls auch nie so wichtig gewesen wie das Ergebnis dieses Treffens.

Sie ging aus ihrem Zimmer in den privaten Salon. Beide Männer hatten Aktentaschen in der Hand. Sie wusste, dass ihr Cousin den Brief von Prinz Esterházy an den Prinzen von Metternich bei sich trug, doch trotzdem musste sie fragen: »Der Brief?«

»Sicher in meinem Brieffach verstaut. Hast du dich um die Hündin gekümmert?«

»Ja, Phinn und Durant sind heute Morgen mit ihr Gassi gegangen. Durant kümmert sich um sie, bis wir wieder da sind.« Sie hoffte nur, dass er sich an die deutschen Befehle erinnerte, die der Gastwirt ihnen erklärt hatte.

Bevor Hector anbieten konnte, sie zu begleiten, hielt Phinn seinen Arm hin. »Sollen wir?«

Sie hatte erwartet, wieder das Kribbeln zu verspüren, das sie immer überkam, wenn sie ihn berührte. Doch im Gegenteil, sie fühlte sich sicher, als könnte nichts und niemand ihr etwas zuleide tun.

»Alles wird gut«, sagte er und streichelte ihre Hand.

»Es ist ja nicht so, dass Lord Stewart mich aufhalten könnte ... oder kann er das?«

»Nein. Du hast Prinz Esterházy schon genug beeindruckt, dass er das Empfehlungsschreiben an den

Prinzen von Metternich für dich verfasst hat. Ich kann mir vorstellen, dass Esterházy auch seinen eigenen Brief losgeschickt hat, und der muss schon lange vor uns angekommen sein.«

Sie erreichten die Straße, die keinen Gehsteig hatte, und Phinn zog Augusta enger an sich. Das Atmen fiel ihr etwas schwerer, als sie ihm so nahe kam. Zum Glück war der Weg nicht lang.

»Seine Lordschaft hat wahrscheinlich keine Ahnung von deinen Plänen.« Hector bog ab.

»Und es gibt keinen Grund, sie ihm zu erzählen,« fügte Phinn hinzu.

Sie hatten beide recht. Was Lord Stewart anging, hatte sie das Empfehlungsschreiben an den Außenminister des Habsburger Reichs, und das war alles.

Als sie an der Botschaft ankamen, mussten sie nicht lange warten. Lord Stewart begrüßte sie herzlich. »Ich befürchte, als Gastgeber kann ich wohl kaum an Sir Charles und Lady Elizabeth herankommen. Ich bin ein Witwer. Allerdings haben wir gerade eine Menge unserer Landsmänner zu Besuch, daher wird die Frau meines Kollegen Gastgeberin sein. Morgen wird eine Soirée hier stattfinden. Sie sind herzlich eingeladen.«

Als ihr Cousin die Einladung einnahm, warf Augusta Phinn einen Blick zu. Er war kein bisschen glücklicher als sie.

Er wandte seine Aufmerksamkeit dem Botschafter zu. »Wir haben ein Empfehlungsschreiben vom Prinzen Esterházy für den Prinzen von Metternich.«

»Ich bin nicht gerne der Überbringer schlechter Nachrichten.« Der Botschafter schüttelte den Kopf.

»Leider ist der Vater des Prinzen von Metternich im April verstorben, daher ist er derzeit in Koblenz.«

Was sollte Augusta nun tun? Der Botschafter sollte sich um die letzten Vorkehrungen für ihr Studium kümmern und unter anderem die Informationen über das Ehepaar überprüfen, bei dem sie unterkommen sollte.

»Wem können wir das Schreiben geben?« Phinns hochmütiger Ton überraschte sie. »Es geht darin um die Vorkehrungen, die für unsere Reise nach Italien getroffen werden müssen.«

»Ich hätte ja angeboten, den Brief zum Ministerium zu schicken.« Lord Stewart ging um seinen Schreibtisch herum. »Aber ich merke, dass es sich um eine dringende Angelegenheit handelt.« Er schrieb eine Notiz. »Das sollte Ihnen Zugang zu von Metternichs Sekretariat verschaffen.«

»Dankeschön.« Phinn neigte den Kopf. »Wir müssen uns nun verabschieden. Wir wünschen einen schönen Tag.«

»Sehr freundlich von Ihnen. Haben Sie einen schönen Aufenthalt in Wien, wir sehen uns morgen Abend.« Seine Lordschaft begleitete sie in den Eingangsbereich der Botschaft. »Seien Sie vorsichtig auf den Straßen. Sie können gefährlich sein.«

Kaum waren Addison, Augusta und Phinn gegangen, raste eine Kutsche viel zu schnell und mit nur wenigen Zentimetern Abstand an ihnen vorbei, sodass Phinn Augusta an sich zog. Ihr Herz klopfte so stark, dass sie die Kutsche kaum wahrnahm. Augusta hatte Angst, dass sie sich gar nicht von ihm lösen könnte. Zum Glück schob er sie langsam wieder von sich weg.

Ihre Sinne ... Das war albern. Augusta wollte, dass er sie in seinen Armen hielt, und das sollte sie nicht wollen. Sie holte schnappartig Luft. Dass er sie so sehr zum Studieren ermutigen wollte, musste bedeuten, dass er die Ehe mit ihr ganz und gar aufgegeben hatte.

Aus dem Augenwinkel hatte Phinn gesehen, wie die Kutsche in ihre Richtung raste und Augusta in seinem Weg stand. Er griff nach ihr und zog sie eng an sich. Ihr Herz pochte schnell gegen seine Brust. Verdammt, wenn ihr irgendetwas passiert wäre, hätte er diesen fahrlässigen Kutscher mit bloßen Händen zur Strecke gebracht.

Er wollte sie weiter halten und niemals wieder loslassen, aber Addison und Stewart standen da. Langsam, als wäre er unter Wasser, löste sich Phinn wieder von ihr. »Alles gut?«

»Ja.« Sie nickte, aber ihr Puls war noch immer zu schnell.

»Sollen wir zurück ins Hotel gehen oder weiterlaufen?«

»Ich will das hier zu Ende bringen.« Ihre Worte klangen, als hätte sie sie mit purer Willenskraft durch ihre Lippen gepresst.

»Na gut.« Er legte ihre Hand auf seinen Ärmel. »Dann los.«

Phinn ging auf die Hofburg zu, während Addison die Nachhut bildete. Nichts hatte sich an ihrer Entschlossenheit, zur Universität zu gehen, geändert. Nicht einmal all die Zeit, die sie zusammen verbracht hatten, hatte sie von ihrem Kurs abgebracht. Das Einzige, was sich geändert hatte, war er. Nachdem er sie heute fast verloren hatte, wusste Phinn, dass er alles tun würde, um sie glücklich zu machen. Selbst wenn es bedeutete, sich eine Beschäftigung in Padua zu suchen, bis sie ihr Studium beendet hatte und bereit war, ihn zu heiraten. Er freute sich nicht auf den Brief, den er seinem Bruder schreiben müsste.

***

Obwohl der Prinz nicht da war, konnte sein Sekretär, der Graf von Meysenbug, ihnen weiterhelfen.

»Prinz von Metternich wurde für den Großteil des Jahres abberufen«, sagte der Mann zu Augusta. »Aber ich habe ein Schreiben von Prinz Esterházy erhalten, welcher Ihre Intelligenz und Ihre Hingabe bei allem, was Sie sich vornehmen, gepriesen hat.« Der Graf ging zu einem Kabinett und nahm einen Stapel Papiere heraus. »Ich habe Professor Giuseppe Angeloni geschrieben, um zu überprüfen, ob Sie für das Studium in Padua zugelassen werden.«

Er sah Augusta an und seine runden Brillengläser rutschten langsam von seiner Nase. »Sie wissen, dass man in den letzten zweihundert Jahren nur einer Dame gestattet hat, dort zu studieren.«

»Darüber bin ich mir im Klaren.« Ihre Fäuste ballten sich um den Henkel ihrer Handtasche.

»Es wird Sie freuen, dass seine Antworten auf meine Fragen positiv ausgefallen sind. Also«, der Graf nahm ein Stück Papier heraus, »das sind die Informationen über den Grafen und die Gräfin Papafava, die Familie, die sich bereiterklärt hat, Sie während Ihrer Zeit in Padua zu sponsern.«

Phinn fragte sich, was die beiden davon halten würden, eine Dänische Dogge in ihren Haushalt aufzunehmen. Er würde es wohl herausfinden, wenn sie ankamen.

»Sie sollten ihnen schreiben, sobald Sie Ihr Ankunftsdatum kennen.« Der Graf von Meysenbug gab ihr einige Dokumente, die sie wiederum ihrem Cousin reichte.

»Vielen Dank, Mylord. Ich weiß Ihre Mühen zu schätzen.«

»Ach, ich musste nur ein paar Briefe im Auftrag des Prinzen Esterházy schreiben.«

Ihre Finger auf der Handtasche entspannten sich. »Wenn Sie mich kontaktieren wollen, wir wohnen in der *Weißen Rose*.«

»Wenn ich etwas höre, werde ich einen Boten schicken.« Der Mann verbeugte sich. »Genießen Sie Ihren Aufenthalt in Wien. Ich bin mir sicher, Lord Stewart hat Sie beim Sekretariat bei Hofe gemeldet. Ich werde dasselbe tun.«

Phinn warf Augusta einen Blick zu, deren Lächeln starr und höflich geworden war.

Der Graf von Meysenbug begleitete sie nach draußen. »Es war mir eine Freude, Sie kennenzulernen, Mylady.«

Nachdem sie sich noch einmal bei ihm bedankt hatten, gingen die drei wieder zurück zum Hotel. Phinn stellte sicher, dass Augusta immer möglichst nah an der Wand lief, falls noch so ein Idiot in einer Kutsche vorbeiraste.

Erst, als sie am Hotel ankamen, entspannten sie sich alle.

»Ich wünschte, jemand hätte mich vorgewarnt, dass die Straßen hier so gefährlich sind.« Addison führte sie zur Terrasse, wo der Rest ihrer Gruppe gerade zu

Mittag aß. »Ich weiß nicht, ob ich es jetzt noch gutheißen kann, wenn Jane und Tommy rausgehen.«

»Ich weiß, was du meinst.« Phinn sah Augusta an, die gerade eine ausgelassene Dogge streichelte. »Ich glaube, Minerva hat beschlossen, dass sie ihr gehört.« Doch als die Hündin bemerkte, dass auch er anwesend war, wurde er auch begrüßt.

Sie waren sich nun so nah, er war sich sicher, es brauchte nicht mehr viel, bis Augusta sich in ihn verliebte.

»Ich nehme an, alles ist gut gelaufen?«, fragte Jane.

Tommy hüpfte auf und ab und streckte Addison die Arme hin.

»Ja.« Augusta sah Phinn dankbar an. »Danke für deine Hilfe. Ich bin mir sicher, dass Lord Stewart nicht darauf bestanden hätte, sich um alles zu kümmern, wenn du nicht so hochmütig geklungen hättest.«

»Wir wurden auf eine Veranstaltung der Botschaft morgen Abend eingeladen«, sagte Addison, der Tommy nun in den Armen hielt. »Wir brauchen noch unsere Reisepapiere.«

»Was hat der Graf euch gegeben?« Augusta nahm das Glas Weißwein, das Prue ihr reichte, und gab es Phinn, bevor sie ihr eigenes entgegennahm.

Ihr Cousin legte den Aktenkoffer auf den Tisch und nahm die Dokumente heraus. »Abgesehen vom Brief an deine Sponsoren haben wir nun unsere Pässe, die es uns ermöglichen, uns frei im Kaisertum Österreich zu bewegen.« Addison gab Phinn einige Stapel Papiere. »Du und Boman seid auch dabei.«

Jemand hatte sich wohl für ihn ins Zeug gelegt, wahrscheinlich sein Bruder. »Wir hätten Stewart fragen sollen, ob uns irgendwelche Briefe erwarten.«

»Aber die Briefe sind doch schon da«, sagte Jane. »Ein Eilbote aus der Botschaft hat sie gebracht, als ihr weg wart.«

»Es waren einige«, fügte Prue hinzu. »Wir haben sie sortiert und die Stapel in den Salon gebracht.«

Einer der Hotelmitarbeiter deckte drei weitere Plätze an der langen Tafel und brachte mehr Essen.

»Ich bin zu hungrig, um sie jetzt zu lesen.« Augusta ließ sich auf einen Stuhl sinken. »Wir können sie uns nach dem Essen ansehen.«

Phinn schmunzelte und nahm Platz. »Es würde mir nicht im Traum einfallen, dich vom Essen abzuhalten.«

»Ja.« Sie wedelte mit ihrer Gabel. »Eine weise Entscheidung von dir.«

Minerva legte sich zwischen sie und wartete hoffnungsvoll darauf, dass etwas herunterfiel. Das würde definitiv interessant werden. Vielleicht würde Augusta ihn nur wegen der Dogge heiraten. Und es schadete bestimmt nicht, wenn er ihrer kleinen Familie eine Katze beisteuerte.

KAPITEL 30

Nach dem Mittagessen ging Augusta direkt in den Salon und fand auf dem schweren Tisch aus Walnussholz ihren Stapel Briefe. Sie ging sie durch und fand eine sehr dicke Versandtasche mit dem Siegel ihres Bruders darauf. Es würde den Rest des Tages und einen Teil des morgigen Tages beanspruchen, all die Briefe zu beantworten. Hector hatte gesagt, dass sie bald weiterreisen würden. Vielleicht könnte sie mit der Beantwortung der Briefe, abgesehen von den wichtigsten, warten, bis sie wieder auf dem Schiff war. In Budapest sollte es einen britischen Konsul geben, und es gab einen in Venedig.

Augusta beschloss, den Brief von Grace als Erstes zu beantworten – Matt hat ihn vielleicht versiegelt, aber sie musste ihn wohl geschrieben haben. Augusta nahm die Briefe mit in ihr Zimmer. Sie setzte sich auf den kleinen, französisch aussehenden Schreibtisch, brach das Siegel auf und merkte, dass der Brief fast einen Monat alt war. Wie schnell die Zeit doch verging, wenn man auf Reisen war.

Meine liebste Augusta,

ich habe Briefe von allen Mädchen beigefügt. Ich denke, ich muss Dir nicht sagen, wie überglücklich Madeline und die Zwillinge waren, als sie ihre neuen Hauben erhalten haben. Mary und Theo haben sich genau-

so über ihre neuen Kleider gefreut. Wir mussten sie nicht einmal zur Schneiderin bringen.

Walter ist mit ein paar Freunden auf eine einmonatige Wanderung um den Lake District gegangen. Ich vermisse ihn schrecklich, aber das gehört nun mal dazu, wenn er langsam etwas älter wird. Charlie hat vor, die meiste Zeit in Stanwood zu verbringen. Matt und ich haben ihn mit den jüngeren Kindern besucht. Phillip wollte etwas länger dortbleiben. Wie bei Walter gehört das wohl zum Erwachsenwerden dazu.

Danke für die Briefe aus all den Orten, an denen Du warst. Mary und Theo verfolgen Deine Reise auf einer großen Karte mit, die im Unterrichtszimmer aufgehangen wurde. Außerdem führen sie eine Liste mit all den Dingen, die sie Dir sagen wollen, wenn Du zurück bist. Zu Matts großem Unbehagen haben sie geäußert, dass sie auch auf Reisen gehen möchten.

Ich bin mir sicher, dass Du, bis dieser Brief bei Dir ankommt, gute Nachrichten bezüglich Deines Studiums haben wirst. Weder Matt noch ich haben es Deiner Mutter gesagt und wir rechnen nicht damit, dass Du in den nächsten paar Jahren zurückkommst.

Elizabeth hat mir geschrieben und erzählt, wie sehr sie Deinen Besuch genossen hat. Ich nehme an, sie hat Louisa und Charlotte ausführlicher davon berichtet. Du solltest von ihnen und von Dotty demnächst Briefe kriegen.

Bei uns ist alles gut. Hab weiterhin eine sichere Reise.

Alles Liebe,
Deine Schwester
Grace

Die Briefe der Mädchen waren so, wie Grace sie angekündigt hatte. Walter sagte, er wollte Matt davon überzeugen, dass er nächstes Jahr mit einer Gruppe von
Freunden nach Frankreich oder Holland fahren dürfe.
Augusta lächelte, als sie Philips kurzen Brief las, in dem
er sie fragte, ob sie letztendlich mit dem Boot nach Venedig gereist sei. Er hatte einen Bekannten getroffen,
dessen Bruder, welcher gerade aus Deutschland und
Österreich zurückgekehrt war, behauptete, Flussreisen
seien einfacher und sicherer als Reisen auf dem Landweg. Er hoffte auch, dass Matt ihn für alt genug halten
würde, um Walter im nächsten Jahr auf eine Reise auf
den Kontinent zu begleiten. Charlie schrieb Augusta,
wie es mit seinem Anwesen, Stanwood, lief.

Sie machte sich bereit, auf all ihre Briefe zu antworten. Sobald sie fertig war, würde sie die Briefe lesen, die
sie von ihren Freundinnen erhalten hatte.

Mehr als eine Stunde später, gerade als sie die Schreiben mit Sand bestreut und versiegelt hatte, klopfte es
an der Tür.

»Ich gehe, Mylady.« Gobert ging zur Tür und öffnete
sie einen Spalt. Einen Moment später schloss sie sie
wieder. »Es ist Lord Phineas. Er möchte wissen, ob Sie
ihn auf einen Ausflug begleiten möchten.«

Die Sonne schien und es gab in der Stadt noch viel zu
sehen. Augusta fand die Straßen zwar nicht gerade
reizvoll, aber es würde schön sein, etwas rauszukom-
men. Sie würde sich umziehen müssen. Das Kleid, das
sie trug, war leider schon zerknittert. Sie hätte ein Tageskleid anziehen sollen, als sie zurück in ihr Zimmer
gegangen war. »Sagen Sie ihm, ich bin gleich soweit.«

»Ja, Mylady.« Gobert streckte den Kopf aus der Tür, dann ging sie zum Schrank und nahm ein smaragdgrünes Kutschenkleid heraus. »Seine Lordschaft hat gesagt, er hätte eine offene Kutsche bestellt.«

Nun, damit war das Straßenproblem gelöst. »Wie aufmerksam von ihm.«

»Ja, Mylady. Die Bediensteten hier haben gesagt, es könnte gefährlich sein, zu Fuß zu gehen.«

Augusta erhaschte einen Blick auf die Straße. Sie war voller Fußgänger. Trotzdem wäre eine Kutschenfahrt bestimmt vergnüglich.

Als sie den Salon betrat, wartete Phinn dort mit Minerva, die eine Leine am Halsband trug. Die Hündin lehnte ihren Kopf knapp unter Augustas Brüste und wartete darauf, gestreichelt zu werden. »Kommt sie mit uns mit?«

»Ich dachte, es wäre vielleicht eine gute Idee, sie an das Reisen mit uns zu gewöhnen. Ich weiß nicht, ob sie schon Erfahrung darin hat.«

»Das ist eine ausgezeichnete Idee.«

Als sie den Eingang des Hotels erreichten, wartete ein Landauer auf sie. Durant stand hinten auf einer Plattform, in voller Tracht. Es war das erste Mal, dass er seine Uniform trug, seit sie München verlassen hatten. Augusta legte ihre Finger in Phinns Hand und er half ihr hoch in die Kutsche. Minerva brauchte keine Hilfe dabei, nach ihr einzusteigen und es sich auf dem rückwärtsgerichteten Sitz gemütlich zu machen, den Kopf auf die Seitenwand der Kutsche gestützt.

»Hm.« Augusta sah Phinn an. »Ich frage mich, was Hector wohl davon halten wird.«

Phinns Lippen zuckten, während er die Dogge ansah. »Sobald wir wieder per Kutsche reisen, werden wir ein paar Anpassungen vornehmen müssen.« Er setzte sich neben sie und gab dem Kutscher ein Zeichen, loszufahren. »Ich dachte, wir könnten vielleicht eine Rundfahrt durch die Stadt unternehmen. Und wenn wir einen Ort sehen, den wir besuchen möchten, dann können wir aussteigen.«

»Die Idee gefällt mir.« Sie überquerten die Brücke, die durch ein Tor in die Innenstadt führte. Sie blickte auf die Gebäude, die sehr viel größer als die in anderen Städten schienen. »Haben Jane und Hector schon entschieden, wie lange wir noch hierbleiben?«

»In fünf Tagen findet ein Konzert in der *Gesellschaft der Musikfreunde* statt. Danach werden wir weiterreisen.«

Nachdem sie die Brücke in die Stadt passiert hatten, entdeckten sie zwei große Parks und umkreisten das Schloss und die Kathedrale, bevor sie wieder in Richtung der Brücke umkehrten und sich auf den Weg zurück ins Hotel machten. Der Kutscher bog in eine Seitenstraße ab.

»Wohin fahren wir?«

Phinn grinste, als würde er ihr etwas verheimlichen. »Vertrau mir. Ich habe eine Überraschung für dich.«

Sie fragte sich, was er in so kurzer Zeit gefunden haben konnte. Andererseits schien Herr Riegert alles zu wissen, was es über Wien zu wissen gab. Die schmale Straße führte in eine breitere Allee, wo sie an einem Stadthaus vor einem Park anhielten.

Phinn führte sie zur Tür, während Durant klopfte und einem schwarz gekleideten Butler eine Karte reichte.

»Bitte kommen Sie herein.« Der Bedienstete verbeugte sich. »Die Madame erwartet Sie bereits.«

Der Eingangssaal war quadratisch und an einem Ende führte eine geschwungene Treppe nach oben. Der untere Teil der Wände war mit dunklem Holz getäfelt und der obere Teil mit weißer, geblümter Seide tapeziert. Ein wohlhabender Haushalt, aber kein aristokratischer. Sie wurden in einen Salon im hinteren Teil des Hauses geführt, und Augusta wurde sofort klar, was Phinn ihr zeigen wollte. Mehrere Chartreux-Katzen, erwachsene und drei Jungtiere, lümmelten auf hohen Türmen, die offenbar eigens für sie gebaut worden waren.

Eine elegante blonde Dame, die nur ein paar Jahre älter als Augusta war, betrat den Raum. »Ich bin Frau Schmid.« Sie sprach Deutsch mit einem französischen Akzent. »Wie ich höre, hat Herr Riegert Sie geschickt.«

»Ja, das hat er«, antwortete Augusta in derselben Sprache. »Ich bin Lady Augusta Vivers und das ist mein Freund Lord Phineas Carter-Woods.« Sie und Phinn neigten die Köpfe und Frau Schmid knickste.

»Bitte nehmen Sie Platz.« Frau Schmid zeigte auf ein Sofa. »Trinken Sie Kaffee oder bevorzugen Sie Tee?«

»Kaffee, bitte.« Augusta ließ sich auf dem Sofa nieder. Die andere Dame setzte sich ebenfalls und erlaubte Phinn, den Platz neben ihr einzunehmen.

Als sie endlich ihren Blick von den Katzen abwandte, bemerkte Augusta die hohen Fenster an den beiden langen Wänden. Draußen umgab eine mindestens drei

Meter hohe Backsteinmauer den Garten. Eine der Katzen sprang von ihrem Turm herunter und lief durch eine kleine Klappe, die in die Terrassentür eingebaut war. Warum war ihre Familie noch nicht auf die Idee gekommen? Sie musste Louisa davon berichten.

»Das ist ziemlich klug, nicht wahr?«, sagte Frau Schmid. »Es war die Idee meiner Haushälterin.« Der Kaffee kam und sie schenkte allen ein. Nachdem jeder einen Schluck getrunken hatte, fuhr sie fort: »Mir kam zu Ohren, dass Sie sich mit Chartreux-Katzen auskennen.«

»Das tue ich. Meine Schwestern haben welche.« Eines der Kätzchen sprang auf die Sofalehne und fing an, darauf zu balancieren. Phinn griff nach Augustas Tasse, als es kam, um sie zu inspizieren. Ein tiefes Raunen ertönte aus dem kleinen Tier. Augusta nahm einen Handschuh ab und fing an, das Kätzchen zu streicheln. »Ein wirklich hübsches Kerlchen.«

»Ja.« Frau Schmid lächelte den Kater nachsichtig an. »Er heißt Etienne.« Der Kater setzte sich auf Augustas Schoß. »Ich glaube, er hat Sie auserwählt.«

»Ich dachte, eine weibliche …« Naja, die brachten wiederum ihre eigenen Probleme. Charlotte und Louisa mussten während gewisser Zeiten im Jahr besonders gut auf ihre weiblichen Katzen aufpassen.

»Willst du noch ein anderes Kätzchen halten?«, fragte Phinn.

Etienne drückte seinen Kopf an ihren Arm und blickte zu ihr hoch. »Nein. Ich glaube, ich habe das Richtige für mich gefunden.« Dann dachte sie an Dottys, oder eher Mertons, Katze. »Ich hoffe, er entscheidet sich nicht für jemand anderen.«

Frau Schmids leichtes Gelächter füllte den Raum. »Sie kennen die Chartreux-Katzen wirklich. Etienne ist bisher zu keiner anderen Person gegangen.«

»Dann wäre das ja geklärt.« Phinn streckte seine Hand aus und streichelte den Kater, der es zuließ, aber sich nicht bewegte. »Ein Junge und ein Mädchen.«

Ihre Gastgeberin hob eine Braue. »Sie haben schon eine Katze?«

»Nein.« Augusta grinste. »Eine Dänische Dogge. Ich glaube, hier werden sie Deutsche Doggen genannt.«

»Von dem, was ich gesehen habe«, er hörte auf, den Kater zu streicheln, »vertragen sie sich ziemlich gut mit Hunden.«

»Das ist wahr.« Frau Schmid stand auf. »Ich habe ein Halsband für ihn. Sie werden es wechseln müssen, wenn er größer wird.« Sie ging in ein Büro, öffnete eine Schublade und nahm ein rotes Seidenhalsband heraus. »Er ist schon daran gewöhnt.«

Der Kater stand still, während Phinn das Halsband hochhielt, um zu sehen, wie gut es passte. Zum Glück war das Halsband ziemlich simpel. Eine Leine war daran angebracht. Eine gewisse Ruhe war in Augusta eingekehrt, die er noch nie zuvor gesehen hatte. Tiere taten ihr wirklich gut. »Darf ich fragen, woher Sie all diese Katzen haben?«

»Meine Großmutter war die Erste in der Familie, die Katzen hatte. Ihre erste Katze wurde ihr von Madame Pinceloup de la Grange vermacht. Es war eine weibliche Katze. Dann hat sie einen Kater gefunden und sie haben Nachwuchs bekommen.« Sie zuckte mit den Schultern. »Und so ging das dann weiter.«

»Vielen Dank.« Augusta sah Phinn an, der gerade den Handschuh aufhob, den sie wegen des Katers beiseite geworfen hatte.

Er verbeugte sich vor Frau Schmid. »Dankeschön.«

»Ich habe Ihnen zu danken.« Sie lächelte. »Mein Mann hat gesagt, ich darf keine Jungtiere mehr behalten.«

Sie begleitete sie zur Eingangstür und sie verabschiedeten sich.

Jetzt mussten sie den Kater noch in die Kutsche mit der Hündin kriegen. Er hoffte, dass Minerva so sanft mit Etienne umgehen würde, wie sie es mit Tommy hat. Augusta hielt den Kater mit einer Hand, während Phinn ihr in die Kutsche half. Minerva richtete ihre Aufmerksamkeit von der Tür zum Kater. Für einen Moment hielten sie die Schnauzen aneinander, danach nahm Etienne wieder seinen Platz in Augustas Schoß ein. Bis jetzt schien es, als würde alles gutgehen.

Durant warf Phinn einen fragenden Blick zu. »Soll ich mit dem Hund und der Katze Gassi gehen?«

»Das sollte kein Problem sein«, antwortete Augusta. »Man hat uns gesagt, er wüsste, wie er an der Leine zu gehen hat.«

»Wenn Sie meinen, Mylady.«

Als die Kutsche sich nach vorn bewegte, lehnte sich Phinn zu Augusta. »Du solltest vielleicht ein Wörtchen mit deinem Cousin darüber sprechen, Durants Gehalt zu erhöhen.«

Sie sah Phinn an und sie waren sich so nah, dass nur ein paar Zentimeter ihre Lippen trennte. Ohne, dass er sich bewusst dazu entschieden hatte, fiel sein Blick auf ihren Mund und ihr Atem stockte. Das war die Reaktion, die er von ihr wollte, aber nicht in einer verdammten offenen Kutsche!

Als Durant sich räusperte, nahm Phinn rasch wieder seine Haltung ein und richtete sein Halstuch. Er muss das verfluchte Ding heute Morgen wohl zu eng gebunden haben.

»Was wirst du nachts mit Etienne machen?« Hoffentlich würde die Frage ihnen die Gelegenheit geben, sich wieder zu fassen.

»Man könnte ihm beibringen, ein Katzenklo zu benutzen.« Sie streichelte weiter das Kätzchen. »Es hat eine spezielle Klappe. Ich werde ein Bild davon malen. Vielleicht kennt Herr Riegert einen Schreiner.«

»Da bin ich mir sicher.« Phinns Stimme klang angestrengter als gewollt.

Erst war er eifersüchtig auf die Hündin gewesen, jetzt wollte er den Platz des Katers einnehmen. Es musste einen Weg geben, sie umzustimmen. Wäre er kein vertrautes Mitglied der Gruppe ihrer Familie, könnte er versuchen, sie zu verführen. Aber es würde Addison nicht schwerfallen, Phinn seines Weges zu schicken.

»Denkst du, Hector wird etwas dagegen haben, dass ich jetzt auch einen Kater habe?« Sie nahm eine besorgte Miene an. »Gestern schien es ihm nichts auszumachen.«

»Ich habe keinen Grund zur Annahme, dass es ihn stören wird.« Phinn hatte das bereits geklärt, bevor er mit Augusta den Kater kaufen gegangen war. Im Grunde genommen hatte der Mann ihm nur einen wissenden Blick zugeworfen. »Ich würde mir eher über das Paar in Padua Sorgen machen.«

Ein erschrockener Blick überkam ihre klaren, blauen Augen. »Vielleicht sollte ich mich um eine andere Unterkunft kümmern. Es war ja meine Mutter, die darauf bestand, aber ich hätte nie gedacht, dass ich tatsächlich einen Sponsor finde.«

Er hatte keinen Zweifel, dass Lady Wolverton versuchte, Augusta in England zu halten, indem sie ihr Steine in den Weg legte. Bislang hatte das für Ihre Ladyschaft nicht gut funktioniert. Dennoch gab es Grund zur Sorge. Ohne einen Sponsor wäre Augusta viel verwundbarer, doch wenn sie als verheiratete Dame studierte, könnte er sie beschützen. Die Kutsche hielt vor dem Hotel. Jetzt musste er dem Gastwirt das vereinbarte Honorar geben und den Mann bitten, ihm einen Tischler zu vermitteln. Ein Paar schlenderte mit zusammengesteckten Köpfen auf sie zu. *Boman und Prue.* Was ging da vor sich? Oder erkannte Phinn bloß eine Romanze darin, weil er Augusta wollte?

Durant öffnete die Tür und Phinn sprang herunter.

Als Augusta ebenfalls unten war, eilte Prue zur Kutsche. »Du hast dein Kätzchen bekommen! Wie sehr ich mich für dich freue!«

Sein Sekretär warf ihm einen Blick zu, mit einem amüsierten Funkeln in den Augen.

»Das habe ich.« Augustas Lächeln war genau, worauf er gehofft hatte. »Phinn hat mich mitgenommen.« Als sie die Straße erreichten, hielt sie den Kater hoch. »Sein Name ist Etienne. Er und Minerva verstehen sich jetzt schon sehr gut.«

Phinn streckte der Hündin die Hand hin und sie sprang aus der Kutsche. Er legte Augustas Hand auf seinen Arm und folgte dann der Hündin. »Sollen wir auf der Terrasse weiterreden?«

»Mylady.« Durant verbeugte sich. »Wenn Sie mir den Kater geben, werde ich einen kurzen Spaziergang mit ihm machen.«

Einen Moment lang sah sie so aus, als wollte sie das Kätzchen nicht abgeben. »Das wäre wahrscheinlich gut.«

Als sie ihre Plätze am Tisch auf der Terrasse einnahmen, sagte Prue: »Weißt du, ob die Familie in Padua erwartet, dass ich mit dir dort ankommen werde?«

»Nein.« Augusta rieb sich die Stirn. »Und über die Tiere habe ich mir auch Gedanken gemacht. Ich weiß, dass sie die jedenfalls nicht erwarten. Ich glaube, es wäre besser, wenn wir unsere eigene Unterkunft finden.«

Sie konnte keinen eigenen Haushalt gründen, selbst mit ihrer Cousine. Phinn wollte sich mit den Fingern durch die Haare fahren, aber das war nichts, was ein Mann in der Öffentlichkeit tat. Wenn sie nicht so versessen darauf wäre, zu studieren, würde sie es auch merken. Wenn ihre Familie jemals etwas davon mitbekam ... Irgendwie würde er zwischen hier und Venedig einen Weg finden müssen, Augusta davon zu überzeugen, ihn zu heiraten.

KAPITEL 31

Jane, Hector und Tommy gesellten sich zu ihnen und beendeten damit das Gespräch, das Augusta mit Prue führte. Weder Jane noch Hector würden es gutheißen, dass Augusta ein eigenes Haus hätte, selbst mit ihrer Cousine als Gefährtin.

Phinn starrte sie an, als hätte sie den Verstand verloren. Natürlich wäre das in England nicht gegangen, aber es musste ja keiner wissen. Sie sah ihn an. Seine Bedenken über ihre Pläne waren sein Problem, nicht ihres. Wenn er sie liebte, würde er irgendwie helfen können. Andererseits, lieber nicht. Das Einzige, was er tun könnte, um sie zu unterstützen, wäre, sie zu heiraten. Und sie würde nicht heiraten. Noch nicht. Nicht, wenn er seinem Bruder versprochen hatte, zu versuchen, einen Erben zu zeugen. Und nicht, wenn er sie nicht liebte.

Etienne war zurückgekommen und hüpfte direkt auf ihren Schoß. Er tapste ihr auf den Arm und erinnerte sie daran, ihn weiter zu streicheln. Schon bald beruhigte sein tiefes Schnurren sie wieder. Augusta hatte es schon immer gemocht, bei den Katzen ihrer Schwestern zu sein, aber einen eigenen Kater zu haben, war noch viel besser. Sie musste sich nicht darum sorgen, was er wollte. Sie warf Phinn einen Blick von der Seite zu. Anders als bei anderen Männern, die sie kannte.

Einer der Bediensteten brachte Champagner. Was feierten sie? Verdammt! War ihr etwas entgangen?

»Also«, Jane hielt eine dicke Karte hoch, »wie ihr seht, hatten wir das Glück, eingeladen zu werden. Jedenfalls glaube ich das.« Sie sah Augusta an.

Offenbar sollte sie etwas anderes sagen als: *Tut mir leid, ich habe gerade nicht aufgepasst.*

»Es ist eine Einladung zum letzten königlichen Ball, bevor der Adelshof in das Sommerschloss umzieht«, flüsterte Phinn.

Oh. »Oh!« Kein Wunder, dass ihre Cousine auf ihre Antwort wartete. Sie wollte sich weigern, hinzugehen. Diese Veranstaltungen endeten nie gut für sie. Aber offensichtlich wollte Jane hingehen. Und Augustas Erfahrungen zufolge erreichte man nie, was man wollte, wenn man mürrisch war. Stattdessen lächelte sie also höflich. »Ja, natürlich sollten wir hingehen.«

»Ich bin so froh, dass du das auch so siehst.« Janes Lächeln war freundlich und warm. »Aber ich denke, was dir noch mehr gefallen wird, ist diese Einladung zu einem Empfang, veranstaltet von Frau Pichler. Der Beschreibung nach zu urteilen, wird es wohl sehr ähnlich zu Lady Thornhills Empfängen.«

»Das klingt vergnüglich.« Immerhin würde es eine Veranstaltung geben, bei der sich Augusta amüsieren würde. »Wann finden der Ball und der Empfang statt?«

»Der Empfang ist morgen Nachmittag und der Ball ist am Abend danach. In der Nacht darauf ist ein Konzert.« Jane nahm einen Schluck Champagner. »Und am nächsten Tag gehen wir zurück zum Boot und fahren nach Budapest.«

»Das klingt nach einem ausgezeichneten Plan.« Augusta trank einen Schluck. Wie war all das passiert?

»Stewart«, sagte Phinn, als könnte er ihre Gedanken lesen. Sie standen sich inzwischen so nahe, dass er es vielleicht wirklich konnte. »Er will dafür sorgen, dass wir Wien in vollen Zügen genießen.«

Manchmal waren helfende Menschen alles andere als hilfreich. »Wie nett von ihm.«

Phinns Mundwinkel zuckten.

Wie würde sich sein Mund wohl auf ihrem anfühlen? An diesem Tag dachte sie einen Moment lang, dass sie es herausfinden würde.

»Nicht wahr?«, sagte er. Sie dachte, er würde jeden Moment in Gelächter ausbrechen. »Sieh es mal so, es ist nur ein Konzert und ein Ball. Da bleibt gar keine Zeit für unerwünschte Vorfälle.«

»Da hast du recht. Wir sind in München auf drei Bälle gegangen und keiner von ihnen hat mich gestört.« Natürlich waren ihre Familie und Phinn die ganze Zeit an ihrer Seite gewesen. Sogar Boman hatte mit ihr getanzt. Sie scheute sich vor nichts. Auf diesem Ball würden sie dasselbe tun. »Und auf dem Empfang werde ich mich auch vergnügen.«

»Solange du nicht von irgendeinem Halunken belästigt wirst, der sich als Maler ausgibt.« Phinns Stimme war tief und knurrend, als würde er jetzt schon darüber nachdenken, wie er sie vor solch einem Mann retten konnte.

»Ich möchte dich daran erinnern, dass ich ohne jegliche Hilfe mit dieser Situation fertiggeworden bin.« Augusta musste ihm klarmachen, dass sie nicht in allen sozialen Situationen aufgeschmissen war. Nur in solchen, in denen sie alles um sich herum vergaß.

»Das bist du, und zwar ziemlich gekonnt.« Als er dieses Mal lächelte, traf ihr Blick auf seine Augen, die wie geschmolzenes Silber waren.

Sie wünschte, er könnte aufhören, sie so anzusehen. Dieser Anblick rief in ihr den Wunsch hervor, ihm wichtiger zu sein. Sie nahm einen Schluck Champagner und der Bedienstete füllte ihr Glas wieder auf. Minerva setzte sich neben Phinn. Vielleicht würde Augusta ja doch keine Dänische Dogge haben. Sie gab sich einen Ruck. Grace hatte immer gesagt, dass alles so kam, wie es sollte. Auch das hier würde gutgehen.

»Wie ich sehe, hast du eine Katze gefunden«, sagte Hector und hielt Tommy davon ab, das neue Familienmitglied zu inspizieren.

»Das habe ich.« Sie konnte nicht anders, als Phinn diesen Verdienst zuzuschreiben, während sie die Geschichte erzählte. »Ich war überrascht, als Etienne direkt zu mir kam.«

Jane neigte den Kopf ein wenig. »Dasselbe ist Charlotte, Louisa und Merton auch passiert. Die Katzen haben die Person auserkoren, die sie am meisten mochten.« Jane lachte. »Merton wollte den Kater damals gar nicht, aber Cyrille war entschlossen, dass er Merton gehörte, und nichts konnte ihn vom Gegenteil überzeugen.«

Augusta lachte mit. »Er fährt bis heute in der Kutsche von Merton mit.«

Wenn doch nur wir Menschen uns unserer Gefühle auch so sicher wären, wie viel einfacher die Liebe und das Leben dann wären.

Phinn streichelte Minervas massiven Kopf, als sie sich an sein Hosenbein lehnte, und er fragte sich, ob sein Kammerdiener sich über die Katzenhaare beschweren würde. Wenn man es doch nur Augusta so leicht rechtmachen könnte. Waren Menschen jemals wie Katzen gewesen? Suchten sie ihre Partner rein instinktiv aus? Wenn ja, dann wurde das durch die Gesellschaft und ihre Erwartungen fast vollständig zerstört. Das Verlangen, seinen eigenen Weg zu gehen, hätte ihm fast die Möglichkeit versperrt, Augusta kennenzulernen und herauszufinden, was zwischen ihnen entstehen könnte. Und ihr Verlangen, an die Universität zu gehen, hielt sie davon ab, zu verstehen, dass sie gemeinsam stärker waren als allein. Das Problem war, dass er nicht wusste, wie er gegen ihre Zweifel angehen sollte. Abgesehen davon, ihr wieder einen Antrag zu machen. Doch das war ein zu großes Risiko. Wenn er aufgefordert werden würde, die Gruppe zu verlassen, dann könnte er keine Zeit mehr mit ihr verbringen.

Erst mal musste er die nächsten paar Tage überstehen.

***

Phinn und Augusta einigten sich darauf, am nächsten Morgen früh loszufahren. Wieder mietete er den Landauer. Nachdem er die Geschichte von Mertons Katze gehört hatte, überraschte es Phinn nicht, dass Etienne darauf bestand, mit ihnen mitzufahren. Natürlich würde Minerva nicht zurückgelassen werden. Wahrscheinlich war sie sowieso bereits der Meinung, sie wurde schon viel zu lange ignoriert.

Sie besichtigten die Kathedrale, in der Tiere nicht gestattet waren, und einen Park, wo sie es waren.

Auf der einen Seite des Parkes war ein Restaurant, vor dem im französischen Stil Tische aufgestellt waren. »Es ist fast ein Uhr. Sollen wir zu Mittag essen?«

»Ja, lass uns das tun. Ich mag die Terrasse des Hotels, aber das ist die erste Stadt, in der wir nur im Hotel gegessen haben.«

»Es sind die Straßen.« Phinn hatte Ausschau nach dem verrückten Fahrer gehalten, der Augusta fast angefahren hatte, aber er hatte ihn nirgends mehr gesehen. »Wir sind nicht so gekonnt darin, den Kutschen auszuweichen, wie die Wiener es sind, und Addison hat Angst, dass jemand von uns verletzt wird.«

»Die Straßen *sind* gefährlich für Menschen von außerhalb.« Sie rümpfte die Nase. »Die Parks sind allerdings schön.«

»Genau wie dieses Restaurant.« Der Kellner kam und begrüßte sie. »Was empfehlen Sie heute?«

»Wir sind spezialisiert auf *Wiener Backhendl*, ein frittiertes Hähnchenkotelett, und *Wiener Schnitzel*. Es wird auf dieselbe Art zubereitet, aber es ist aus Kalbfleisch.«

»Wenn du Hähnchen nimmst, nehme ich Kalb, und wir können teilen«, schlug Augusta vor.

»Sehr gut.« Er sah den Kellner an. »Wir hätten auch gerne einen grünen Salat.« Er drehte sich zu Augusta. »Möchtest du *pommes frites*?«

Sie grinste und nickte.

»Und wir hätte gerne *pommes frites* dazu.«

Phinn bestellte einen trockenen Weißwein zu ihrer Mahlzeit. »Ich glaube, die Kartoffeln sind aus französischem Anbau.«

»Das ist kein Wunder.« Augusta nippte an ihrem Wein. »Das Konzept eines Empfangs ist ebenfalls Französisch. Während des Wiener Kongresses haben ein paar bekannte Empfänge stattgefunden.«

»Jetzt, wo du es sagst, herrscht in Wien wirklich eine französische Atmosphäre.« Sogar einige der Gebäude erinnerten ihn an Frankreich.

»Es ist sehr anders als München, das wiederum sehr deutsch ist.« Ein Korb mit krustigem Weißbrot wurde auf den Tisch gestellt. Auch eher französisch als deutsch.

***

Sie kamen am Hotel an und hatten gerade noch genug Zeit, um sich für den Empfang fertig zu machen.

Frau Pichler, eine bekannte Autorin, wohnte in einer eleganten Wohnung nicht weit von der Hofburg. Wie bei Lady Thornhills Empfängen waren die Räume voller Künstler, Schriftsteller, Aristokraten und ihren Mitläufern. Es gab eine lange Terrasse, die von beiden Salons aus sichtbar war. Phinns Anspannung löste sich. Augusta würde hier sicher sein. Sie gesellte sich zu einer Gruppe von Damen, die sich über Literatur unterhielt, und er wurde in ein Gespräch über Architektur verwickelt. Einer der Herren, Joseph Kornhäusel, hatte einige faszinierende Ideen, was den zeitgenössischen Stil neoklassischer Architektur anging.

Aus dem Augenwinkel sah Phinn, wie Augusta sich einer anderen Gruppe anschloss, zu der Vizegraf Celje gehörte. Einige Minuten später fand sie wieder eine andere Gruppe, mit der sie sprach. Bei Phinn stellten sich die Haare im Nacken auf, als er dabei zusah, wie die Augen des jungen Gentlemans sie lüstern verfolgten.

»Das ist Pavle Celje, ein Vizegraf«, sagte Herr Kornhäusel.

»Verzeihung?« Phinn hatte Augusta beobachtet, statt dem Gespräch zu folgen.

»Der Gentleman, der die Dame in Blau ins Auge gefasst hat.« Herr Kornhäusel blickte in die Richtung, in die Phinn geblickt hatte. »Sein Name ist Pavle Celje. Er hat gerade seine Grand Tour abgeschlossen und sein Vater, Graf Celje, ist hier und sucht eine Ehefrau für ihn.«

Phinn hoffte, dass der Mann bald fündig werden würde. Der Vizegraf war viel zu interessiert an Augusta. Obwohl es sich wahrscheinlich nur um kindliches Verliebtsein handelte. »Wo kommen sie her?«

»Aus Slowenien. Ein Stück nördlich von Ljubljana. Es ist eine wohlhabende und einflussreiche Familie.« Das gefiel Phinn ganz und gar nicht. Es war gut, dass Jane nach Zagreb wollte und damit diesen Teil von Slowenien vermied. »Ich habe ihn vor ein paar Jahren kennengelernt, als ich mit seinem Vater, Graf Celje, darüber sprach, einen Palast zu entwerfen, aber er wollte nur kleine Zierbauten, und ich brauchte einen Geldgeber mit einer größeren Vision. Zum Glück habe ich den Prinzen von Liechtenstein gefunden. Ich bin nur hier, um meine Familie zu besuchen, während der Prinz bei Hofe ist.«

»Sie haben Glück.« Architektonische Mäzene waren nicht leicht zu finden. »Es war mir eine Freude, mit Ihnen zu sprechen.«

Herr Kornhäusel verbeugte sich. »Mir ebenso. Ich treffe selten auf solch aufmerksame Zuhörer. Falls Sie jemals in Liechtenstein sind, ich bin sehr einfach zu finden.«

»Entschuldigen Sie, Lord Phineas.« Ein älterer Mann verbeugte sich vor ihm. »Wie ich höre, sind Sie und die Lady aus England.«

»Ja. Das sind wir.« Phinn neigte den Kopf.

»Ich bin Graf Celje. Meine Frau und ich werden heute Abend auf die Soirée der Botschaft gehen und ich wollte mich Ihnen vorstellen.«

Ah, der Vater des verwöhnten Vizegrafen. »Welch Freude, Sie kennenzulernen. Kommen Sie öfter nach Wien?«

Der Mann lachte schroff. »Nur, wenn ich muss. Was etwas zu oft für meinen Geschmack vorkommt. Wir sind hier, um unseren Sohn aus der Universität abzuholen.« Er seufzte. »Janez bringt mehrere Freunde mit und wir wollen sichergehen, dass nichts Unerwünschtes auf dem Weg nach Hause passiert. Ich muss mich auch um ein paar Familienangelegenheiten kümmern.«

Phinn erinnerte sich an seine Zeit an der Universität, und er wusste, in welche Schwierigkeiten sich junge Männer bringen konnten. Und die Besuche seiner Freunde bei ihm zu Hause waren nicht annähernd so lang gewesen. »Zweifellos eine weise Entscheidung.«

»Ich sollte meine Frau ausfindig machen. Ich freue mich darauf, heute Abend den Rest Ihrer Gruppe kennenzulernen.«

Augusta stieß zu Phinn, als er auf die Terrasse gehen wollte. »Ich habe gehört, der Mann, mit dem du geredet hast, ist ein berühmter Architekt.«

»Ähm, ja. Er ist der Auftragnehmer des Prinzen von Liechtenstein und er hat mich eingeladen, seine Gebäude anzusehen, falls ich jemals in der Gegend bin.« Phinn sah sie an. »Wo genau liegt Liechtenstein? Ich habe schon davon gehört, aber ich habe keine Ahnung, wo es sich befindet.«

»Südlich vom Bodensee.«

Das half nicht. Er schüttelte den Kopf.

»Südlich von Stuttgart gibt es einen großen See, den Bodensee. Südöstlich davon liegt Liechtenstein. Es gibt von hier aus keinen einfachen Weg dorthin.«

»Damit wäre das geklärt. Ich werde mich in näherer Zukunft wahrscheinlich nicht dort wiederfinden.« Oder jemals. Obwohl die Gebäude interessant klangen.

»Wer war der ältere Gentleman in der grünen Jacke?«

»Graf Celje. Er und seine Frau werden heute Abend bei der Soirée sein.« Phinn legte ihre Hand auf seinen Arm. »Er ist aus Slowenien.«

»Sein Sohn, Vizegraf Celje, hat gefragt, ob wir morgen Abend auf den Ball gehen.« Sie senkte die Stimme, sodass nur Phinn sie hören konnte. »Als ich Ja gesagt habe, hat er mich um einen Tanz gebeten.«

Verflixt und zugenäht!»Was hast du gesagt?«

Sie hob eine Schulter. »Ich habe ihm gesagt, ich muss meinen Vormund fragen. Hoffentlich wird er es vergessen, oder wir gehen, bevor ich ein freies Set habe.«

Oder das Hündchen wartete und ging ihr solange auf die Nerven, bis sie endlich mit ihm tanzte. Phinn musste sie vor den unerwünschten Annäherungsversuchen schützen.

Als sie wieder am Hotel ankamen, wartete ein an Jane adressiertes Paket auf sie.

»Das ist von der Botschaft«, sagte Herr Riegert. »Ich wurde darum gebeten, sicherzustellen, dass Sie es sofort nach Ihrer Ankunft öffnen.«

»Dankeschön.« Sie nahm das Paket. »Wir werden in einer Stunde unten sein und etwas trinken.«

Er lächelte Augusta an. »Minerva und Ihre Katze haben schon auf Ihre Rückkehr gewartet. Sie waren auf der Terrasse, aber gerade sind sie mit Ihrem Bediensteten draußen.«

»Ich frage mich, was das zu bedeuten hat?« Augusta blickte verwirrt zu Phinn.

»Ich schätze mal, wir finden es heraus, wenn Durant zurück ist.«

Schließlich erfuhr Phinn von Musson, was vor sich gegangen war. »Nachdem Herr Tommy sich schlafen gelegt hatte, kuschelten sich der Hund und die Katze dort zueinander, wo sie einen Blick auf die Eingangstür hatten.« Der Kammerdiener nahm Phinn seinen Mantel ab. »Obwohl ich das Wort *süß* normalerweise für nichts anderes als Mahlzeiten verwende, muss ich Mrs. Gobert rechtgeben. Es war sehr süß, einen großen Hund zu sehen, der mit einem kleinen Kätzchen kuschelt.«

»Das hätte ich gerne gesehen.« Phinn tauschte seine Pantalons gegen Stiefelhosen, zog ein sauberes Hemd und eine Weste an und fing an, sein Halstuch zu binden.

»Vielleicht werden sie es in Ihrer Anwesenheit ja wieder tun.« Musson zog Phinn sein Jackett an. »Wird der Hund auf dem Boot die Treppe erklimmen können, um auf die Terrasse zu gehen?«

Das war eine gute Frage. Minerva wäre bestimmt nicht gerne ausgeschlossen. »Wenn es soweit ist, werde ich mir etwas einfallen lassen.«

Er kam in den Innenhof, als Jane den Damen gerade kleine, mit Blattgold überzogene Büchlein reichte, in deren Mitte ein mit Rubinen besetztes Wappen eingeprägt war. An jedem war eine goldene Quastenschleife und ein Bleistift befestigt.

»Was ist das?« Er stellte sich neben Augusta, während sie ihres öffnete.

»Das sind Tanzkarten«, sagte Jane. »Wie du siehst, sind die Tänze für den Abend dort aufgelistet, sowie die Art des Tanzes und der Komponist.«

Er betrachtete sie genauer. »Sind das alles Walzer?«

»Nun ja, schottische Volkstänze wird es jedenfalls nicht geben«, warf Prue trocken ein.

»Der dritte Tanz ist eine Polonaise.« Augusta zeigte auf die Karte.

»Hier ist ein Kotillon«, fügte Jane hinzu.

»Darf ich?« Er streckte seine Hand vor Augusta aus und verlangte die Tanzkarte.

»Natürlich.« Sie gab sie ihm.

Nachdem er die ganze Liste gelesen hatte – dieser verdammte Ball musste wohl bis in die frühen Morgenstunden gehen – schrieb er seinen Namen über den ersten Tanz, einem Walzer. Dann reichte er Boman die Karte. »Schreib deinen Namen über ein Set.«

Augustas Brauen schossen hochmütig nach oben und ihre wunderschönen, tief rosafarbenen Lippen öffneten sich, doch bevor sie die Gelegenheit hatte, ihn zurechtzuweisen, gab Addison Phinn Janes Karte. »Hervorragende Idee. Lord Stewart hat in einer Nachricht gefragt, ob er und ein gewisser Colonel Whitestone einen Tanz haben dürfen.«

Addison gab Augusta ihre Karte wieder. »Vergiss nicht, ihre Namen aufzuschreiben.« Nachdem alle Gentlemen auf die Karte gesetzt wurden, sah er seine Frau an. »Das sollte uns bis Mitternacht durchbringen. Wirst du dann schon bereit sein, zu gehen?«

»Ja. Es ist eine Ewigkeit her, seit ich das letzte Mal so lange wach war ... freiwillig, versteht sich.«

Er sah Prue an. »Ist dir das zu früh?«

»Ganz und gar nicht. Ich habe mich an die Uhrzeiten auf dem Land gewöhnt.«

Durant kam herein und wurde sofort von einer entschlossenen Dänischen Dogge und einem genauso entschiedenen Kätzchen zu Phinn und Augusta gezogen.

»Sie sind froh, Sie zu sehen.« Der Bedienstete löste ihre Leinen.

»Das kam mir bereits zu Ohren.« Augusta knuddelte den Kater, der keine Zeit verschwendete, auf ihren Schoß zu hüpfen.

Der Schwanz von Minerva schlug gegen die Stühle, als sie die Aufmerksamkeit von Phinn und Augusta einforderte, bevor sie sich schließlich auf ihren normalen Platz zwischen den Sitzen niederließ. Sie schenkte ihm ein angenehmes Lächeln, als ob ihr diese häusliche Situation gefiel. Noch mehr als zuvor konnte er sich Augusta und sich mit Kindern vorstellen. Ähnlich wie die

Szene, die er mit ihren Schwestern und Lady Merton auf dem Square erlebt hatte. Kleine Kinder, die mit den Doggen herumtollten, und Katzen, die auf sie aufpassten. Wie viel stärker würden ihre Gefühle nach einer weiteren Woche auf dem Kahn sein?

Bald. Bald würde sie ihm gehören. Er konnte es in den Knochen spüren.

KAPITEL 32

Phinn betrat den Salon und hatte nur Augusta im Blick. Doch er musste noch den Spießrutenlauf überstehen, vorbei an der Dänischen Dogge und dem Kater, bevor er bei ihr sein konnte. Er streichelte Minervas Kopf und achtete darauf, dass sie sich nicht an seinen dunkelblauen Stiefelhosen rieb. Etienne hätte es fast geschafft, sich an Phinns Strümpfen zu reiben, doch er schob das Kätzchen sanft beiseite und streichelte es dabei. Als er fertig war, hatte Durant die Tiere weggenommen, denn es war Zeit, zu gehen.

Augusta nahm seinen Arm.

»Du siehst heute wirklich bezaubernd aus.«

Hatte er ihr gerade gesagt, wie schön sie aussah? »Genau wie du.«

Als sie an der Botschaft ankamen, füllten sich die Räume rasch. Die meisten Gäste schienen aus England zu kommen und zum Glück kannte Phinn keinen von ihnen. Was bedeutete, dass jegliche Gerüchte über Augusta und ihn es nicht aus Paris hierhergeschafft hatten.

Lord Stewart kümmerte sich darum, Phinn und Augusta den Gästen vorzustellen, während sein Kollege, Colonel Whitestone, den Rest ihrer Gruppe woandershin mitnahm.

Alles lief gut, bis eine Lady, die scheinbar Ende vierzig oder Anfang fünfzig war, lächelnd auf sie zukam: »Lady Augusta, ich bin Lady Cartridge. Ich kenne Ihre

Mutter.« Dann richtete die Frau ihre braunen Augen auf Phinn. »Und Ihre Mutter kenne ich auch. Ich bin mir sicher, sie ist überglücklich, dass Sie eine solch gute Partie für sich gewonnen haben.«

Augusta schwankte, aber sie griff weiterhin fest seinen Arm und er konnte sie aufrecht halten. Zuerst konnte er nicht glauben, dass sich die Gerüchte so schnell und so weit verbreitet hatten. Es mussten wohl Brieftauben im Spiel gewesen sein. Dann erinnerte er sich, dass seine Mutter und seine Schwägerin immer rege Korrespondenzen pflegten und dass die Briefe stets über die diplomatischen Postwege versandt wurden, und er fragte sich, warum ihm das nicht früher in den Sinn gekommen war. »Dankeschön, Mylady. Ich kann mich wirklich glücklich schätzen.« Er hätte es dabei belassen, aber Augusta war alarmierend bleich geworden und schien Schwierigkeiten zu haben, sich wieder zu fassen. Er festigte seinen Griff. »Lady Augusta und ich haben einiges gemeinsam und sind sehr glücklich miteinander.«

Ihre Ladyschaft sah Augusta an, die sich in letzter Sekunde noch ein Lächeln auf das Gesicht gekleistert hatte. »Ich habe gehört, Ihre Mutter und Lady Dorchester freuen sich wahnsinnig über die Verlobung.«

Augusta atmete schnappartig ein. »Sie könnten nicht glücklicher sein.«

Phinn und sie würden das noch besprechen müssen, aber Lord Celje kam auf sie zu, mit einer eleganten Dame am Arm, die einige Jahre jünger war als er. »Mylord.« Er verbeugte sich und sah die Dame an. »Meine Liebe, darf ich vorstellen: Lord Phineas Carter-Woods.«

Die Dame knickste. »Lord Phineas, meine Frau, Lady Celje.«

Phinn verbeugte sich und führte die Vorstellungsrunde zu Ende.

Augusta sprach das Paar auf Slowenisch an. »Es ist mir eine Freude, Sie kennenzulernen.«

Sie antworteten in derselben Sprache und Phinn war froh, dass er das meiste verstehen konnte.

»Wie ich höre, werden Sie nach Triest reisen«, sagte Lady Celje. »Ich wünschte, wir wären gerade auch auf dem Weg nach Hause, dann könnten wir unsere Reise zusammen antreten. Die Gasthäuser sind dort anders als hier.«

»Das ist ein Jammer. Ich kann Ihnen aus Erfahrung sagen«, sagte Lord Stewart, »dass Lord und Lady Celje eine beeindruckende Burg besitzen. Ich, sowie der Oberst und seine Frau, haben auch schon gelegentlich bei ihnen übernachtet.«

»Wir hätten Sie sehr gerne besucht«, sagte Augusta.

Mehrere Gäste gratulierten Phinn und Augusta zu ihrer Verlobung und Augusta behielt die Fassung. Phinn jedoch freute sich nicht auf das Gespräch, das mit Sicherheit darauf folgen würde. In Versailles hatte er sie mit viel Mühe wieder aufgegeben. Aber wenn es irgendeine Möglichkeit gab, sie als Frau zu behalten, würde er sie nutzen.

Den ganzen nächsten Tag hatte Augusta darauf gewartet, dass Phinn die Gerüchte zur Sprache brachte, die sich über ihre vermeintliche Verlobung verbreitet hatten. Doch er hatte kein Wort gesagt. Stattdessen verbrachten sie die meiste Zeit des Tages in der Kathedrale. Nun, wenn er nichts sagte, dann würde sie es auch nicht tun. Das Gespräch wäre sowieso nur unangenehm, und sie bezweifelte, dass sie eine weitere Abweisung verkraften konnte. Es reichte ihr schon, dass sie wusste, dass er sie nicht liebte. Wahrscheinlich hatte er das Thema deswegen nicht angesprochen.

***

Am nächsten Abend trug sie ein schlüsselblumenfarbenes Ballkleid mit dem Überrock aus Tüll, den sie sich in Paris hatte anfertigen lassen. Sie hatte ihren Bediensteten angewiesen, die Haustiere wegzuschaffen, bevor sie sich alle im Salon trafen, und als sie Phinn sah, war sie froh, dass sie es getan hatte. Er trug ein schwarzes Jackett, Stiefelhosen und eine graue Weste, die mit silbernen und roten Fäden bestickt war. Noch nie war er vor Augusta so gutaussehend und elegant aufgetreten. Tierhaare hätten den Effekt ruiniert.

Er verbeugte sich und hob ihre Finger an seine Lippen. »Du siehst aus, als würdest du schweben.«

Ihre Wangen erwärmten sich und plötzlich kam es ihr tatsächlich so vor, als könnte sie schweben. Es fühlte sich so richtig an, seinen Arm zu nehmen, als würde wirklich ein gemeinsames Leben vor ihnen liegen. Nur heute Nacht, vielleicht noch den Rest des Weges nach Padua, würde sie nicht über ihre widersprüchlichen Lebensziele nachdenken. Es würde ihr Herz brechen, wenn er sie verließ, aber sicherlich erwartete seine Familie ihn bereits für die nächste Saison. Und sie wäre bestimmt bald mit ihren Vorlesungen beschäftigt.

Sie kamen vor Beginn des ersten Tanzes am Schloss an. Der Ballsaal war mehr als zwei Stockwerke hoch und hatte gestrichene und vergoldete Deckengewölbe. Zum einen Ende hin verlief eine Galerie, wo das Orchester gerade die Instrumente stimmte. Reich bestickte Teppiche säumten die Wände und Topfpalmen standen gruppiert am Fuße der doppelt geschwungenen Treppe und an den Seiten des Raumes. Als sie die Treppe erreichten, wurden sie angekündigt.

Kurz nachdem sie ein paar Sitzplätze gefunden und bei einem Bediensteten Wein bestellt hatten, schlenderte Vizegraf Celje auf sie zu und verbeugte sich erst vor der ganzen Gruppe, dann nur vor Augusta.

»Mylady, darf ich hoffen, dass Sie einen Tanz für mich frei haben, oder sollte ich Herrn Addison fragen?«

Ihr Lächeln war angespannt. Sie hatten damit gerechnet, dass das passieren würde. »Ich bedauere, Mylord, ich habe leider keine Tänze mehr frei.«

Seine Augen weiteten sich und er blickte zu Hector. »Wie kann das sein?«

»Ganz einfach.« Sie hoffte, ihr Tonfall war kalt genug, um den Mann zu entmutigen. »Wir werden nach dem fünften Tanz-Set wieder gehen.«

Einen Moment lang schien Celje überrascht, dann setzte er einen höflichen Gesichtsausdruck auf und verbeugte sich wieder. »Dann vielleicht ein andermal.«

Die Musik, die den ersten Tanz einleitete, wurde angestimmt, und Phinn hielt ihr den Arm hin. »Mein Tanz, nicht wahr?«

»Das ist er.« Sie legte ihre Finger auf seinen starken Arm und die Anspannung floss aus ihrem Körper. Da sie ihre Entscheidung ja schon getroffen hatte, erlaubte sie sich, die Freiheiten des »Verlobt«-Seins zu genießen. Am vergangenen Abend hatte keiner der unverheirateten Gentlemen darum gebeten, ihr vorgestellt zu werden, und heute konnte sie dasselbe erwarten. Vom Vizegrafen mal abgesehen. »Ich wusste, dass dieser Ball ein Fehler war. Wenn Jane sich doch bloß nicht gewünscht hätte, hierher zu kommen.«

»Das Schlimmste ist überstanden.« Sie erhoben sich aus der Verbeugung und dem Knicks und fingen an, zu tanzen. »Du kannst dich entspannen. Nur fünf Tänze und wir gehen zurück ins Hotel.« Phinns entschlossener Tonfall beschwichtigte sie. Egal, was geschah, er würde sie beschützen.

»Ich würde ja gerne auf einen Ball gehen und Spaß haben, statt gezwungen zu werden, mit Männern zu tanzen, mit denen ich nicht tanzen will.« Sie fühlte sich in seinen Armen leicht wie eine Feder, und sie wollte ihn nie wieder loslassen.

»Es wird fürs Erste keine Bälle mehr geben.« Er zog sie enger an sich, als sie eine Drehung machten, und gab ihr dadurch das Gefühl, er wolle sie in seinen Armen halten. »Wir werden morgen Abend auf das Konzert gehen und am Morgen danach abreisen.«

»Ich bin froh, wenn ich wieder auf dem Boot bin.«

»Das werde ich auch sein. Graf Celje hat mir eine Liste mit Dörfern und kleinen Städten gegeben, zu denen wir Tagesausflüge machen können.«

»Das klingt wunderbar.« Ein Teil von Augusta wünschte, die Bootsreise würde für immer anhalten.

Der Tanz endete viel zu bald und ihr nächster Tanzpartner war Boman, während Phinn mit Prue tanzte.

***

An ihrem letzten Abend in Wien wurden sie alle eingeladen, im Konzerthaus in der Loge der britischen Botschaft zu sitzen. Augusta war froh, dass sie für das Musical geblieben waren. Sie hatte noch nie so eine exzellente Darbietung erlebt. Ihr Abend wurde immer nur dann gestört, als englische Ladies bei ihr vorbeischauten und fragten, wann sie und Phinn heiraten würden.

Zum Glück kam ihnen Jane zu Hilfe. »Sie haben sich noch nicht entschieden.«

Das wiederum erinnerte Augusta, dass sie ihrer Mutter schreiben und erklären musste, dass sie die Verlobung wieder aufgelöst habe und in Padua bleiben würde. Dort würde sie als Studentin in relativer Anonymität leben und ihr Leben wäre genauso, wie sie es sich gewünscht hatte. Wenn sie sich doch nur nicht in Phinn verliebt hätte.

Wie lange dauert es, sich von einem gebrochenen Herzen zu erholen?

***

Am nächsten Morgen, als das Boot vom Ufer weggeschoben wurde, atmete Phinn erleichtert durch. Er war noch nie in seinem Leben so froh gewesen, eine Stadt zu verlassen. Auf dem Ball hatte er den Vizegrafen dabei erwischt, Augusta anzustarren. Hatte Celje sie verfolgt oder reisten sie bloß auf derselben Route?

Letzte Nacht, als die englischen Ladies sie über ihr Hochzeitsdatum ausgefragt hatten, hatte er fast erwartet, dass Augusta ihre Verlobung geradewegs leugnen würde. Und er *wusste*, dass sie ihre Einstellung zur Heirat nicht geändert hatte.

»Kommst du mal eben und hilfst uns?« Augusta berührte seinen Ärmel. »Wir versuchen, Minerva zu überzeugen, die Treppe hochzugehen.« Augusta kicherte, was sein Herz mit Freude erfüllte. Er war nicht der Einzige, der froh war, zu gehen. »Etienne läuft ständig die Treppe hoch und schaut auf sie herab, als würde er ihr zeigen wollen, wie es geht.«

Das konnte Phinn sich nicht entgehen lassen. »Ich glaube, ich kenne einen Weg, sie herauf zu kriegen.«

Als sie am Heck ankamen, war die Dogge mit dem ganzen Körper über die Treppe gestreckt. Eine Hinterpfote schwebte über der ersten Treppenstufe und die andere stand fest auf dem Deck. Der Kater hockte oben und schaute zu ihr hinunter, als wollte er sie ermutigen.

Augusta sah ihn mit lachenden Augen an, und das war alles, was es brauchte, damit auch er in Gelächter ausbrach. Leider kassierte er dadurch einen verächtlichen Blick vom Kater und einen vorwurfsvollen Blick von der Hündin.

»Also gut, dann wollen wir mal.« Er stellte sich hinter Minerva, stützte ihr Hinterteil und hob sie an, sodass sie mit den Hinterpfoten die Stufen erklimmen konnte. Bald hatten ihre Vorderpfoten auf dem Dach Halt gefunden, und der Rest folgte. Er krabbelte hinter ihr her. »So. Bist du jetzt glücklich?«

Die Dogge versuchte, sich um ihn zu schlingen, als Augusta ankam. »Gut gemacht. Und wie bringst du sie jetzt wieder runter?«

»Indem ich vorausgehe und sie ermutige. Sie möchte viel zu gerne bei uns sein, um es nicht wenigstens zu versuchen. Ich will nur nicht, dass sie sich verletzt.«

Als das mit den Tieren geklärt war, machte Augusta sich wieder daran, Phinn Slowenisch beizubringen.

»Dein Slowenisch wird immer besser. Du musst wohl eine Begabung für Sprachen haben.« Sie klappte das Buch zu.

Nicht so sehr wie sie. Aber er war nicht neidisch. Ihr Verstand war einer der Gründe, weshalb er sie so sehr liebte. »Entweder das, oder du bist eine ausgezeichnete Lehrerin.«

Augustas Lächeln wurde breiter und sie hakte sich bei ihm ein. »Ich habe es dir noch nie gesagt, aber ich schätze unsere Freundschaft wirklich sehr.«

Tja, das war gewissermaßen der Todeskuss. Würde sie jetzt ihre »Verlobung« zur Sprache bringen? Wie viele Männer hatten zugesehen, wie die Frau ihrer Träume einen anderen heiratete, weil sie die Absichten ihres Verehrers einfach nicht erkennen wollte? Das würde ihm nicht unterlaufen. Vielleicht würde Phinn ihren Cousin und ihren Bediensteten um Erlaubnis fragen müssen, sie zu küssen. Durant war eher ihr Vormund als Addison.

Minerva bellte.

»Ich glaube, ich muss ihr runter helfen.«

Dem Himmel sei Dank für Hunde.

***

An ihrem zweiten Tag in Budapest las Jane stumm einen der Briefe, die Hector vom britischen Konsul mitgebracht hatte. »Wie erwartet hat die Nachricht über Augustas und Phinns Verlobung inzwischen England erreicht.« Sie reichte Phinn einen dicken Stapel

Papiere. »Das ist von Matt. Es ist ein überarbeiteter Ehevertrag, der Phinns finanzielle Angaben enthält.«

»Verdammt, warum konnte dieser verfluchte französische Graf es nicht einfach für sich behalten?«

»Das wäre zu viel erwartet.« Jane legte den Brief beiseite. »Ich antworte Grace, wenn ich mir überlegt habe, was ich ihr sagen möchte.«

Prue kam herein und wedelte mit einem Brief. »Meine Mutter hat einen Brief von Patience Wolverton bekommen, der sie über die Verlobung in Kenntnis gesetzt hat. Sie will wissen, was mein Plan ist, wenn Augusta heiratet.« Prue ließ sich in einen Sessel fallen. »Das alles ist völlig aus dem Ruder gelaufen.«

»Ich befürchte, ich muss zustimmen.« Boman nahm, ebenfalls mit einem Brief in der Hand, neben Prue Platz. »Meine Mutter will wissen, wann ich wieder in England bin.«

»Das will ich auch«, sagte Jane. »Aber was wollen wir denn dagegen tun? Ich bin mir hundertprozentig sicher, dass sie verliebt ineinander sind, aber keiner von beiden will es zugeben.«

»Hätte Dorchester nicht von Phinn verlangt, zu versprechen, dass er einen Erben zeugt«, inzwischen hätte Hector dem Marquis gerne den Hals umgedreht, »dann könnte das Problem ganz einfach gelöst werden.«

»Dieses Problem ist inzwischen behoben«, sagte Boman. »Phinn wurde in einem Schreiben mitgeteilt, dass seine Schwägerin einen Sohn zur Welt bringen könnte, was ihn von seinem Versprechen befreit.«

»Was hält ihn dann davon ab, Augusta einen Antrag zu machen?« Prue hatte noch nie so aufgebracht geklungen.

Bomans Augen weiteten sich, als könnte er nicht glauben, was er gerade gehört hatte. »Du machst wohl Scherze. Nach einer derartigen Abweisung würde sich kein Mann noch einmal freiwillig die Blöße geben.«

»Was hättest du denn von ihr erwartet?« Prue pikste Boman in die Brust. »Er hätte all ihre Pläne zerstört, und er hat sie noch nicht einmal geliebt.«

»Nun ja, jetzt ist er ganz schön verrückt nach ihr.« Er stieß seinen Finger in die Luft. »Und seht an, wohin es ihn gebracht hat. Nirgendwohin.«

»Man muss doch nur darauf achten, wie Augusta ihn anschaut, um zu erkennen, dass sie ihn auch liebt. Aber sie wird es nicht zuerst sagen, und ich kann es ihr nicht verübeln.« Prue nahm den Deckel von der Teekanne und warf einen Blick hinein, bevor sie die Glocke läutete. »Woher soll sie denn wissen, dass er inzwischen anders empfindet?«

So erhellend dieser Schlagabtausch auch war, Hector beschloss, ihm ein Ende zu setzen. »Eure Diskussion wird niemandem weiterhelfen.«

»Irgendjemand muss dieses Gespräch ja führen«, widersprach Boman. »*Sie* werden es jedenfalls nicht tun.«

»Ein Jammer, dass in England keine Brautraube durchgeführt werden«, murmelte sie.

Jane horchte auf. »Was hast du gesagt?«

»Oh, nichts.« Prue machte eine abweisende Geste. »Eines der Dienstmädchen hat vor nicht allzu langer Zeit geheiratet. Vor der Zeremonie haben ihre Freunde sie entführt, und ihr Bräutigam musste erst ein paar Zugeständnisse machen, bis er sie zur Frau haben konnte.«

»Das ist die Lösung«, sagte Jane. Hector glaubte zu wissen, worauf seine Frau mit diesem Gedankengang

hinauswollte, aber die anderen waren eindeutig verwirrt. »Augusta und Phinn lieben einander. Das ist klar.
Aber aufgrund von berechtigten Einwänden will niemand es dem anderen sagen.« Jane sah Hector an. »Deswegen ist es nur logisch, dass ihre Freunde und Familie
ihnen auf die Sprünge helfen.«

Er nickte. »Sprich weiter.«

»Wir werden Augusta entführen. Boman, du wirst
ihm sagen, dass er, wenn er Augusta heiraten will, über
die Ehe verhandeln muss.«

»Was ihren Wunsch, zu studieren, mit einschließt«,
fügte Prue hinzu. »Und ihren Wunsch, vorher keine
Kinder zu kriegen.«

»Ich kann fast versichern, dass er einverstanden sein
wird«, sagte Boman. »Wahrscheinlich wird er sogar
froh sein, sich endlich alles von der Seele reden zu können.«

»Hervorragend.« Hector öffnete die Tür und klopfte
leise. »Lasst uns feiern.« Er sah den Hotelmitarbeiter an.
»Zwei Flaschen Weißwein, bitte.«

»Die Frage ist nur, wann die Entführung stattfinden
soll«, sagte Boman.

»Das werden wir noch festlegen müssen«, antwortete
Jane.

KAPITEL 33

Es waren noch etwa zwei Tage Fahrt bis nach Triest und nur noch sieben Meilen bis nach Ljubljana, wo sie die Nacht verbringen würden, als Phinn plötzlich das Rumpeln von Pferden vernahm. Er spürte es eher, als dass er es hörte. »Wir müssen zur Seite.«

»Ich habe kein gutes Gefühl bei der Sache.« Boman blickte über die Schulter zu den Kutschen und hob die Hand. »Es sind zu viele.«

Augusta und Prue, die beschlossen hatten, neben ihnen zu reiten, zügelten ihre Pferde.

»Ich habe es auch gehört«, sagte Prue.

»Was ist das?« Augusta sah ihre Mitreisenden an.

»Eine Menge Reiter, die in unsere Richtung kommen.« Das Problem war, dass Phinn nicht wusste, aus welcher Richtung sie kamen. »Es ist flach genug, dass wir sie bald sehen sollten.«

»Haltet nicht an«, sagte Prue. »Reitet weiter, als wäre nichts geschehen. Ich sage Hector Bescheid.«

Sie lenkte ihr Pferd weg und galoppierte zur ersten Kutsche. Als diese wieder losfuhr, kam sie zurück. »Was auch immer passiert, wir bleiben beisammen.«

»Du hast so etwas schon einmal überstanden.« Phinn war froh, dass Augusta nicht verängstigt klang. Für ihn und Boman war es auch nicht das erste Mal.

»Ja, während des Krieges.« Sie lächelte bitter.

»Man sagte uns, dass wir auf dieser Route sicherer seien als auf der Strecke nach Zagreb, aber das heißt nicht, dass es hier nicht auch Straßenräuber gibt.«

»Eigentlich sollte vor uns eine Stadt liegen.« Augustas Stimme klang entschlossen, aber ihr Pferd bewegte sich im Zickzack, was ihre Nervosität verriet.

»Na los.« Boman trieb sein Pferd an. »Ich hoffe, wir laufen ihnen nicht direkt in die Arme.«

Sie hatten die Außenbezirke der Stadt erreicht, als eine Gruppe Reiter, die meisten von ihnen in Uniform, auftauchte. Der Anführer hob seinen Arm und hielt an.

»Guten Nachmittag«, sagte Vizegraf Celje auf Deutsch und grinste dabei wie eine Katze, die gerade ihre Beute gefangen hatte.

Augusta brachte ihr Pferd in die Nähe von Phinn, verengte die Augen und sagte in derselben Sprache: »Sie!«

»Ja.« Er verbeugte sich. »Mir kam zu Ohren, dass Sie auf dieser Strecke unterwegs sind. Meine Eltern waren so traurig, dass sie Sie nicht zu Besuch einladen konnten, dass sie mich gebeten haben, es zu tun. Meine Großmutter wird auch da sein.«

»Und Sie brauchen all diese Soldaten, um eine Einladung auszusprechen.« Ihr Tonfall machte deutlich, dass das für sie eher eine Aussage als eine Frage war, und dass sie ganz und gar nicht glücklich über die Einladung war.

»In diesem Teil von Europa sind private Soldaten recht verbreitet.« Celje zuckte mit den Schultern. »Es hat mich gefreut, dass meine Eltern Sie einladen möchten. Auf diese Weise kann ich Sie besser kennenlernen.«

»In der Tat.«

Verdammt, sie klang wie ihre Schwester, die Herzogin. Phinn streckte stolz die Brust raus.

»Ich allerdings habe keinerlei Verlangen, Sie besser kennenzulernen, Mylord. Offenbar haben Sie noch nicht mitbekommen, dass ich bereits mit dem Gentleman meiner Wahl verlobt bin.« Sie hob eine Braue und warf ihm ihren besten hochmütigen Blick zu. Es war ganz schön hilfreich, eine Herzogin als Schwester zu haben.

»Ein Jammer.« Der Vizegraf blickte zu Phinn, als würde er ihn gern loswerden. »Nichtsdestotrotz, es ist die Einladung meiner Eltern.«

Neben ihm sagte einer von Celjes Männern, offenbar der Hauptmann dieser Garde, auf Slowenisch: »Sie scheint sich nicht so sehr zu freuen, wie Sie es Ihrer Großmutter versprochen haben.«

»Seien Sie still. Ich glaube nicht, dass sie verliebt in ihn ist. Ich habe sie zusammen gesehen«, antwortete Celje in derselben Sprache.

Augusta tauschte Blicke mit Phinn aus und sagte dann auf Nahuatl: »Hast du verstanden, was sie gesagt haben?«

Er nickte. »Die Großmutter hat das Sagen. Glaubst du wirklich, dass Lord und Lady Celje uns eingeladen haben?«

»Leider habe ich darauf keine Antwort. Möglicherweise schon. Sie sind sehr nett und englischen Reisenden gerne behilflich. Nur *seinen* Absichten traue ich nicht.« Augusta achtete darauf, nichts zu sagen, was den Vizegrafen wissen ließ, dass sie über ihn sprachen. »Der Mann neben ihm stellt seine Anweisungen infrage.« Sie ging rasch all ihre Handlungsmöglichkeiten durch. Keine von ihnen war ideal. »Wenn meine Cousine nicht wäre, das Kind und unsere persönlichen Bediensteten, dann würde ich sagen, wir reiten an ihnen vorbei.«

»Du hast recht. Es ist zu gefährlich.« Phinns Blick gab ihr zu verstehen, dass er ihrer Entscheidung vertraute.

Ihre Kehle schnürte zu und Freudentränen stiegen ihr in die Augen. Doch das war nicht der richtige Zeitpunkt, sie zu zeigen. Männer sahen Tränen immer als Anzeichen von Schwäche.

»Sagen Sie mir, welche Sprache Sie sprechen«, verlangte der Vizegraf.

Sie öffnete die Augen weit genug, um ihm einen unschuldigen Blick zuzuwerfen. »Na den Dialekt unserer Heimat, Northumberland.«

Phinn grinste sie an. »Du bist nicht aus Northumberland.«

»Du auch nicht, aber manche Dialekte dort sind mit dem Dänischen verwandt und nur wenige Außenstehende können sie verstehen.«

Er schüttelte den Kopf und lachte in sich hinein. »Du bist brillant.«

»Wenn Sie unsere Gastfreundschaft nicht annehmen wollen«, sagte der Vizegraf, »fühlen Sie sich frei, weiterzureiten. Meine Großmutter und meine Eltern werden jedoch zweifelsohne beleidigt sein.«

Wenn Lord und Lady Celje wirklich diejenigen waren, die sie eingeladen hatten, dann wären sie tatsächlich beleidigt. Doch Augusta konnte dem Vizegrafen nicht trauen. Aber was konnte er ihnen schon anhaben? Sie sah Phinn an. »Was denkst du?«

»Wir wollen die Adligen des Kaisertums Österreich ja nicht verärgern.« Er seufzte. »Wir müssen herausfinden, ob die Einladung echt ist.«

Augusta hob das Kinn. »Na gut. Wir werden das Zuhause Ihrer Eltern besuchen.«

Der Vizegraf neigte den Kopf. »Meine Großmutter wird sich freuen.«

»Sie sind verrückt, wenn Sie denken, dass Ihre Großmutter glauben wird, Sie hätten eine Chance bei der englischen Dame«, sagte der Hauptmann.

»Seien Sie kein Narr. Sehen Sie sie an. Sie wirken überhaupt nicht wie ein Liebespaar, sondern eher wie Geschwister.«

»Mylord.« Der Hauptmann neigte den Kopf. »Ich werde Ihre Ladyschaft darüber in Kenntnis setzen, dass sie Besuch erwartet.«

Tja, verflucht nochmal. »Ich hätte ihm nicht trauen sollen.«

»Offenbar nicht«, sagte Phinn mit trockenem Tonfall. »Wir werden gleich am nächsten Morgen abreisen.«

Prue brachte ihr Pferd in Augustas Nähe und sagte auf Portugiesisch: »Boman hat mir erzählt, worüber du und Phinn euch unterhalten habt. Was hat der Mann gerade gesagt?«

»Dass er zum Schloss reiten wird, um der Großmutter dieses Idioten Bescheid zu geben, dass wir kommen.«

»Noch ein englischer Dialekt?«, fragte Celje misstrauisch.

Prue sah ihn an, als wäre er ein Dummkopf. »Natürlich. Ich bin aus Hertfordshire. Sie erwarten doch nicht, dass ich den Dialekt aus Northumberland verstehe.«

Anscheinend hatte niemand auf die Kutschen geachtet, denn Hector kam auf seinem Pferd auf sie zugeritten und fragte auf Punjabi: »Was geht hier vor sich?«

Augusta erklärte ihm alles, was geschehen war. »Wenn du Jane und Tommy mitnehmen und nach Triest weiterfahren willst, kann ich das verstehen.«

»Das ist ja sehr nett von dir«, antwortete er sarkastisch. »Aber weder dein Bruder noch Jane würden das gutheißen oder verstehen. Wir tun, was Prue gesagt hat, und bleiben beisammen. Abgesehen davon ist sein Vater bekannterweise ein treuer Helfer englischer Reisender. Wir wollen ihn ja nicht verärgern.«

»Das stimmt.« Sie traute dem Blick des Vizegrafen zwar nicht, aber er war auch nicht gefährlicher als Lord Lancelot. Sie wandte sich dem Vizegrafen zu und sagte auf Deutsch: »Falls Sie sich wundern, das war Punjabi. Mein Vormund hat jahrelang in Indien gelebt.«

Phinns Kiefer begann, zu zucken, Prue schaute weg und Boman warf die Hände vors Gesicht. Augusta konnte sich glücklich schätzen, wenn jetzt nicht alle in Gelächter ausbrachen.

»Wir haben schon genug Zeit verschwendet.« Der Vizegraf gab seiner Gruppe ein Signal, umzudrehen. »Folgen Sie mir. Meine Großmutter, die alte Dame, wird uns bereits erwarten, wenn wir ankommen.«

»Ich habe ein dumpfes Gefühl, dass er versucht hat, uns mit seiner Großmutter und seinen Eltern ein schlechtes Gewissen zu machen«, sagte Phinn auf Nahuatl.

»Das sehe ich auch so. Ich glaube, sie wird uns noch retten.«

»Ich für meinen Teil bin froh, dass unsere englischen Dialekte so schwer verständlich sind.« Prue hatte wieder auf Portugiesisch gesprochen. Ihre Lippen waren fest aufeinandergepresst, aber ihre Augen funkelten. »Und ich bin sehr beeindruckt davon, wie gut du all das händelst.«

Das war Augusta auch. Sie blickte hoch und sah, dass das Schloss von der Hauptstraße aus zu erkennen war. Sie blickte zu Phinn, der neben ihr ritt. »Es sieht aus wie ein altes Märchenschloss.«

»Der Turm muss aus dem zwölften Jahrhundert sein.« Er klang genauso fasziniert wie sie.

»Woher weißt du das?«

»Du siehst doch, dass die Türme an einen breiten Quader mit mehreren Stockwerken gebaut sind?« Sie nickte. »Darin hätten die Familie und ihre Ritter gelebt. In England haben wir ähnliche Türme.«

Sie erhaschte einen Blick auf ein großes weißes Gebäude, tiefer innerhalb des Schutzwalls. »Diese Gebäude müssen wohl später dazugekommen sein.«

Nach knapp zwanzig Minuten erreichten sie das Schloss durch ein Tor, das noch ein Fallgitter besaß. Sie blickte hoch, als sie hindurchritten. »Erstaunlich.«

»Die ganze Anlage scheint in ausgezeichneter Verfassung zu sein.« Er blickte fasziniert um sich.

Augusta grinste. Sie kannte Phinn und wusste, dass er jedes kleinste Detail des Schlosses inspizieren würde, bevor sie ihre Reise fortführten.

Die verwitwete Lady Celje, die Großmutter des Vizegrafen, begegnete ihnen auf den Stufen des Schlosses. »Willkommen.« Ihre Ladyschaft sprach sie auf Französisch an. »Wir hoffen, Sie genießen Ihre Zeit bei uns.«

Hinter Augusta und Phinn hielten die Kutschen an. Mit einer einzigen fließenden Bewegung schwang er sich vom Pferd und hob sie hinunter. In dem Moment, als seine Hände ihre Taille umschlossen, wusste sie, dass sie selbst hätte absteigen sollen. Wonneschauer flossen hoch zu ihren Brüsten

und sie wollte, dass er mehr von ihr berührte. Unter ihren Händen spannten seine Muskeln seine Jacke, als er sie einen Moment zu lange festhielt, bevor er ihre Füße auf den Boden senkte. Sie holte tief Luft und hoffte, dass niemand ihre Reaktion bemerkt hatte. Phinn schaute zu ihr herab und fing ihren Blick mit seinen klaren grauen Augen ein. Und in diesen Sekunden verspürte sie eine Verbindung zu ihm, die sie sich niemals hätte vorstellen können.

Sie schluckte, senkte den Blick, und er ließ sie los. Der Rest ihrer Gruppe folgte ihren Gastgebern ins Haus. »Wir sollten auch reingehen.«

Ihre Pferde wurden weggeführt und er bot ihr den Arm an. »Wie du wünschst.«

Die Eingangshalle erstreckte sich über drei Etagen mit einer beeindruckenden doppelten Marmortreppe, die in den ersten Stock führte. Zwei Wappen bewachten den unteren Teil der Treppe. Der Rest des Saals war verputzt und mit riesigen Wandteppichen behangen.

»Mein Mann, und später mein Sohn, haben das Haus so gut es ging modernisiert«, sagte Lady Celje. »Aber die ursprüngliche Architektur scheint immer durch.«

»Wohnen Sie das ganze Jahr über hier?«, Augusta dachte, dass es dort im Winter wohl ziemlich kalt sein musste.

»Nein, wir haben in der Stadt noch ein modernes Schloss. Im Sommer ist es hier angenehmer.« Ihre Ladyschaft zeigte auf die Treppe. »Kommen Sie. Sobald Sie eine Gelegenheit hatten, sich frisch zu machen, dürfen Sie sich nach Belieben hier umsehen.«

Als Augusta Lady Celje die Treppe hoch folgte, stieg ihr der Geruch von Pferden in die Nase. Sie musste ein Bad nehmen. Ihr Schlafzimmer hatte Bleiglasfenster in der gleichen Rautenform, die sie schon einmal in alten Tudorhäusern gesehen hatte. Eines davon stand offen und gab den Blick auf das Tal und die Stadt darunter frei.

»Ich habe Ihnen ein Bad vorbereiten lassen, Mylady«, sagte Gobert. »Die Zofe Ihrer Ladyschaft hat gesagt, dass in einer Stunde Tee serviert wird.«

»So lange noch?« Augustas Magen knurrte bereits.

»Man sagte mir, dass eine Obst- und Käseplatte hergerichtet und auf Ihr Zimmer gebracht werden wird.« Aus dem Flur war eine Wasserpumpe zu hören. Sie mussten wohl ein Badezimmer haben. Ihre Zofe begann, ihr Reitkleid aufzuknöpfen. »Möchten Sie zuerst baden?«

»Das wäre wohl besser.« Pferde rochen nur gut, wenn man gerade im Stall war oder auf ihnen ritt. »Wo sind Minerva und Etienne?«

»Durant geht mit ihnen Gassi.«

Als sie gebadet und sich ein Musselin-Kleid angezogen hatte, stillte Augusta ihren Hunger und inspizierte das große Schlafzimmer. Ihre Zofe war durch eine kleine Tür gekommen, die wie eine tapezierte Wand aussah. Auf beiden Seiten des Zimmers war jeweils eine weitere Tür. Waren alle Zimmer miteinander verbunden? Bevor sie es herausfinden konnte, platzte ihr

Kater herein und wollte unbedingt hochgehoben werden. Die Dogge bellte und eine Tür in der Nähe ihres Zimmers wurde geöffnet und wieder geschlossen. Phinn musste in der Nähe sein.

Ein Bediensteter kam, um sie zum Salon zu führen, und als sie den Flur betrat, wartete Phinn dort bereits. »Ich glaube, wir sind die Letzten, die runtergehen. Jedenfalls glaube ich, der Mann hat das gerade gesagt.«

»Dein Slowenisch wird langsam wirklich gut. Ich bin mir sicher, du hast es richtig verstanden.« Sie nahm seinen Arm, als sie die Haupttreppe hinunter auf eine breite Terrasse im hinteren Teil des Schlosses geführt wurden. »Das erinnert mich an Frankreich.«

»Dieses Schloss wurde über die Jahrhunderte bestimmt schon einige Male renoviert. Immer inspiriert von den Orten, an die seine Herren gereist sind.«

»Ja, das hat Lady Celje vorhin angedeutet.« Die Gärten jenseits der Terrasse reichten bis an die Mauer, wo rote Kletterrosen den Stein bedeckten. Sie und Phinn waren in der Tat die Letzten, die ankamen. »Sind wir zu spät?«

»Nein, Liebes.« Jane zeigte auf den Platz neben sich auf dem Sofa. Tommy war hinuntergeklettert und tollte nun auf der Terrasse herum. »Wir hatten nicht erwartet, euch vorher zu anzutreffen.«

Ihre Ladyschaft schenkte allen Tee ein und ihr Enkel reichte Teller herum.

»Lady Celje dachte, du und Lord Phineas möchtet morgen vielleicht das Schloss erkunden. Deswegen haben wir beschlossen, bis übermorgen zu bleiben«, sagte Jane.

»Dankeschön. Wir interessieren uns sehr für den Entwurf und den Aufbau des Schlosses.« Augusta war dankbar, dass der Vizegraf ging, nachdem er seiner Großmutter mit dem Tee geholfen hatte.

Ein Priester, etwa im selben Alter wie Graf Celje, gesellte sich zu ihnen. »Lady Augusta, Mrs. Addison und Mrs. Brunning, erlauben Sie mir, Ihnen meinen Schwager, Pater Christophe, vorzustellen«, sagte Ihre Ladyschaft. »Er ist unser Schlosspriester.«

Pater Christophe verbeugte sich flüchtig. »Es ist immer eine Freude, Besucher im Schloss zu empfangen.«

Seine Lordschaft stellte als nächstes die Männer vor. Dann kam der Butler mit drei Bediensteten herein, die große Tabletts trugen.

Phinn nahm neben Augusta Platz. »Sieht nach Aprikosenmarmelade aus.«

Sie nahm einen Löffel und probierte das Konfekt. »Stimmt, und sie ist vorzüglich. Ich habe all diese Speisen noch nie gesehen. Ich wünschte, ich könnte sie alle probieren.«

»Lass uns teilen.« Er brach ein Stück Kuchen ab und hielt es ihr hin.

Das war etwas, das selbst Walter nie tun wollte. »Bist du sicher?«

»Absolut. Da sind mindestens zehn verschiedene süße und herzhafte Speisen. Wenn du deinen Appetit fürs Dinner nicht verderben willst, hast du keine andere Wahl.«

Sie nahm den Kuchen. »Dankeschön.«

»Entschuldigen Sie, Mylady«, sagte Pater Christophe. »Wie ich hörte, sind Sie und Lord Phineas verlobt. Haben Sie schon entschieden, wann Sie heiraten wollen?«

Augusta war heilfroh, dass sie gerade einen Schluck Tee im Mund hatte. »Nein. Wir ... wir, äh ...«

»Wir haben noch keine Pläne«, sagte Phinn.

»Haben Sie vor, zu warten, bis Sie wieder zu Hause sind?«

»Nein.« Das Wort konnte Augusta nicht schnell genug über die Lippen gehen.

»Wenn das so ist, erlauben Sie mir, Ihnen dieses Schloss zu empfehlen. Die Kapelle ist wunderschön und soll wohl Glück bringen.« Der Priester lächelte. »Sie müssen mir nicht sofort eine Antwort geben. Denken Sie einfach darüber nach.« Pater Christophe verbeugte sich und ging wieder ins Haus.

Phinn berührte ihre Hand. »Es wird alles gut.«

Das würde es nicht. Sie wollte studieren und ihn haben. Und das konnte sie nicht.

Kapitel 34

Tja, verdammt! Phinn wünschte, der Priester hätte nichts gesagt. Er hätte nichts lieber getan, als Augusta gleich morgen zu heiraten. Der letzte Brief seines Bruders hatte Phinn praktisch von seiner Pflicht befreit, so bald wie möglich Kinder zu kriegen. Helen war in der Tat wieder schwanger und Dorchester hoffte auf einen Erben. Dieser ganze Vorgang war für Phinn ein Mysterium, aber offenbar war ihre Schwangerschaft ganz anders als damals bei den Mädchen. Würde das reichen, um Augusta umzustimmen?

Er musste einen Weg finden, ihr zu beichten, dass er sie liebte, und er hoffte, dass sie ihn nicht wieder abweisen würde. Doch dieses Mal liebte er sie wirklich und konnte ihr versprechen, dass sie studieren dürfte.

Lady Celje stand auf. »Wenn Sie mit dem Tee fertig sind, würde ich Ihnen gerne mein Privatgemach zeigen. Um diese Tageszeit ist es wirklich schön.«

Sie wurden in Lady Celjes Gemächer geführt, wo Augusta, Phinn, Addison und Jane Wein serviert wurde.

Lady Celje trank die Hälfte ihres Glases und füllte es wieder auf. »Bedauerlicherweise muss ich Ihnen mitteilen, dass Ihr Besuch die Idee meines Enkels war«, sagte sie in ausgezeichnetem Englisch. »Meine Bediensteten bewachen dieses Zimmer, um sicherzustellen, dass er unser Gespräch nicht mithört.«

Verflucht nochmal! Es war wie ein Märchen aus dem Mittelalter. Phinn tauschte Blicke mit Addison aus.

»Wir wurden auf dem Weg nach Triest angehalten, wo ein Schiff auf uns wartet, das uns nach Venedig bringt.« Augusta nahm einen Schluck Wein. »Ich will nicht wissen, was Vizegraf Celje vorhat, aber ich kann es mir schon vorstellen. Er will einfach nicht wahrhaben, dass ich mit Lord Phineas verlobt bin.«

Sie sah Phinn an und er erzählte die Geschichte weiter. »Es ist eine Verlobung, die unsere Familien sich schon lange ersehnt haben.« Jedenfalls, seit er aus Mexiko zurück war. Verdammt, warum sprach er es nicht einfach aus. »Ich kann Ihnen versichern, dass ich Lady Augusta zutiefst liebe.«

Sie starrte ihn für einen kurzen Moment an, doch er konnte sich nicht erschließen, was ihr wohl durch den Kopf ging. »Und ich liebe Lord Phineas.«

Ihre Ladyschaft nickte energisch. »Mein Enkel ist ein idealistischer Schwachkopf. Er hat Lady Augusta in Paris gesehen und beschlossen, dass er verliebt ist. Verzeihen Sie, aber das kommt davon, wenn man ständig Liebesgedichte liest.« Phinn hatte recht gehabt. Vizegraf Celje war ihnen gefolgt. »Sein Vater hat eine ausgezeichnete Partnerin für ihn arrangiert. Sie müssen sich also keine Sorgen machen, seinem Charme zu verfallen. Ich werde Ihnen heute Abend eine exzellente Mahlzeit servieren. Sie werden einen erholsamen Schlaf haben, und schon morgen werden Sie wieder auf dem Weg sein.« Sie hob ihr Weinglas und die anderen taten es ihr nach. »Auf Ihre Weiterreise.« Da konnten sie alle nur zustimmen. »Es gibt keinen Grund, ins Esszimmer zu gehen. Ich werde Ihr Abendessen hier servieren lassen.« Ihre Ladyschaft stand auf. »Es gibt leider nicht genug Schlafzimmer für Sie und Ihre Bediensteten.« Das glaubte er kein bisschen. Sie nickte Augusta zu. »Sie und Mrs. Brunning werden sich ein Zimmer teilen. Ihre Zofen werden im Nebenzimmer schlafen. Lord Phineas, Sie und Ihr Sekretär werden das Schlafzimmer neben Lady Augusta beziehen. Mr. Addison, Sie und Ihre Frau kommen gegenüber von Lady Augusta unter. Ihr Kind und das Kindermädchen werden im Zimmer auf der anderen Seite schlafen. Eine Tür verbindet die beiden Räume.« Sie neigte den Kopf. »Ich wünsche Ihnen einen angenehmen Abend.«

Sie erwähnte weder seinen Kammerdiener noch Janes Zofe, aber Phinn nahm an, dass ihre Schlafzimmer auch Ankleidezimmer hatten.

»Nun«, Jane wandte sich allen zu, »ich habe das Gefühl, ich bin in einem Roman von Mrs ... Oh, wie konnte ich nur ihren Namen vergessen! In einer gotischen Romanze, jedenfalls.«

»Ich weiß, was du meinst. Ich muss sagen, mir gefallen Miss Austens Geschichten sehr viel mehr.« Augusta schürzte für einen Moment die Lippen. »Ich finde, wir sollten weiterhin unsere anderen Sprachen sprechen. Man weiß ja nie, wann man belauscht wird.«

»Ich stimme zu.« Phinn war erstaunt gewesen, wie sehr Ihre Ladyschaft betont hatte, dass ihre Leute sie bewachten. »So sind wir sehr viel sicherer.«

»Ich kann eure Vorsicht nachvollziehen.« Jane warf ihnen einen verdrossenen Blick zu. »Das Problem ist, ich kann nur Französisch, Deutsch und etwas Italienisch. Ich befürchte, das wird nicht sonderlich hilfreich sein.«

»Keine Sorge, meine Liebe.« Addison legte den Arm um sie. »Ich habe Augusta vor ein paar Jahren Punjabi beigebracht. Alles, was du tun musst, ist schön auszusehen und zu lächeln.«

Jane boxte ihm gegen den Arm. »Dafür, mein Lieber, wirst du bezahlen.«

»Ja.« Er warf ihr einen warmen Blick zu und schmunzelte. »Das kann ich mir vorstellen.«

Ein paar Minuten später wurden Tommy und die Haustiere hereingebracht. Phinn war froh, dass Minerva, obwohl sie Augusta zuerst begrüßte, schließlich zu ihm kam. Trotzdem musste die Dogge bereit sein, sie zu beschützen.

Er streichelte die Hündin am Kopf und flüsterte: »Du musst heute Nacht bei Augusta schlafen.« Sie lehnte den Kopf auf sein Knie und blickte zu ihm hoch. Offensichtlich verstand die Hündin den Ernst der Lage nicht.

Sie aßen eine ausgezeichnete Mahlzeit und gingen wieder in ihre Schlafzimmer. Die Wände des Zimmers, das er mit seinem Sekretär teilte, waren getäfelt und verputzt. Wahrscheinlich lag direkt darunter die ursprüngliche Steinwand. Zwei Türen waren in die Wände geschnitten, eine auf jeder Seite des Zimmers.

Musson kam aus einer von ihnen herein. »Mir wurde ein kleines Schlafzimmer neben dem Salon zugeteilt.« Er überflog den Raum. »Ich habe nur das Nötigste für die Nacht ausgepackt, Mylord.«

»Guter Mann.« Phinn blickte zur anderen Tür. »Wissen Sie zufällig, wohin diese Tür führt?«

»Das tue ich in der Tat, Mylord. Lady Augustas und Mrs. Brunnings Zimmer ist auf der anderen Seite.«

Minerva, die darauf bestanden hatte, mit Phinn mitzukommen, ging zur Tür und schnüffelte daran. Sichtlich zufrieden legte sie sich davor.

»Ist sie verschlossen?« Es hatte keinen Sinn, ein Zimmer neben Augusta zu haben, wenn er im Notfall nicht zu ihr gehen konnte.

Musson ging zur Tür, vermutlich um sicherzugehen, dass kein Schlüssel darin steckte – warum machten Leute das überhaupt? – dann begann er, einen Tisch an der Wand abzusuchen. Er hielt einen Schlüssel hoch. »Vielleicht wird der hier helfen.«

Wortlos schob er den Schlüssel in das Schloss und drehte ihn um. »Ja, das ist er.«

»Lassen Sie ihn im Schlüsselloch«, wies Phinn an. »Ich will nicht danach suchen müssen, wenn ich ihn brauche.«

Musson wich zurück, als wäre er versucht gewesen, ihn wieder herauszunehmen. Er war jedoch entschlossen genug, seine Instinkte zu ignorieren.

»Seien Sie allzeit bereit, aufzubrechen.« Phinn hatte keine Ahnung, was heute Nacht geschehen würde, aber er war sich sicher, irgendetwas würde passieren. Er traute dem Vizegrafen nicht. Der Mann war genauso auf den Kopf gefallen wie Lord Lancelot. Nur leider hatte Celje eine bewaffnete Truppe und ein ummauertes Schloss. Wahrscheinlich würde er sogar das Buch lesen, das Jane erwähnt hatte. Phinn rieb sich am Nacken. Jane hatte recht, die Situation war etwas zu märchenhaft.

»Wie Sie wünschen, Mylord.« Musson zog sich zurück, entweder in den Salon oder in sein Schlafzimmer.

»Verdammt, hätte ich gerade gerne eine Flasche Brandy.« Boman fuhr sich mit der Hand von der Nase bis zum Haaransatz.

Das war seltsam. »Normalerweise rührst du Spirituo-
sen nicht an.«

»Es ist diese ganze Situation. Ich habe das Gefühl, wir
wurden ins Mittelalter zurückkatapultiert.« Er öffnete
das Fenster aus buntem Glas und blickte hinaus. »Es ist
ein langer Weg nach unten.«

»Da kann ich dir nicht widersprechen. Würde es
keine Schwierigkeiten bereiten, dann würde ich die Damen hier schlafen lassen. Das wäre nicht das erste Mal,
dass ich auf Steinboden übernachte. Immerhin gibt es
hier einen Teppich.«

»Wir könnten ihnen Bescheid sagen, dass die Tür
nicht abgeschlossen ist.« Bomans Brauen schossen
nach oben.

»Hervorragende Idee.« Phinn ging zur Tür, drehte den
Schlüssel um und klopfte. »Augusta, Prue, wenn ihr uns
braucht, die Tür bleibt unabgeschlossen.«

Auf der anderen Seite der Tür hörte er jemanden
schlurfen. »Dankeschön.«

Augusta. Er würde ihre Stimme überall erkennen.
»Wenn etwas ist, macht einfach die Tür auf.«

»Wir werden sie angelehnt lassen, wenn ihr nichts dagegen habt«, sagte Prue. »Ich weiß, was die Gräfin gesagt hat, aber ich möchte mich absichern.«

Nun ja, damit wären sie schon zu dritt. Er nahm seine
Pistole und ging sicher, dass sie geladen war.

»Ich mich auch«, sagte Augusta. *Also zu viert*, dachte
Phinn. »Er hat seine eigene Großmutter angelogen.«

»Manche Leute haben einfach keine Manieren.«
Phinn hatte schon mit frühen Jahren gelernt, dass man
zu seiner Großmutter nicht unehrlich sein sollte. Es

war eine sehr viel größere Sünde, als die Eltern anzulügen.

»Oder Scham.«

Das auch. »Gute Nacht.« Inzwischen hatte er sich an die Wand neben der Tür gelehnt. Er würde dort schlafen, hätte Minerva den Platz nicht schon für sich beansprucht.

Er stellte sich Etienne vor, wie er eingerollt neben Augusta lag. Genau da wollte Phinn auch liegen.

»Gute Nacht euch. Ich glaube nicht, dass ich ein Auge zumachen werde.« Die Tür ging noch einen Spalt mehr auf und Füße huschten über den Boden.

»Gute Nacht.« *Meine Liebste.* Bald würde er ihr sagen, was er empfand und wie sehr er sie in seinem Leben brauchte.

»Das ist wirklich ein schöner Schlamassel.« Boman legte seine Pistole auf den Tisch neben dem Bett, bevor er sich komplett angezogen, mit den Händen hinter dem Kopf, ins Bett legte.

»Er muss uns seit Budapest verfolgt haben.« Nur auf diese Weise hätte der Graf so genau wissen können, wo sie sich befunden hatten.

»Das glaube ich auch.« Warum zum Teufel war Phinn nicht auf die Idee gekommen, einige Reiter hinter ihnen zu postieren?

»Die Frage ist, wird Lady Celje zu ihrem Wort stehen?«

»Ich glaube, sie wird es versuchen.« Wobei er nicht wusste, wie sie das anstellen wollte, außer, indem sie ihren Enkel vergiftete. »Schlaf eine Runde. Ich werde Wache halten.«

Boman grunzte. »Schlaf du zuerst. So müde bin ich nicht.«

Kurz vor Sonnenaufgang fing Minerva an, zu knurren, dann sprang Etienne auf Phinns Brust und sauste zurück in Augustas Schlafzimmer. Phinn griff nach Boman, aber der war bereits auf den Beinen und zog seine Stiefel an.

»Verflucht.« Warum konnte dieser Schurke nicht auf seine Großmutter hören?

Ein Schuss ertönte und jemand schrie.

Augusta!

***

Es war noch dunkel, als Etienne auf Augustas Brust sprang und piepste. Das hatte er noch nie getan. Sie hatte gar nicht vorgehabt, einzuschlafen. »Was?«

»Schritte.« Prue warf Augusta ihren Morgenmantel zu, als die Hündin leise zu knurren begann. »Ich habe die Tür abgeschlossen.«

Der Kater raste durch den Raum zu Phinns Zimmer. Das war gut. Sie wollte nicht, dass er verletzt wurde. Sie warf Morgenmantel über, zog ihre Pistole unter ihrem Kissen hervor und schloss sich Prue an. »Worauf warten die denn?«

»Sie wollen niemanden wecken.«

Ein Schloss knackte auf, dann schien ein Licht herein, und schließlich öffnete die Tür sich komplett. Augusta richtete ihre Waffe auf die Tür. Sie bezweifelte, dass es die Gräfin war, also sprach sie auf Deutsch. »Stehen bleiben oder ich schieße.«

»Seien Sie nicht albern«, spottete Celje. »Das ist doch bloß ein Brautraub. Eine Hochzeitstradition, die in meinem Land weit verbreitet ist.« Er stolzierte ins Schlafzimmer. »Es ist wichtig, dass ein Mann seine Braut retten kann.«

Das bezweifelte sie kein bisschen, aber Augusta wusste, dass er keinerlei Absichten hatte, sie zurückzugeben oder es Phinn einfach zu machen, sie zu finden. Verflucht, wenn sie mit jemandem verheiratet sein musste, dann mit Phinn.

Sie wartete, bis langsam Licht ins Schlafzimmer fiel. Der Vizegraf hatte Reisekleidung an. Hinter ihm waren einige seiner Bediensteten zu sehen. Sie verlagerte ihre Pistole und richtete sie nun auf ihn. »Kommen Sie kein Stück näher.« Wenn er sich schon verhielt wie eine Romanfigur, dann konnte sie das auch. »Ich werde schießen.«

Er streckte die Arme aus und lächelte. »Keine Dame würde auf einen Gentleman schießen, der sie vor einer lieblosen Ehe rettet.«

Einen Moment lang fiel Augusta die Kinnlade herunter. Welch Arroganz. Der Mann war noch schlimmer als Lord Lancelot. Celje musste definitiv lernen, mit einer Lady nicht zu diskutieren. Sie machte den Mund zu, zielte auf seinen Arm und feuerte die Pistole ab. Celje kreischte. Rauch stieg aus dem Lauf der Pistole. Minerva, die knurrend in der Tür gestanden hatte, rannte auf den Gauner los und riss ihn zu Boden. Celje holte aus, als wolle er die Hündin boxen, aber Etienne sprang hervor und bohrte seine Krallen in die Hand des Mannes.

»Was zum ...« Ehe sie sich versah, stand Phinn neben ihr. »Augusta?«

»Ich habe auf ihn geschossen.« Sie neigte den Kopf und sah ihm in die Augen. *Was ist nur los mit meiner*

Familie? »Er wollte mich entführen. Das werde ich nicht zulassen.«

Hector war aus der anderen Tür hereingerannt. »Was zum Teufel geht hier vor sich?«

»Tja, so hatten wir uns das nicht vorgestellt«, nuschelte Prue und hielt immer noch eine große Pistole auf die Eindringlinge gerichtet. Irgendjemand rief etwas aus dem Flur. Blut floss den Arm des Vizegrafen hinunter. Seine Schreie hatten sich in ein tiefes Schluchzen verwandelt.

Einer der Bediensteten des Vizegrafen sah Augusta an. »Dürfen wir ihn bitte mitnehmen?«

»Minerva, Etienne, zu mir.« Sie war froh, dass die beiden Tiere sofort gehorchten.

»Minervas Knurren hat mich geweckt. Und um sicherzugehen, dass ich wirklich wach war, ist der Kater auf meine Brust gesprungen. Ich hätte in meiner Tageskleidung schlafen sollen.« Phinn legte den Arm um sie. Ihr leicht bekleideter Körper sog seine Wärme auf. Sie wollte sich in ihn drehen, sich von ihm halten lassen. »Das ist eine Einzelladerwaffe, Schätzchen.« *Schätzchen?* War ihm das gerade herausgerutscht? »Gib sie mir und Boman wird sie nachladen.«

Augusta nickte und er nahm die Pistole. Er hielt sein Wort und gab sie ihr binnen Sekunden zurück.

»Wir müssen uns bereit machen, zu gehen.«

»Ja.« Er drehte sich um. »Musson, bereiten Sie unsere Sachen vor. Wir fahren bei Tagesanbruch los.«

Sie wollte sofort aufbrechen, aber er hatte recht. Die geschwungene Straße zum Schloss war zu gefährlich, als dass man sie im Dunkeln hinunterfahren konnte.

»Ich habe genug von deinem törichten Benehmen.«
Lady Celjes Stimme hallte durch den Flur. »Gal, rufen
Sie den Arzt.«

»Ja, Mylady.«

Lady Celje betrat in einem bunten und aufwändig bestickten Morgenrock den Raum. »Ich muss mich für
das Verhalten meines Enkels entschuldigen.« Einen
kurzen Moment lang sah sie erschöpft aus, doch sie
nahm schnell wieder ihre Haltung ein. »Er wird in seinem Zimmer bleiben, bis der Arzt kommt und ihn versorgt. Wenn er Sie noch einmal belästigt, werde ich ihn
in den Kerker sperren, bis mein Sohn da ist.«

»Dankeschön, Mylady.« Augusta rang sich ein flüchtiges Lächeln ab. »Ich sollte mich vermutlich dafür entschuldigen, dass ich Ihren Enkel angeschossen habe,
aber das kann ich nicht.«

»Das *sollten* Sie nicht.« Die Lippen Ihrer Ladyschaft
hoben sich zu einem Lächeln. »Ich glaube, es ist ihm
eine gute Lektion, zu erleben, wie es ist, wenn seine
Handlungen sofortige Konsequenzen nach sich ziehen.
Abgesehen davon war es nicht der richtige Zeitpunkt
für einen Brautraub, es sei denn, Sie haben das Angebot, hier zu heiraten, angenommen.«

Phinn hatte keine Ahnung, wovon Lady Celje sprach.
»Was ist ein Brautraub?«

»Es ist ein alter Brauch. Heutzutage ist er dazu da,
dass der Bräutigam einen bestimmten Preis für die
Braut zahlt oder ihr Versprechungen macht.«

Addison warf Phinn einen langen Blick zu. »Ich
glaube, manchmal kann ein Brautraub eine ziemlich
gute Idee sein. Jane, meine Liebe, wir haben alles getan,
was in unserer Macht stand.«

»Ja, natürlich.« Jane – wann war sie dazugestoßen? – berührte Prues Arm. »Kommst du mit uns mit?«

»Ah, ja.« Sie schloss die Tür zwischen den Zimmern. Jetzt war es also soweit. Es war Zeit für ihn, Augusta seine Liebe zu gestehen und sie anzuflehen, ihn zu heiraten.

»Wir hätten niemals vorgeben sollen, dass wir verlobt sind.« Sie wich ihm aus, ging zur anderen Seite des Raumes und drehte sich wieder um. »Sieh dir an, wohin es uns gebracht hat.«

Phinn hatte noch nie eine so hartnäckige Frau getroffen. Und auch noch nie eine, die so furchtlos, intelligent und schön war. Er ging langsam auf sie zu und sie machte einen Schritt zurück. »Ich möchte dir ein Angebot machen.«

Trotz des Rückschritts stand sie aufrecht und sicher da, als wäre sie in einem Ballsaal, nicht in einem Schlafzimmer, wo sie nichts außer ein Nachthemd und ein Morgenrock trennte. »Was?«

»Heirate mich, und zwar wirklich.« Er kam weiter auf sie zu und sie wich weiter vor ihm zurück. Ihr Rücken traf auf die tapezierte Wand. »Augusta, ich liebe dich.«

»Nein.« Sie schüttelte den Kopf. Einzelne Locken lösten sich aus ihrem Zopf. Er wollte danach greifen und mit den Fingern durch ihre zobelschwarzen Haare fahren. »Das hast du bloß behauptet.«

»Ich kann nicht fassen, dass du es noch nicht erkannt hast.« Er wischte sich mit der Hand durchs Gesicht. War er so unfähig darin gewesen, ihr zu zeigen, was er von ihr hielt, dass sie es wirklich nicht wusste?

Ihre Hände wanderten zu ihren Hüften. »Wenn das stimmt, wieso hast du es mir dann nicht gesagt?«

»Das habe ich gerade getan.« Seine Stimme hallte durch das Zimmer und er holte Luft. Es würde nicht helfen, zu schreien. »Du warst diejenige, die gesagt hat, ich würde dich nicht lieben, weil ich mich nicht wie ein verliebter Mann verhielte. Nun ja, ich weiß nicht, was du von mir erwartet hast, aber ich *liebe* dich.« Er streckte seine Hand nach ihr aus, doch ließ sie dann wieder fallen.

»Ich kann nicht.« Sie schüttelte wieder den Kopf. Aber ihr Gesichtsausdruck hatte all die Wut verloren. Jetzt sah sie nur noch müde aus, während sie sich mit der Faust am Herzen rieb. »Es wird trotzdem nicht funktionieren. Du brauchst einen Erben, und ein Kind wird mich von meinen Zielen abhalten.«

Er war ihr so nah, dass er die Hitze, die in ihr anstieg, spüren konnte. Je näher er ihr kam, desto mehr zogen sich ihre Brustwarzen zu engen Knospen zusammen. Durch ihren Morgenrock konnte er sie erkennen. Sie wusste es vielleicht nicht, aber sie wollte ihn genauso sehr wie er sie. Er musste ihr nur noch klar machen, wir sehr sie einander brauchten.

»In London hattest du recht, als du mir gesagt hast, ich würde dich nicht lieben.« Phinn war ihr jetzt so nah, dass ihr Kleid seine nackten Füße berührte. »Aber jetzt tue ich es, Augusta. Ich hätte nie für möglich gehalten, dass ein Mann eine Frau so sehr lieben kann. Seit wir in Versailles waren, versuche ich es dir zu zeigen.«

Sie schloss die Augen und zog ihre Unterlippe zwischen ihre weißen Zähne. Gott, wie sehr er diese Lippen küssen wollte. »Das ändert nichts daran, was ich im Leben brauche.«

Er behielt die Hände am Körper. Wenn er zuließ, dass sie ihm entflohen, dann würde er weiß Gott was tun. »Und das könnte ich dir niemals wegnehmen. Das, was du dir wünschst, wünsche ich dir auch.«

Sie öffnete ihre tiefblauen Augen und traf seinen Blick. »Du musst zurück nach England reisen und einen Erben zeugen.«

»Das wird ziemlich schwierig, wenn die einzige Frau, die ich heiraten möchte, direkt vor mir steht.« Ihre Brüste hoben sich wieder und bettelten förmlich danach, von ihm in den Mund genommen zu werden. »Wenn es bedeutet, dass ich dich verlassen muss, dann kann mein Bruder seinen eigenen Erben zeugen.« Ihr Atem wurde schneller, aber keiner von beiden bewegte sich. »Wir fahren nach Padua und du wirst zur Universität gehen. In Italien gibt es eine Menge Architektur, mit der ich mich befassen kann.« Er warf ihr ein reuevolles Grinsen zu. »Du wirst mich bei dir haben wollen, wenn du für deine Prüfungen lernst.«

Ihre Augen weiteten sich und sie suchte seinen Blick. »Meinst du das ernst?«

»Augusta.« Er stützte seine Hände hinter ihr auf beiden Seiten an die Wand. »Ich würde alles tun, um dich glücklich zu machen. Mein Leben hat ohne dich keinen Sinn.«

Ihre Augen waren groß und neugierig. Wenn er nach ihr griff, würde sie nachgeben? Wie viel Überwindung würde es sie kosten?

»Aber Ehe bedeutet Kinder.«

»Es gibt Wege, sie zu vermeiden, bis man bereit für sie ist.« Er ließ seine Lippen über ihre gleiten. »Du kannst zur Universität gehen. Danach können wir reisen, wohin du willst, wenn du möchtest. Wir werden keine Kinder kriegen, bis du bereit dazu bist.« Er hielt sie fest und nahm ihren Kopf unter sein Kinn. »Glaub an mich, bitte. Ich liebe dich und ich werde dich nicht enttäuschen.«

»Aber was, wenn ...« Er schnitt ihr mit seinen Lippen das Wort ab.

Verdammt. Sie schmeckte so süß. Er hätte sie viel früher küssen sollen. »Glaub an uns. Glaub daran, dass wir gemeinsam alles schaffen können.«

Ihre Lippen wurden unter seinen weicher. Er ließ seine Zunge über den Rand ihres Mundes gleiten und sie öffnete sich ihm. Als sie die Arme um seinen Hals schlang, neigte er den Kopf und vertiefte den Kuss. Mit einer Hand umfasste er ihre Brust und mit der anderen drückte er sie an sich. »Willst du meine Lebenspartnerin werden und mich heiraten?«

»Ja.« Sie zog seinen Kopf herunter und lehnte ihre Stirn an seine. »Ja, ich will dich heiraten.«

»Gott sei Dank!« Er schwang sie in seine Arme und trug sie zum Bett. Es war Zeit, eines seiner Versprechen in Erfüllung gehen zu lassen. »In welchem Teil deines Zyklus befindest du dich gerade?«

Sie zuckte nicht einmal. »Meine Blutung hat vor ein paar Tagen aufgehört.«

»Ist der Zyklus regelmäßig?«

»Als ich England verlassen habe, war er das nicht. Aber jetzt ist er es wieder. Auf die Stunde genau.«

»Wenn das so ist, sind wir sicher.«

»Noch nicht.« Augusta huschte aus dem Bett. »Du, mein Lieber, musst bis nach der Hochzeit warten. Ein anderer Hochzeitsbrauch ist nämlich das Aufhängen des Bettlakens.«

»Möchtest du hier heiraten?« Nach dem, was passiert war, konnte ihn nichts mehr überraschen.

»Warum nicht? Zurück nach England werden wir für die Hochzeit sowieso nicht fahren.« Sie küsste seine Mundwinkel, doch wich zurück, als er sich wieder über sie hermachen wollte. »Ich mag Pater Christophe, und er hat gesagt, die Kapelle bringt Glück.«

»Guter Punkt. Sagen wir ihm, dass er uns verheiraten kann.« Er sprang aus dem Bett. »Musson!«, rief Phinn. »Lady Augusta und ich brauchen ein Bad.«

Gelächter ertönte aus dem Zimmer nebenan. Verdammt. Er hatte ihre Familie ganz vergessen.

»Im Badezimmer werden sogleich die Badewannen aufgefüllt, Mylord.«

Er zog sie wieder in seine Arme und küsste sie. »Wir machen später weiter.«

***

Erst als er angezogen war und die Kapelle aufsuchen wollte, fiel ihm der Ring ein. »Musson, ich brauche meine Schmuckschatulle.«

»Ich habe den Ring schon parat.« Boman hielt einen Ring aus Platin und Saphiren hoch. Phinn hatte ihn in Paris anfertigen lassen.

»Dann brauche ich nur noch eine Braut.« Er machte sich auf den Weg in Augustas Schlafzimmer.

»Du darfst sie nicht sehen, bevor du an der Kirchentreppe ankommst«, rief Prue hinter der verschlossenen Tür. »Das ist ein Brauch hier im Schloss. Und es wird Glasscherben geben, über die sie gehen muss.«

Von dem Brauch mit der Kirchentreppe hatte er gehört. Aber das zersplitterte Glas war ihm neu. Trotzdem würde er sie unter keinen Umständen alleine durch das Schloss laufen lassen. Nicht, wenn Celje in der Gegend war. »Sie muss beschützt werden.«

Prue lachte wieder. »Nicht mehr als du.«

Erst verstand Phinn es nicht, aber dann wurde ihm klar, dass es ohne ihn keine Zeremonie geben würde. Wie zur Hölle wollten sie das anstellen? »Gib mir einen Moment.«

Trotz Lady Celjes Beschwichtigungen konnte er niemandem trauen, der nicht Teil ihrer Gruppe war. Selbst die Wachen Ihrer Ladyschaft waren daran gescheitert, diesen Idioten von ihrem Schlafzimmer fernzuhalten. Er senkte die Stimme. »Musson, ich will sofort vier bewaffnete Männer von uns hier oben haben.«

»Ja, Mylord.« Er eilte aus dem Zimmer.

»Ich kenne diesen Blick«, sagte Boman. »Du führst etwas im Schilde.«

Phinn nickte. »Wir gehen zuerst. Augusta kommt danach, aber wir gehen als Gruppe.«

»Ich sage es den anderen.«

Die verwitwete Gräfin sagte, sie würde einen Bediensteten schicken, der sie zur Schlosskapelle führte. Phinn würde hinter dem Diener folgen, begleitet von Boman. Beide hatten ihre Pistolen dabei. Laut dem Plan, den Phinn sich überlegt hatte, würden Jane und Prue danach folgen. Augusta und Addison kämen als Letzte, aber die übrigen Bediensteten würden ihnen Schutz bieten. Zwei der Stallburschen blieben bei den Kutschen und den Vorreitern, die sich geweigert hatten, sich gegen Celjes Männer im Schloss zu stellen.

Ein Klopfen ertönte an der Tür zwischen Augustas Schlafzimmer und seinem. Addison kam mit einer Aktentasche herein. »Es gibt ein paar Details, die wir vor der Zeremonie besprechen müssen.« Er stellte die Tasche auf den Tisch und nahm einen dicken Stapel Papiere heraus. »Ich habe die hier von Worthington erhalten, als wir in Wien ankamen. Für den Fall, dass Augusta heiratet.«

»Ein Ehevertrag?« Phinn nahm dem älteren Mann die Blätter ab und fing an, sie durchzulesen. »Er wollte wohl sichergehen, dass sie finanziell abgesichert ist.«

»Soweit ich weiß, hatten ihre Schwestern und Lady Merton ungefähr denselben Vertrag. Ich weiß, dass Jane ihn hatte.«

Er las ihn weiter durch, bis er zu dem Teil kam, in dem es um die Finanzen ging. Woher zur Hölle wusste Worthington ... Dorchester. *Dieser Teufel.* Jetzt machten der Brief und die Unterstützung, die er Phinn angeboten hatte, sehr viel mehr Sinn. Sein Bruder hatte schon immer beabsichtigt, dass er Augusta heiraten sollte.

Er spitzte eine Schreibfeder an, tunkte sie in das Tintenfass, unterzeichnete den Vertrag und gab ihn Addison zurück. Was sagte man in so einem Moment?

Zum Glück klopfte Addison ihm auf die Schulter. »Willkommen in der Familie.«

Er wünschte, seine Familie könnte auch hier sein. »Apropos Familie, ist Augusta soweit?«

»Wenn nicht, dann bestimmt bald. Die Damen kümmern sich noch um ein paar englische Traditionen.«

Als ihre Bediensteten sich versammelt hatten, wies Phinn ihnen ihre Positionen zu, dann gingen er und Boman auf den Flur und trafen auf einen Bediensteten, der an einer Wand stand. »Ihre Ladyschaft hat mich geschickt, um Sie zur Kapelle zu begleiten.«

Boman klopfte an Augustas Tür. »Seid ihr bereit, hinunter zu gehen?«

»Ja«, antwortete Jane.

Durant kam aus Addisons Zimmer. »Sobald Sie an mir vorbei gegangen sind, wird Ihre Ladyschaft auf den Flur kommen.«

»Los geht's.« Tatsächlich war da ein kleiner Haufen zerbrochenes Glas vor der Tür des Schlafzimmers der Damen.

Wenige Augenblicke später ertönte hinter ihm schallendes Gelächter. Phinn grinste vor sich hin. Der Tag würde also doch nicht so schrecklich werden. Der Bedienstete führte sie die große Steintreppe hinunter in den Eingangssaal. Er hatte erwartet, dass die Kapelle sich irgendwo im hinteren Teil des Schlosses befand. Stattdessen öffnete der Butler die Vordertür und Phinn war gespannt. Als er hindurchging, entdeckte er eine kleine Kirche auf der anderen Seite des Hofes. Er blickte hoch und erwartete fast, dass Bogenschützen auf dem zinnenbewehrten Dach sein würden, aber es waren keine da. Es war schließlich das neunzehnte Jahrhundert. Janes Gerede über gotische Romane musste wohl seine Gedanken beeinflusst haben.

Phinn und sein Sekretär nahmen auf den Treppenstufen der Kirche rechts von Pater Christophe Platz. Obwohl er wusste, dass eine nach den Gesetzen dieses Landes geschlossene Ehe in England rechtlich geltend war, würde er bei ihrer Ankunft in Venedig dafür sorgen, dass die Ehe beim britischen Konsul registriert wurde.

Boman stieß Phinn mit seinem Ellbogen an. Augustas Begleiter hatten sich verteilt und bildeten einen Halbkreis um sie, als sie die flachen Stufen hinaufstieg. Sie war ein reizender Anblick, und bald würde sie komplett ihm gehören. Sein Blick fiel auf ihre Hände. Anstelle von Blumen hielt sie eine Pistole. Er wünschte sich, sie könnte eine richtige Hochzeit mit ihrer ganzen Familie und ihren Freunden haben, mit einem Blumenstrauß in der Hand, statt einer Waffe.

KAPITEL 35

Als Phinn das Zimmer verließ, traten Jane, Prue und Gobert in Aktion.

»Mylady«, sagte Gobert. »Sie müssen ein Kleid auswählen. Ich empfehle das Blaue, das Sie in Paris haben anfertigen lassen, mit den Stickereien am Saum.«

Das Kleid sah aus, als würde ein Blumengarten an den Röcken hochwachsen. Dasselbe Muster war in die gepufften Ärmel gestickt. Es war das schönste Kleid, das Augusta besaß, und das eleganteste. »Einverstanden. Ich werde es mit der Perlenkette tragen.«

Sie badete im Ankleidezimmer, danach nahm Prue den Korb mit Verpflegung, den sie für die gestrige Reise gepackt hatten, und sie frühstückten gemeinsam. Vorher war ein Dienstmädchen gekommen und hatte gefragt, ob die Damen frühstücken wollten, aber nach dem Entführungsversuch traute niemand mehr den Mahlzeiten im Schloss.

Ihre Cousinen tauschten Blicke aus. Dann errötete Jane und holte Luft. »Ich schätze, wir sollten dir erklären, was dich erwartet, wenn du und Phinn die Ehe vollzieht.«

Augusta beschloss, zu beichten, dass ihr die Einzelheiten nicht unbekannt waren. »Dotty hat mir bereits erzählt, was, wann, wo und wie es passiert.«

»Wunderbar!« Jane lächelte und sah erleichtert aus.

»Hat sie dir auch erzählt, was vor dem eigentlichen Akt passiert?«, fragte Prue.

Darüber hatte Augusta sich nicht erkundigt. »Nein, ich glaube nicht, dass es wichtig war.«

»Ah. Da du ja nun kurz davor bist, solltest du vielleicht ein *bisschen* mehr über das Ganze erfahren.«

Wieder stieg Jane eine zarte Röte in die Wangen. »Im Grunde ist das der Teil, der dafür sorgt, dass die Dame auch den Rest will.«

Augustas Brüste kribbelten bei der Erinnerung an Phinns Berührungen. »Oh! Ihr meint Küssen und solche Dinge?«

»Mhm-hm.« Prue nickte und fing an, all die Arten aufzuzählen, auf die ein Mann eine Frau küssen konnte, damit sie ihn wollte. Und andere Dinge, die er tun würde, um den Geschlechtsakt einfacher für sie zu machen. »Es wird trotzdem wehtun, aber wenn er vorsichtig ist, wird es nicht so schmerzhaft, wie es sonst wäre.«

Während der Erläuterungen war Augusta warm geworden, weil sie an Phinns Mund auf ihrem Körper und seine Hände auf ihrer Haut dachte. Sie drückte ihre Hände auf die Wangen. »Ich bin mir nicht sicher, ob ich ihm noch in die Augen sehen kann, jetzt, wo ich weiß, was passieren wird.«

Ihre Cousine lachte. »Das wird schon. Wenn deine Wangen genauso schön erröten, wenn du ihn ansiehst, wird er dich umso mehr lieben.«

»Nun, jetzt, wo das geklärt ist«, Jane stand auf, »haben wir ein paar Dinge für dich.« Sie nahm einen Samtbeutel aus der Reisetasche, die sie dabeihatte, und gab ihn Augusta. »Etwas Altes von der Vivers-Seite der Familie.«

Augusta öffnete den Beutel und zog einen langen Strang zusammenpassender Perlen heraus. »Die sind wunderschön! Aber wie ...?«

»Grace. Sie wusste nicht, ob du beschließen würdest, zu heiraten, aber sie wollte, dass ich vorbereitet bin.«

Tränen stiegen in Augustas Augen und sie blinzelte sie fort. »Sie muss die weiseste Person sein, die ich kenne.«

»Etwas Ausgeborgtes«, sagte Prue und reichte Augusta eine Münze. »Es ist eine römische Münze, die ich in Spanien gefunden habe. Sie hat mir schon viel Glück gebracht.«

»Etwas Brandneues.« Jane hielt ihr einen Ring hin. »Der ist von Hector und mir. Wir haben ihn in Paris gekauft, als er sich langsam sicher war, dass Phinn sich in dich verliebt hat.«

Augusta stülpte ihn über ihren rechten Zeigefinger. »Wieso hat Hector es mir nicht gesagt?«

Ihre Cousine lächelte nachsichtig. »Es ist immer besser, wenn Mann und Frau es voneinander hören.«

»Außer, sie stellen sich richtig dämlich an.« Prues Tonfall war staubtrocken, aber ihre Augen funkelten. »In eurem Fall hattest du Ziele, die eine Ehe etwas komplizierter gemacht hätten.«

Prues Zofe kam mit einem Beutel ins Zimmer. »Ich habe die zusätzliche Pistole gebracht, die Sie verlangt haben.«

»Dankeschön. Ich hoffe, wir werden sie nicht brauchen.« Sie nahm die Waffe aus dem Beutel. »Ist sie geladen?«

»Ja.« Die Zofe sah beleidigt aus. »Sonst würde sie ja nichts nützen.«

»Gobert, ich möchte, dass Sie sie tragen.«

»Es wäre mir eine Ehre, Mylady.«

Auch Augusta würde ihre Waffe mitnehmen. Es war eine Schande, dass sie nicht direkt nach der Zeremonie abreisen konnten.

Knapp eine Stunde später waren sie alle angezogen und warteten auf das Zeichen, um sich auf den Weg in die Kirche zu machen.

Es klopfte an der Tür. »Seine Lordschaft ist vorbeigegangen, Mylady.«

Prue öffnete die Tür und fing an, zu lachen. »Offenbar möchte die verwitwete Gräfin dir Glück wünschen. Du musst über die Scherben gehen.«

Auch Augusta begann, zu lachen. »Ich hoffe, es funktioniert.«

Zwischen ihr und Phinn waren so viele Bedienstete, dass sie erst auf den Treppenstufen in die Kirche einen ersten Blick auf ihn erhaschen konnte. Er hatte ein preußischblaues Jackett über einer hellblauen Weste mit goldenen Streifen an. Sein Hemd war wie immer schneeweiß und eine goldene Krawattennadel war in den Falten seines Halstuchs vergraben.

Ihre Blicke trafen sich, als sie die Treppe erklomm. Sie war wirklich blind gewesen. Wie konnte sie vorher nicht erkannt haben, wie sehr er sie liebte?

»Guten Morgen.« Pater Christophe schaute ihre Pistolen an. »Ich bin kein Freund von Waffen in der Kirche, aber mein Neffe hat den Verstand verloren, deswegen werde ich es erlauben. Ich verspreche, dass er noch zur Verantwortung gezogen wird. Sollen wir anfangen?«

Hector gab ihre Hand in die des Priesters, der dann Phinns Hand nahm und sie drehte, sodass er ihre Hand hielt. »Früher hätten wir ein Band um Ihre Hände gebunden. Aber es wird reichen, dass Sie die Hände halten, während wir in die Kirche gehen.« Er führte sie in die Kirche und nachdem sich ihre Gruppe auf den Bänken eingefunden hatte, begann die Zeremonie.

Phinn war gerade dabei, sein Ehegelübde abzulegen, als die Kirchentür aufgestoßen wurde und Vizegraf Celje am Eingang stand, mit dem Arm in einer Schlinge und einem Verband um die Hand. Der Priester starrte ihn an und Augusta richtete ihre Pistole auf den Eindringling. Prue und die anderen taten es ihr rasch nach.

»Pavle.« Pater Christophes strenger Tonfall hallte durch die Kapelle. »Bleib, wo du bist. Wenn du es nicht tust, kann ich unseren Gästen nicht verübeln, wenn sie wieder auf dich schießen.« Er neigte den Kopf und fuhr mit seinem Gottesdienst fort.

»Der Ring.« Boman reichte ihn Pater Christophe. Dieser segnete ihn und blickte auf die Pistolen, die sie und Phinn in der Hand hielten.

Sie blickte herab. »Oh, Prue, ich brauche beide Hände. Nimmst du mir das für einen Moment ab?«

»Natürlich.« Augusta reichte ihrer Cousine ihre Pistole und Phinn gab seine Boman. »Dankeschön.«

»Gern geschehen.« Er grinste. »Das muss eine der interessantesten Hochzeiten sein, auf denen ich jemals war.«

Phinn wandte sich wieder dem Priester zu und nickte. »Bitte fahren Sie fort.«

Ein paar Minuten später erklärte Pater Christophe sie zu Mann und Frau und flüsterte: »An Ihrer Stelle würde ich sie schleunigst betten.«

»Keine Sorge, Pater.« Phinn grinste und Augustas Wangen erhitzten. »Das werde ich tun.«

Sie bekamen ihre Pistolen wieder und sie holte tief Luft. Auf dem Weg in ihr Ehebett würde sie nur ungern auf jemanden schießen. »Bist du bereit?«

»Das bin ich.« Phinn klang selbstbewusst. »Mach dich bereit, zu rennen.«

»Deswegen habe ich Stiefeletten und keine Tanzschuhe angezogen.«

Sie hatten sich ihren Weg in den Eingangssaal gebahnt und er flüsterte: »Los!«

Sie stürmten die Treppe hinauf und schafften es in ihr Schlafzimmer, schlossen die Tür, verriegelten sie und schoben eine Kommode davor. Es klang, als würden ihre Freunde, Familie und Bediensteten nebenan dasselbe tun.

Plötzlich fing ein Streicher an, zu musizieren.

Augusta starrte die Tür an. »Wozu in Gottes Namen soll das denn jetzt gut sein?«

»Es soll unsere Geräusche übertönen.« Phinn zog seine Schuhe aus und löste sein Halstuch.

»Welche Geräusche?«

Sein Halstuch fiel zu Boden. »Du wirst schon sehen.« Seine Lippen huschten an ihren vorbei und sie öffnete den Mund. »Ich kann dir nicht sagen, wie sehr es mir leidtut, dass wir nicht die ganze Nacht hierfür Zeit haben.«

Sie zog ihm sein Jackett aus. »Wir werden später genug Zeit haben.«

»Soll ich deine Zofe rufen, damit sie deine Haare herunterlässt?« Er machte sich daran, ihr Kleid aufzuknöpfen.

Als ihr Korsett herunterfiel, zog sie die Arme aus den Ärmeln. »Das kann ich schon selbst.«

»Oh, Gott.« Nachdem er ihr Unterkleid und ihr Mieder abgenommen hatte, umfasste er ihre Brüste. »Ich habe noch nie etwas so Perfektes gesehen.«

Er neigte den Kopf und nahm eine Brustwarze in den Mund. Augusta krümmte sich und drückte sich noch tiefer in ihn. Sie stöhnte und verstand endlich den Sinn des Streichers. »Du bist noch angezogen.«

Im Handumdrehen lag der Rest seiner Kleidung auf dem Boden. »Komm, meine Ehefrau. Lass uns ins Bett gehen.«

Er schwang sie in seine Arme, legte sie wie zuvor sanft auf das Bett und legte sich dann zu ihr. Ihre Lippen trafen sich wieder, aber dieses Mal konnte sie seine warme Haut und seine muskulöse Brust spüren. Dicke, hellbraue Haare bedeckten seinen Brustkorb und sie wollte mit den Fingern hindurchfahren.

Sie bäumte sich auf, als seine Küsse von ihrem Mund zu ihrem Hals und dann noch tiefer wanderten, und er ihre Brüste und ihren Bauch leckte. Flammen durchströmten ihre Venen, und ihre Hüften schossen nach oben, wissend, was sie erwartete.

»Ich hoffe, ich überwältige dich nicht, aber das ist der schnellste Weg.« Er bedeckte mit dem Mund ihre Scheide und all die Hitze, all das Verlangen, das sich in ihr angesammelt hatte, verschmolz *dort.*

Sogar in ihren Ohren wurde ihr Stöhnen lauter. »Phinn, *Phinn*!«

Er benutzte seine Finger und seinen Mund und ließ die Anspannung stärker werden. »Komm für mich, meine Liebe. Komm für mich.«

Gerade, als sie dachte, sie würde völlig zerbersten, zog sich ihr Körper zusammen und er ragte über ihr auf, stieß in sie hinein und füllte sie auf eine Art, die sie niemals für möglich gehalten hätte. Der kurze Schmerz wurde abgelöst von dem Genuss ihres Höhepunktes.

»Ist alles in Ordnung?« Seine Stimme klang rau.

Sie öffnete die Augen und sah seine wunderschönen silbernen, besorgten Augen. »Mir geht es gut.«

Augustas Augen strahlten noch blauer und ihre Haut war durchströmt von Leidenschaft. Sie war noch nie so schön gewesen. Phinn hob seine Stirn einen Moment lang an ihre, machte sich dann über ihren Mund her und fing an, sich zu bewegen. »Schwing deine Beine um mich.«

Als sie getan hatte, was er verlangte, erhöhte er seine Geschwindigkeit und wollte, dass sie noch einmal kam. Er liebte sie mehr und mehr, jedes Mal, als ihre Körper aufeinandertrafen. Als er kurz davor war, zu kommen, schrie sie auf und rief seinen Namen.

Er rollte sich von ihr ab und drückte ihren Körper eng an seinen, sodass ihre Herzen gemeinsam klopften. »Ich liebe dich.«

Sie erhob sich und küsste ihn sanft. »Ich dich auch.«

Sie ruhte ihren Kopf auf seiner Schulter aus und er streichelte sie. Wenn sie doch nur für immer so bleiben könnten. Oder wenigstens für eine halbe Stunde.

Der Streicher hörte auf, zu spielen, und ein Schlurfen ertönte aus dem Flur.

Verdammt nochmal! »Wir müssen uns anziehen.«

»Sorry, Mylady.« Gobert platzte mit einer Hand über den Augen herein, mit der anderen hielt sie ihr einen Morgenrock hin. »Wir brauchen das Laken.«

»Lassen Sie den Morgenrock hier. Ich bin gleich soweit.« Augusta stand auf und blickte aufs Bett. Ihre Augen weiteten sich schockiert. »Da ist kein Blut.« Sie starrte ihn an. »Warum ist da kein Blut?«

»Wir haben jetzt keine Zeit, das zu besprechen. Wo ist eine Hutnadel oder ein Messer?«

Sie ging zum Tisch und nahm eine lange, perlenbesetzte Hutnadel. »Hier.« Sie ging zurück zum Bett und bevor er ihr die Hutnadel abnehmen konnte, schloss sie die Augen und pikste sich in den Finger. Blut quoll hervor. »Und was jetzt?«

Das war der knifflige Teil. Das Blut durfte nicht zu deutlich sein. »Reib es an deiner Scheide, wo ich in dich eingedrungen bin.« Als sie fertig war, schnappte er das Laken und rieb es zwischen ihren Beinen. Er nahm ihren Finger und drückte ihn sanft. Ein Tropfen Blut fiel auf sein Glied und er rieb ihn herum. Ein Wasserbecken und ein Tuch warteten hinter dem Bettvorhang. Er feuchtete das Tuch an und machte sich und danach sie sauber, bevor er es auf den Nachttisch warf. »Da. Das sollte genügen.«

Sie nahm ihren Morgenrock, zog ihn an und blickte dann zu Phinn. »Du solltest vielleicht etwas anziehen.«

Die Tür zu seinem Schlafzimmer wurde geöffnet und Musson kam mit Phinns Morgenmantel herein. »Mylord.«

»Dankeschön.« Jemand versuchte, aus dem Flur in ihr Zimmer zu gelangen. Er reichte Augusta ihre Pistole. »Musson, helfen Sie mir, die Kommode zurückzuschieben, bitte.«

»Das werde ich, Mylord.«

Kaum hatten sie sie zur Seite geschoben, krachte die Tür gegen die Wand. Kannte der Mann denn keinen anderen Weg, ins Zimmer zu kommen? Celje stand da und atmete schwer.

Ein Dienstmädchen quetschte sich an ihm vorbei. »Ich bin für das Laken hier«, sagte sie auf Slowenisch. Ein erschrockener Blick zierte ihr Gesicht und sie wiederholte sich auf Deutsch. »Ich muss das Laken mitnehmen.«

Prue marschierte ins Zimmer, bevor die Zofe das Bett erreichte. »Nicht, ohne dass jemand von uns mitkommt.«

Die Dame warf dem Vizegrafen einen verängstigten Blick zu, aber Prue wartete nicht auf sie. Sie riss das Laken vom Bett, nahm es in Beschlag und zeigte auf das Dienstmädchen. »Neben dem Waschbecken ist wahrscheinlich ein Tuch. Holen Sie es und geben Sie es mir.«

»Kommen Sie, Mylady. Sie müssen sich anziehen.« Gobert zog Augusta weg. »Mr. Addison und Mr. Boman werden Mrs. Brunning begleiten.«

Plötzlich sackte Celje am Boden zusammen. Hinter ihm stand die Gräfin mit einem Knüppel in der Hand. Sie blickte zur Seite und sagte: »Bringen Sie ihn in den Kerker und geben Sie mir die Schlüssel.«

Ein Ruf ertönte aus der Eingangshalle und Graf Celje kam in den Flur. »Ich bin so schnell gekommen, wie ich konnte.« Er blickte auf seinen Sohn herab. »Der Kerker ist ein guter Ort für ihn. Und fesseln Sie ihn. Er hat unseren Namen in den Dreck gezogen. Ich werde mich später mit seiner Strafe befassen.« Als der Vizegraf weggeschafft wurde, wandte sich Lord Celje an Phinn und

Augusta. »Ich muss mich aufrichtig entschuldigen. Er wird Sie nicht mehr belästigen. Das verspreche ich.«

Die verwitwete Gräfin gab Lord Celje einen Brief und sagte: »Die *Luciana*.«

»Ja, stimmt, Mutter. Danke, dass du daran gedacht hast.« Er gab Phinn den Brief. »Ich habe eine große Yacht in Triest. Sie ist sehr viel komfortabler als jedes Schiff, das Sie anheuern könnten. Das ist ein Brief für den Kapitän. Bitte machen Sie Gebrauch davon. Ich werde dem Verwalter des Hotels *Locanda Grande* ebenfalls schreiben und ihn informieren, dass Sie unsere Gemächer beziehen.«

»Ich bitte noch einmal um Verzeihung für das Verhalten meines Enkels«, sagte Ihre Ladyschaft.

»Ich bedauere, aber das können wir nicht akzeptieren.« Phinn sah Lord Celje an. »Er ist erwachsen und damit verantwortlich für seine Taten.«

»Da haben Sie recht, Mylord. Zum Glück gibt es Maßnahmen, zu denen ich greifen kann und werde, damit er lernt, wie sich ein verantwortungsvoller Gentleman zu verhalten hat.«

Die Witwe neigte den Kopf und einer ihrer Männer schloss die Tür.

Knapp eine Stunde später ritten Phinn, Augusta, Prue und Boman durch das Schlosstor, während der Rest ihrer Gruppe in den Kutschen folgte.

»Ich hoffe, ich muss so etwas nie wieder durchmachen«, sagte Augusta.

»Ich hoffe, das ist das *letzte* Mal, dass ich so etwas erlebe.« Phinn hatte es verdammt satt, dass andere Leute dachten, sie könnten tun, was sie wollen.

Ihre Gruppe kam rechtzeitig zum Abendessen im Hotel *Locanda Grande* in Triest an.

Zu viert betraten sie das Hotel. »Ich bin Lord Phineas Carter-Woods.« Er gab dem Mitarbeiter am Empfang den Brief.

»Natürlich, Mylord.« Der Mann verneigte sich. »Die Zimmer werden jeden Moment für Sie bereit sein. Reisen Sie in Begleitung?«

Er nannte ihm Addisons Namen und fand heraus, dass dieser bereits Zimmer reserviert hatte.

»Wir müssen auch noch mit dem Kapitän einer privaten Yacht namens *Luciana* sprechen«, sagte Augusta.

»Ja, natürlich. Ich werde sofort einen Boten schicken.«

Dann kamen Jane und Addison ins Hotel und Augusta sagte ihnen, dass der Kapitän bereits gerufen worden war.

Als sie sich gewaschen und frisch gemacht hatten, wurde Kapitän Gasparino in ihren privaten Salon geführt. Phinn reichte ihm den Brief und wartete.

»Der Wind wird nicht lange so bleiben. Wenn Sie nicht gerade vorhaben, mehrere Tage in Triest zu verbringen, müssen wir bei Tagesanbruch aufbrechen.«

»Ich bin bereit, nach Venedig zu fahren«, sagte Jane.

»Wie Sie wollen.« Der Kapitän blickte finster drein. »Leider habe ich nur Kapazitäten, um eine Kutsche und ein paar Pferde zu transportieren, mehr nicht.«

»Ich habe ein Schiff reserviert, auf dem die Pferde und die Kutschen transportieren werden können. Haben Sie die *Eleanor Jane* gesehen?«

»Ja, Sir, aber ihr Kapitän wurde vor zwei Tagen festgenommen. Das Schiff kann nicht genutzt werden, solange er in Gewahrsam ist.«

»Doch, wenn es einen neuen Kapitän gibt. Ich gehe mit Ihnen zum Hafen.« Addison gab Jane schnell einen Kuss. »Macht euch fertig und esst. Und seid dann bereit zur Abfahrt. Wir werden heute Nacht auf dem Schiff schlafen. Das ist leichter, als morgen früh alle aufzuscheuchen.«

Baiju rief die Stallburschen und Kutscher zu sich. »Kommen Sie mit uns. Es ist noch hell genug, um die Pferde und die Kutschen einzuladen.«

»Ich bleibe bei Jane«, sagte Prue, »und arrangiere den Transport zu der Anlegestelle.«

Phinn und Augusta beschlossen, sich ihrer Cousine anzuschließen. Minerva bestand darauf, bei ihnen zu bleiben, genauso wie Etienne. Zum Glück hatten sie es nicht mehr weit.

Als sie die *Eleanor Jane* erreichten, sprach Hector eines der Besatzungsmitglieder an. »Ich bin Lord Addison. Holen Sie sofort Ihren ersten Mann.«

Ein Mann, nicht älter als Phinn, eilte die Leiter herunter. »Sir. Es tut mir leid ...«

»Kein Grund, sich für Griffin zu entschuldigen. Der Mann ist ein Idiot. Sie haben jetzt das Sagen, Captain. Machen Sie das Schiff fertig, damit meine Kutschen und Pferde hineingeladen werden können. Wir werden auf einer privaten Yacht segeln und ich möchte, dass Sie mit uns mitfahren.«

Als wären sie nicht schon auf dem Landweg in Windeseile gereist, überschlugen sich die Ereignisse danach noch mehr. Baiju organisierte die Pferde und Kutschen.

Phinn zog Kapitän Gasparino für ein Gespräch unter vier Augen beiseite.

Augusta war nicht klar gewesen, dass er italienisch sprach, aber es hätte sie nicht überraschen sollen, schließlich wusste sie, wie viele Sprachen er sonst sprach.

Er wandte sich Hector zu. »Sie haben auf der Yacht genügend Kabinen für uns und unsere persönlichen Angestellten. Der Rest wird die Überfahrt auf dem anderen Schiff machen müssen.«

»Sehr gut. Baiju?« Der Mann horchte auf. »Fahren Sie mit der Ausrüstung oder mit uns auf der Yacht?«

»Ich bleibe bei der Ausrüstung.« Er grinste. »Wenn Sie nicht auf dem Schiff mitfahren, dann bekomme ich bessere Gemächer.«

***

Die Kabinen und die anderen Räumlichkeiten auf der *Luciana* überstiegen Augustas Erwartungen. Nicht, dass sie viel über Yachten wusste. Als sie sich eingefunden hatten, machte sie sich auf die Suche nach Prue. Es gab eine Frage, auf die Augusta noch keine Antwort hatte. Sie traf im Salon auf ihre Cousine, die gerade ein Glas Rotwein trank. Augusta fürchtete sich inzwischen nicht mehr davor, zu schnell dem Alkohol zu erliegen, und schenkte sich ein Glas ein. »Ich habe eine Frage.«

»Das habe ich mir schon gedacht.« Prue nahm einen weiteren Schluck. »Ich habe teilweise mitbekommen, was passiert ist.«

»Ich verstehe nicht, was hätte passieren *können*.« Diese Frage plagte Augusta schon den ganzen Tag.

»Nicht alle Frauen werden mit einem Jungfernhäutchen geboren. Bei manchen reißt es auch einfach. Ich kannte mal ein Mädchen, das unvorsichtigerweise auf

452

einem ungezähmten Pferd geritten ist. Danach hat sie geblutet.«

»Oh.« Damit wäre das geklärt. Das Pferd war zwar nicht wild gewesen, aber auch sie hatte mal versucht, ein Pferd zu reiten, das nur für den Ritt mit einem üblichen Sattel ausgebildet war. Das war nicht gutgegangen. Ihre Mutter war weg gewesen und Louisa hatte Augusta gesagt, dass sie vermutlich ihre Regelblutung hatte. Aber nach dem Vorfall hatte sie nicht weitergeblutet.

»Solange Phinn es nicht infragestellt, und ich sehe keinen Grund, wieso er das tun sollte, ist alles gut.« Ihre Cousine lächelte. »Ihr habt das Problem ja im Handumdrehen aus der Welt geschafft.«

»Bist du deswegen hereingekommen?«

»Zum Teil, ja. Ich hatte auch die Vermutung, dass das Laken verschwinden würde, wenn keiner von uns es überwacht.« Prue hob ihr Glas. »Darf ich dir sagen, wie glücklich ich bin, dass du endlich verheiratet bist, und das auch noch mit einem Mann, der dich genauso liebt wie du ihn?«

»Ich wünschte, er hätte es mir früher gesagt.« Augusta wusste, dass ihr das nicht gereicht hätte. Es war die Dringlichkeit in seiner Stimme und seinen Augen, die sie überzeugt hatte.

»Nachdem du ihn abgewiesen hast?« Ihre Cousine hob eine Braue. »Wenn das so ist, meine Liebe, hast du noch eine Menge über den männlichen Stolz zu lernen.« Sie nahm ein Päckchen aus ihrer Handtasche. »Bevor ich es vergesse, Jane hat mich gebeten, dir das hier zu geben. Wenn du eine Schwangerschaft wirklich vermeiden willst, koch einen Tee mit diesen Kräutern.

Sie macht das schon, seit sie aufgehört hat, Tommy zu stillen.«

Augusta nahm das Päckchen. »Was ist das?«

»*Daucus carota*. Auch bekannt als Wilde Möhre.«

»Dankeschön.« Augusta war zwar froh, dass Phinn damit einverstanden war, das Kinderkriegen aufzuschieben. Doch er hatte zugegeben, dass viele der Methoden unzuverlässig waren. Mit etwas Glück würden die Kräuter helfen.

KAPITEL 36

»Augusta.« Phinn war fast in Panik ausgebrochen, als sie nicht in ihrem Zimmer war. Was natürlich albern war. Was konnte ihr auf der Yacht schon passieren? Trotzdem konnte er sich nicht zufriedengeben, bis er wieder bei ihr war. Er ging auf sie zu und nahm sie in den Arm. »Ich liebe dich.«

»Ich dich auch.« Sie schaute zu ihm hoch und ihre wunderschönen blauen Augen leuchteten vor Liebe zu ihm.

Viel zu bald gesellte sich der Rest der Gruppe zu Phinn, Augusta und Prue in den Salon. Mehr als alles andere wollte er sie mit in ihr Zimmer nehmen und sie lieben, diesmal langsam und anständig. Aber nach ihrem hastigen Ehevollzug heute Morgen und der langen Fahrt nach Triest wusste er, dass es ihr zu sehr wehtun würde. Und sie waren beide erschöpft. So wie alle anderen scheinbar auch, denn sie waren sich einig, dass sie sich nun in ihre Kabinen zurückzuziehen sollten.

Augusta betrat ihre Kabine durch ein kleines Zimmer nebenan. Sein Kammerdiener befand sich in einem ähnlichen Raum auf der anderen Seite. Phinn stand auf, nahm ihre Hand und küsste sie. »Du bist die zauberhafteste Frau, die ich kenne.« Sie sah ihn an und er verfiel gewissermaßen in einen Schock, denn er merkte, dass sie ihn schon seit einer Weile auf diese Weise angestarrt hatte. Seit München. Was für ein Trottel er doch gewesen war.

»Du bist der schönste Mann, den ich je gesehen habe.«

Jetzt war er an der Reihe, zu erröten. »Komm ins Bett. Ich will dich nur halten, während wir schlafen.«

Sie presste die Lippen zusammen. »Gibt es ein Problem?«

Er erinnerte sich an die völlige Panik heute Morgen und drückte sie noch enger an sich. »Nein, überhaupt nicht. Aber wir sind beide müde und wir haben noch Zeit.«

Sie kuschelte sich neben ihn und er schlief besser denn je. Als er aufwachte, war das Schiff auf der See und der Kater lag auf der anderen Seite von Augusta. Auch Minerva lag eingerollt bei seinen Füßen im Bett. Er hatte noch nie gesehen, wie ein so großes Tier sich so klein machte. Selbst ohne Kinder hatten sie nun eine Familie. Augusta seufzte im Schlaf und kuschelte sich an ihn. Phinn hätte nie gedacht, dass er sich jemals mit dem Satz *Mein Herz ist erfüllt* beschreiben würde. Aber das war es, und zwar dank ihr.

***

Einige Stunden später legten sie an einem Hafen in der Nähe von Venedig an.

»Ich habe eine Frage«, sagte Phinn. Er und Addison waren im Salon und sahen sich eine Karte von Italien an. »Wie konntest du Griffin für das ganze Schiff verantwortlich machen?«

»Ich bin Geschäftspartner in dem Unternehmen, das die *Eleanor Jane* besitzt, und auch einige andere Schiffe.«

Phinn hatte von seinem Bruder gehört, dass Addison seine Finger in mehreren Unternehmen im Spiel hatte. »Das ist ja hilfreich.«

Addison grinste. »In der Tat. Jetzt«, er tippte auf die Karte, »werden wir nur ein paar Tage in Venedig bleiben, bevor wir weiter an den Gardasee am Fuße der Alpen fahren. Im September fahren wir zurück nach Venedig, kurz bevor du mit Augusta nach Padua reist.«

»Ich habe gehört, Venedig ist während der Sommermonate sowieso nicht sonderlich angenehm.«

»Das habe ich auch gehört.« Er rollte die Karte ein. »Mein erster Halt, nachdem wir alle in den Palazzo gebracht haben, ist die britischen Botschaft. Es gibt dort einen Rektor, der sich dieses Dokument ansehen wird, das der Priester mir heute Morgen gegeben hat. Du und Augusta müsst es noch unterschreiben. Boman und Prue haben schon als Zeugen unterzeichnet.«

Das war zwar die falsche Reihenfolge, aber wenn es funktionierte, wen interessierte es? »Und wenn die Heiratspapiere nicht anerkannt werden?«

»Dann machen wir es nochmal.«

»Augusta und ich werden sofort unterschreiben.«

Nachdem alles und jeder in den Palazzo gebracht wurde, den Addison gemietet hatte, führte der neue Captain Griffin Phinn und Addison zur britischen Botschaft in Venedig, nur um herauszufinden, dass die gesamte Botschaft, mit Ausnahme eines einzigen Angestellten, auf Urlaubsreise am Gardasee war. Nicht, dass Phinn es ihnen verübeln konnte. Die Hitze verlieh der Stadt jetzt schon einen Geruch von Abwasser.

»Sollen wir unseren Aufenthalt verkürzen und uns auch auf den Weg zum Gardasee machen?«, fragte Phinn.

»Gib den Pferden einen Tag Pause und dann fahren wir los.« Addison rieb sich die Wangen. »Ich sage dir ganz ehrlich, ich hätte nichts dagegen, mal länger als ein oder zwei Wochen an einem Ort zu bleiben.«

»So sehr ich das Reisen auch mag, muss ich dir zustimmen.«

***

Zehn Tage später kamen sie an der Villa an, die Hector am Gardasee gemietet hatte. Gleich nach ihrer Ankunft hatten Augusta und Phinn mit dem Geistlichen des Botschafters gesprochen und sich vergewissert, dass ihre Ehe in England rechtlich geltend war. Danach verlor Augusta keine Zeit mehr und berichtete ihrer Familie sofort von ihrer Hochzeit. Auch Phinn schrieb seiner Mutter und seinem Bruder.

Eines Tages im späten August stand die Sonne im Westen und warf einen Schatten über das Dorf, während sie auf einer Terrasse mit Ausblick auf den See trockenen Weißwein tranken. Ein neuer Bekannter, der Graf von Eppan, einer der vielen Österreicher in der Gegend, erzählte ihnen von der Heirat der Tochter eines Freundes mit dem ältesten Sohn des Grafen von Celje.

»Erst hat sich der junge Mann geweigert, zu heiraten«, sagte der Graf.

»Genau.« Seine Frau erzählte die Geschichte weiter. »Offenbar hatte er eine qualvolle Verbindung zu einer anderen Dame aufgebaut. Aber jetzt ist er völlig verliebt in seine neue Frau.«

Phinn, Augusta und die anderen in ihrer Gruppe tauschten flüchtige Blicke aus. Sie fragte sich, was der Graf und die Gräfin wohl sagen würden, wenn sie wüssten, dass es sich um Augusta handelte. Doch die Vernarrtheit des Vizegrafen in Augusta war auf seltsame Art und Weise der Grund, weshalb sie und Phinn sich endlich ihre Liebe gestanden hatten. Wer weiß, wie lange es sonst gedauert hätte.

»So endet es bei jungen Männern mit einer romantischen Ader immer.« Graf von Eppan trank seinen Wein.

Die Engländer, Venezier und Österreicher waren großartig darin, Bälle und anderen Empfänge zu veranstalten. Phinn musste viele Scherze über sich ergehen lassen, weil er Augusta verbot, mit anderen Männern zu tanzen. Doch sie hatte auch kein Verlangen, mit jemand anderem als ihrem Ehemann zu tanzen. Zu ihrer Freude fing sie langsam an, sich auf Veranstaltungen dieser Art zu amüsieren.

Anfang September waren Phinn, Augusta, Prue und Boman, zusammen mit ihren Bediensteten, am Sommerhaus ihrer Sponsoren nicht weit von Padua angekommen. Ihnen war ein geräumiges Stadthaus in der Nähe der Universität angeboten worden. Augusta hatte das Gefühl, das Paar war mehr als glücklich darüber, sie doch nicht sponsern zu müssen. Als sie sich dort eingelebt hatten, waren es noch zwei Wochen, bis das Semester begann.

Eines Tages spazierten sie und Phinn durch einen Park in der Nähe des Flusses. »Es ist schön hier, aber so leer. Viele Geschäfte haben noch nicht geöffnet.«

»Ähnlich wie Oxford, wenn die Studenten weg sind. Genieß die Ruhe. Wenn sie zurück sind, werden die

Straßen schlimmer als die Straßen in London während der Ballsaison sein.«

»Ich würde sie gerne in einem etwas belebteren Zustand sehen.« Sie wollte Teil der Hektik vor dem Unterricht sein. »Ich habe Professor Angeloni geschrieben, aber er ist noch nicht hier.«

»Das wundert mich nicht.« Phinn hielt an und küsste sie. »Immer mit der Ruhe, Liebste.«

Weniger als eine Woche vor Beginn des Semesters erhielt sie einen gestelzten Brief von Professor Angeloni. »Dieser Brief fühlt sich nicht wie die anderen Briefe von ihm an. Er sagt, wir hätten ein Treffen mit dem Universitätskanzler. Was glaubst du, was das bedeutet?«

Phinn schüttelte den Kopf. »Keine Ahnung, aber du wirst es bald herausfinden. Das Treffen ist morgen.«

Am nächsten Tag betrat Augusta in Begleitung ihrer Cousine das Haus, das für die nächsten Jahre ihr Zuhause sein sollte. Sie war selten so aufgebracht und wütend gewesen. Dafür, dass diese Herren vermeintlich gebildet waren, verhielten sie sich genauso engstirnig wie die meisten Männer.

»Ich würde ja fragen, wie es lief …« Phinn schlang die Arme um sie und sie musste Frusttränen wegblinzeln. »Aber ich glaube, ich kann es mir bei deinem Gesichtsausdruck schon denken.«

»Sie erlauben mir, die Vorlesungen zu besuchen, aber ich darf mich nicht immatrikulieren. Baron von Neumann und sein Freund haben alles getan, was ihnen möglich war, aber der Leiter der Universität und seine Berater wollten sich nicht umstimmen lassen. Ich darf mich mit Literatur und Philosophie befassen, mehr nicht.«

Er führte sie in einen kleinen Salon mit Ausblick auf ihren Hof. Irgendetwas ergab keinen Sinn. »Warum hat der Baron zugelassen, dass du den ganzen Weg hierher auf dich nimmst, im Glauben, du würdest angenommen werden?«

»Professor Angeloni, derjenige, der behauptet hat, ich sei angenommen, wollte nur, dass ich als Forschungsassistentin für ihn arbeite und seine Übersetzungen anfertige. Ich spreche sehr viel mehr Sprachen als er.« Sie biss sich auf die Lippe, um sich davon abzuhalten, ihre Wut an ihrem armen Gatten auszulassen. »Er wusste, dass ich als reguläre Studentin nicht angenommen werden würde.« Augusta hätte den Mann herzlich gerne umgebracht. »Ich will gar nicht darüber nachdenken, was ich getan hätte, wenn ich nur mit Prue hier angekommen wäre. Bis ich alle Vorbereitungen für die Rückreise getroffen hätte, wäre es viel zu spät im Jahr gewesen.«

Wein, statt Tee, wurde ihnen zusammen mit Käse und Brot gebracht. Phinn stellte ihr einen Teller zusammen, während Durant zwei Gläser gekühlten, trockenen Weißwein einschenkte.

»Was willst du tun?« Phinns Tonfall war voller Sorge. Augusta verliebte sich neu in ihn.

»Ich weiß es nicht. Wenn ich gehe, wird es dann so aussehen, als wäre ich gescheitert oder als würde ich mich weigern, nach ihrer Pfeife zu tanzen?« Sie nahm einen Schluck Wein und ließ ihn auf ihrer Zunge zergehen. »Offensichtlich glauben sie, sie hätten mich in eine Ecke gedrängt.« Er legte den Arm um sie. »Ich habe ihnen nicht gesagt, dass ich verheiratet bin.«

»Wenn man bedenkt, wie die Köpfe mancher Männer funktionieren, hätten sie dich vermutlich gleich nach Hause geschickt, wenn du es ihnen gesagt hättest.« Er legte eine Scheibe Käse auf ein frischgebackenes Stück Brot und aß es. »Du musst jetzt die Entscheidung treffen, ob du hierbleiben und lernen willst, was du sowieso schon weißt. Oder wir reisen. In Italien und Südeuropa gibt es eine Menge antike Architektur. Du hast mir mal gesagt, der ursprüngliche Grund, weshalb du studieren wolltest, wäre, dass du keine Grand Tour machen dürftest.«

Das stimmte, jedenfalls bis sie für ihre Zulassungsprüfungen gelernt hatte und die Vorfreude auf das Studium ihre ursprünglichen Gründe ersetzt hatte. »Ich habe das Gefühl, ich werde mir gescheitert vorkommen. Du bist nach Oxford gegangen. Charlie ist da und Walter wird nächstes Jahr hingehen.«

»Aber ich habe keinen Abschluss. Und ich bezweifle, dass Charlie einen haben wird. Vielleicht Walter oder Philip, aber nur wenn sie in der Kirche, im Gericht oder in der Medizin arbeiten wollen, oder Professor werden wollen.«

Das hatte sie noch nie gehört. »Warum gehen so viele junge Männer dann zur Universität?«

Phinn schmunzelte. »Wahrscheinlich, um keine Dummheiten zu machen. Im Gegensatz zu jungen Frauen sind junge Männer nicht geeignet für die Ehe. Ein Studium gibt uns die Möglichkeit, fernab von der Struktur und dem Schutz unseres Zuhauses oder Schulen wie Eton zu leben, jedoch immer noch in einem sichereren Umfeld als in der Großstadt.« Er trank etwas Wein. »Natürlich funktioniert das nicht immer.«

»Das wusste ich gar nicht.« Aber machte es überhaupt einen Unterschied? Studieren war ihr Traum gewesen.

»Was würde ein junger Mann in meiner Situation tun?« Augusta hatte das Gefühl, sie war es ihren Nachfolgerinnen schuldig – wenn Frauen denn jemals das Recht bekämen, zu studieren – dieselbe Entscheidung wie ein Mann zu treffen.

Phinn lehnte sich in sein Polster und starrte an die Decke. Nach einigen Minuten richtete er sich wieder auf. »Natürlich wären die Umstände nicht dieselben, aber ich an deiner Stelle würde meinen Stolz bewahren und ihnen sagen, dass sie ihr Angebot behalten können. Dass ich mit meinem Verstand und meiner Zeit Besseres vorhabe.« Phinn nippte noch ein paar Sekunden an seinem Wein. »Außer, es gibt etwas, das sie dir noch über italienische Literatur beibringen können?«

»Nein.« Augusta schüttelte den Kopf. »Ich habe von einem Meister über Literatur gelernt, als er in London zu Besuch war, und wir sind in Kontakt geblieben.«

»Meine liebe, süße, kluge Frau«, Phinn küsste ihr Haar, »ich bin mir fast sicher, dass du schon alles gelernt hast, was eine Universität dir beibringen kann, und noch mehr. Wenn du sie zum Teufel jagen willst, sind sie selbst schuld.«

»Ich muss über all das nachdenken. Der heutige Tag war so eine Enttäuschung.« Es war, als hätte man etwas aus ihr herausgerissen. Nicht ihr Herz – das gehörte Phinn – aber etwas Lebenswichtiges. Sie trank ihr Glas leer und stand auf. »Wenn du mich entschuldigst.«

Ihr Gatte stand auf und reichte ihr seine Hand. »Natürlich. Wir sehen uns beim Abendessen. Es gibt ein paar Dinge, um die ich mich kümmern muss.«

Phinn sah zu, wie Augusta langsam die Treppe hinauftrottete. So, wie er sie kannte, hatte sie sich ihre Enttäuschung und Wut vor diesen Einfaltspinseln bestimmt nicht anmerken lassen. Doch er erkannte sie. Er ging in den Eingangssaal. »Ich gehe spazieren.«

»Ja, Mylord.« Durant verbeugte sich. »Darf ich fragen, wann Sie zurückkommen?«

»In ein oder zwei Stunden.« Sobald er den Professor ermordet hatte, und danach den Kanzler. Wenn es irgendeinen Weg gab, dann würde Augusta an diese verdammte Universität gehen.

Er machte das Rektorat ausfindig und wurde sofort hineingelassen. Phinn hoffte sehnlichst, er würde eine Lösung für Augusta finden können.

»Lord Phineas«, sagte ein älterer Herr in exzellentem Englisch. »Ich bin Kanzler Balestra. Es ist mir eine Freude, Sie kennenzulernen.« Der Mann verbeugte sich. »Ich interessiere mich ebenfalls für antike Architektur und habe neulich das Thesenpapier gelesen, dass Sie der Royal Institution präsentiert haben. Es ist sehr gut ausgearbeitet.« Er ging zurück hinter seinen Schreibtisch und setzte sich.

Nun, das war nicht gerade hilfreich. Wäre Phinn nicht so sauer gewesen, hätte er sich vielleicht gefreut, dass jemand in Italien seine Arbeit gelesen hatte. Stattdessen musste er sich davon abhalten, dem Mann an seine abgemagerte Gurgel zu springen. »Sie haben heute mit einer Dame gesprochen. Lady Augusta Vivers?«

»Ah, ja. Eine sehr hübsche junge Dame, aber leider etwas fehlgeleitet, was ihre Fähigkeit betrifft, zu studieren. Es ist wahr, dass wir es einer Dame gestattet haben, zu studieren, aber das war wirklich eine Ausnahme.«

Phinn wollte den Mann umlegen. »Soweit ich weiß, hat sie Ihre Zulassungsprüfung bestanden.«

»Ja, das kam mir zu Ohren, aber das tun viele.« Der Kanzler starrte Phinn einen Moment lang an. »Als Gentleman müssen Sie doch zustimmen, dass die Universität kein Ort für eine Frau ist. An Ihren englischen Universitäten sind Frauen auch nicht erlaubt. Und aus gutem Grunde. Das weibliche Geschlecht kann der Härte der Bildung nicht standhalten. Warum ihre Familie ihr erlaubt hat, mit nichts als einer Aufpasserin den ganzen Weg hierher zu reisen, übersteigt mein Verständnis.«

Dieser verklemmte, überhebliche Moralapostel. »Oh?« Phinn weitete die Augen. »Ist sie ohnmächtig geworden oder in Tränen ausgebrochen, als Sie ihr sagten, dass sie von einem Ihrer Professoren angelogen wurde?«

»Nein.« Der Mann schüttelte den Kopf. »Sie war sehr gelassen.«

»Sie ist sehr viel gelassener als ich gerade.« Phinn lehnte sich vor und legte die flache Hand auf den Tisch. »Ich würde Ihnen gerne den Hals umdrehen, bis nur noch ein Hauch Ihres Lebens übrig ist.«

Schock trat anstelle des eingebildeten Gesichtsausdrucks von Kanzler Balestra. »Darf ich fragen, was Lady Augusta Ihnen bedeutet, da Sie ihretwegen ja so aufgebracht sind?«

Endlich eine intelligente Frage. »Sie ist meine Frau. Lady Phineas Carter-Woods. Schwägerin des Marquis of Dorchester, Cousine des Marquis of Merton und Schwester des Duke of Rothwell. Sie ist außerdem die *intelligenteste* Person, die ich je kennengelernt habe und mit der ich je in Kontakt gekommen bin. So, wie ich sie kenne, und das tue ich nur zu gut, hat sie Ihre Zulassungsprüfung nicht nur bestanden, sondern alle anderen mit ihrer Leistung in den Schatten gestellt.«

Phinn konnte nicht anders, als Zufriedenheit zu verspüren, als die Augen des Mannes vor Angst herausragten. »Ich … ich weiß es wirklich nicht.«

»Rufen Sie den Professor, der die Klausur benotet hat.«

Der Mann schluckte und seine Kehle arbeitete auf Hochtouren. Er hatte gelogen. »Das ist nicht nötig. Sie hat die Anforderungen in der Tat weit übertroffen.«

Endlich kamen sie weiter. »Vielleicht erlauben Sie ihr nicht, zu studieren«, leider konnte er sich nur zu gut vorstellen, wie schwer und erniedrigend sie es ihr machen würden, »aber Sie *werden* ihr erlauben, die Abschlussprüfung abzulegen. Von mir aus können die Fragen schriftlich formuliert sein. Ihr Italienisch ist ausgezeichnet. Sie dürfen sie im Fach Literatur prüfen.«

»Aber Mylord«, der Mann war offensichtlich panisch, »sie hat das Material doch gar nicht studiert.«

»Trotzdem werden Sie ihr gestatten, die Prüfung abzulegen, und wenn sie besteht, wird Sie ein Abschlusszeugnis erhalten.« Phinn war kurz davor, der Universität eine Spende zu machen. Alles, nur damit Augusta diesen nutzlosen Einfaltspinseln zeigen konnte, dass sie besser war als sie. »Wenn nicht, werde ich den Prinzen von Metternich kontaktieren«, der Leiter des

Habsburger Auswärtigen Amtes sollte den Kanzler einschüchtern, »und ihm sagen, dass die Versprechungen, die man ihm gemacht hat, dass meine Frau studieren dürfe, gelogen waren.«

Die Drohung funktionierte. Der Mann schien erstarrt vor Angst. »Na gut. Ihr Wunsch ist mir Befehl.«

»Und damit hier alles mit rechten Dingen zugeht«, er durchstach den alten Mann mit seinem Blick, »werde ich eine Kopie der Prüfung und ihrer Antworten machen und sie nach England schicken, wo die höchsten Autoritäten der italienischen Sprache sie ebenfalls lesen werden.« Phinn stand auf. »Ich werde meine Adresse bei Ihrem Sekretär hinterlegen. Ich erwarte, in den nächsten paar Tagen von ihm zu hören.«

»Natürlich, Mylord.«

Phinn schritt aus dem Raum und hielt nur an, um seine Adresse aufzuschreiben. Jetzt musste er nur noch ein Geschenk für seine Frau finden, damit sie ihm nicht den Hals umdrehte, wenn sie erfuhr, was er gerade getan hatte.

KAPITEL 37

Augusta verbrachte den Rest des Tages damit, zu versuchen, eine Entscheidung zu treffen. Phinns Reiseangebot war mehr als verlockend. Aber bis zum Abendessen war sie zu keinem Schluss gekommen. Sie machte sich auf den Weg in den Innenhof, wo sich normalerweise alle zum Weintrinken trafen. »Wo sind Prue und Boman?«

»Sie haben beschlossen, ein Restaurant auszuprobieren, das ihnen jemand empfohlen hat.« Phinn reichte ihr ein Buch. »Ich dachte, das würde dir gefallen. Es ist eine Gedichtsammlung von Veronica Gambara.«

Augusta öffnete das Buch auf der ersten Seite und ihr fiel die Kinnlade herunter. »Das ist nicht nur eine Gedichtsammlung, sondern die erste Auflage.« Sie sah Phinn an. »Das muss dich ein Vermögen gekostet haben.«

»Ich wünschte, das hätte es. Es war noch im Rahmen, aber ich wusste, es würde dir gefallen.« Er schenkte Wein ein, aber statt ihr einen der Kelche zu geben, stellte er beide auf den Tisch.

Sie legte das Buch vorsichtig weg und fiel ihm um den Hals. »Was ist der Anlass? Oder soll ich eher fragen, was du angestellt hast?«

Er legte die Arme um sie und drückte sie eng an sich, als würde sie wegrennen, wenn er sie nicht fest genug hielt. »Ich habe dir noch eine weitere Option verschafft.« Er gab ihr einen Kuss auf die Stirn. »Ich bin zum Kanzler gegangen und habe ihm gesagt, dass er dir erlauben soll, die Abschlussprüfung abzulegen. Und wenn du bestehst – was du tun wirst – müssen sie dir ein Abschlusszeugnis ausstellen.«

Eine Euphorie, wie sie sie seit Frankreich nicht mehr verspürt hatte, stieg in ihr auf. Augusta lehnte sich zurück, um ihren Mann anzusehen. »Wie genau hast du es geschafft, ihn zu überzeugen?«

Er warf ihr einen Blick zu. »Ich habe ihm die geballte Macht des österreichischen Außenministeriums angedroht.«

Nie im Leben hätte sie sich vorstellen können, mit einem Mann verheiratet zu sein, der ihr so verbunden war. Der ihr das wünschte, was sie sich wünschte. Womit hatte sie dieses Glück verdient?

»Du bist nicht sauer?« Er sah ihr in die Augen.

»Sauer? Nein, kein bisschen. Du hast mir nicht nur dieses Buch einer weiblichen Dichterin gegeben, sondern auch die Lösung für mein Problem.« Sie streckte sich und küsste ihn. Was für ein kluger Mann. »Du weißt, das alles wäre nie passiert, wäre von Metternich selbst, und nicht sein Sekretär, involviert gewesen?«

»Da hast du wohl recht. Ich muss sagen, als ich erfahren habe, dass von Metternich für den Großteil Jahres nicht in Wien sein würde, ging mir derselbe Gedanke durch den Kopf. Er ist ziemlich konservativ. Der Sekretär muss also die Korrespondenz mit der Universität übernommen haben. Aber wir werden es nie erfahren, nicht wahr?«

***

Zwei Tage später erhielt Augusta eine Einladung zur Prüfung am darauffolgenden Tag. Ihre Hand zitterte vor Aufregung und Angst. »Was, wenn ich nicht bestehe?«

»Du wirst bestehen.« Phinnn lächelte sie ermutigend an. »Ich habe vollstes Vertrauen dich und ich glaube an dich.«

Das machte sie froh. Aber hatte er recht? Waren ihre Bildung und ihre Korrespondenzen mit Gelehrten mit einem Universitätsstudium gleichzusetzen? Sie würde es herausfinden.

Am nächsten Tag ging sie zu Prüfung. Sie las sie zweimal durch, bevor sie anfing, zu schreiben. Es war nichts dabei, womit sie sich noch nicht befasst hatte. Genau genommen war die Prüfung nicht so anspruchsvoll, wie ihre privaten Studien es gewesen waren. Phinn hatte recht. Sie hatte bereits eine universitäre Bildung. Sie hatte es nur noch nicht erkannt.

Vier Stunden später gab sie ihre Antworten bei der Prüfungsaufsicht ab, der auf einer Empore am Ende des Raumes saß. Der Mann blickt auf sie herab. »Brauchen Sie eine Pause?«

»Nein, ich bin fertig.«

Ein arrogantes Lächeln zierte seine Lippen. »Also haben Sie aufgegeben.«

Augusta hob eine Braue. »Keineswegs. Ich habe meine Antworten fertiggestellt.« Sie ging zur Tür, öffnete sie und ein Mann kam herein. »Mein Mann hat jemanden angeheuert, der meine Antworten kopieren wird. Die Kopien werden nach England geschickt.«

»Ja, das hatte der Kanzler erwähnt.«

»Wenn das so ist, vertraue ich darauf, dass es keine Ungereimtheiten geben wird.« Sie nickte ihm zu. »Danke für diese Chance.«

Durant wartete im Flur auf sie.

»Lassen Sie uns nach Hause gehen. Ich werde die Ergebnisse erst in ein paar Tagen haben.«

»Ja, Mylady.« Überraschenderweise grinste er.

»Was ist?«

»Ich habe inzwischen genug Italienisch gelernt, um zu wissen, dass es normalerweise länger als vier Stunden dauert, diese Prüfung abzulegen. Das werden wahrscheinlich die besten Antworten, die ich je gelesen habe.«

Sie war gelassen, als sie zu Hause ankamen. Alle waren sich einig, dass es keine Feier geben würde, bis sie die Ergebnisse hatte. Das Gespräch beim Abendessen drehte sich darum, in welche Stadt sie als nächstes fahren wollten. Briefe waren aus England angekommen, aber Augusta war zu abgelenkt, um sie zu lesen.

In dieser Nacht war der Geschlechtsakt zwischen Phinn und ihr langsam. Er küsste und streichelte jeden Zentimeter ihres Körpers, bis sie völlig verzweifelt nach ihm war. »Jetzt!«

»Fast.« Er grinste in die Innenseite ihres Oberschenkels.

In der Sekunde, als seine Zunge ihre empfindlichste Stelle berührte, zerbrach sie in tausend Teile. Er drang mit geschmeidiger Bewegung in sie ein, und sie klemmte die Beine um ihn und drängte ihn, sich noch schneller zu bewegen, bis ihre Scheide sich um ihn zusammenzog.

***

Eine Woche später, als Augusta gerade dagegen ankämpfte, alle um sich herum anzuschreien, einschließlich des Katers und der Hündin, und als Phinn schon damit drohte, den Kanzler zu strangulieren, wurde ein Bote der Universität in den Salon geführt.

Der Junge gab ihr einen großen Umschlag mit einer Schleife und verschwand wieder. Für eine Weile konnte sie nicht sprechen. »Ich glaube nicht, dass ich ihn öffnen kann.«

Prue untersuchte den Briefumschlag. »Er sieht nicht dick genug aus, um die Prüfung zu enthalten.« Sie sah Boman an. »Bekommt man die Prüfung zurück?«

»Meine habe ich nie zurückbekommen.« Er sah Phinn an.

»Ich meine auch nicht.« Er wandte sich Augusta zu. »Soll ich ihn öffnen?«

»Nein.« Sie schüttelte den Kopf. Das war etwas, das sie tun musste. Sie band die Schleife auf, die um den Briefumschlag gebunden war, legte ihn auf den niedrigen Tisch vor dem Sofa und setzte sich hin. Egal, was nun passierte, sie wollte nicht stehen. Sie hob die steife, dunkelbraune Lederklappe an, holte tief Luft und zog ein golden verziertes Zertifikat mit einem Stempel und den Worten *cum laude* neben ihrem Namen heraus. »Ich habe bestanden.« Ihr Herz klopfte, sie blickte hoch und alle lächelten. Tränen stiegen ihr in die Augen. Phinn umarmte sie und achtete darauf, das Zertifikat nicht zu berühren. »Ich habe bestanden. Ich habe es wirklich geschafft!«

Er blickte ihr in die Augen und tupfte sie mit seinem Taschentuch ab. »Ich habe immer gewusst, dass du es schaffen würdest.«

Prue reichte Champagnergläser herum. »Hector hat mir ein paar Flaschen mitgegeben, falls es etwas zu feiern gibt.«

Augusta wischte sich über die Augen, und ihr fiel nichts ein, was sie sagen konnte.

Phinn hob sein Glas und sagte: »Auf die intelligenteste Frau, die ich kenne.«

»Hört, hört!«

Minerva bellte und rannte wie wild im Salon herum. Etienne sprang auf Augustas Schoß. Sie bewahrte ihn davor, vom Schwanz der Dogge umgehauen zu werden. »Ich glaube, sie können die Freude auch spüren.«

Phinn nahm das Zertifikat und legte es zurück in den Umschlag. »Was jetzt?«

»Was haltet ihr davon, wenn wir nach Süditalien reisen und ein Schiff nach Ägypten nehmen?« Augusta blickte auf lächelnde Gesichter.

»Ich finde, das klingt nach einer ausgezeichneten Idee. Du kannst etwas über die Hieroglyphen lernen und ich kann ...«

»Die Pyramiden studieren.«

ANMERKUNGEN DER VERFASSERIN

Zu Beginn des 19. Jahrhunderts gab es in Europa drei Universitäten, an denen Frauen studieren und einen Abschluss erwerben konnten. Utrecht in den Niederlanden, die nächstgelegene Universität, war auf den Status einer Schule herabgestuft worden. Nicht eine Hochschule wie ein US-College, sondern eine weiterführende Schule wie Eton. In Bologna durfte im 18. Jahrhundert eine einzige Frau zur Universität gehen. Sie blieb auch dort und lehrte. Das war meine erste Wahl. Leider wurde die Stadt nach dem Wiener Kongress der päpstlichen Jurisdiktion unterstellt und nahm fast hundert Jahre lang keine Frau mehr auf. Padua, ebenfalls eine der besten Universitäten Europas, war die einzig übrige Universität. Dort hatte im 17. Jahrhundert eine Frau studiert. Aber 1818 wurde die Universität dem Habsburger Reich unterstellt. Ich korrespondierte mit der Universität und erfuhr, dass die besagte Dame etwas ganz Besonderes gewesen sei. Natürlich habe ich zurückgeschrieben und gefragt, ob eine englische Dame aus einem Adelshaus, die ebenfalls etwas Besonderes war und die die Unterstützung von Würdenträgern des Habsburger Reiches und einem der Professoren in Padua hatte, aufgenommen worden wäre. Man wollte mir nicht antworten und so beschloss ich, dass sie zugelassen worden wäre.

Eines der Probleme, die ich hatte, war, meine Figuren nach Wien zu bringen. Die Straßen waren wirklich so schlecht, wie ich sie geschildert habe. Dann fand ich heraus, dass die meisten Waren und Menschen auf dem Wasserweg transportiert wurden. Aber ich wusste, dass die Isar von München bis zur Donau bei Regensburg heute nicht schiffbar ist. Weitere Nachforschungen ergaben, dass im frühen 19. Jahrhundert eine Reihe von Kanälen und Schleusen gebaut wurden, um den Flussverkehr zu erleichtern.

Nach Berichten englischer Reisender aus dem frühen 19. Jahrhundert hatten die Straßen Wiens tatsächlich keine Bürgersteige und waren für Touristen gefährlich. Englische Kutscher kamen häufig zu Schaden. Daher wurden einheimische Kutscher angeheuert.

In England war es unter den Aristokraten üblich, Verlobungsringe auch als Eheringe zu verwenden. Im österreichischen Kaiserreich hingegen wurden Verlobungsringe verwendet, so wie wir sie kennen.

In Teilen des österreichischen Kaiserreichs, beispielsweise Slowenien, Ungarn und Kroatien, hatten viele Adelshaushalte einen Trupp Soldaten.

Die erwähnten Heiratsbräuche waren und sind mancherorts auch heute noch üblich.

Wenn ihr jemals eine Frage zu einem meiner Bücher habt, fragt mich bitte. Meine Website ist www.ellaquinnauthor.com. Wenn ihr euch für meinen Newsletter anmeldet (der Link befindet sich auf meiner Website), erfahrt ihr mehr über meine Bücher sowie über Sonderangebote.

DANKSAGUNG

Alle, die im Verlagswesen tätig sind, wissen, dass es einer Teamleistung bedarf, um ein Buch von seiner ursprünglichen Idee im Kopf der Autorin auf die gedruckte oder digitale Seite zu bringen. Ich möchte mich bei meinen Testleserinnen, Jenna, Doreen und Margaret, für ihre Kommentare und Vorschläge bedanken. Und bei meinen Agentinnen, Deidre Knight und Janna Bonikowski, die mir geholfen haben, Teile des Buchs zu überarbeiten und es nicht wie einen Reiseführer klingen zu lassen.

Meinem wundervollen Lektor, John Scognamiglio, der meine Bücher so sehr liebt, dass er sie für den Kensington Verlag unter Vertrag genommen hat, möchte ich ebenfalls danken. Sowie dem Kensington-Team, Vida, Jane und Lauren, die so großartige Öffentlichkeitsarbeit leisten. Und den Korrektoren, die all die winzigen Fehlerchen gefunden haben, die mir sonst nie aufgefallen wären.

Ich hatte bei der Namensfindung Hilfe von allen möglichen Leuten. Danke an Kelly Ann Woodfort und Tracey De Neal für Constance, an Antigony Helen Kratsa, die mich daran erinnert hat, dass ich den Namen Grace verwenden könnte, an Brianna Cook für Theodore, Sharon Williams Abraham und Jo Payne-Pierce für Hugo und Karen Feist für Zephyr.

Vielen Dank auch an Rupert Baker von der Royal Society für den Hinweis, dass Frauen dort zur Zeit des

Romans keine Vorlesungen besuchen durften, dass das Royal Institute ihnen dies jedoch gestattete. Dadurch hat er meine Szene gerettet.

Wann immer es mir möglich ist, versuche ich die Namen von Hotels und anderen Orten zu verwenden, die zu jener Zeit tatsächlich in Betrieb waren. Besten Dank also an Daniela Hirschl vom *Hotel Stephanie*, dem ältesten Hotel Wiens, die mir den Namen des Hotels im Jahr 1818 und den Namen des damaligen Besitzers nennen konnte. Ebenso danke ich Sven Rupp, der mir den Namen des Besitzers des *Torbräu* im Jahr 1818 geben konnte.

Zu guter Letzt danke ich meinen Leserinnen und Lesern. Ohne euch wäre das alles nichts wert. Ich danke euch von ganzem Herzen dafür, dass ihr meine Geschichten liebt!

Ich höre gerne von meinen Leserinnen und Lesern, also zögert nicht, mich bei Fragen über meine Website oder über Facebook zu kontaktieren. Die entsprechenden Links sowie den Link zu meinem Newsletter findet ihr unter www.ellaquinnauthor.com.

Bis zum nächsten Buch!

Ella